# 27天——烽火记忆

安东宁夫　著

花山文艺出版社
河北·石家庄

**图书在版编目（CIP）数据**

27天 ：烽火记忆 / 安东宁夫著. -- 石家庄 ：花山文艺出版社，2023.4
ISBN 978-7-5511-2216-0

Ⅰ. ①2… Ⅱ. ①安… Ⅲ. ①长篇小说－中国－当代 Ⅳ. ①I247.5

中国国家版本馆CIP数据核字(2023)第017853号

**书　　名：** 27天——烽火记忆
27 Tian Fenghuo Jiyi
**著　　者：** 安东宁夫

---

**特约编辑：** 唐慧慧　朱蕾
**责任编辑：** 郝卫国
**责任校对：** 李　伟
**装帧设计：** 杭州朝曦图文设计有限公司
**封面设计：** 石　几
**美术编辑：** 王爱芹
**出版发行：** 花山文艺出版社（邮政编码：050061）
（河北省石家庄市友谊北大街330号）
**销售热线：** 0311-88643299/96/17
**印　　刷：** 石家庄众旺彩印有限公司
**经　　销：** 新华书店
**开　　本：** 700毫米×1000毫米　1/16
**印　　张：** 19.75
**字　　数：** 320千字
**版　　次：** 2023年4月第1版
2023年4月第1次印刷
**书　　号：** ISBN 978-7-5511-2216-0
**定　　价：** 58.00元

---

**谨以此书献给 1942 年 5 月反“扫荡”期间在芦沟牺牲的八路军烈士！**

# 目　录

# 第一部

# 血色记忆

这是一个在浆水川流传了几十年的故事，就发生在距离中国人民抗日军政大学陈列馆现址不远处一个偏僻、荒凉、神秘的大峡谷里，当地人称为芦沟的地方。虽然年代已久，部分情节已经被人遗忘，可本地的一些长者依然时常讲起这个感人的故事，一代一代口口相传。

中国人民抗日军政大学陈列馆，又称抗大陈列馆，坐落在河北省邢台市信都区浆水镇前南峪村东面一座山岗上，气势雄伟，那里保留着抗日军政大学的旧址，珍藏着大量抗日战争文物，记载着许多可歌可泣的英雄事迹。作为抗大老兵的后代，我于2016年春天专程去浆水镇参观了抗大陈列馆。那天，晴空万里，天高云淡，站在抗大陈列馆高高的台阶上，遥望着浆水川四周高耸入云的悬崖峭壁，我似乎感受到当年抗日根据地那种壁垒森严、枕戈待旦的大无畏气魄，以及抗日战士在前线冲锋杀敌的激昂场面。

走进抗大陈列馆，聆听着解说员声情并茂的讲解，我不知不觉被带入到当年那个艰苦卓绝的峥嵘岁月，耳边响起洪亮的抗日歌声。

在那个烽火年代里，每个故事都离不开战斗、流血、牺牲……而我听说的这个故事，是一个很久前发生在此地的真实事件，虽然故事情节并不完整，但它悲壮、传奇、感人，勾起我的创作欲望。

# ◆◆◆ 一 ◆◆◆

芦沟，是一条“人”字形的大峡谷，高山挺拔，波谷连绵，起自河北省邢台大峡谷，止于山西省牛筋山地区，穿越东西太行山，跨过两省四县。这里与抗日军政大学总校所在地浆水川毗邻，是太行山抗日根据地的门户，丛林深处有许多八路军和游击队的宿营地。这里既是前线的后方，又是后方的前线，还是抗大总校医院重症病区所在地，每年救治八路军伤员上万名。每当日伪军“扫荡”时，驻扎在山外桃树坪村的抗大总校医院就转移到这里。

1942 年 5 月，华北侵华日军针对我八路军太行山革命根据地发动了一场血腥的“春季大扫荡”。敌军从五十公里外的顺德府大本营出发，兵分四路，几天后就攻占了抗日军政大学总校所在地浆水川和抗大总校医院所在地桃树坪村。由于我方事先得到了日军“扫荡”的情报，提前转移群众，敌人占领了一座座坚壁清野的空城。然而，日军不甘心一无所获，在对我根据地实施烧光、杀光、抢光“三光”政策之后，又马不停蹄闯入深山，“围剿”抗大总校医院员工和伤员。

5 月 26 日上午，日军占领桃树坪村后，从汉奸口中得知医院撤退的方向，立即组织兵力向芦沟进犯。芦沟位于桃树坪村西边八九里地以外，一刻钟的工夫，敌人的骑兵就赶到芦沟山口。我方哨兵发现敌人先头部队后立即鸣枪报警，医院警卫班迅速占领有利地形，在芦沟山口展开阻击战。

芦沟山口地势险要，易守难攻，战斗进行得异常猛烈。敌人骑兵死伤一片，退了下去，换上步兵进攻，同样被击退。医院警卫班战士虽然人少，但意志坚定，英勇顽强。“同志们，医院撤退需要时间，我们决不能让敌人偷袭成功！”警卫班班长高声喊道。警卫班顽强抵抗，把敌人大队人马暂时阻拦在芦沟山外。

日军步兵进攻受阻，便在山外架起迫击炮，朝芦沟里射击。密集的炮弹越过警卫班的阵地，飞向芦沟深处。芦沟里的简易重症病房遭到炮弹的袭击，十几个医务人员和没来得及转移的重伤员被炸身亡，鲜血溅红了病房墙壁，血色的绷带悬挂在树枝上随风飘摇。

芦沟是抗大总校医院的秘密病区，这么快就暴露了，实属意料之外。一时间，医护人员和伤员发生慌乱。“大家镇静，听从指挥！重伤员就地隐蔽，轻伤员跟随医护人员向深山转移。”负责指挥撤退的干部是抗大总校卫生部副部长兼抗大总校医院副院长的蔓延医生——红军干部，二十七八岁，戴着黑框眼镜，梳着分头，瘦高个儿，虽然相貌文质彬彬，但做事沉稳干练。

“报告蔓副部长，抗大总校上干科救援队向您报到，请指示。”恰在紧要关头，抗大总校医疗救援队在队长刘理正的率领下从浆水镇赶到芦沟。医疗救援队由十几名医护人员组成，成员全都来自抗大总校学员一大队，队长刘理正二十多岁，是学员一大队卫生所所长、内科医生。

“太好了，刘理正所长，你们救援队来得正好，快协助孙同洲指导员和周大庆副指导员一起转运重伤员。”蔓副部长是外科医生出身，此时正在路口亲自分拣伤员，指挥担架队转送重伤员。他大声喊道：“周大庆副指导员，这里有几个重伤员，胸外伤、颅脑外伤，伤势严重，马上抬到天竺山。”天竺山位于芦沟深处，是一座石峰次第耸立、幽谷万壑千岩的高山。

“是，蔓副部长！”回答者是个正在指挥担架队搬运重伤员的干部，中等身材，年龄与蔓延相仿，嗓门儿洪亮，“担架队，到这儿来！”

“孙同洲指导员，”蔓副部长把另一位干部叫到身边，指示道，“你从外科抽调四五个医疗骨干留守，剩下的人员全部跟随医院向山西境内牛筋山方向撤退。”

孙同洲指导员面露难色：“报告蔓副部长，目前我们外科医护力量紧张，恐怕一下子抽不出这么多人。可否从总校医疗救援队抽调几人？”

“可以，孙指导员。你与刘所长商量一下，但一定要挑选骨干力量留下。你知道，部队撤离后，芦沟将失守，重伤员们将陷入被动危险的境地，留守任务艰巨而危险，我们要力保重伤员的安全。”

“明白，蔓副部长！”

“报告首长，李晓双申请留守！”此时一个大约二十岁的女卫生兵跑到蔓副部长面前，立正敬礼。

“李晓双，你想留守？”蔓副部长似乎有点儿意外，犹豫了一下，因为眼前这个女兵是个准新娘子，与外科副指导员周大庆恋爱一年多了，医院最近刚刚批准他们的结婚申请，还没来得及通知他们呢。

“是的，首长，请批准我留守吧!”李晓双是外科护士，圆脸，下颌微尖，弯弯的月亮眉下有一双明亮的笑眼。

蔓副部长关心地问道:“李晓双同志，留守任务艰巨而危险，你与老周商量过吗?”

“报告首长，工作上的事情不需要商量。”

“可我还想吃你们喜糖呢!”

“首长，请您放心，等敌人‘扫荡’失败后，我一定给您送喜糖。”李晓双清瘦的脸蛋上浮现出淡淡的红晕。

蔓副部长高兴地点点头，转身对身旁的周大庆说:“老周，你的意见呢?”周大庆答道:“蔓副部长，申请留守的事晓双刚才对我说过，我们决定一同留下来照顾重伤员。”

“哦?”蔓副部长没有表态，转身对孙同洲说:“你是外科指导员，老周和李晓双请求留守，你看如何?”

“蔓副部长，您决定吧，我没意见。老周和李晓双一起留下来也便于相互照应。外科这边，老周的工作我来分担就是。”

“好。周大庆、李晓双留守。周大庆副指导员任留守队队长，其他队员从医疗救援队和担架队挑选。”

“请首长放心，我们一定完成任务!”周大庆副指导员和李晓双护士接受任务后，带领着担架队朝山里走去。

芦沟山口，阻击战从上午持续到下午，运往山洞里的重伤员数量在不断增多，使留守任务显得更加重要。孙同洲指导员与救援队刘理正队长商议后决定，抽调医疗救援队的外科医生梁晓辰和看护长王巧春到留守队。四名医疗骨干，外加担架队六名成员组成留守队，这下该没什么问题了。蔓副部长放心地带领医护人员离开了芦沟。

芦沟上空，日军飞机在低空盘旋，肆无忌惮地沿着山谷俯冲扫射。敌军步兵装备优良，在炮兵的掩护下，顺着进山的小路朝芦沟山口迂回进攻。医院警卫班班长牺牲了，警卫班战士已经伤亡大半，难以继续坚守阵地。防线眼看就要失守了，在这个紧要关头，八路军129师新一旅一营一连在叶长林副营长带领下，前来增援，打退了敌人的进攻。为了让医院走得更远一些，一连没有马上撤退，阻击战仍在继续，而且从枪炮声来看，战斗似乎更加激烈了。

只要前方战斗没有停止，后方就会不断接受新伤员。几小时前，第二批重伤员已经被抬上天竺山，安置在悬崖峭壁上一个叫“老虎洞”的山洞里。周大庆副指导员和李晓双在安顿好重伤员后，离开山洞，来到半山坡等待最后一批重伤员到来。

周大庆和李晓双站在一片小树林前，朝山下瞭望。医院撤退已经一个多小时了，最后一批轻伤员已经越过天竺山大峡谷，消失在远处的深山密林里。一旦阻击部队撤退，敌人将很快占领芦沟，留守队和伤员将被困在荒山野岭之中，孤立无援，没有退路，正如蔓副部长说的那样，留守任务相当艰巨和危险。然而，作为一个身经百战的老兵，周副指导员没有丝毫紧张和胆怯。面对即将到来的严峻考验，他心中充满着责任感和使命感：一定要保护好每一个重伤员！

远处山谷里响起轰隆隆的爆炸声，一团团浓烟从山那边缓缓升起。周大庆看了一眼身边的未婚妻李晓双，发现她似乎有些紧张，担心她承受不住那么大的压力，随口问道：“晓双，敌人就要进山了，你紧张吗？”

“哼，小瞧人！”李晓双呵呵笑出声，“老周，论战斗经验我没法跟你比，但作为野战护士，我也经历过多次战火锻炼。如果说紧张的话，那是因为我担心，山洞里重伤员那么多，而留守队只有我们两个人，怕照顾不好他们。”李晓双自尊心强，性情直爽，活泼开朗。

“晓双，别担心，山下还有六名担架员呢，首长安排他们留下来帮助我们。”老周参加过红军长征，国字脸，清秀的面颊棱角分明，性格爽朗，是个乐天派。在医院里，大家对红军干部都喜欢用“老”字称呼，如老周、老叶。

“太好了，人多力量大！”李晓双眼睛里闪现出喜悦的光芒，紧张的情绪放松下来。她把头依靠在周大庆的胸前，一只手搭在他的肩上，“老周，我的结婚申请报告已经上交医院了。你的呢？”

“哦，我的也上交了，听说医院领导已经批准了……不过，晓双，有件事我想与你商量一下。”

“什么事，老周？”

“晓双，你知道我是真心爱你的，盼望我们早日结合，可是现在的情况，你瞧，战争格外残酷，我们工作和生活环境十分艰苦……”一向爽快的老周突然变得吞吞吐吐。

“老周，有什么话你就直说吧。”

“晓双，我想跟你商量一下，你看，可否把我们婚期推后一年？”

“为什么，老周？”李晓双抬起头望着周大庆。周大庆望着远方沉思片刻，刚要开口，李晓双用手捂着他的嘴，“别说了，老周，我知道你担心什么，我理解你……但你千万别误会是我着急结婚。我年龄还小，才不着急结婚呢，我是考虑到你年龄大，所以才打了结婚报告。”

“晓双，我没有误解你。我是这么想的，我们有些首长，婚后夫妇一同随军南征北战，因为不能照料孩子，不得不把孩子送人，造成骨肉分离。我可不想让我们的孩子一出生就离开父母，更不愿意让他们在年幼时受到伤害。”

“原来是这样啊，老周。你说得有道理。既然如此，那我们就等打败日本鬼子后再结婚吧，让孩子们生长在一个平安祥和的世界里。但我有一个要求，你要答应我。”

“晓双，什么要求？”

“不许变心！”

“我答应你，永远不变心。”

山外，枪炮声变得稀疏了，战火似乎即将平息；山里，风吹树梢沙沙作响，树林中鸟儿欢快歌唱，一派自然祥和的景色。他们似乎忘记了即将来临的危险，在冷风中紧紧地拥抱在一起。

此刻，一个二十多岁身穿白大褂的军人，背着急救箱急匆匆地从山上下来，他的表情显得焦虑不安，相隔数十米就高声喊道：“周副指导员，敌人已经进入芦沟了。担架队到了吗？”

“快到了，梁晓辰医生。哎，你怎么来了？”周大庆迎上前紧紧握着来者的双手。梁晓辰现在是抗大一大队卫生所外科医生，因为经常在火线上抢救伤员，技术过硬、勇敢坚强，赢得了抗大指战员们的信任和尊敬。其实早在几年前周大庆和梁晓辰就相识了，他们曾经一同运送过伤员，还在一个叫将军墓的地方，一起参加过一场围歼日本特务的战斗。

“周队长，医院领导派我加入留守队，特下山向您报到。”

“好哇！我早就猜到首长会派医疗骨干增援我们。晓双，有梁医生在，我们留守队力量加强了。”

“是的，梁医生是我们抗大总校的名医！”李晓双掩饰不住内心的喜悦，握着梁医生的手，“欢迎你，梁医生！”

“晓双，王巧春看护长也加入留守队了。”

“哦，太好了！巧春在哪儿？”

“巧春没下山，留在山洞里照顾伤员。”

“晓双，你认识王巧春看护长？”老周问道。

“嗯，当兵前在老城县京剧团学艺时我就认识王巧春了……瞧，担架队上来了！”

山下，八路军担架队抬着最后一批重伤员越过芦沟殿山坡，拐进天竺山下的小路上。李晓双护士朝担架队挥手示意：“哎——担架队同志，我们在这儿！”她背起急救箱朝担架队跑去。

“周队长，医院通信员临走时说，负责阻击敌人的叶长林副营长负伤了，正在送往这里的路上。叶长林是我的老连长啊！”梁医生显得有些焦虑不安。

“哦，我也听说了。多亏叶长林副营长带领一连及时增援，为医院安全撤退争取了时间。叶副营长伤势严重吗？”

“还不清楚。听说是头部受伤，我有些担心……”梁晓辰有些情绪不安。

说到叶长林，他的故事就更多了。叶长林几年前曾率领他们执行“利剑行动”任务，一同潜入敌后救治伤员、传送情报，他们出生入死，结下深厚友情。

“老周，我刚才在山顶观察到，敌人的步兵已经出现在芦沟殿附近，所以我急匆匆下山来找你们。敌人很快就会到达这里，我们要当心了。”梁医生指着芦沟山口方向再次提醒道。

“哈哈，你说的芦沟殿就在那儿，”周副指导员用手指着远处一堵酷似宫殿的悬崖石壁，“离我们这儿有一公里多远，还隔着一道山呢。放心吧，梁医生，敌人的炮兵车队被堵在山外进不来，只能从山外朝芦沟殿附近开炮。炮弹不会拐弯的，没事！敌人步兵虽然进山了，但他们的火力暂时还够不到我们这里。”接着，他大手一挥，说，“别怕他们，走，我们下去帮助担架队抬伤员去。”

担架队与留守人员会合后，在周副指导员的带领下，沿着半山腰的小路向山上爬去。虽然他们知道身后有追兵，但并不惊慌，因为进入芦沟峡谷后有一段雷区，地雷的威力足以让追赶他们的敌人胆战心惊、停滞不前。而他们只要越过前方的红土坡钻进树林里，很快就会消失在深山中。在山里与敌人捉迷藏，他们熟悉地形，无所畏惧。

“晓双，叶副营长在哪儿?”梁医生焦急地问道。

“叶副营长在这儿。”李晓双站在一副担架旁朝梁医生招手。

“老叶!”梁医生跑到担架旁，附在伤者耳边喊道，“老连长，你感觉怎么样?”此刻，叶长林已经苏醒了，望着他说:“梁医生，别担心，我没事。”

“梁医生，你给叶副营长检查一下吧，我去看看其他伤员。”李晓双把一卷绷带交给梁医生后，朝另一副担架跑去。

担架员停下来休息，把担架放在地上，坐在土地上用毛巾擦拭额头上的汗水。他们四周是一片光秃秃的红土坡。梁医生蹲下来摸着叶长林的脉搏，说:“嗯，老连长，你的脉搏洪大有力，血压不低。”

“梁医生，我感觉还可以，只是有点儿头痛。我可以离开担架自己下地行走吗?”叶长林用胳膊支撑着身体想坐起来。

“老连长，别起来，头部负伤不能大意。让我检查一下你的伤情吧。头皮有挫裂，但血已经止住了。瞳孔对称，还好，还好，四肢活动自如，估计是脑震荡，颅内应该没有大问题……”

然而，就在此刻，一件意料不到的事情发生了……

## 二

“轰——”寂静的山谷里突然响起轰隆隆的炮弹爆炸声，山坡上冒出滚滚浓烟。炮弹来自一公里外的芦沟殿山岗上。“扫荡”日军不知何时架起十几门迫击炮，偷袭了担架队。第一批炮弹落点偏离了担架队所走的小路，在远处山坡上爆炸。在周副指导员的指挥下，担架队迅速向山坡一侧的树林里疏散。可是，担架队还没来得及钻进树林里隐蔽，敌人就修正好标尺再次开炮，几发炮弹准确地落在担架队附近。

五分钟，只差五分钟！

“卧倒！”周副指导员大声喊道，可是已经来不及了。“轰——”又一发炮弹在最后一副担架旁边爆炸了，正在救护叶长林副营长的梁晓辰医生被抛在半空，身体划出一道血色彩虹，跌落到弹坑里。担架员、叶长林副营长和担架，全都消失在硝烟中。

王巧春看护长是后赶到红土坡的，当他冲下山救援时，亲眼看见梁医生倒在血泊里的情景。他心急如焚，大声疾呼：“梁医生——”他无法相信，这位来自延安、年仅二十四岁就出生入死的白衣战士，就这样倒下去了。其实，在梁医生下山后不久，王巧春就发现敌人悄悄用马驮着迫击炮进山，他顿感不妙，决定立即下山报信。可是已经来不及了，没等他到达悬崖脚下，敌人炮兵就突袭了我方担架队。

“轰——轰——”又一连串炮弹袭来，王巧春看护长身边的伤员、担架队员接连倒下。王巧春给一个受伤的担架队员包扎好伤口后，急匆匆地从炮弹坑里跳出来，顶着硝烟朝梁医生倒下的地方跑去。这时，一发炮弹恰好在他前方爆炸，他被气浪掀翻在山坡上。

当他醒来时，他看见周大庆副指导员正冲他大声呼叫：“看护长，看护长，你醒醒！”

“我没死？”王巧春伸手摸到自己脑袋还在，挣扎着坐起来，努力回忆着刚才发生的事情。卫生员出身的周副指导员，一边帮他包扎伤口，一边责怪说：“看护长，你不守在山洞里，跑下来干啥？还好，你只是被震昏了，昏迷了三分钟，除了头皮和面颊有些挫裂伤外，没有其他问题。”

“唉！我来迟一步！”王巧春没有解释自己为什么离开山洞，他懊悔没早一点儿下山报信。突然，他回忆起刚才炮弹爆炸的情景，不安地问道：“周副指导员，梁医生怎么样了？”

“梁医生，他……他已经牺牲了。”周副指导员面色铁青，语调十分沉重。

“不，不可能！”王巧春心如刀绞，潸然泪下，“梁晓辰——”他一跃而起，大声呼唤战友的名字，跑到梁医生倒下的地方，刨开浮土，抱起梁医生的遗体。梁医生的白大褂几乎变成了血袍……

周副指导员拄着一支从担架旁边捡来的步枪，一瘸一拐地走过来，衣襟和裤腿滴着鲜血。他躬下身用袖口帮助王巧春擦干泪水，安慰说："看护长，别难过了，我知道你俩曾经在一个营里当兵，一同参加过'利剑行动'，肩并肩战斗过……其实，早在延安时我就认识梁医生了，他曾经给我做过阑尾炎手术，他是一名优秀的外科医生。唉，他就这么牺牲了，太可惜了！"

"周副指导员，梁医生没死！他身体还温暖，伤口还在流血。"王巧春坚持认为梁医生还活着，清除他鼻腔、嘴巴里的泥土，为他做人工呼吸，不停地呼喊他的名字，"梁晓辰，你醒醒！你不能死！你要活着！梁晓辰，我们还要一起打鬼子呢！"

"看护长，梁医生已经牺牲了，我们快点儿离开这里吧！"现在轮到周副指导员着急了。

梁医生没有呼吸，没有任何反应，如同睡着一般安详地闭着双眼。王巧春抱着梁医生，跪在地上呜呜地痛哭起来。过了好一会儿，在周副指导员催促下，他才恋恋不舍地把梁医生缓缓地放入弹坑里，跪在土堆旁默默哀悼："安息吧，我的好兄弟！我发誓，一定要替你报仇！"

"巧春，如果你还能攀岩的话，请做好随时撤退、返回山洞的准备。"周副指导员也负伤了，腹部和左腿被炸伤，已经做过简单的自我包扎。

此时，敌人的炮弹又在红土坡上爆炸了，走在前面的李晓双和另外两个担架队员倒在小树林前。

周副指导员惊呼："李晓双！"他一瘸一拐地朝李晓双倒下的地方跑去。"晓双，你醒醒啊！"他的声音十分忧伤、悲痛。

王巧春顾不上掩埋梁医生的遗体，也跑过去。他看见李晓双倒在周副指导员怀里，头部负伤，血染前胸，呼叫不应，但似乎还在微弱地喘气，"晓双还活着，副指导员！"

"是吗？"周副指导员低头观察片刻，发现晓双胸部微微起伏，他惊喜地喊道："晓双，你还活着！晓双，你要坚持住！"

"副指导员，这里还有两个担架队员也活着，都是头部炸伤。"

"快，巧春，我们把他们搬到安全地方去。"

王巧春与周副指导员一起把受伤的李晓双和两个担架队员抬到靠近岩石下面一处洼地里。包扎好伤员伤口后，他搀扶着周副指导员爬到红土坡一处高地。此刻，他们眼前呈现一片扇形的山坡，没有障碍物，视野开阔。敌人步兵已经集结在红土坡下方的山沟里，一个日本军官躲在一块岩石后端着望远镜，虎视眈眈地窥视着对面的悬崖峭壁和叠嶂层峦，妄图将山里的八路军医务人员和伤员一网打尽。

“老虎洞”位于天竺山最顶层的悬崖峭壁半腰处，里面安置了 24 个重伤员。如果敌人攻占天竺山，将直接威胁到重伤员和留守人员的安全。

敌人的炮击虽然只持续了二十几分钟，可留守队损失惨重，梁晓辰医生和 4 个不知姓名的担架队员，还有两个重伤员全都牺牲了；李晓双护士和另外两个担架队员受重伤昏迷不醒。周副指导员靠在一棵黑枣树下，虽然满目愤怒，但掩饰不住他内心无法言表的懊悔和悲痛。他挥起拳头砸在树干上：“唉，怎么会变成这样了呢？日本鬼子，太狡猾了！唉，我真蠢，怎么没想到敌人会用马驮着迫击炮进山呢！”

“副指导员，我们该怎么办？”

周大庆没有回答王巧春，继续自言自语：“唉，都怪我太大意，不该贸然带领大家下山，遭到日军炮兵的偷袭……唉，都是我的错！我曾答应过晓双，要保护她，可是现在……”

“副指导员，我们撤退吧。”

“不，巧春，我不能离开这里。你瞧，敌人炮兵已经停止射击，步兵马上就要进攻了。现在只有你我两人知道重伤员藏在哪里，我们不能都留在这里，你要做好准备，随时撤回到山洞。这里地形好，背靠悬崖，前方两侧是陡峭的石壁，中间是开阔的红土坡，有利于阻击敌人。趁敌人还没进攻，你帮我捡些大块石头，我要在这里筑起一道防御工事。”

“好的。”王巧春从附近搬来几大块石头，摆放在黑枣树两边。

“对了，巧春，我忘记告诉你，你的老连长叶长林负伤了。”

“我听说了。梁医生就是因为担心叶连长伤情才急忙下山的。”王巧春搬来一摞石块放到土堆上，焦急地问道，“叶连长的伤势严重吗？”

“他头部负伤，梁医生牺牲前曾给他检查过，说颅内没有严重问题，只是严重脑震荡。本来他已经苏醒了，但在这次敌人炮击中再次负伤昏迷。现在情况如何，就不好说了。”

“叶连长在哪儿呢?”王巧春问道。

“在你昏迷时，我把他搬运到靠近树林边的一个洼地里，与晓双他们在一起。”

掩体做好了，周副指导员半卧在掩体里对王巧春交代说:“敌人就要进攻了，我留在这里阻击敌人，你去把还活着的伤员全部转移到树林里隐藏好。”

“明白了，副指导员。隐蔽好伤员后，我回来掩护你撤退。”

“不，看护长，我实在走不动了，我的腿负伤已经没有知觉了，我爬不上悬崖，留下来掩护你。拜托你了，巧春，你把伤员们隐蔽好后马上撤回到山上。”周副指导员双眉锁紧，面色苍白，大口喘着粗气，受伤的左裤腿还在滴血。

“不，副指导员，你等着我，我回来背你一起走。”王巧春看护长帮助他重新包扎腿上的绷带。

“不行，背着我你爬不上悬崖……”

“我们走小路上山。”

“不，时间来不及了。如果没人阻击，敌人很快就会追上来，到时候你我都跑不掉。”周副指导员讲的都是实话，他们身后的悬崖层层叠起，一层更比一层高，一层更比一层陡，空手攀登都很吃力，更何况还要负重呢！走小路，要绕过几道山脊才能到达天竺山顶峰。

敌人已经开始登山了，周大庆副指导员毫不畏惧，跪在用石块垒砌的工事后面。他嘱咐王巧春把担架队失落在附近的枪支弹药捡回来。这里地形开阔平坦，易守难攻，只要弹药足够，延缓敌人进攻毫无问题。周副指导员把五六支步枪、子弹、手榴弹摆成一排，趴在土堆后面做好阻击敌人的准备。

王巧春把山坡上的伤员背进树林里，但一时找不到隐蔽伤员的地方，最后不得不把伤员们藏在悬崖下面一个相对隐蔽的石窟里。

“伤员藏好了，周副指导员，我背你到通天洞里躲起来。”王巧春气喘吁吁地返回到周副指导员身边。“通天洞”是一条贯通悬崖上下的半开放、半密闭的石缝，洞口就在他们身后的那座悬崖下面。

“谁让你回来的?”周副指导员发火了。

王巧春倔强地说："我不能丢下你不管，副指导员！"

"看护长，来不及了，你瞧，敌人又攻上来了。再说，通天洞是我们攀登天竺山的秘密通道，绝不能轻易暴露。"周副指导员神色凝重，回头望着身后陡峭的悬崖，语气缓和下来，"山洞里的伤员需要我们……可是我回不去了。巧春，拜托你了！我俩只要回去一个人，伤员的安全就有保证了。晓双现在怎么样了？"

"晓双姐还昏迷呢，看来伤势不轻。"

周副指导员眼含泪水，无可奈何地摇摇头："唉，我保护不了她了。你快走吧！"

"周副指导员，丢下你不管，我、我会终生遗憾的！"

"巧春，人生总会留有遗憾，为保护伤员而牺牲自己，我早有思想准备。如果晓双能活下来，你替我好好照顾她吧。她是个好姑娘，我们相处一年，感情很真挚。"周副指导员虽然脸上挂满泪水，但语气很平静。此时，他已下定决心，为保护重伤员而献身。

"周副指导员，让我留下来吧，我还要为梁医生报仇呢！"此刻，敌人已经进入步枪射程了，王巧春趴在土堆后，瞄准远处的日本兵扣动了扳机。枪响后，敌兵队形散乱，趴在地上停止前进。一个狂妄自大的日本军官挥舞战刀督战，指挥敌兵匍匐前进。

敌人的进攻一次次被打退，但又不断组织新的进攻。狡猾的敌人为了减少伤亡，每次投入进攻的人数并不多，他们知道八路军人少，子弹不多，所以采用一个阴险的策略，即消耗对方弹药。王巧春正打在兴头上，周副指导员焦急地喊道："看护长，你怎么还不走？我们弹药不多了，现在只剩下你我两人，如果我们都死了，谁去守护山洞里的重伤员？"

"副指导员，我不走，要死就一起死……"王巧春哽咽得说不出话来。

"王巧春，你再不执行命令，我就……"周副指导员生气了，大声呵斥道。他气愤地拔出驳壳枪，但枪口却对准自己胸口，"难道你一定要等我死了才肯离开这里吗？"

"副指导员，不要！我马上撤退！"

周副指导员放下手枪，端起一支步枪，瞄准百米外那个张牙舞爪发号施令的日本军官开了一枪，接着又换了一个位置持枪瞄准。"放心吧，看护长，我不会自杀！要死，也得拉上几个日本鬼子垫背。”

“打中了！”王巧春激动地喊起来，他看见有个日本卫生兵弓着腰急匆匆跑过去。可能是因为指挥官中枪的缘故，敌人再一次停止进攻。

“投降吧！你们身后是万丈悬崖，无路可走了！”有个伪军在高声叫喊着。

周副指导员的目光里夹杂着焦急、无畏……“看护长，为了伤员，你必须马上撤退！请把我的手枪、望远镜、手表和书包都带走。这里还有一份伤员的资料交给你。你在上山前，先把藏伤员的石窟洞口隐蔽好。只要洞口不暴露，伤员就安全。记住，无论这里发生什么，你都不能回来！一定要看护好老虎洞里的重伤员！”

“是！我执行！”泪水模糊了王巧春的双眼，他把自己的步枪、子弹和手榴弹留给周副指导员，然后依依不舍地离开了红土坡。

王巧春朝石窟跑去。在石窟洞口处，他流着泪水喊道：“同志们，敌人就要上来了，周副指导员命令我撤回山洞看守重伤员。情况紧急，来不及转移你们了，你们自己做好隐蔽吧！老连长——”王巧春忍不住哭出声来，他实在不忍心撇下叶连长和伤员们。他知道，这个石窟隐蔽性不好，太危险了，可他又没有更好的办法。

“巧春……你……快走……不要管我们！”石窟里断断续续传出叶长林微弱的声音。

“叶连长，你苏醒了！你现在怎么样？我扶你离开这里。”王巧春钻进石窟里。

“别管我，你马上撤退！”此时叶长林已经苏醒了，但还不能站立行走，而李晓双护士和另外两个伤员仍旧昏迷不醒。

“叶连长，这个石窟隐蔽性不好，容易被发现，你要当心些！”

叶长林再次催促他说：“巧春，别再耽误时间了，等敌人上来了，你就无路可走了。”

“叶连长，你放心，这附近有个通天洞，是一条连接山顶的近路，我刚才就是从那儿下来的。你一定要坚持住，我今天夜里下来接你们上山。”

“哦，攀登悬崖峭壁一定要当心哪！”

“知道了，老连长。”王巧春按照周副指导员嘱托，用石板和树枝掩饰好石窟洞口后才离开。

红土坡的枪声虽然只持续了二十多分钟，却为王巧春看护长隐蔽石窟洞口和攀登通天洞赢得了宝贵的时间。这是周副指导员生命中最后的一段时光，他在身负重伤的情况下，吸引敌人的火力，只身一人利用有利地形延迟了几百个敌兵的进攻。王巧春以最快速度爬到山顶，目睹了周副指导员与敌人殊死搏斗的场面，见证了他拉响最后一颗手榴弹与七八个敌人同归于尽的英雄壮举。

"巧春，快走！"这是周副指导员在手榴弹爆炸前喊出的最后一句话。一个参加过红军长征，又经历了三年半抗日战争的优秀指战员，年仅二十八岁，为了掩护战友、保护伤员而献出自己宝贵的生命。看着山下的战友倒在血泊里，王巧春悲痛欲绝，他的心仿佛被撕成碎片，喉咙里冒出炙热的火焰："周副指导员——"

梁医生！周副指导员！王巧春内心呐喊着，他无法相信眼前的这个事实：短短的瞬间，整个留守队就只剩下他自己，孤身一人……

抗大总校医院撤退了，主力部队撤退了，联合救援队撤退了，连负责阻击敌人的医院警卫班战士也打光子弹，战斗到最后一个人。

山下，气焰嚣张的日本侵略者踏着八路军烈士的遗体向山上冲来。敌人的工兵清除了小路上设置的地雷，主力部队浩浩荡荡挺进芦沟大峡谷，气势猖狂，横行无阻。

这是一个鲜花盛开的季节，果树枝繁叶茂，山色分外娇娆，然而原本美丽幽静的山谷，一瞬间变得黑云遮日、硝烟弥漫、烽火连天，连高耸入云的天竺山也陷入敌人层层包围之中。此时，王巧春看护长才意识到，他和重伤员身陷绝境，孤立无援。怎么办呢？

"巧春，快走！"他耳边又响起周副指导员的呐喊声。他迅速攀登悬崖峭壁，返回山洞。隐蔽好洞口，与伤员们同生死共患难，这是他唯一的选择。此时，他心中只有一个信念：继承烈士的遗志，保护好重伤员！

在那片苍茫、荒凉、偏僻，连生存下来都极其困难的深山老林里，他将独自一人坚守在悬崖峭壁上的山洞里，看护着 24 个生活完全不能自理的重伤员。没有药品、没有粮食、没有食盐，困难重重……

不久，敌人上山了，封锁了山里所有的道路，占领了天竺山，漫山遍野搜索八路军伤员。

最危险的时刻终于来临了……

## ◆◆◆ 三 ◆◆◆

这就是我多次听到的那个故事。我的父亲就是那个在周大庆副指导员掩护下活下来的看护长王巧春，那年他刚满十七周岁。虽然事情已经过去几十年了，可这段记忆却牢牢地定格在父亲的脑海里。这场战斗，既不是故事的开始，也不是故事的结束，它只是那年5月“扫荡”期间一系列艰难历程中的一个序幕，也是父亲抗日生涯中最悲惨、最壮烈、最难忘的一段血色记忆。

其实，这个故事很长很长……

1976年夏天，蔓延局长在离开盘锦“五七”干校去国家医药管理局复职之前，专程到沈阳市看望他的老部下，当年医疗救援队的一部分队员：刘理正、赵树民、郝绍敏、王茂久、刘湧，还有我的父亲王巧春。那天夜里，蔓延局长住在我们家，与父亲同睡在一张床铺上，两人一直聊到深夜。

忆往昔，父亲声声叹息道：“唉，我当时怎么能答应周副指导员一人留下来呢？假如我当时再坚决一些，强行背起他一起撤退就好了，我们可以藏在树林里，或者躲在通天洞里……哪怕一起为国捐躯呢……”说到这里，父亲擦拭着眼角的泪水。

蔓延局长劝说道：“别难过了，巧春同志！周大庆同志的生命是宝贵的，他的牺牲是有价值的，他尽到了自己的职责，掩护你，是为了保护山洞里的重伤员。”

时任中国医科大学附属第一医院院长的老所长刘理正，在战友聚会时也多次安慰父亲说：“巧春啊，既然事情已经过去了，就别再多想了，在当时那种危急情况下，周副指导员没有其他选择，作为一个革命军人，他只能那么做，牺牲自己，保护战友。作为下级，你服从命令，也没有任何错误。”

从父亲与战友们的闲谈中，我们子女陆续了解到，这个故事发生在1942年5月日军华北“大扫荡”的最危险时刻，后来，父亲和24个重伤员身陷危境，在敌人重重包围和封锁下躲在一个山洞里。荒山野岭无助无援，要想存活下来，绝非荒野求生那么简单。后面的故事更精彩！然而每次讲到这里时，父亲的话就戛然而止，伤感、内疚、自责，各种情感涌上心头，他似乎不大愿意谈论那段经历。后面到底发生了什么？母亲王奕说，父亲晚年在睡梦中经常呼喊那些牺牲战友们的名字……他始终不能抹去往日那些凄惨的记忆。

山下的伤员能躲过敌人的搜捕吗？在日本鬼子满山遍野的围堵之下，他们能存活下来吗？在后来的反"扫荡"日子里，父亲和那些重伤员都经历过什么？

浆水镇、前南峪、桃树坪、将军墓……每当父亲提到这些地名时，总是感慨不已，眼睛里闪现出晶莹的泪花。随着年龄增加，父亲情感显得更加脆弱，回忆带给他的伤感也越来越大，每当战友谈论往事时，他只是摇头叹息，几乎不愿意开口。这些地名与父亲的情感都有哪些联系呢？多年来，对我们子女来说，它们始终是个谜。直到有一天，家里来了两个不速之客，父亲在"触景生情"后开口讲述了一个完整的故事，我们才真正理解它们在父亲生命中的含义。

事情是这样的：2000 年元旦那天，老家来了两位客人，一位是我的堂妹，叫小梅，另一位是小梅的同事，叫郭海英。小梅妹妹，自由职业者，在邢台市开了一家服装厂自己当老板。郭海英，芳龄十七八岁，脸型不宽不窄，皮肤白里透红，高鼻梁，大眼睛，弯弯睫毛微微扇动，细高身材亭亭玉立，职高毕业后在小梅的服装厂实习，利用元旦假期跟随小梅来沈阳旅游。

父亲开门后先是一愣，眼睛盯着小梅和她的同伴郭海英，半晌才缓过神来："哦，小梅来了，请进！"

晚饭后，全家人坐在客厅里闲聊，腼腆的郭海英在谈到自己家乡时，情不自禁地发出爽朗的笑声。父亲正坐在沙发上聚精会神观看电视节目，听到"浆水镇"几个字后转过头，吃惊地望着郭海英，问："妮儿，你的家乡在邢台县浆水镇吗？"在父亲的家乡，"妮儿"是对女孩子的称呼。

"是啊！我家在太行山脚下的浆水镇。"郭海英回答道。

"你是哪个村的？"

"后南峪村的。"

"哦，"父亲的双眸闪现出异样的光，"我去过你们村。你们村南面是老苍墓村，北面是前南峪，四周悬崖陡峭，高山林立，有坐化山、寨套山、流钱山、天竺山……一道道连绵不断的高山峻岭、一片片遮天蔽日的茂密森林、一条条蜿蜒曲折的石板小径……真是一个令人难忘的地方啊！”父亲的表情亮了，他仿佛又看见了多年前那些熟悉的山林，触景生情，一连说出许多他熟悉的大山和地名。

“伯父，您提到的那几座大山就在俺村四周，我全都爬过。我爷爷家在老苍墓村，姥爷家在后南峪村。您是哪年去的俺村？”

父亲沉思片刻，两眼炯炯有神，回答道：“很久很久以前了……那还是在抗日战争最艰苦的年代，我在八路军抗日军政大学总校上干科当看护长。中国人民抗日军政大学，我们习惯称呼她抗大，1939 年离开延安奔赴抗日前线，如同一把出鞘的利剑，插在敌人的后方。在山西省太行山，我们抗大一边开展教学一边开展艰苦卓绝的抗日斗争。1940 年底，我们从山西黎城转战到河北浆水那个地方。多年来，我一直忘不了浆水川的山山水水和当年曾经救助过我的乡亲们。”

郭海英说：“在学校读书时，我经常听老师讲抗大的故事，战士艰苦悲壮、英勇感人。据村里老一辈人说，抗日战争期间抗大的战士曾经住在俺村里。”

郭海英的话勾起父亲的回忆：“是啊，抗大总校的校部设在浆水镇前南峪村，抗大第一学员大队驻扎在南口村，抗大的队伍遍及浆水川。抗大总校医院驻扎在路罗镇桃树坪村，我们每次从校部出发去抗大总校医院，都会路过你们村。”

“您认识俺村里的人吗？”郭海英睫毛跳动着。

“当年我在老城流浪时，曾认识一个救助过我的姑娘，名字也叫郭海英，说来也巧，她家也在后南峪，她的身高、相貌与你十分相像，也是这么漂亮，当时还是她提议我到浆水川找八路军当兵的。栗树坪村里有个老人，我称呼他栗爷爷，老苍墓村有个老人叫郭大伯，还有一个放羊娃叫九妮，他们都在最关键时刻帮助过我……我永远都忘不了他们。”

“伯父，给我们讲讲您当年打日本鬼子的故事吧。”小梅妹妹迫不及待地恳求道。

母亲插话说：“小梅啊，你伯伯最近也不知怎么了，夜里经常说梦话，都是些抗日战争打仗的事情。人老了容易怀念过去，别让他太激动了。”

父亲辩解说：“我不是因为老了开始怀念过去，是因为怀念那些在战争中死去的战友而难忘过去。”父亲的眼睛湿润了，眼神显得更加深邃。

平常，父亲经常讲述一些惊心动魄的抗日故事，特别是在抗战最艰苦的岁月里他亲身经历过的那些悲壮卓绝的斗争……这些故事我们百听不厌。“爸爸，我们想听您当小八路的故事，还想听‘27天’的故事。”我们兄妹几个围坐在父亲身边。

“好吧，孩子们。既然都是家里人，我今天就从头说起吧。”父亲按下电视遥控器电源开关，关上电视机，开始讲述他几十年前那段传奇的经历……

# 第二部

# 八路军的兵

1937年7月7日，日本侵华日军肆意制造了卢沟桥事变，发动了全面侵华战争，妄图以武力征服中国，从此激发了中国人民的抗日浪潮，在全国范围内开始了一场伟大的、全民族的抗日战争。

八路军129师在刘伯承师长的指挥下，于1937年10月6日东渡黄河开赴晋西北抗日，在随后短短一个月内，在山西境内接连打了几场胜仗：偷袭阳明堡机场，炸毁敌机二十四架，歼敌百余名；七亘村、黄崖底伏击，共歼敌近千人。129师继平型关战役之后，再次打破了日本侵略军不可战胜的神话。之后，129师先后派出先遣支队、东进纵队、青年纵队，三支队伍先后进入河北省冀南平原地区。这三支部队如同三把利剑，直插敌人的后方。

## ◆◆◆ 四 ◆◆◆

当时只有13岁的王巧春正流浪在异乡，因为受到国内抗日浪潮的感染，受到八路军129师抗日事迹的鼓舞，遂产生了参加八路军的强烈愿望。

王巧春，出生在河北省冀南平原一个贫困的农民家庭，祖祖辈辈居住在河北省威县雪塔镇董村，在家里，男孩排行老二，小名叫二春。王巧春的父亲每年租耕本村地主家的几亩地，一半种棉花，一半种粮食，即使收成好的年份也举步维艰，难以维持全家人的温饱。董村位于雪塔镇和章台镇中间的一片低洼地带，经常遭受洪水的侵袭。每当遇到闹饥荒时，爷爷就领着他到附近的村镇沿街乞讨。王巧春在村里读了三年私塾，由于家里欠地主的租子，他不得不辍学回家给地主家割草喂猪。村里有个清朝年间的老棋师金太爷，体弱多病，孤独隐居，王巧春有空就去照顾他，帮他挑水、砍柴、烧水，而老棋师出于感激，教他下象棋，还送给他一本棋谱，因此，他少年时就下得一手好棋。这段经历是他童年时期唯一一段美好的回忆。

村里人为了防洪泄洪，长年从村子四周低洼处取土盖房、筑墙，挖出一片片凹地。长年挖土不止，凹地越挖越深，洪水袭来时，低凹的土坑里积满了洪水，村子像一个漂泊在洪水中间的孤岛，孤独无援。村里人世世代代挖土，谁也没觉得有什么不妥，洪水退却后继续挖土，坑越挖越深，宅基地越堆越高，直到1936年夏天一场特大洪水袭来，村里的人们才猛然发现他们犯了一个大错：长年在村子四周挖掘土坑，阻断了自己在洪灾时逃生的道路。

老沙河像一条盘卧在冀南平原的巨龙，搅动着决堤的河水，翻卷起巨大的洪峰，瞬间吞没了四周广袤的田野和一个个渺小的村庄。王巧春的爷爷在村子防洪墙摇摇欲坠时带领全家人爬上院子里一棵苍劲古老的槐树，躲过了洪峰的袭击，保住了一家人的性命。他们眼看着全村的房屋犹如被推倒的多米诺骨牌，瞬间淹没在凶猛的洪水里，连地主家的石瓦房和猪圈都没能幸免。老棋师金太爷已经卧床不起，病入膏肓，不幸被洪水吞没。爬到房顶上躲避洪水的人，以及没来得及逃生的人和牲口都被大水卷走了，村子上空笼罩着无尽的悲哀、凄凉和绝望。

1937 年夏天，冀南和冀中自然灾害频发，日本军队趁机入侵华北，国民党政府忙于撤离，没有人组织救灾。国破家亡，当地百姓饥寒交迫，尸骨遍野，一派凄凉的景象。村子里不时有人饿死、病死，王巧春的爷爷就是那一年，连饿带病离开了人世。

一天，他娘从家里唯一的一口大木箱里翻出一匹手工织布，对不满 13 岁的王巧春说："二春呀，家里养不活你了，你姐姐和妹妹送给别人家做童养媳，你弟弟也送人了，你赶快逃难吧。孩子，别怪娘心肠狠，家中空无粒米，留在家里也是饿死。"娘把那匹粗布交到他手里说，"这是娘亲手织的布，如果你在外面实在没有活路，就把这匹布当掉，换口饭吃吧。"

王巧春知道此去不会再回来了，含泪跪在地上给父母叩了三个响头："爹、娘，儿子离开后不能尽孝了，你们多保重！"他站起来背着包袱离开了家。从此，在兵荒马乱的年代里，他背着那匹粗布四处流浪，开始了沿街乞讨的生活。

1937 年 9 月初，当他一路乞讨来到威县西北边八十多公里外的老城县时，早已骨瘦如柴的他，由于三天没讨到饭菜，加上拉肚子，晕倒在西街附近一个戏班子门口。当他醒来时，天色已见昏暗，他看见三四个穿着戏装的女孩蹲在他身旁，其中一个高个儿的女孩手里捧着一个陶瓷大碗在喂他稀粥。

"海英姐，他醒了！"一个小女孩欣喜地叫起来。

"海英姐，我们把他救活了。"另一个小女孩也高兴地跳起来，冲那个喂他稀粥的高个子女孩喊道。

王巧春用感激的眼神打量她们，那个叫海英的女孩是一个漂亮的小姑娘，细高个子，身穿蓝底白花布裙，梳着短发，面容清秀，肤色白润，高鼻梁大眼睛，一脸稚气，看起来有十六七岁的样子。"给你，小兄弟，快吃吧！"她递给他两个玉米面窝窝头。

王巧春感觉她似乎比自己年龄大一些，便随口说："谢谢您，海英姐姐！"他狼吞虎咽几口吞掉一个窝窝头。

"别客气，慢点儿吃！咱们都是穷人家的孩子，看你瘦成这个样子，真够可怜的了！"海英姐把碗递到他的嘴边，"你家在哪里？叫什么名字？"

"威县董村，我叫二春。"

“你怎么不待在家里？为什么跑出来流浪呢，二春？”

“家乡发洪水，房子都被冲走了。”

“唉，二春，趁热喝口粥暖暖身体吧。”

这时，一个头戴瓜皮帽、身穿蚕丝马褂、满口保定口音四十多岁的男人出现在大门口。“喂，姑娘们，你们都在那儿干啥呢？郭海英、李晓双，演出马上就要开始了，你们还在那磨蹭啥？”这个男人举起拐杖高声吼叫着。此人是这家私人剧团的老板，演员出身，姓汤，人称汤老板，也算是老城县的名流之一。

郭海英仿佛没听到汤老板声音似的，继续端着饭碗喂王巧春稀粥，另外两个小女孩依然围在他身边，也没理睬汤老板的吼叫。

汤老板见没人理他，便阴森着脸走过来：“哎呦呵，郭海英，你咋把自己的晚饭给这个小叫花子吃呢？那你吃啥呀？傻丫头，一会儿你还要跟我上台唱戏呢，饿着肚子能唱好戏吗？”

“汤老板，你看他瘦成这个样子多可怜哪！他还是个孩子呢。”

“这种叫花子满大街都是，你可怜得过来吗？”汤老板长着一脸的横肉，三角眼，一看就不是善良人，叼着烟袋走过来，照着王巧春屁股踹了一脚，王巧春手里的窝头掉落到地上。“去去去，穷小子，赶快离开这里。小叫花子，下次再来这里要饭，我可要放狗咬你了。”

郭海英气愤地瞪着汤老板，站起来用自己瘦小的身体挡住举起手还想打人的汤老板：“穷人也是人哪！汤老板，我记得你讲过，你小时候家里也很穷，挨过饿、受过冻，大灾之年也曾沿街乞讨过。”

“嘿，郭海英，你还没当明星呢就敢当面顶撞我！胆大包天！滚、滚，都给我滚回院子里去！你们都给我记住，以后任何人不许随便跑出来。”汤老板有点儿恼羞成怒，抓住郭海英的衣领把她拽走了。

四合院里传出汤老板训斥郭海英和那几个女孩的声音：“小毛孩子们，你们懂啥！我汤某从前穷过不假，挨过饿、受过冻也没错，但是，老子混到今天这个模样，一不靠怜悯，二不靠救济，你们知道吗，小丫头们？我靠的是自己多年学艺和打拼！你们这些小崽子今天不挨饿、不挨冻，靠的是谁？靠的是我，汤老板。我不教你们唱戏，你们靠什么吃饭？懂吗？”

王巧春从地上捡起来那个玉米面窝头，塞进嘴里，退到墙角躲起来。

街道上的路灯亮了，四合院的上空灯火通明，三三两两身穿高级绸缎服装的富人从人力车上被搀扶下来，大摇大摆地走进四合院。汤老板满面堆笑恭候在大门口，高声喝道："贵客到，里面请！"

"马三爷来了，里边请！"门丁喊道。马三爷，人称马老三，是老城里妓院、烟馆和赌场的老板，老城有名的富贾，也是一个戏迷。因为有钱，娶了4个姨太，其中四姨太曾经是这家京剧团的演员。

"佟县长，欢迎光临！"门丁喊道。汤老板迎上前，陪着一位头戴礼帽、身穿制服的中年男人走进剧场。据说那些天，佟县长一心要抗日，名噪一时，带领着全城百姓修城墙，号召大家抗击日寇坚守家园，成为老百姓的主心骨。

"黄团长到！何团副到！"在一群士兵护驾下，一胖一瘦两个军官走进剧团。

剧团大门关闭了，四合院里断续地传出欢快的锣鼓声和嬉笑声。王巧春绕着院墙走了一圈，看到大门旁的墙壁上粘贴着一张演出海报：每晚六时整，本院演出著名京剧《打渔杀家》。本月隆重推出两名新星：郭海英，饰萧桂英；李晓双，饰花逢春。

剧院的东大墙外有一棵大槐树，枝叶茂密，树干斜着伸向院墙的上方，王巧春爬上大树坐在树杈上，恰好正对着院子里的大舞台。演出开始了，他一眼就认出来，饰演萧桂英的演员正是刚才喂他水的那个小女孩，海英姐。他靠坐在一个树杈上乐滋滋地看戏……

"滚下来，小叫花子！"正当他躲在树上聚精会神地观看海英姐演出时，汤老板穿着戏装突然出现在树下，大声怒吼着："吃我的，喝我的，吃饱喝足了，小兔崽子有劲儿了，竟敢爬到树上偷偷看戏。给我下来！看老子今天怎么收拾你！"

王巧春乖乖地从树上溜下来，双脚刚落地，就被汤老板一通拳打脚踢暴打一顿，他跌倒在地爬不起来。汤老板揪着他的耳朵把他强行带到剧场后院的厨房，对一个四十多岁的老厨师说："廖师傅，这个小乞丐白天偷吃了海英的晚饭，夜里还爬墙头偷看演戏，你说我该怎么惩罚他？"

廖师傅斜了王巧春一眼："老板，留他在厨房里干活儿吧！正好我这里缺个帮手。"

“哼，还让我养活他？没门儿！饭不能白吃，戏也不能白看。廖师傅，你给我看着他，罚他做一个星期苦力，每天早晨挑水，把厨房门前这几口水缸灌满；上午把各类演出服装和道具洗净晾干；下午劈柴，不许闲下来。”

“汤老板，您该上台了！”门洞里有人喊道。

“从明天开始，每天只能给他一个窝头。”说完，汤老板扬长而去。汤老板在《打渔杀家》剧中饰演那个欺男霸女十恶不赦的土豪丁太师。

“舀点儿水，洗洗脸吧。”廖师傅递给他一个脸盆和一条毛巾后转身回到厨房。王巧春洗净嘴角的血迹，擦干脸上的泪水，按照廖师傅的吩咐开始干活儿了。

## ◆◆◆ 五 ◆◆◆

剧团第二天去顺德府演出了，院子里只剩下廖叔和王巧春两人。王巧春在剧团的后院一连干了三天苦工，好在厨师廖叔心肠好，每天偷偷多给他两个窝头吃，虽然挨累但没挨饿。夜里睡在厨房旁边的干柴棚里，虽然有些冷，但比露宿街头强多了。

第四天上午，汤老板来到厨房对廖师傅交代说，剧团昨晚从顺德府回来了，上午排练，下午有场演出，中饭一菜一汤，二十人份，多烧点儿水。汤老板的吝啬在老城是出名的，演出前的那顿饭，为了让演员有力气演出，不仅管饱，还加两个菜，而演出后所谓老样子，就是每人一个玉米面窝头、一碗白开水，外加一小盘咸菜。

“汤老板，上次买的猪肉还剩下一块，今天中午炒了吧？”

汤老板沉思片刻，说：“好吧，肥肉炼油，瘦肉留给我下酒，肉皮切了炒菜吧。”廖师傅没有言语，按照汤老板的吩咐去做了。

排练结束了，汤老板站在厨房门前吧嗒吧嗒抽着旱烟，看见王巧春歪歪扭扭地挑着水桶从他眼前走过时，便骂道：“臭小子，你会不会干活儿？一桶水让你晃出半桶水来，一看就知道你是个病秧子。”汤老板举起烟袋锅吓唬他一下，抬起脚在鞋底敲敲烟灰，骂骂咧咧地走了。

廖师傅四方大脸，大眼睛，高个子，有些驼背，说话带着东北口音，面相厚道和善，看见汤老板离开了，递给王巧春一碗淡盐水，同情地说："唉，孩子，过来坐下歇息一会儿，没有吃的给你，喝口汤吧。"廖师傅是个识字的人，空闲时蹲在厨房门前看报纸。这些天报纸上登的都是日本军队入侵华北的消息。

"谢谢廖叔！"他蹲在廖叔的身边，仰脖把一碗淡盐水喝个精光。

"叫啥名？"

"二春。"

老厨师嘟哝说："唉，这世道难哪！年轻人都饿成这个样子了，将来谁去打日本鬼子呀！"

"廖叔，听口音您是东北人吧？"

"你怎么能听出东北口音？难道你去过东北吗？"

"我没去过东北，我们村有个清朝的老棋师金太爷是东北人，说话口音与您很像。"

"是啊，离家多年了，东北早已沦陷，想回也回不去了。最近日本人又占领了天津、张家口和大同，很快就要打到保定了。唉，国民党政府不抗日，你说今后可咋办呢？"廖叔气愤地把报纸扔在地上。

王巧春擦擦脸上的汗水，说："抵抗呀！"他拿起扁担和水桶打算继续挑水。廖叔说："二春，水缸里的水够用了，你帮我烧水吧。"王巧春拎来两桶水倒进铁锅里，把炉火烧旺。

廖叔坐在厨房的门槛上一边抽烟，一边聊着忧国忧民的话题："抵抗呀，说得轻巧！日本军队武器精良，士气鼎盛，气势猖狂，打得国民政府军队节节败退。前几天，老城保安团黄黎团长对汤老板说，剧团要想继续生存就得练习几手日本戏，时刻准备迎接皇军的到来。"

"佟县长修城墙不是要抵抗吗？据说保安团武器装备也不错，有轻、重机枪和大炮，守城应该没问题吧？"

"你懂啥，小孩子，孤城难守！修城墙劳民伤财，佟县长也是装装样子。县保安团的武器装备确实精良，但黄团长这个人是个软骨头，被日本人吓破胆了，将来肯定要投降。唉，如果京剧团今后给日本鬼子演戏，我他妈的就回老家种地去，绝不伺候他们。"

“保安团里就没有要抗日的人吗?”

“有,那个姓何的团副还有点儿良心,这几天从保安团里拉出一支队伍打算抗日。”

锅里的水开了,王巧春把开水灌进暖瓶里,把十几个灌满开水的暖瓶摆放到厨房门前。廖叔说,下午演出结束后每个演员要领一瓶热水卸妆用。午饭时间快到了,廖叔忙着准备午饭,王巧春钻进柴火棚里劈柴火。

下午演出结束时,王巧春木柴劈了还不到一半。郭海英和三个女孩来到后院卸妆,看到他在柴火棚里干活儿,感到惊奇:“二春,你怎么在这儿呢?”

他低头不语。

廖叔说:“二春偷吃了你的晚饭,又爬上树偷偷看戏,被汤老板抓住揍了一顿,罚他在后院做一星期苦力。”

“不是偷吃,是我给他的。汤老板太狠毒了!”郭海英愤愤不平道。

“说谁狠呢?我汤某供你吃,供你喝,捧你当主角,你竟然背后这样骂我!”汤老板不知何时出现在后院,怒气冲冲地指责说,“郭海英,他是你什么人哪,你这么护着他?不想在这儿干你就给我滚蛋!妈的,三条腿的蛤蟆难找,两条腿的活人到处都是。”

郭海英刚想反驳,被廖师傅阻止住:“汤老板,海英姑娘哪敢说您呀!您是我们剧团的再生父母,没有您,他们都得跟这个穷小子一样当乞丐去了。”廖师傅给郭海英使了一个眼色,“海英姑娘,还不快给老板道个歉。”

郭海英不情愿地说:“老板,对不起!”

“哼!看在廖师傅的面子上,我就饶你一次。”汤老板瞥了一眼地上的劈柴,骂骂咧咧地走过来,举起手杖来:“小兔崽子,干活儿磨磨蹭蹭,是不是想挨揍?这堆木柴不劈好,今晚别想睡觉!”手杖重重地落在王巧春的左肩上和腰腿上,皮肤火辣辣地疼痛,他咬紧牙关瞪着汤老板。

“哟,你还敢瞪我!”汤老板撸起袖子,举起手杖。

“汤老板,别打他了!你瞧,他身子虚弱,瘦得皮包骨,这么多木柴就是劈到天亮也劈不完哪。打伤了他,谁替你干活儿?你就放了他吧。”两个年龄大些的女孩子伸出胳膊挡住汤老板的手杖。

“李晓双、黄清清,你俩也敢与我作对?是不是吃了豹子胆?”汤老板把黄清清和李晓双推到一边，“哼！放了他？不成！这小子有劲儿着呢，爬树比谁都快。小叫花子，必须给我再做满一星期的苦力，否则休想离开这里。”汤老板得意地用手杖咚咚敲打着地砖，狠狠地说，“下次再让我抓住你爬墙偷偷看戏，罚你劈一个月的木柴！郭海英、李晓双、黄清清、余虹，你们四个不要围在这儿了，都回自己房间去。”

汤老板走了，郭海英跑进厨房拿了两个窝头塞进王巧春的口袋里，悄悄说：“二春，我和李晓双、黄清清已经把后门偷偷打开了，一会儿你赶紧逃走吧。”

“谢谢您，海英姐！我把这些木柴摞好再走。”

“好吧，我们帮你摞。”郭海英和李晓双蹲在地上帮助他收拾劈好的柴火。“二春，你大名叫啥？”海英姐问道。

“王巧春。”

海英姐说：“我喜欢这个名字。我哥哥名字里也有个‘春’字。村里人都叫他‘阿春’。”

“嗯，我也喜欢‘阿春’这个名字。小学三年级以前，同学们也喊我‘阿春’，但辍学后就再没人叫过了，慢慢地连我自己都忘记了这个名字。”

“你多大了，二春？”海英姐问道。

“13 岁。”

“哦，快回家吧，别在外面流浪了。”

“家乡闹灾荒，村里的年轻人大多数都逃荒了，待在家里早晚要饿死。”

“那就找个队伍当兵吧，与其饿死在野地里，不如为国战死在疆场上。在我们家乡，像你这么大的男孩子都参军打日本鬼子去了。我哥上个月去山西参军，临走时对家里人说，不打败日本鬼子决不回家。”

“嗯，海英姐，我也想参军，就是不知道参加哪支军队好。”

海英姐低声说：“山西有支从陕北过来的八路军，是抗日的队伍，据说已经到我们隔壁的和顺县城了，估计不久就会到我们家乡。”

“您家乡在哪里？”

“浆水镇后南峪，位于东太行山脚下。”郭海英转身对蹲在厨房门口抽烟的廖师傅说，“廖叔，帮我拿壶热水，我要卸妆。”

“哦。”廖叔应声进厨房拿水去了，海英姐悄悄塞给他两块钱：“二春，快走！如果要去我家乡，一直往西走，到西黄村后沿着川河继续往西走，到将军墓后再往南走不远就到了。”

“哦。谢谢您，海英姐！”他眼睛湿润了，放下斧头，背上包袱朝后门跑去。

王巧春轻轻地拉开后门，可那扇破旧的木门还是发出吱嘎的动静，他悄悄从门缝溜出去。出门后他回头望去，海英姐、晓双姐和黄清清站在院子里朝他招手，他一步一回头，此时，厨师廖师傅也出现在厨房后窗里，正冲着他微笑呢。他心中对海英姐、晓双姐、黄清清和廖叔充满感激之情，刚想转身鞠躬致谢，这时后院传来汤老板的尖叫声，他顾不上多说什么，撒腿就跑了。

## ◆◆◆ 六 ◆◆◆

东太行山在哪里？王巧春问过很多路人，大家都说离这很远。城北有个老翁告诉他：“孩子，浆水镇离这不近，有 100 多里路。山西省和顺县就更远了，要翻山越岭走半个月，就你这小身板，还没走到那里就该饿死了。”

无可奈何，他打消了去山西省的念头，继续在老城街头流浪。白天他给富人家打工，傍晚下河摸鱼，夜里睡在老城剧院大墙外不远处一个破庙的房檐下，听着从四合院传出来的戏曲声。《打渔杀家》的台词，他早已背得滚瓜烂熟，每晚演出开始后，他心里总是盼着听到萧桂英出场的唱词。海英姐的声音总是那么柔润坚韧、刚强有力。无论他多么饥渴，只要听到她的声音，心里就感觉充实和快乐。

天冷了，王巧春在旧庙的一个角落挖了一个地窖，这样，夜里不再挨冻了。很快，旧庙里聚集了另外三个无家可归的小男孩，他们相依为命，白天一起流浪，夜里一同挤在地窖里睡觉。其中有一个与王巧春同龄的男孩叫孙大海，他父母是东北抗日联军的指挥员，几年前在一次长白山反“围剿”战斗中同时牺牲了。孙大海是个报童，小学文化，了解一些政治时事，一心想给父母报仇，与王巧春约定一起当八路军打日本鬼子。

1937 年 10 月初在老城县的北城楼附近，王巧春看到一群军人在马路边围成一圈下象棋。一个当官模样的瘦子摆出一副必胜的姿态，得意地对一个同僚说："强子，这一局你输定了，三步后我就解决问题。"

"强子，跳马保卒吧！"有人帮助他支着儿。

"侯强，你的马和炮都有危险啊！"有人提醒他。

"强子，不能攻卒，这边炮要丢了。"几个同僚相互商量半天找不到解棋的路子。叫侯强的那个士兵大约二十岁出头，瘦长脸，歪戴帽子叼根纸烟，不服气地挠着脑袋，左思右想，举棋不定。一个四十几岁白胖胖的军官站在侯强身后，不耐烦地问："强子，你想出着数了吗？"

强子的瘦脸憋得紫红，没敢直接回答，自言自语："这盘棋我不应该输咩！"听口音，强子应该是个天津人。

瘦军官得意地哼着河北梆子："我叫你死，你就别想活，啦个里根楞——啦个里根楞——"

王巧春在旁边观看了一会儿，忍不住对瘦子军官高喝一声："如果让我下，八步之后赢你。"

"谁在那儿口吐狂言？"瘦子军官抬头一看，说话的是个十多岁的小乞丐，生气地一挥手，"滚蛋，小叫花子！"

强子抬头瞥了王巧春一眼，感觉不大自在，说："去，去，去，小兔崽子！该干吗干吗去！"

王巧春仔细审视一番后，不服气地对瘦军官说："别小瞧人，我六步就赢你！不信你让我试试。"这时，那个站在旁边观棋的胖军官瞪着大眼睛走过来，细声细嗓地指着棋盘说："小家伙，你真能赢他吗？"

"能，至少这盘残棋能赢他。"王巧春肯定地回答。

胖军官半信半疑地说："好，你要是能赢他，我马上让侯强到伙房拿两个白面馒头给你吃。"

"你说话当真？"王巧春当时饿得肚子叽里咕噜直叫。

"哈哈，当然！"胖军官脸色陡然一变，凶狠地从腰带上摘下一根皮鞭握在手里，"但是，如果你要是赢不了他，我可要用马鞭狠狠抽你一顿。"

王巧春没有理睬他，把那匹粗布垫在地上坐在棋盘旁，毫不迟疑地走出第一步：拱卒。

瘦子军官嘿嘿一笑："小崽子，我还以为你真的有两下呢，臭手！吃马！"

王巧春几乎没理睬对方怎么走，一连走了五步，瘦子军官额头上冒出汗珠：“哎！小兔崽子，挺厉害呀！”当他走到第六步时，瘦子军官脸色酱紫，低头认输了。

“尤翻译官输了，哈哈。”强子和几个旁观者大笑起来。王巧春不知道翻译官的官有多大，得意地伸出手对胖军官说：“拿馒头来！”

“尤西里呀尤西里，你也有输棋的时候啊！”拿马鞭的胖军官哈哈大笑道：“侯强！”

侯强站起来立正回答：“有！”强子黑瘦面孔，高个子，衣冠不整，一副吊儿郎当的样子。

“去食堂拿两个白面馒头来。老子说话算话。”

“是，黄团长！”侯强朝旁边的军营方向跑去。

难道这个人就是保安团黄团长吗？那天傍晚在剧院门口，王巧春曾远远地见过他。团长，在王巧春的心目中可是个不小的官啊！他抬头望着眼前这个大官，圆脸，白白胖胖的，有点儿斯文，不发脾气的时候还显得蛮和气的。

黄团长问他：“哈哈，小子，真有两下呀。哪里的人？”

王巧春回答：“威县人。”

“嘿，真巧，老子也是威县人。咱威县竟然有这等小才子啊！”黄团长眼珠一亮，“多大了？”

“十三岁。”

“叫啥名？”

“二春。”

尤西里翻译官看着残棋，感觉不可思议地说：“哎，黄团长，这小子不一般哪，普通高手能提前看三步，他能提前看六步啊！超级高手啊！”

“嗯，这小子确实不一般，小才子！”黄团长又问他，“二春，你跟谁学的象棋？”

“有个清朝的老棋师告老还乡后隐居在我们村里，他年迈体弱，无子无女，我经常帮助他干活儿，他教我下象棋。”

“你是哪个村的？”

“雪塔镇董村的。”

黄团长和尤翻译官瞪大眼睛几乎同时问道："老棋师还在吗？"

"唉，老棋师去年发洪水时不幸去世了。"王巧春下意识地捂着自己内衣口袋，他怀里珍藏着老棋师金太爷送给他的棋谱。虽然那本清朝棋谱他已倒背如流，但还没完全掌握它的精髓。老棋师曾经告诫他，下棋如同两军交锋，攻时六步知之则求胜，守时三步不知则求平；棋逢对手，以攻为守，杀其锐气，以优制胜；棋逢强手，以守为攻，以少为精，以残制平。然而，当时他对老棋师的教诲还处于似懂非懂的状态，知其行，不知所以行。后来一直到全国解放后初期，王巧春才真正领悟出清朝棋谱的真经，在一次全国业余象棋大赛中，他按照老棋师的棋谱行棋布阵，夺得了全国业余棋手第二名。

"唉！"黄团长脸上显露出遗憾，对他说，"二春，我看你挺机灵的，当兵吧，留在我身边当勤务兵。"

"你小子有福气呀！黄团长可是咱老城县的大官呀！还不赶快下跪磕头！"尤西里翻译官哈哈大笑。

"真的！"王巧春心中一愣，随口问，"你们打日本鬼子吗？"

黄团长吹嘘道："鄙人黄黎，威县的胡梦九是我舅，日本人到了咱的地盘得绕着走。老城保安团乃胡梦九司令手下响当当的保安一团，驻扎在老城县维持治安和社会秩序，确保城里百姓平安。这叫曲线救国。"

王巧春吓了一跳，胡梦九可是冀南地区有名的盐霸呀，据说他表面上表示要抗日，成立了非法地方武装保安旅，暗地里却与日本人勾结，随时有叛变的可能。嘿，差一点儿掉进火坑里！他拿起地上的包袱撒腿就跑。这时，强子拿着两个馒头迎面跑来："喂，小孩，你上哪儿去？"

"哎，二春，馒头拿来了，你怎么跑了呢？"黄团长在他身后尖叫道。

"我不想当汉奸！"他扭头喊道。

"妈的，你说谁是汉奸！小兔崽子！"黄团长慈善的脸孔立刻变得狰狞，怒吼道，"强子，把他给我抓回来！"

强子刚跑了一趟食堂，已经气喘吁吁了，没二春跑得快，不一会儿就被二春甩在后面。

"不抗日就是汉奸！"二春边跑边回头喊道，拐个弯躲进一条小巷里。"抓住他！"强子顺着大路追下去。

"小兔崽子，你敢说老子是汉奸！我饶不了你！"远处传来黄团长的叫骂声,“抗日?能打过日本人吗?都死了不是照样亡国嘛!”黄团长的尖声细嗓能胜过女高音。

黄团长是个软骨头,廖叔说得没错!

## ◆◆◆ 七 ◆◆◆

离开保安一团后,王巧春在老城大街小巷转悠了一天也没要到吃的,肚子饿得咕咕直叫,只能趴在井沿儿喝口凉水。傍晚时,他在东十字街路口碰见他的小伙伴孙大海在马路上高声吆喝着:“看报,看报,最新消息,张家口失守后日军长驱直入已经逼近石家庄一带。华北危急!石家庄危机!邢台危急!”王巧春从孙大海手里拿过来一摞报纸,与几个男孩子一起学着他的腔调高声吆喝着:“看报,看报,最新消息,日本军队要来了。老城危急!”由于饥饿,王巧春渐渐地有点儿体力不支,落在大家后面。

“二春,饿了吧?”孙大海走过来把王巧春手里的一摞报纸拿走。

“嗯。”

“我这儿还有一个玉米馍馍,你拿去吃吧。”孙大海拿着报纸朝西关菜市场走去。

“谢谢你,大海。”王巧春没客气,屁股还没坐在马路边,就迫不及待把玉米馍馍塞到嘴里。吃过东西,喝点儿水,休息一会儿后,他感觉体力恢复不少,站起来去找孙大海。

在西关菜市场附近,王巧春看到数百名群众手拿传单聚集在大街上议论着当天的新闻。他凑过去听了一会儿,明白了,原来大家在议论老城国民政府撤退的事情。自打 1937 年 9 月 24 日日本军队占领了保定城之后,国民党各级政府和驻军早早就撤退了,日本军队正向石家庄进军,老城里只剩下黄黎的保安一团。人群里有人高喊:“乡亲们别怕,只要有黄黎的保安团在,日本人进城后保证不杀、不打、不抢,让咱老城人平平安安。请各位不要反抗,不要激怒日本人,要支持保安团,有人的出人,有力的出力,有钱的出钱,维护咱老城的治安。”

“哼，大家别相信他的话，这是黄黎想投靠日本人故意放出的谣言。”一个身穿灰色军装的中年男子大声争辩，“乡亲们，国民党县政府佟县长几天前带着家眷溜走了。大家不要轻信胡梦九和黄黎的谎话，不要加入黄黎的保安团。虽然国民党县政府跑了，可是我们老城的抗日义士还在，我们在警备队和民团基础上组建老城抗日义勇军抵抗日本侵略者！”

“何团副，您确定胡梦九要叛变吗？”一个军人模样的青年人高声问道。

被称为何团副的中年男人说：“请大家分析一下，大敌当前，胡梦九要求保安团既不抵抗也不撤退，你说他打算干什么？曲线救国实质上就是投降！”

何团副的话最终还是应验了，冀南地区大恶霸胡梦九后来真的当了大汉奸，但那是1937年11月威县失陷以后的事情。

1937年10月10日那天，日军飞机轰炸了老城，城内一片混乱。一连两天，街头市井经常有百姓在议论战事的进展，除了进步青年在宣传抗日外，也有从前线退下来的国民党士兵夸张地描述日本军队如何如何凶猛，什么大炮轰炸、坦克开路、日本鬼子刀枪不入，等等。当有老百姓问他坦克是啥东西、长的啥样时，这个士兵什么都回答不出来。最后，他不得不承认，大炮一响他们军队就撤退了，连日本鬼子的影子都没见着。“你这不是自己吓唬自己吗？”围观群众气愤地怒斥道。这个国民党士兵灰溜溜地逃走了。

10月12日上午，王巧春和孙大海在西关菜市场附近碰见京剧团厨师廖叔，见他一个人吃力地拎着一个大菜筐往回走，他俩连忙跑过去帮忙：“廖叔，我俩帮您抬菜筐吧。”

“哦，你是那个二春吧……”廖叔想起来了，“那天你从后门跑了，汤老板发现后硬说是我和海英把你放跑的，气得他一通发疯，说我们有意与他作对，要解雇我们。”

“廖叔，不好意思，连累您了！”

“没关系，我不怕他，大不了回家种田去。再说，看见他经常与黄黎团长之流勾勾搭搭的，我也不愿意跟他干了。”王巧春和孙大海拎着菜筐走在前面，廖叔叼着烟袋走在后面，边走边嘟哝着。

“海英姐她没事吧？”王巧春回头问道。

“海英就更不怕他了。听说日本鬼子要来了，前几天剧团走了不少演员，现在人手紧缺，离开海英，戏就演不成了，所以汤老板不敢把海英咋样。”

“廖叔，我上周在街头听一个叫何作愚的军人说，县里一些抗日义士要成立抗日义勇军，不知您了解不？”

“义勇军属于游击队性质，人员比较混杂，有热血青年、穷苦农民，也有从前线溃散的国民党兵和一些所谓的抗日义士们，他们中大多数是真抗日的，但也有少数临时找出路的。那些肯出钱抗日的土匪头子和地主老财们无非是想保护他们自己的利益。不过我听过何作愚演讲，他的思想还是蛮进步的。何作愚原本是保安团的团副，正规军人出身，带过兵打过仗，据说在抵抗和不抵抗的问题上与黄黎团长闹崩了。现在，八路军正在争取他，前些天有个名叫杨珂冰的女八路军联络员，专程来老城与他谈判，劝说他带领保安团投奔八路军，参加抗日。”

“啊！原来是这样！”菜市场是个消息灵通的地方，真的、假的，什么消息都有。廖叔因为经常到菜市场买菜，了解不少事情，连八路军代表进城与何作愚谈判这种秘密都知道。王巧春与孙大海商量后决定还是要找正规的八路军。“廖叔，杨珂冰联络员还在城里吗？”

“早就走了。”

“到哪里能找到她呢？我俩想当八路。”

廖叔摇摇头，改变了话题。“天凉了，你们现在住在哪里？”廖叔关心地问道。

“廖叔，我和孙大海一直住在你们隔壁的旧庙里，我们在旧庙东南角落挖了一个地窖，夜里不再挨冻了。”

“兵荒马乱的，在城里流浪不安全，早点儿当兵去也好。”

孙大海说：“廖叔，我俩都想当兵，一直在找正规八路军。我从报纸上看到，八路军129师最近在山西打了几场胜仗。八路军才是抗日的队伍。”

“城里哪有正规八路军哪！”快到剧团后门时，看到四下没人，廖叔低声说，“孩子们，你们说得对，八路军才是抗日的队伍，是穷人的队伍。山西和顺县、昔阳县、辽县都出现八路军的队伍。据说，八路军129师派先遣部队工作组现在已经到达邢西，驻扎在浆水一带。如果你愿意参加八路军，赶紧去那里报名吧，八路军队伍现在正在招兵呢。”

王巧春不知道和顺县在哪儿，但知道浆水离这儿不太远。“大海，我们近日动身去浆水吧。”

“好的，咱们回去收拾东西就走。”孙大海为父母报仇心切，参加八路军的心情更加急迫。

廖叔叼着烟袋走在前面，王巧春和孙大海抬着菜筐跟在后面。“二春，我猜廖叔是八路军。”

“不会吧？”王巧春摇摇头。拐进剧团后门的巷子里后，王巧春悄悄问廖叔：“廖叔，您是八路军吗？”

廖叔摇摇头笑着说：“你看我像吗？”

“不像。您是共产党吗？”

廖叔没有摇头，但坦诚地说：“我只是个厨师，但我拥护共产党，支持八路军。”

剧团到了，廖叔对他俩说：“你们在这里稍等片刻，我把蔬菜送进去就出来。”廖叔进院后不久又从后门出来，递给他俩每人两个玉米面馍馍，“拿着吧，孩子们，你俩路上吃。”

“谢谢廖叔！”王巧春和孙大海接过玉米馍馍时给廖叔深深鞠躬。

王巧春刚想离开，忽然想起一个心事，转身说：“等等，廖叔，我有件事想求您帮忙。”

“啥事？”

“我想临走前见海英姐 面，与她道个别。”

廖叔犹豫了一下，说：“唉，二春，你最好别进院，要是让汤老板看见，你又该受苦了。这样吧，你等在这里，我试试看能否把海英叫出来。”望着廖叔驼背的身影，巧春喊道：“谢谢您，廖叔！”

不一会儿，后门打开了，郭海英探出头向外张望，“谁找我呀？”

“海英姐，是我！”

“二春，你怎么回来了？”海英仍然穿着那件蓝色白花衣裙，吃惊地跑过来，开心地拉着他的手蹦起来，“我还以为你已经走了呢。”

“海英姐，我今天要去邢西报名参军了，临走前跟你告个别。”

“是参加八路军吗？”

“嗯，廖叔说是从山西和顺县过来的八路军。”

“去吧，二春，我要是个男孩子也会去当兵。”

“海英姐，感谢你帮助我，在危难时刻救济我。以后如果有机会，我要报答你。”王巧春从口袋里掏出海英姐给他的两块钱，“这钱还是还给你吧。我当兵后就有饭吃了。”

“瞧你说的，什么报答？你我都是穷孩子，当然要帮助了。钱你带上，也算是我的一点儿心意。二春，我送你到路口。”王巧春与海英姐边走边聊，孙大海远远地跟在他俩身后。

“他是谁？”郭海英回头问道。

“我的朋友孙大海，他的父母在东北打日本时牺牲了，他要报仇，我俩约定一起到八路军129师当兵。”王巧春介绍说。

海英姐转身打个招呼：“你好，大海！你们当兵后要为我们中国老百姓多打日本鬼子！”

“放心吧，海英姐，打日本鬼子绝不手软！”孙大海快步赶上来。

海英姐一直把他们送到巷子口，她告诉王巧春和孙大海，她哥哥叫郭石春，在八路军129师政治部当兵，如果今后能碰见她哥哥的话，就帮助她问个好。

“再见，海英姐！”大海站在路边招手。

“海英姐……”有句话王巧春一直憋在心里不敢说出口，望着海英姐纤细的身影，他含蓄地改口说，“海英姐，日本鬼子就要进攻老城县了，你一定要多保重。等打败日本鬼子后，我和大海回来看你。”

海英大方地说：“好的，二春、大海，我们抗战胜利后再见！”

## 八

告别海英姐后，王巧春和孙大海回到旧庙收拾行装，王巧春背着他娘给他的包袱，孙大海背着他父母留给他的挎包离开了老城。

“二春，你喜欢她，我看出来了，哈哈！”大海调皮地一笑。

“我喜欢谁？”

“当然是海英了！”

"胡说，海英比我大，我叫她姐姐，她曾经帮助过我。"

"别骗人了，二春，你脸红了。"

王巧春没再争辩。

离开老城后，看到许多地方抗日武装队伍都朝山西和顺县方向走，王巧春和孙大海改变了主意，不去浆水，改去山西和顺县。他们翻山越岭来到和顺县，在城里转了一圈，没见到八路军的影子，倒是见到许多抗日游击队在招兵买马。孙大海态度非常坚决，一定要找到八路军正规部队。他们在县城里转了两天，总算打听到和顺县皋落镇那里有一支八路军队伍正在招兵。

10 月底，王巧春和孙大海来到皋落镇民主抗日政府，有人建议他们去小西村。王巧春和孙大海步行半天，下午赶到小西村。村中央有个地主家的四合院，地主在八路军到来之前逃跑了，八路军的招兵办就设在这里。

进村后，他俩先在小溪边洗把脸，然后匆匆赶到招兵办。"首长，我们是来当兵的。"他俩前腿还没迈进大门，就大声嚷嚷起来。

院子里摆着两张桌子，两个军人坐在桌子后面，一个是排长，叫叶长林，一个是医生，叫梁晓辰，叶排长负责登记，梁医生负责给报名参军的新兵体检。

负责登记的叶排长接待他们。多大了？叫什么名字？会写字吗？哪里人？为什么要当兵？叶排长一连问了很多问题，然后让他们在一张表格上填写自己的情况。填好登记表后，他俩到梁医生那里体检。

体检结束后，一位姓阚的八路军连长拿着他俩的材料从办公室里走出来，询问他们几个问题，并和蔼地介绍说："我们是八路军 129 师政治部先遣工作组，去敌后开展抗日宣传和组织工作，开辟根据地。虽然我们正在动员征兵，但你俩还小，我们暂时不能接收你们。"

"我们不小了，阚连长，大人能做的事我们全都能做。"

阚连长笑笑说："这我可不信，小鬼。我们队伍每天行军百里，你们能跟上吗？我看，你们还是回家吧，等明年大一岁再来报名参军吧。"

王巧春央求说："阚连长，我身体好，能走路，能爬山，一天能走一百多里地呢。"

孙大海急得哭出声来："首长，我没有家，我的父母在东北抗日联军牺牲了，我要当兵打日本鬼子，为父母报仇！"

"可你们来迟了，我们后天就要开拔，去冀南地区宣传抗日。"

王巧春坚持说："不管怎样，我都跟你们走，你们走到哪儿我就跟你们到哪儿。南宫、巨鹿、威县、高邑、老城一带，我都熟悉，我可以帮你们带路。"

"当兵打仗可是要死人的，你俩不怕死吗？"

"不怕！不当兵，早晚也要饿死。"王巧春说的是大实话。

阚连长笑笑，抚摸着他俩，默许了。

先遣队工作组仅用一星期的时间就扩编为先遣连，大多数新兵没有军装，仍然穿着老百姓服装，没有枪，就背着大刀或手提扎枪。阚连长把王巧春和孙大海留在连部，王巧春当编外勤务员，孙大海当编外通信员，他们参加了最后两天的新兵训练。

第三天，先遣连离开了小西村，从山西到河北，从浆水镇到内丘县，然后向东，直奔南宫县。在南宫县，新兵换装并军训一周，接着继续向东进入山东省高唐县境内。部队每天日行一百多里，王巧春和孙大海不仅从不掉队，而且跑前跑后传达命令，比战士们多走更多路。

阚连长见他俩意志坚决，送他们每人一副绑腿绷带，并告诫他们，长途行军一定要打好绑腿，否则腿会出事。王巧春疑惑地问阚连长："会出什么事呢？"阚连长回答道："长途行军双腿静脉回流不畅，下肢会浮肿、肿胀、疼痛，影响第二天行军。如果有下肢静脉曲张，一旦发生血栓还会威胁生命，就更需要打绑腿。"

"哦。"王巧春明白了，怪不得战士们行军时全都打绑腿。

1937年11月上旬，先遣连到达济南郊区附近时得到消息，邢台已经沦陷了，河北省内的国民党军队已经退至山东济南一带。济南老百姓已经惶恐不安，纷纷向河南、湖北、陕西逃难。当地国民政府尚没撤退，但忙于安置从前线撤退的国民党军队，对他们这支八路军队伍不闻不问，甚至有些排挤。

11月底，先遣连将侦察到的情况向先遣支队张先跃支队长汇报，阚连长认为，济南地区周边形势混乱，而冀南地区抗日条件成熟，适合建立敌后根据地开展游击战，请求返回威县、老城、南宫一带。张先跃支队长回电同意先遣连返回河北冀南地区。

先遣连离开小西村时编制3个排，共计有96人，除了班长、排长是老兵，其他都是新兵或游击队员。老兵几乎都是骁勇善战的红军战士，有过硬的军事素质和丰富的战斗经验。由于一路收编不少游击队和地方抗日武装，队伍不断壮大，在从山东返回河北时，已经扩编为 5 个排，共计 160 人，持枪比例也增加不少。然而，唯独王巧春和孙大海一直跟随在阚连长身边做勤务员和通信员，却没被正式批准入伍。

"阚连长，批准我们入伍吧。"王巧春和孙大海一路上经常缠着阚连长。

阚连长对他俩的表现很满意，安慰他们说："小鬼，你们现在已经参加革命了，别着急嘛，我阚勇说话算话，等打过一场胜仗后，我马上给你们补办正式入伍手续。"阚连长告诉他俩，他自己当年也是穿着老百姓服装跟着部队外出打仗，经过几场战斗后才穿上军装的。阚连长是 1933 年参加革命的老红军，常给他们讲长征时期的故事，他们从他那里学习到很多革命历史知识。

## ◆◆◆ 九 ◆◆◆

1937 年 12 月初，当先遣连再次进入山东省高唐县境内时，情况已经发生了巨大的变化，高唐县被日军占领了。大地上到处可见悬挂着青天白日旗的日军岗楼；天空中，日军飞机肆无忌惮地低空飞行扫射。为了尽快返回冀南地区，阚连长决定日伏夜行，从敌占区穿插过去。如果与日本鬼子小股巡逻队短兵相接，就直接干掉他们；如果遇见无法绕过的岗楼，就想法炸毁。当时，先遣连新兵居多，抗日热情高昂，求战欲望强烈，也需要练兵打仗。趁日本侵略者刚刚入侵山东立足未稳，先遣连在高唐境内端掉几个日伪军新建的村公所和镇公所，缴获一批武器弹药。实践证明，战斗是最好的训练手段，打过几仗后，新兵变成老兵了，心理素质和战斗素养明显提高。

12 月下旬，当部队到达山东省夏津县王官庄附近，准备跨过高唐县通往清河县的三号公路时，发现这条公路已经被日军封锁。在三号公路的十字路口处，一座刚建好的日军岗楼矗立在路边，公路两边架起铁丝网。这个岗楼比他们先前炸掉的岗楼大多了，公路边还有一处工事。

先遣连隐蔽在村东头一片树林里，阚连长派四排叶长林排长独自进村与当地交通员接头。大约一小时后，叶排长带来两位中年妇女，一位是交通员马大姐，另一位是冀西民训处联络员杨珂冰同志。

“杨珂冰”，一个熟悉的名字，王巧春仿佛听说过。过了好一会儿他才想起来，大上个月廖叔提到过，有个叫杨珂冰的八路军冀西民训处女联络员在老城做保安团何副官的反正工作。王巧春用敬佩的目光望着她。

杨珂冰，三十多岁，辽宁海城人，是个1933年入党的老共产党员，受华北特区指派刚刚来到冀鲁豫三省交界区，负责联络、组织和训练游击队，其公开职业是王官庄小学老师，实际上担任联络员。

阚连长与杨珂冰联络员见面后，直截了当地说：“杨大姐，时间紧迫，我们今晚要越过三号公路去冀南平原与先遣支队主力会合。”

杨大姐说：“村西头三里地不远处有一条河横穿三号公路，河水不深，你们可以在夜里剪开桥下铁丝网，从桥下赤水悄悄穿插过去。”

阚连长摇摇头：“不，杨大姐，我们绝不悄悄地穿插过去，这样会助长敌人的威风。据我侦察员观察，这是一个距离高唐县最远的据点，相对比较孤立，与其最近的据点较小，相距两公里远，而且正在建筑中。我们打算今天夜里拔掉这个据点，狠狠打击敌人的嚣张气焰。”

杨大姐激动地说：“是的，敌人立足未稳，是个好机会。这几天游击队也在商量怎么拔掉王官庄据点呢。前几天，我们派游击队员装扮民工，借给据点送粮的机会进行侦察。岗楼建筑完工不久，附近50米处有一个四合院，里面驻扎着大约伪军一个排、日军一个小队。白天，岗楼上面是日本兵站岗，岗楼下面是伪军站岗；夜里，岗楼上的探照灯把附近公路照得通明，日军装甲巡逻车每两小时经过这里一次。”

“敌人的火力情况怎样？”

“据游击队侦察员汇报，岗楼上面有一挺轻机枪，四合院门口的工事内有一挺轻机枪，除此以外，没发现其他重型武器。”

“当地游击队现在哪里？”

“游击队隐蔽在附近一个村庄里，随时可以过来。游击队队长姓王，邢台威县人，智勇双全。”

阚连长思考一下，点点头：“嗯，那就先请王队长过来商量一下。”

一小时后，杨大姐带着游击队王队长来见阚连长。游击队队长名叫王臻如，身材魁梧，性情豪爽。听说先遣连今晚要端日本鬼子炮楼，乐得合不上嘴："太好了，我们早就想端掉这个炮楼了，一直在等待合适的时机。"

"王队长，简单介绍一下游击队的情况吧，你们有多少人？有多少支枪？"

"我们王官庄游击队共有五十九个成年人，各个身强力壮、精明强干，还有七八个儿童团团员。短枪两支，长枪十六支，子弹两百多发，大多数人手持大刀或扎枪。"

阚连长说："嗯，人数不少，但武器单薄了些。我可以拨十几颗手榴弹给你们。"

王队长开心地拍掌："太好了！我们还有二十几枚自制的土地雷。炸碉堡不中，炸人没问题。"

阚连长说："好，行动时都带上，说不定能用得上。"

天黑了，交通员马大姐带人送来晚饭，热腾腾的玉米饼和蔬菜汤。这是先遣连离开济南以后吃的第一顿饱饭。

晚饭后，先遣连排长、班长和当地游击队领导召开联席会议，阚连长首先分析形势：日军进攻华北一路畅通，已经占领了冀南大部，气焰嚣张，但占领高唐县的日军依仗河北邢台一带为其后方占领区，骄兵自傲，麻痹大意，防线分散。趁敌人尚未站稳脚跟，这时候打他个措手不及，获胜把握较大。如果我们八路军悄悄地跨过公路离开这里，会削弱当地民众的抗日士气，大长敌人的威风。"敢不敢打死这只真老虎？"阚连长最后问道。

"敢！"排长和班长们异口同声回答，"坚决打掉它！"当时，先遣连的班、排长几乎是清一色的经历过长征的红军战士，有着丰富的战斗经验。

"别看日本鬼子凶狠猖狂，他们的身体也是肉长的，挨枪子儿照样玩儿完！"游击队队长王臻如拳头一挥，"王官庄是武松的故乡，游击队员个个都是武松的后代，我们早就想端掉这个炮楼了。"

杨大姐说："上级指示王官庄游击队近期转移到太行山区参加冀西游击总队的整编，打完这仗后，我们游击队正好撤到太行山区去。"

"好！我们的战术是强攻智取、奇袭敌营，今晚后半夜行动。"随后，阚连长做了周密的部署。这里距离高唐县较远，远水救不了近火，争取速战速决。高唐县的日军装甲巡逻车定时出来巡逻，大约两小时一次，袭击炮楼的同时，一定要在公路上炸毁巡逻装甲车，同时切断电线，做好阻击五里外另一个据点援兵的预案。一排、二排、三排负责清除哨兵、偷袭岗楼，围歼四合院里的日兵；四排切断电线，伺机在东边公路上埋设地雷，阻击从东向西过来的巡逻车；五排和游击队作为后备队，负责歼灭逃跑的敌兵，阻击增援的日军。

听说部队要打大仗，王巧春和孙大海跟在阚连长身后央求说："阚连长，给我们每人一支枪吧，我们也要打日本鬼子。"

阚连长说："不行，你俩太小，留在村子里。"

"阚连长，我跑得快，可以在公路上站岗放哨。"孙大海央求道。

"阚连长，不发枪也可以，让我跟四排去执行任务吧，我能爬电线杆子、割电线，还可以埋地雷。"王巧春也不甘示弱。

"我也可以割电线、埋地雷。"孙大海继续央求道。

阚连长看见他俩态度坚决，无可奈何地说："这样吧，小鬼，你们今晚跟着游击队行动。"接着对身边的王臻如说，"王队长，这两个小鬼就交给你了。"

"放心吧，连长，没问题，我们游击队里有不少儿童团员呢。"王队长冲他俩招招手，"来吧，小鬼，站到我们队伍里。"王巧春和孙大海不情愿地走过去，"王队长，有枪吗？"

"有哇，连机枪都有，就怕你们不会使唤。"

王巧春不服气地嘟哝："哼，小瞧人！你也不比我大多少。"

"至少比你大这些吧。"王队长哈哈一笑，伸出一个手掌，"你有15岁吧？哪儿的人？听口音是本地人。"

"威县董村的，姓王。"

"哦，原来我们是同乡啊！小王，既然跟我们一起行动就不会让你空手。"王队长递给他一把锋利的大刀，"先用它练练胆量！"

"嗯！"王巧春背着大刀跟随游击队出发了。后来他才知道，游击队王队长还真是他的同宗兄弟，只是由于平时不常见面，加上天色黑暗没有认出来。王队长是威县章台人，中学时就参加革命活动，1937年加入中国共产党。

半夜，大地覆盖了一层白色的寒霜，凛冽的寒风横扫着枯萎的野草，悠荡在空中的电线发出一阵阵嗖嗖的哨鸣声。战士们身披草帘，头戴草帽，静悄悄地埋伏在公路附近的一条壕沟里，等候着进攻的命令。

## ◆◆◆ 十 ◆◆◆

后半夜一点整，岗楼上的探照灯突然熄灭了，大地一片黑暗。岗楼上哨兵发出“哇哇”尖叫，日本话、朝鲜话和中国话夹杂在一起，大致的意思是：不好、快、有情况、紧急集合、准备战斗，等等。可能是岗楼建好不久，新招的伪军没经过训练，手电筒的光柱四处乱照，暴露了他们各自的位置。接着，四合院里响起急促的哨声。在一阵骚动之后，日本兵紧急集合，迅速跑进各自的防御工事里。惊慌失措的日本兵用手电筒照射着四周随风摇摆的野草，机枪毫无目标地朝荒地和公路方向扫射。

突然，探照灯又亮了，四合院里灯火通明，日本兵纷纷从四合院大门口的沙袋后面和岗楼上探出头，随着探照灯光柱警惕地向四周瞭望。公路上毫无人影，空荡荡的田野一片寂静，周围没有任何异常的迹象。

一小队日伪军蹑手蹑脚地走出四合院，沿公路附近查看电线，可是电线完好无缺。一个日本兵用手电筒隔着铁丝网向壕沟方向照着，光柱在八路军战士们的头顶上方摇晃，情形十分紧张，此时稍有不慎就会暴露目标。正巧，一辆日本巡逻车从高唐县方向开过来，公路上的日本兵转身朝巡逻车跑去，围上前与巡逻车里的士兵相互交谈。“喂，公路上有情况吗?”岗楼上的伪军大声问道。

公路上的伪军回答：“没有。”

看到公路上平安无事，巡逻车朝着清河方向开走了。

“原来是虚惊一场啊！都回去睡觉吧!”公路上的日军和伪军放心地返回四合院。岗楼上的伪军也陆陆续续返回各自房间。

不久，四合院的灯光陆续熄灭了，院子里安静下来。

大约二十分钟后，探照灯也熄灭了，岗楼上的哨兵再次尖叫起来，接着响起紧急集合的哨声和一阵嘈杂声。日伪军刚集合就位，灯光又亮了。日本兵望着一闪一闪的探照灯迷惑不解。北风呼啸，电线在空中摇荡着发出嗖嗖的哨鸣音，电灯的光线忽明忽暗，忽开忽灭。

一个腰挂战刀的日本军官冲着岗楼上的哨兵骂道："やたらに叫ぶな！こっそり観察しろ！"伪军翻译官高声喊道："妈的，原来是风的缘故。太君说了，大家别大惊小怪的！都回去睡觉吧。"

"是，明白，小队长！"伪军哨兵毕恭毕敬地回答。

日伪军们回屋睡觉去了，大门旁的灯光熄灭了，四合院漆黑一片。哨兵伸出头警惕地张望着，忽然灯光又亮了，哨兵的头又缩了回去。不久，探照灯彻底熄灭了，岗楼上的哨兵不敢再大惊小怪喊叫了，用手电筒四下照射一通，然后缩回脑袋，搂着步枪靠在墙边打起瞌睡。岗楼下面的哨兵搂着步枪坐在地上，耷拉下脑袋。四合院里传来此起彼伏的鼾声。

后半夜两点钟，阚连长一声令下，尖刀班战士剪开铁丝网，穿过三号公路，迅速包围了岗楼和四合院。四个战士手持大刀悄悄绕到沙袋背面，手起刀落，砍死正在打瞌睡的哨兵，夺过一挺机关枪，调转枪口对准四合院。

岗楼上的哨兵听到动静，哇哇地大声叫喊起来，"啪啪"鸣枪报警。阚连长右手一扬，一颗手榴弹扔到岗楼上，"轰"的一声，哨兵被炸飞，从岗楼上摔下来。阚连长带领一个班炸毁铁门钻进岗楼里，击毙岗楼里剩余的日伪军，迅速占领岗楼的制高点。四合院里的日本兵惊醒之后蜂拥而出，朝大门口跑来，被岗楼上和沙袋后的八路军战士击毙一片。

躲在屋子里的日本鬼子"哇哇"哀号着负隅顽抗，从窗户里向外打枪，几个八路军战士冲进院子，不幸中枪倒在大门附近，但岗楼上的机枪居高临下很快压制住龟缩在室内的敌人，战士们冲进院内贴着墙壁向屋子里投掷手榴弹，炸死残余的敌人。先遣连速战速决，仅用三十几分钟就结束了这场战斗。

王巧春和孙大海跟着游击队员打扫战场，看到很多日本兵没来得及穿上外衣就被击毙在院子里，他俩开心地跳起来。一个日本军官双腿被炸断了，歪倒在墙角里，孙大海弯腰去摘他怀里的手枪时，受伤装死的日本军官突然坐起来瞪着一对血红的眼睛与孙大海争夺枪支。日本军官力气大，把孙大海推倒后夺回手枪对准他。王巧春迟疑一下，惊呼："大海，躲开！"他抡着大刀冲上去，几乎在枪响的瞬间，挥起大刀砍在日本鬼子的脖颈上。日本军官头颈血涌如注，身体一歪瘫倒在地上。这是王巧春第一次杀人，他拎着刀呆呆地站在原地没动，阚连长赶过来对准还在呼呼喘着粗气的日本军官连开两枪，日本军官身体抽动几下就断气了。

阚连长呼喊着："小鬼，你怎么了？"王巧春回头看见孙大海躺在血泊里，冲过去扑在他身上，呼喊着："大海，大海！"

孙大海睁开眼睛握着王巧春的手，有气无力地问："二春，日本鬼子砍死没？"泪水遮住王巧春的双眼，他点点头告诉大海："砍死了，都怪我下手太晚了！大海，你要坚持住！"

"孙大海怎么样了？"阚连长查看孙大海的伤情，"糟糕，打到心脏了！梁医生快过来，有人受伤了！"他的双手压在孙大海的棉衣上，可是血液从他的指缝间不停地涌出。等梁晓辰医生和卫生员赶到时，孙大海已经闭上双眼，停止了呼吸。

"发生什么事了？"游击队王队长跑过来。

"大海，你醒醒啊，我们还要一起打鬼子呢！"王巧春悲恸地呜咽。

"谁让你俩跑进来的？我不是要求你俩跟着游击队吗？"阚连长其实有责怪王队长的意思。

王队长自责说："都怪我，想让他们锻炼一下，就同意他俩跟着我们打扫战场，没想到……唉！"

"小鬼，你没受伤吧？"阚连长用手电筒在他身上照了一遍，当看见王巧春手里的大刀滴着血时，抚摸着他的头说，"别哭了，小鬼，真刀真枪打仗总会死人的。今后咱们要多杀几个日本鬼子，替死去的烈士们报仇！"

"连长，都怪我，如果我下手快些，或许孙大海不会死。"王巧春的心在抽痛。

"巧春，不怪你！这是血的教训，打扫战场时容易发生这种事情。对那些装死不投降的敌人，今后打扫战场时该补枪的就补枪，如果怕浪费子弹就补上几刀。今后绝不能再出现这种无谓的流血牺牲了！"阚连长叹口气，"唉，只可惜孙大海这么小，还没穿上军装就牺牲了。"阚连长眼含热泪摘下自己的军帽戴在孙大海的头上，大声宣布，追认他为八路军战士。先遣连战士们在阚连长带领下为孙大海举办了简短的入伍仪式。战士们站成一排行举手礼，孙大海身穿梦寐以求的八路军军装，静静地躺在担架上，身上撒满了绿色的松枝。

王队长和游击队员把孙大海埋在马路边的一片松树林里。王巧春站在孙大海的坟前，久久不肯离去。“大海兄弟，我今后一定替你报仇！”

游击队队员忙着收缴敌人的武器弹药，清点敌人死亡人数。这是先遣连进入山东敌占区后打得最漂亮的一场仗，除孙大海外，先遣连牺牲四人，受伤五人，消灭王官庄据点的大部分敌人，共击毙日本兵十一人、伪军十五人，缴获轻机枪两挺、步枪二十八支、手枪两支。只有四五个日本兵穿过麦田地朝高唐方向逃走。

敌人的装甲巡逻车听到枪声后，转头往回开。游击队预先埋置的土地雷阻挡不住装甲车的前进，四排阻击巡逻车的任务进展不顺利，伤亡较大。此时围攻据点的战斗尚未结束，日本装甲巡逻车加足马力朝王官庄开来，妄图解救被围之敌。一路上，巡逻车的机枪疯狂扫射，四排的尖刀一班暴露在公路两侧，八九个战士用血肉之躯对抗铁甲，瞬时死伤一片。幸好靠近王官庄的一座木桥被游击队及时拆除，壕沟阻挡住巡逻车的前进。前进受阻的巡逻车遭到四排的包围，其火力受到压制，有些进退两难。“二班，准备炸药包，侧翼迂回，接近装甲车；三班正面吸引敌人火力。”叶长林排长下达命令。

巡逻车里的日本兵看见几个八路军战士手持炸药包埋伏在公路附近，调转车头逃跑了。叶长林排长眼看着巡逻车跑掉了，气得把军帽扯下来摔在地上：“给我追！把这个乌龟壳炸烂！”然而两条腿追不上四个轱辘，巡逻车虽然速度不快，但火力强，打得二班战士们不敢在后头追击，只能趴在公路上眼睁睁看着它逃走。

虽然阻击任务完成了，但叶排长感觉与失败没有两样，因为缺少对付装甲车的武器装备和战斗经验，死了这么多人，他心里又气又恨又懊恼。说心里话，叶排长太想把这辆巡逻车炸掉了，所以战术安排出现失误。当他耷拉着脑袋向阚连长汇报阻击战结果时，阚连长也没想到牺牲人数一下子增加了八人，沉默了好一会儿，才气哼哼地说：“蛮干！”

阚连长带领一排、二排、三排，带着战利品和伤员先行撤离，经清河县进入冀南。叶排长带领四排、五排和一部分游击队队员用炸药包炸毁炮楼，在先遣连撤退的小路上埋设地雷，随后追赶部队主力。

## ◆◆◆ 十一 ◆◆◆

先遣连在山东和冀南地区辗转数日后来到威县张庄休整，阚连长兑现他的承诺，正式批准王巧春参加八路军，留在连部当勤务员。王巧春终于领到了一套军服和一支崭新的驳壳枪，从此，正式走上了革命的道路。这一天是1938年1月2日。

穿上军装的那一刻，王巧春想起好友孙大海，激动又悲痛，泪流满面。他们曾相约一同当八路军、一起打日本鬼子，遗憾的是，孙大海却永远离开了他。孙大海牺牲得太突然了，失去了好伙伴，王巧春难过了好多天。

先遣连在张庄休整几天后赶到西黄村与先遣支队会合，在张先跃支队长的领导下，进行广泛的抗日宣传，团结各类地方抗日组织，为建立敌后根据地做了大量工作。

后来王巧春才知道，先遣支队实际上是129师教导团的一部分，张先跃支队长是1929年参加革命的老红军干部，曾担任师干部教导团团长。干部教导团是随营学校的前身，随营学校属于抗大分校，在后方时以学习为主，到前线投入战斗时其番号变为先遣支队。

先遣支队到达冀南地区后，除了担负宣传、组织和征兵工作外还有一项重要任务，即外线警卫，负责129师主力部队和总部机关进出太行山的保卫工作。随着邢台沦陷，冀南地区战事恶化，先遣连在邢西执行的外线警卫任务也增加许多，有时连地方抗日政府和刚改编的地方武装都需要警卫和保护。因战事需要，先遣连扩编为独立营。部队编制扩大了，排长全部晋升为连长。阚连长担任独立营营长，王巧春仍然留在他身边当勤务员。

进入1938年后，邢台一带迅速建立了各级抗日民主政府，冀南地区人民的抗日热情空前高涨，村、镇、县都成立了游击队。不仅许多进步青年踊跃参加八路军，就连早期投靠日军的伪军也纷纷倒戈投诚加入八路军。但八路军在敌后开展游击战的战略计划引起国民党和蒋介石的不满意，他们污蔑八路军"游而不击"。

威县日军清水部队下属伪警备旅，是一个由民团、警察、保安、散兵和土匪组成的杂牌军，不仅受到日军清水部队的藐视，还遭到胡梦九保安团的欺辱。伪警备旅的几个头目原本是些当地的资本家或地主老财，本以为投靠日军可以保护自己的财产和利益，然而，随着日军的烧杀掠夺，他们的幻想不久就破灭了，万贯家产毁于一旦。伪警备旅中不乏抗日志士和爱国青年，不甘心当汉奸被世人唾弃，纷纷要求举枪抗日。在威县中共党组织和八路军129师东进纵队领导的积极争取下，以及在抗日和反汉奸的宣传攻势下，威县的伪警备旅于1938年2月中旬在威县北面的北胡帐小学毅然宣布起义，成立了冀南抗日游击独立第二师，隶属于八路军129师东进纵队。

伪警备旅的投诚激怒了日军邢台大本营，日军司令扬言要彻底消灭起义部队，杀一儆百。威县抗日独立二师在整编过程中，部队比较分散，人员复杂，加上师部驻扎地北胡帐小学位于公路附近，容易受到来自邢台和威县日伪部队的袭击，因此上级领导派遣独立营进驻北胡帐村负责警卫。

不久后一个深夜，来自威县的日伪军三个营悄悄包围了北胡帐村，幸好房顶的哨兵及时发现了敌情，在敌人距离村口还有一里多地时，鸣枪报警。先遣支队独立营与师警卫营立即在村口阻击敌人，打退敌人三次进攻。师部刚刚撤离，北胡帐小学就遭到敌人猛烈的炮击。在防守最关键时刻，独立二师外围两个营赶到，突然出现在敌人炮兵后方，敌人一时慌乱，仓皇逃走。师警卫营损失较大，营长牺牲了，但敌人的偷袭也失败了。

独立二师在北胡帐击退威县日军偷袭，打了一场胜仗，鼓舞了全师官兵的士气。为防御敌人的再次袭击，师部向北转移，安扎在五公里外的经镇。独立营也跟随独立二师转移。

3月中旬，冀南特委马文瑞书记和八路军先遣支队张先跃支队长来到独立营视察工作，在连级、排级干部会议上通报了当月的战事。会后，张先跃支队长给阚营长布置了三项重要任务：1.因为独立第二师是个新起义的师，虽然抗日热情高昂，但战斗力不强，需要整训。整训期间，由独立营负责经镇周边警卫，要继续做好该师的外围保卫工作。2.派一位有丰富战斗经验的侦察员带着两个精干的战士潜入老城县，营救一个几天前在城内受伤的侦察员。该侦察员目前隐藏在城里一个地下交通站，躲过敌人的搜查，但最近伤情恶化，急需转移到城外，转送到太行山根据地或八路军医院进行手

## ◆◆◆ 十二 ◆◆◆

看过材料后，叶连长没有马上离开营部，转身问勤务员王巧春：“小鬼，如果我同意你参加‘利剑行动’，你有什么特长和优势？”

“我在老城住过三个月，地形熟、道路熟。”

“人呢？侦察兵除了辨图识路、熟悉地形外，更重要的是与人打交道。你在城里都认识什么人？”叶连长盯着他问道。

王巧春不假思索回答道：“我认识县京剧团的一个演员，名叫郭海英，艺名海英，她曾经救助过我，她哥哥也是个八路军，据说在咱129师政治部当警卫员。还有京剧团的厨师，姓廖，思想比较进步，当初还是廖叔告诉我山西和顺县有八路军招兵的消息呢。”

“哦，”叶连长似乎对王巧春的经历有些感兴趣，“廖叔叫什么名？现在还在剧团吗？”

王巧春摇摇头，说不出廖叔的名字，只知道他是东北人。离开老城快五个月了，现在京剧团情况如何，王巧春一无所知。他记得廖叔曾经说过，如果剧团给日本人演出，他宁肯回家种田。他离开老城快半年了，廖叔现在是否还在剧团，很难说。

“你在老城还认识其他人吗？”叶连长继续问道。

“其他人只有一面之交。有一次在马路边与保安团一个姓尤的翻译官下过一盘象棋，那是一局从表面上看似乎没解的残棋。姓尤的翻译官扬扬得意地持必胜的红棋，但我发现，黑棋只要走出过河小卒别住马腿的关键一步，就能够反败为胜。结果我赢了。当时观棋的有个姓黄的团长，是个棋迷，见我赢了尤翻译官，感觉十分惊讶，立刻提出奖赏我两个馒头，还想让我当他的勤务兵。后来我才知道，他是保安团团长黄黎。”

叶连长打断他：“你当过黄黎的勤务兵吗？”

“没有。我和孙大海寻找的是抗日的队伍，绝不会当汉奸。当我知道他们是冀南大恶霸胡梦九手下的队伍后，吓得我连送到手的馒头都没敢要，立刻逃走了。当初在皋落镇小西村报名参军时,我曾经向阚营长汇报过这段经历。”

“嗯,保安团黄团长要收他当勤务兵这件事,王巧春报名参军时曾对我说过,正是因为这件事,我当时才没马上同意他入伍,但默许他和孙大海跟随部队去山东,我的目的是要观察和考验他们一段时间。至于王巧春会下棋这件事,我好像从没听说过。”阚营长感到诧异。

叶连长笑笑说:“阚营长,你不会下棋,所以你不知道。嘿嘿,咱连队,大家都知道王巧春象棋下得好,没人赢得了他。”

“怪不得晚饭后你小子总喜欢往连队里跑,原来是去连队下棋呀!”阚营长不满地嘟哝着。

“营长,我只是偶尔玩玩,大多数时候是观棋不语。”王巧春感觉阚营长在批评他,有些脸红,低下头。

看到他有些羞愧,阚勇营长的口气缓和下来:“不要紧张嘛,我不反对你们下棋。战争期间娱乐也是需要的,只可惜我这个人没什么兴趣和爱好。老叶,你觉得他跟你去行吗?”阚营长的态度发生一点儿变化。

“嗯,不错,可以考虑。”叶连长微微点点头,继续询问他,“黄团长问过你姓什么、叫什么、哪里人了吗?”

“嗯,我告诉过他我叫二春,威县董村人。”

“你确定没说过你姓什么?”

“确定! 我只说我叫二春。”

“那就好。还有最后一个问题:三月的老城,春寒料峭,如果我们进城后不能与地下党取得联系,你会带我们住在哪里?”

王巧春抬起头说:“西关剧团墙外不远处有个破旧的、无人居住的土地庙。那里很僻静、隐蔽,很安全。”

“为什么?”

“因为有点儿迷信的人都不愿意靠近那种破败的土地庙。再加上……”说到这里他停顿了一下。

“再加上什么?”

“那里臭气熏天,到处都是‘地雷’。嘿嘿!”

“哦……有道理。”叶连长严肃的表情没有丝毫变化,他划着一根火柴,点燃旱烟，连吸三大口，思考片刻才继续说，“营长，我看王巧春与我一起去老城挺合适。从年龄上来说，他可以扮成小叫花子，帮助带路不大引人注意；从年龄差距来说，我们可以扮作父子，我静、他动；从地域上看，他是个本地人，不易被注意，隐蔽性强。还有，如果进城后不能顺利与地下组织取得联系，在县城里找不到安全的居住地，至少还可以暂时隐蔽在土地庙里。根据我们现在掌握的情况，巧春提到的黄黎团长确实是个棋迷，去年 10 月 13 日投降日本人，现任老城维持会的会长，必要时我们可以拿他开刀！还有一点很重要，巧春刚参军几个月，身上还带着老百姓的气息，不需要特别装扮。对我们侦察兵来说，这一点更重要。”

阚营长满意地笑了：“好吧，老叶，既然他有这么多有利条件，你认为行就行，我尊重你的意见。”阚营长转身嘱咐巧春：“巧春，你要听从叶连长的指挥，不许自作主张。一旦被敌人抓住，要禁得住严刑拷打，做到不叛变、不投降、不屈服、不暴露身份、不泄露组织秘密，要做好为抗击日本侵略者牺牲的准备。”

“是！营长，保证完成任务。”王巧春高兴得咧开嘴，立正敬了个军礼。

阚营长对叶连长说：“另一个侦察员你回侦察连里自己挑选吧，一定要选个侦察能力强的战士。”

叶连长想想，说：“营长，这次进城主要任务是转移伤员和运送药品，我和巧春对医药一窍不通，另外一人，我想选择营部梁晓辰医生。”

“老叶，你可要想好啊，他俩可都不是侦察员哪！带两个外行执行任务，你的负担可不轻啊！”

“营长，这次进城执行任务，既需要斗智也需要斗勇，但更多还是斗智。我听说梁晓辰医生懂点儿日语，参军后还当过几个月的侦察兵，有一些敌后侦察经验。”

“哈哈！”阚营长点点头，“老叶啊，你不愧是个老侦察员，连梁医生的经历都了解这么清楚。也好，老城地下组织也请求我们派一名医生进城为伤员治病，梁医生参加‘利剑行动’或许会有用处。你们三个人开会研究个方案。如果需要培训的话，可以有针对性地训练几天，但最迟三天后就要出发。”

“是，营长，一定完成任务！”叶连长敬礼后，转身离开营部。

听说与梁晓辰医生一起执行任务，王巧春更开心了，他们同在营部，十分熟悉，关系融洽。梁医生比他大五六岁，二十岁出头，长得年轻，稳重成熟，个子高他半头，但相貌与他相似，别人都误认为他们是哥儿俩。他平时经常帮助梁医生做一些卫生员的工作。梁晓辰是1936年山东泰安华美医学专科学校毕业的高才生，读大学时学过一些日语，实习结束后，于1937年毅然决然奔赴延安，后参加八路军129师。他的职务虽然是医助，但由于当时八路军缺乏外科医师，他干的是外科医生的活儿，野战外科手术技术一点儿都不差。

叶长林连长是个老侦察兵，重庆人，四十岁出头，身高中等，乌黑的络腮胡子，黝黑的皮肤，显得有些老气；一对闪烁着灵光的黑眸躲在高高的眼眶下面。他早年毕业于成都测绘学校，在武汉国民党部队里当过一段测绘兵。1932年随部队起义参加革命，1935年跟随红四方面军长征。长征路上，由于他具有识图认路的技能，被任命为侦察排排长，曾四渡赤水，前后两次爬雪山过草地。

阚营长站在窗前望着叶连长远去的背影感慨地说："老叶这个人哪，能力远远高于他的职务，如果不是因为受到西路军挫折的影响，毫无疑问，他的职务可能会超过我。"阚营长欣赏和信任叶连长，很多重要任务都交给他，王巧春在阚营长身边，多次听到他这样发自内心地评价叶连长。

作为一个八路军新兵，能与叶连长这样身经百战的红军一起执行任务，王巧春感到十分荣幸，这是一次难得的学习和锻炼的机会。

连续三天，叶连长带领他俩练习格斗、射击、骑马和几种日军常用兵器的使用，还演练了化装、跟踪和反跟踪的技巧，甚至训练了被捕后的应变技能和逃脱办法。三天的训练，胜过一年的当兵经历，最突出的一点是，他们的步枪射击水平明显提高。叶连长对他俩的评价是：梁晓辰医生心理素质好，善于随机应变；王巧春机灵、枪法好，有狙击手的天赋，还有识路的本领。两人共同缺点，是缺乏独立作战能力和实战经验。侦察兵的本领不是三五天就能学到的，现实情况千变万化，有些技能只能边干边学。

第三天，他们准时出发了。

# 第三部

# 利剑行动

1938年3月上旬，冀南地区的天气已经变暖，柳树发芽，陈雪融化，暖春早早到来。然而清晨，北风卷起平原的晨霜，依然带来一阵刺骨的倒春寒。

老城位于邢台市以北六十公里处，是一座具有三千多年历史的古城，四个城门分别位于东南西北四个城楼之中，四面灰色的城墙高大而坚固。自从老城被日军占领之后，城墙内外炮楼林立。白天，城门有日军和伪军共同把守，没有良民证的一律禁止入城，形迹可疑的人会被立即拘捕，夜里，城楼上下的探照灯交叉照射，四个城门关闭得严丝合缝，禁止任何人通行。因为城内有重要的军用物资仓库，所以城墙上岗哨林立，戒备森严，兵力充足。

## ◆◆◆ 十三 ◆◆◆

叶长林、梁晓辰、王巧春三人来到老城的北城门外，躲在远处一片树林里观察城门把守的情况。城楼上悬挂着日本太阳旗，城楼下两扇城门只打开一扇。门外除了岗哨，还有一个用沙袋堆筑的防御工事，两个日本士兵趴在工事里手握轻机枪瞄准城外的公路。进城的老百姓靠在路边排成一队，依次接受检查，日伪军士兵不仅查看证件，而且严格搜身，逐一检查行李和包裹。不时有人被赶走或被抓起来。

看到日伪军对进出城门的老百姓盘问和搜查如此严格，叶长林连长感觉有些不解，不自觉地嘟哝道："见鬼！日本鬼子今天怎么这么警觉呢？"

"城里出什么事了吗？"梁晓辰也问道。

"好像是。我们先离开这儿。"叶连长带着王巧春和梁晓辰医生离开那片树林，在城西一片山坡的荒地里找到一个破旧废弃的土地庙。叶连长四处观察一遍，对他俩说："武器和家伙不能随身携带进城。这里看来不常有人来，咱们把不便携带的东西都埋藏在这儿，等完成任务后再来取。进城后如果跑散了，这里就是我们的会合地点。"

梁医生说："头儿，不带枪可以，但我的急救包怎么办？进城后需要救治伤员哪！"

叶连长摇摇头："急救物品不能随身携带，进城后如果需要的话，我们再想办法去搞。"

"头儿，我们赤手空拳进城，万一在城里与敌人遭遇了，怎么办？"王巧春不理解地问道，"怎么也得带把匕首吧？"

叶连长没有因为王巧春的幼稚而生气，笑笑说："傻小子！我也不愿意把武器藏起来，你告诉我，怎么才能把匕首带进城？我们的任务不是去打仗，而是去执行特殊使命，要用智慧，不能蛮干。真要在城里打仗，别说我们三人，就是再有十个八个的也是白送死。侦察员只有做好伪装才能保护好自己，只有保护好自己才能完成任务，这是侦察员的基本素质。"

“明白了，头儿。”

叶连长又叮嘱道：“从现在开始，我们就是老百姓，是普通的农民，是一家人。我是你俩的爹，你俩是亲兄弟，无论什么情况下，都不能说漏嘴。今后，你们不能再称呼我‘头儿’了，明白吗？”

“明白，叶连长！”

“瞧，二春，我刚说过不许提职务，你又说漏了。”

“明白了，爹。”

梁晓辰医生和王巧春交出随身携带的手枪、子弹和匕首。叶连长在土地庙墙角处挖了个坑，把武器和急救包用油布包好埋在地下。叶连长出发前就预料到可能会出现这种情况，所以带了一大张油布。叶连长教育他们说，侦察兵经常要深入敌后，不能光有勇敢，还要有智谋，要胆大心细、随机应变，要学会多种角色相互转换，懂得如何以假乱真掩饰自己的真实身份。

武器藏好后，叶连长从口袋里摸出三张卡片递给梁晓辰医生和王巧春，说：“这是地下组织在老城县梅山镇伪警署为我们办的良民证，你们要各自熟记这上面的信息。”

王巧春良民证上的姓名是范二春，男性，十四岁；梁医生的姓名是范晓辰，男性，十七岁；叶连长的姓名范长林，男性，四十岁。

梁医生问王巧春：“老弟，你说我像十七岁吗？”

“哥，你长得嫩，差不多。”

“记住，咱家是两年前从威县董村迁到老城县章村的。好，我们现在开始演练一下。”叶连长把手中的烟袋锅一挥，说，“二春，跟爹进城送你哥看病去。”虽然他们之前已经演练过，但叶连长还是不大放心。

“哥，你生啥病了？”王巧春扭头问梁医生。

“二春，我肚子痛，可能得了阑尾炎。”

“阑尾炎是啥病？”

“二春，你问那么多干啥！不懂就对了。”叶连长纠正王巧春，同时又提醒梁医生，“范晓辰，你不是医生，你是农民，不懂医学知识，因此你不能讲医学术语。既然是患者，就要装得逼真一些，以免引起敌人怀疑。注意，侦察员在敌占区活动时，说错一个字就可能是一个致命的错误。”

“嗯，明白了。”王巧春和梁晓辰点点头。

“二春，一会儿进村里帮哥弄点儿干辣椒。”梁晓辰医生也进入了角色。

“哥，你要干辣椒干吗？”

“你就别问了，我自有用处。”梁晓辰故意卖个关子。

他们在城北一个荒弃的村子里弄到一架木制的独轮推车和一床旧棉被，那个时期，农村人送病人进城看病，富裕一点儿的人家赶马车进城，穷人大多推独轮车。在路过一个村庄时，王巧春厚着脸皮向一位素不相识的老大娘要来一串干辣椒，交给梁晓辰。梁医生没说什么，随手把干辣椒放进口袋里。

接近老城时，梁晓辰按照叶连长的要求坐在车子里盖上棉被，王巧春和叶连长轮流推车，直奔老城的北门。

北城门附近王巧春很熟悉，城楼西边有个保安连，负责看守城门，顺着北街一直走，不远处应该是保安团的食堂。他记得当初下棋赢了尤翻译官后，黄团长让那个叫强子的卫兵去取馒头，强子不到十分钟就跑回来了。

北城门外，进城的百姓众多，队伍已经排成长龙。晌午，他们三人终于排到了城门口。

一个日本兵走过来逐一查验他们手中的良民证，同时另一个伪军开始搜身。王巧春不自觉地紧张起来，血液一股股涌向头顶，不自觉双手握紧拳头。叶连长瞥了他一眼，伸手抚摸他的头顶，说：“孩子，别怕，你哥的病到城里医院就能治好。”王巧春松开拳头，双手扶着车把。

那个伪军懂点儿日语，检查梁晓辰良民证后，突然高声吼叫起来：“你，怎么回事？为什么坐在车里？站起来！立て!”中国话里还掺杂句日语。

“立て!”日本兵也喊道。

王巧春和叶连长不知道日本兵喊啥，梁医生则故作不懂。伪军翻译道：“太君命令你站起来！”

叶连长连忙说：“长官，这是我大儿子，生病了，我们带他进城看医生。”从叶连长可怜兮兮的表情来看，没人怀疑他是个老实巴交的农民。

“生病？是伤员吧？”伪兵用怀疑的目光盯着梁晓辰，用刺刀挑起棉被，仔细查看一番，没有发现任何受伤的痕迹。梁晓辰双手捂着肚子有气无力地呻吟着：“哎哟、哎哟！”一个伪军官握着手枪走过来问：“他是什么人？”

伪军回答：“一个病人。”

“长官，我肚子痛，要进城看病。”

“生啥大病一定要进城看医生？你们有钱吗？城里医院可不是随便进的！”伪军官的声音带些尖酸刻薄的腔调。

“长官，我大儿子实在是病重扛不住了，你瞧，他脑门都在冒汗。唉，家里再穷也要留点儿看病钱呀！”叶连长无奈地摇摇头，从口袋里掏出几张伪钞握在手里。伪军官看见钞票眼珠一亮，一把夺走叶连长手里的钱：“嘿，你还真有钱哪，我怎么看这些钞票像假的呢？”

“老总，这是我们看病的钱哪！”叶连长显得有点儿着急的样子，“全都是真的啊！”

“进城看病就带这么点儿钱？不可能吧！”伪军官显然不想把钱还回来，手一挥，说，“既然是进城看病，那就进去吧！”

叶连长听到他这么说，不想再争辩，连忙推车往城门里走。

“止まれ！”一个日本军官在他们背后喊道，他们没有理会，继续往前走。那个会说日语的伪军追上来，喊道：“站住！太君让你们站住。谁同意你们进城的？”

“那位老总同意的。”叶连长指着旁边那个伪军官说。

日本军官“哇哇”吼叫一通。

伪军翻译说：“太君问你们有通行证吗？”

“啊，还要通行证啊？”他们停下来。

“当然！你们看看这个！”伪军手指着墙上的布告说，“良民证和通行证缺一不可。”

“请您跟太君通融一下，孩子有病，就让我们进去吧！”叶连长找到那个伪军官央求道。

伪军官在日本军官耳边嘟哝几句。“だめ！”日本军官摇摇头，连连否定。伪军官双手一摊：“太君不同意，你们不能进城。”

“老总开恩，孩子病有点儿重，让我们进城吧。”叶连长继续央求道。伪军官有些不耐烦，高声呵斥道：“来人，把他们统统赶走！”

叶连长争辩说：“通行证不是在城里办吗？进不了城怎么办通行证呢？”

“少废话，滚蛋！”一个伪军发怒了，挥枪托驱赶他们。

“太君，既然不让我们进城，把钱还给我们呀！”叶连长走到日本军官面前嚷嚷道。叶连长并非在意那点儿钱，伪军官刚才收钱后同意他们进城，说明还有一点儿希望。

日本军官似乎没听懂他在说啥，朝那个会说日本话的伪军招手，转身检查其他进城人的证件。伪军过来问道："你嚷嚷啥？"

"我们要进城看病，可有人把我看病的钱收走但又不同意我们进城。"

不一会儿，收钱的伪军官跑过来，挥舞手枪驱赶他们："不要命了？找死吗？钱我上交给太君了，你还敢向太君要？"叶连长一看没有申辩的机会，只好离开了北门。很显然，日本兵与伪军合伙抢夺进城老百姓的钱财。

离开北门很远后，王巧春气愤地嘟哝着："妈的，肉包子打狗，有去无回！汉奸里面真没有好东西！"

叶连长纠正说："别这么说，汉奸里也分三种人：有卖身投靠的铁杆汉奸；也有被逼无奈的，可以争取的对象；甚至还有我们自己人打入敌人内部的特工。"

"哦？可是我们今天没碰到一个好人。"

梁医生问叶连长："我们能办到通行证吗？"

叶连长回答："办不到。镇伪警署没权力办理进城通行证，只有老城伪警署才有权力办，而我们又进不了城。"

第一次进城就受挫了，怎么办呢？

"没关系，别泄气，我们到西门试试。"叶连长带着他俩直奔西门。北城门到西城门距离不远，大概七八里地，一路上，叶连长隔着护城河观察城墙的高度、坡度和残缺处。老城县的城墙基本是完整的，没有任何缺口。他们顺着护城河绕过一道弯，很快就来到了西门外。

## ◆◆◆ 十四 ◆◆◆

西门城楼比北门城楼高大不少，城门外排队进城的老百姓虽然不多，但检查更严格，没有通行证一律不放行。他们一时想不出别的办法，只好试试运气。他们排队没多久就到了城门口。

“进城干什么？”一个伪军问道。

“儿子生病了，进城看病。”叶连长讲着一口改不掉的外地话，敌人对他的身份产生怀疑，伪军士兵盯着他们问：“你们不是本地人吧？”

王巧春抢先用当地话回答：“俺是本地人。俺爹他是四川人。”

“你呢？”伪兵指着梁医生问道。

梁医生附和说：“俺哥俩是土生土长的本地人。”梁医生本来是河北人，由于在山东读书多年，乡音不纯，一紧张，冒出一句山东话。

伪军皱皱眉头，拿着他们的证件向身后一个胖翻译官汇报，胖翻译官立即把他的话翻译给身边的一个日本军官。日本军官抽出军刀哇哇地叫喊几声，跑过来四个日本宪兵把他们三人捆绑起来，强行带走。

“太君，我们有良民证。我们是父子三人，是进城看病的。”叶连长争辩着，可是，日本兵根本听不懂，也不想听他解释。他们三人被关押在一个无窗的禁闭室里。几分钟后，两个伪军进来把叶连长押走。叶连长临走时对王巧春说：“二春，你哥有病，照顾好你哥！”从他的眼神里看出他在叮嘱王巧春，不要怕，就说陪你哥进城看病。王巧春会意点点头。

大约半个小时后，禁闭室大门打开了，伪军指着王巧春说：“你，出来！”他站起来，扭头望着梁医生说：“哥，你多保重。”

王巧春被带到城楼下一间光线昏暗的地下室里，松绑后面向墙壁举手站立。这是间标准的审讯室，老虎凳、鞭子、铁链、电线、电板、铁棍，样样俱全。大约十分钟后，胖翻译官和那个日本军官来到审讯室。胖翻译官对王巧春说：“你的同伙已经招供了，你们不是一家人，是八路军，良民证是伪造的。小子，要想活命赶紧招供吧，你们进城要干什么？与什么人接头？”

叶连长是身经百战久经考验的老革命，绝不会投降的，王巧春压根不相信日本鬼子的这套鬼话，但故作迷惑不解地说："长官，俺没听明白，你说俺爹是八路军吗？不可能！俺爹他虽然是四川人，但很早就在本地安家务农了。不信，你们可以去调查嘛！"

胖翻译官把他的话翻译给日本军官，日本军官从牙缝里迸出两个字："やれ！""上刑！"胖翻译官喊道。两个彪悍打手把他架起来，绑在老虎凳上严刑拷打。"你们进城干什么？"日本军官与胖翻译官一前一后恐吓道，"说不说？不说电死你！"打手用铁钳夹住他的脚趾，接上电线。

"俺和俺爹送俺哥进城看病。"

"嘴硬！通电！"

"啊！"他尖叫一声，电流从他的双脚进入，直通腰部，整个下肢和小腹呈现刀割、撕裂样的剧痛。他一下子昏了过去。等他醒来，听到胖翻译官在他耳边问："你的任务是不是进城取药？你旁边那位尾田上尉可是个杀人不眨眼的恶魔啊，他要是挥起刀来，我可拦不住呀！咔嚓一下，你就人头落地了。"

"俺确实是陪俺哥进城里看病的。"王巧春知道胖翻译官说的是实话，也知道敌人在恐吓他，然而，他早已将生死置之度外，绝没半点儿害怕。

"通电！"胖翻译官一挥手。

这一次，电流更大，剧痛难忍，但由于他心里有所准备，人没有昏过去。大约十几秒钟后自动断电，疼痛瞬间消失，只是感觉下肢麻木无力。

"说，你是干什么的？不说实话，下次通电时间更长。实话告诉你吧，凡是进来的人，如果讲不清楚，就别想走着出去，不死也让你永久瘫痪。"

王巧春心想，这样硬扛下去很不妙，敌人接下来还会审讯梁医生，他的口音不纯，更讲不清楚了。讲不清楚，不管你是什么人，都不可能活着出去。个人生死是小事，可谁来完成任务呢？要与敌人斗智、要学会保护自己，这是阚营长临行前嘱咐他的话。对，必须讲清楚，争取让敌人相信他说的话。王巧春改口说："长官，我是个良民哪，我曾经在老城剧团里干过活儿、打过工。"

"撒谎！假话！"胖翻译官根本不信，"你有证据吗？"

"有，剧团里演员郭海英和厨房的廖师傅可以做证。"

“小子，你挺聪明啊，你明知道京剧团的人全都跑了，故意这么说，是不是？”

“不是，我说的是实话。”

“通电！”

“等等，我还认识保安团的尤翻译官。”王巧春没敢提黄团长，因为他曾经拒绝当他的勤务兵，骂他是汉奸。

“尤翻译官？哪个尤翻译官？叫什么名字？”胖翻译官显然被他说的话吸引住，对旁边的打手说，“等等，先别推电闸。”

“长官，我记不住他的名字了，可是我确实认识他。”

“他认识你吗？”

“我猜他应该记得我，我们一起下过棋。尤翻译官喜欢下棋。”

“下什么棋？”

“象棋。”

“你会下象棋吗？”胖翻译官瞪大眼睛。

“会。我与尤翻译官对决过一局残棋。”

“你家到底是哪儿的？”

“威县董村。”

“哦，你是那个曾经赢过尤翻译官的小孩儿吧？”

“是的，我赢过他。”

“嘿，碰到我算你走运。我听说过这件事，也记得你的名字。你叫啥名儿？”

“二春。”

“嗯，没错，是有个叫二春的赢过尤翻译官。原来是你呀！你知道吗？那是尤西里翻译官第一次，也是唯一一次输棋，而且还是输给了一个小毛孩子。”胖翻译官的语气变得温和了一些，“尤翻译官现在当参谋长了。上个月部队路过威县董村时，尤参谋长还让我陪他进村打听你呢，但没找到你，董村只有一个叫王二春的，据说离家流浪去了。我们以为王二春是你，原来你叫范二春。尤参谋长还打听你们村里老棋师的情况。”

“清朝的老棋师早死了。”

“嗯，是这么回事。尤参谋长感到很扫兴，本想认识下你们村里那位老棋师，结果白跑一趟……哎？不对呀！你说你家在威县董村，可是你的良民证怎么是老城梅山镇章村发的呢？”翻译官从他的良民证上发现破绽，“你到底姓什么？”王巧春连忙解释说：“老总，我姓范，两年前董村发洪水遭灾后，我们全家搬到了老城梅山镇章村。”

“哦，怪不得我们在董村没找到你们家……”

这时，尾田上尉因为听不懂他们在说什么，有点儿不耐烦了，一阵咆哮打断他们的对话。胖翻译官连忙把他们的对话翻译给他听。尾田上尉有些失望，嘟哝几句后转身离开了审讯室。

“松绑！押回禁闭室。”胖翻译官对两个皇协军士兵说，“尾田队长说了，核实一下他们的良民证，如果良民证是真的，就放他们出去。”

“俺们可以进城吗？”

“不可以，现在是特殊时期，你们只能回家。”

“俺们要送俺哥看病呀！”

“这个嘛，我也无能为力。去别的地方看病吧。”说完，胖翻译官离开了审讯室。

幸好叶连长为他办理的良民证是真的，而且有线人暗中保护，伪军通过电话核对后，把他放出来，驱赶到城外。

他在大门外等了一会儿，见到了先后被释放的叶连长和梁医生。他们相互搀扶着推着三轮车离开了西门。

叶连长在王巧春之前被刑讯逼供一个小时，电刑五次，前胸后背还受到鞭、棍的抽打，但他始终只说一句话：“我们是父子三人，带儿子进城看病。”叶连长在受刑后被关在另一间黑屋子里，他已经做好被处死的心理准备。他想逃出去，可是铁门紧锁，四壁无窗。正苦于上天无路、入地无门的困境之时，突然牢房门打开，胖翻译官手持马鞭走进来：“范长林，你搬到梅山镇之前住在哪里？”胖翻译官突然发问，叶连长愣了一下，但他马上意识到情况可能有所转机，回答道：“威县董村。”胖翻译官点点头，对守门士兵说：“把他放了！”莫名其妙被敌人突然释放，叶连长感到疑惑重重。

王巧春被带走后不久，梁晓辰也遭受到审讯，他病人装得很逼真，挨打后倒地不起，呻吟不止，但是没等他轮到上电刑，事情就结束了。

离开老城西门后，一路上听王巧春讲述事情的经过，叶连长才恍然大悟。他开心地说："虎口脱险，太幸运了！二春，多亏带你来了，否则不知后果如何！据说这两天进城的老百姓冤死的很多，也不知城里到底发生了什么事情。"

经历这次进城历险后，虽然心里紧张且遭受些皮肉之苦，但王巧春感到很欣慰，第一次与日本鬼子面对面打交道，他的勇敢出乎自己预料，靠机智化解了一场危机。他感觉自己成熟、强大起来，树立起战胜敌人的信心。日本鬼子表面看起来凶狠狡诈，实际上也不过如此。

多亏叶连长在办理良民证时思考得周全，包括他的名字和迁出地，细节上没有破绽，逻辑上也没有问题。此时王巧春才明白，为什么叶连长在选拔侦察员时问了他那么多问题，这叫知己知彼、有备无患。

两次进城失败，叶连长经过认真反思，认识到自己因为急躁，犯了一个低级错误：既然没有通行证就不应该冒险进城。他承认，自己低估了敌人的狡猾，险些小河沟里翻船。他对王巧春说："牺牲并不可怕，可怕的是，如果真的无谓牺牲，今后就再也不能打日本鬼子了。"

脱险不是胜利，脱险不值得骄傲。严酷的现实告诫他们，脱险仅仅是开始，艰难的时刻还在后头，活动在敌后一定要小心谨慎，绝不能有丝毫麻痹大意。

第一套方案失败了，叶连长准备实施第二套方案。

## ◆◆◆　十五　◆◆◆

北城门外三里地远有一个马车驿站，叫河口驿站，位于通往武城和柏乡的岔路口附近，是一个由四栋平房围成的长方形大院，坐北朝南。大门外，有三三两两头扎白毛巾的庄稼汉围坐在田边抽烟聊天，见有三人走近，便低下头吸着旱烟，缄默不语。

河口驿站的大门半开半关，院子里堆着几大垛麦秆儿。东厢房外有个长方形的露天茶室，房檐挂着两盏大红灯笼，棚下摆着七八张木桌和一些方凳。

梁医生提醒叶连长："爹，我看路边那几个人眼神有点儿诡异，不像好人。"叶连长点头示意他也发现了。王巧春刚要回头张望，被叶连长及时制止。梁医生马上捂着肚子装着有病的样子。

"孩子们，这里有个茶馆，我们进去喝碗茶水，休息一会儿。"叶连长搀扶着梁医生走进马车驿站。王巧春把三轮车停放在大门外，也朝院里走去。

茶室里坐着两个头扎白毛巾商人打扮的男子，一个身穿黑棉袍，另一个身穿蓝棉袍，坐在靠东边的桌旁，一边喝茶一边聊天，看见有人进院，朝大门口瞟了几眼，眼光似乎有点儿警觉。他们三人走进茶馆坐在靠西边的一张桌子旁，有意远离那两个客人。茶馆正前方有个二十岁左右的伙计正在铡马草，看见有客人进来，放下手里的活计，走过来殷勤地招呼道："各位客官要用点儿啥？"

"掌柜的，来壶——热水吧！"叶连长摸摸口袋，剩下的钱不多了，要算计着用。

"客官，热水是免费的，还是来壶茶水吧。"

"也好！就来壶茶水吧。"叶连长有意提高嗓门儿说，"儿子，你们也饿了吧，咱们干脆在这儿吃点儿东西吧。"

"嗯，爹，听您的。"王巧春低声告诫叶连长，邻座的两个男的一直在悄悄盯着他们。

"嗯，我看到了。"随后大声说，"范晓辰，你肚子还疼吗？"

梁医生双手捂着肚子靠在墙边轻轻呻吟着。

"哥，你没事吧？"王巧春显得焦急，关心地问道，"爹，俺哥他肚子又痛了。"他故意提高嗓音。

"唉，爹也没办法呀！"叶连长对伙计说，"来三碗菜汤，要咸一点儿的。"

"还需要别的吗？"

叶连长摆摆手，说："不用了，我们自带干粮了。"

"好嘞！一壶茶水、三碗菜汤，要咸一点儿的。"伙计大声朝旁边的厨房里吆喝一声，然后走到铡刀旁继续铡马草。不大的院子里铡好的马草已经堆成小山那么高。

"走了一天的路，出了不少汗，不吃盐没力气。孩子们，把干粮拿出来吃吧。儿子，一会儿喝点儿热汤发发汗，说不定病会好一些。"叶连长说。

“稍等，我马上给你们端壶热茶水。”伙计放下铡刀向厨房走去。

“爹，都怪孩儿身体弱，在这个节骨眼儿上生病给您添乱。”梁医生靠在桌边做出有气无力的样子。

王巧春插嘴说：“爹，都怪孩儿年少无能，不能替您分忧。”

“不怪你们，要怪就怪你爹我无能，搞不到通行证，进不去城。”

“你们要进城看病吗？”伙计提着茶壶从厨房出来走到桌旁，听到他们的对话后主动搭讪。

“是啊，我儿子肚子痛有几天了，一直不好。想带他去城里医院看病，可是没有通行证进不了城。”

“上周进城看病还不用通行证呢，这周突然严格起来，进城一律要通行证。”

“城里出什么事了吗？为什么进城检查这么严格？”叶连长问。

伙计神秘地说：“据报纸上说，上周末日本军用仓库里丢失了一批重要的货物，凡是提供破案线索的给重奖，凡是包庇嫌犯的给予严惩。”

“丢什么货物了？”

“听说是药品，而且都是麻醉药品。城内正在大搜查，严禁携带药品出城。”

“哦，怪不得城门进出检查这么严格！”叶连长脸色有些严峻，点燃一袋旱烟，连吸两口。从今天进城的情况看，他已经感觉到了这次任务有多么艰巨和困难，心里不免有些压力，“嗐，倒霉呀，可怜我的儿呀，看不了病可怎么办呢？”

“到梅山镇去找中医刘看看吧。”

“我们就是从梅山镇那边过来的。中医刘看过了，汤药连吃几服，没什么效果。”

“大哥，你儿子看来病得不轻啊！要么去别的县城看看。”伙计把热水壶放在桌子上，转身回到院子里铡草去了。

邻桌两个男人停止聊天，警觉地伸长脖子听着他们的对话。其中那个身穿蓝衣的男子冲着叶连长喊道：“喂，你哪个儿子有病啊？”

王巧春扭头望去，心里咯噔一下，那个黑衣人左脸有道伤疤，面孔扭曲显得怪异，端起茶杯遮住半边脸，瞪着一双贼眼朝他们窥觑，一看就不像好人。

叶连长背对着那两个人，冲王巧春和梁晓辰使了一个警惕的眼神，转身对蓝衣人大声说：“我右边的，大儿子有病。”

“我看他刚才进门时挺好的呀！自己走进来的，腰板挺得溜直，怎么不像有病的样子呢？”蓝衣人说话带着浓重的东北腔。

“唉，他的病很怪，一阵儿好一阵儿坏，不犯病时跟好人一样，犯病的时候不能走路，要用车推着。喏，你瞧，又犯病了。”叶连长早有防备，随口解释道。

“哎哟，哎哟！”梁晓辰捂着肚子呻吟起来。

“菜汤来了！”一个腰缠围裙、肩膀搭着毛巾厨师模样的中年男子，手托一个木盘，来到他们桌旁，把三碗菜汤轻轻放在桌子上，“三位，请慢用！”

王巧春感觉声音有些熟悉，也是东北口音，抬头一看，大吃一惊：“廖叔，是您吗？”

厨师刚打算离开，听到有人叫他，打量道：“你是……”

“我是半年前您和海英姐在剧团院子里救过的那个小叫花子呀！”

“哦，我想起来了，你是那个从剧团后门逃走的二春吧？”

“是的，我是范二春。”王巧春担心廖叔说出他的真名王二春，有意把范字读重一点儿，“爹，这位就是我对您说过的剧团的厨师廖叔。”他接着介绍说：“廖叔，这是俺爹，这是俺哥。”

“廖师傅，”叶连长站起来与廖叔握握手，“范二春回家后经常说起你。感谢你对他的帮助！”

“唉，不用谢！我曾劝过范二春，不能总在外面流浪，还是与家里人待在一起好。”其实王巧春的担心是多余的，廖叔根本不知道他姓什么，只知道他叫二春。

“廖叔，您怎么离开京剧团了？海英姐好吗？”

“唉，一言难尽，你们先吃饭吧，回头咱俩再慢慢聊。”廖叔借着拿毛巾擦脸的机会，压低声音说，“这里说话要小心，那边两个不是好人。”

“嗯，廖叔，您先忙吧。回头我去厨房看您。”

廖叔端着空盘子朝厨房走去，王巧春端起菜汤连喝两口，心里很惬意，真没想到在这里碰到廖叔了。

“儿子，快起来喝点儿汤吧。”天色已近黄昏，叶连长对靠在他怀里装病的梁晓辰说道。

“得的什么病？我来瞧瞧。”那个身穿蓝色棉衣的男子不知何时站在梁晓辰的身后。蓝衣人大约三十岁，细高个儿，眯眯眼，细长脸，不怀好意奸笑着。他挽起袖子去摸梁晓辰的肚子，梁晓辰用手捂着肚子不肯松手。

“我看你是在装病！手拿开，让我检查一下。”蓝衣男子露出凶相，强行拨开梁晓辰的双手给他做腹部检查。他的动作很专业，熟练麻利，指尖沿腹壁滑动着，不时深插在梁晓辰的肚子上又迅速抬起来，一看就知道是个医生。“哎哟，这么痛啊！”梁晓辰尖叫几声，额头冒出豆大的汗珠。那人没再继续检查，扭头对黑衣人说：“这小子真生病了，右下腹反跳痛阳性。”

手指压下去不痛，松开后痛，这叫反跳痛阳性，是急性阑尾炎的典型体征。不懂医学知识的人装不出来。

蓝衣人回到座位后与黑衣人在小声嘀咕着，但距离太远听不清楚他俩说什么。

王巧春看着叶连长，叶连长会意地点点头，若无其事地吃口干粮，再喝口菜汤，对梁晓辰说：“儿呀，如果好一点儿，你就起来吃点儿干粮吧。”接着，附在梁医生耳边问道，“他们在说什么？”

“哎哟！哎哟——”梁医生一边呻吟一边低声答道，“听不清楚他们说的什么，但他们说的是日语。”

邻桌的蓝衣人立刻阻止说：“哎，尽量别吃东西，这种化脓性阑尾炎有穿孔危险，要禁食，最好早点儿做手术。”蓝衣人显然已经相信眼前这个小伙子真的是病人。作为一个医生，他禁不住给患者一些忠告，还算有点儿医德。

叶连长问蓝衣人：“先生，您是医生吗？”

蓝衣人回答：“嗯，从前当过。”

听到这句话，叶连长把头埋在梁医生肩头上呜呜地哭起来：“没有通行证，连城都进不去，有病不能治，这可怎么办呢？医生，求您帮助我们瞧瞧吧！”叶连长的哭啼声还真有点儿感人，连王巧春的眼圈儿都湿润了。

“别哭了，这样吧……”蓝衣男人刚想说什么，看样子是打算行行好，但黑衣人做了一个不耐烦的手势，用一句日语打断了他：“余計な事をするな！”

梁医生这回听清楚了，他小声告诉叶连长："黑衣人说他乱管闲事！"

蓝衣人顺从地点点头，然后改口对叶连长说："在这节骨眼儿上，谁也帮不了你们，你们还是早点儿去其他地方找医生吧。"很显然，这是两个日本特务。蓝衣人看黑衣人的眼色行事，说明黑衣人是个头头。

黑衣人三十几岁，身材偏瘦高，表情阴森，眼神既冷酷又陌生，自打他们进院后始终没开口说话，现在突然冒出一句日语，也算是个好兆头，说明他相信眼前这三个人是普通老百姓，他已经不需要在他们面前隐瞒自己的身份了。黑衣人把头转向大门外，端着茶杯继续慢悠悠地饮着茶水，不再关注他们这边。

天色逐渐暗下来，时候不早了。黑衣人放下手里的茶杯，抬起手腕看了一眼手表，对蓝衣人说："帰る。"两人站起来匆匆地离开了驿站。桌子上留下两只空茶杯和一把黄铜茶壶。

## ◆◆◆ 十六 ◆◆◆

茶馆墙壁上的挂钟发出当当的响声，时针指向 6 点整。城门快要关闭了，两个神秘人起身急匆匆离开茶棚，带着门外几个便衣往老城方向走去。蓝衣人临出门前冲厨房喊了一声："老廖，我们走了！""唉，慢走！"厨房里传出廖叔的声音。铡草的伙计擦了擦脑门上的汗水，骂道："妈的，该死的日本鬼子，喝了一天茶水，一分钱都不给。"

"你怎么不向他们要呢？"

"要也不会给，还要骂人。"

叶连长走过去帮助伙计铡草，一人操铡刀，一人整草，两人配合着干活儿，铡草速度明显加快。叶连长边干活儿边聊："伙计，你是老城人吗？"

"不是，我是武城人。"

"日本人常来这里吗？"

"不常来。可能是最近城里出事的缘故，白天总有便衣宪兵在这附近转悠。刚才那两个日本人，估计正在侦破药品失窃案，今天一整天都待在我们马车驿站里‘蹲坑’，监视来往的车辆和行人。中午曾抓走两个想进城做药材生意的外地客。还好，你们家里有病人，是想进城看病，否则，抓进宪兵队里，不管对错，都别想活着出来。”

“日本兵夜里会来查宿吗？”

“你别看日本兵白天嚣张、猖狂，但夜里他们不敢出城。今晚你们就放心住下来吧，明天早点儿走就没事。”

叶连长问：“伙计，你刚才当着日本人面儿提药品失盗的事情，不怕惹麻烦吗？”

“怕啥！仓库药品失盗的事情报纸上都披露了，城里大街上都贴着悬赏布告，早已满城风雨，路人皆知。我是想给你们提个醒，千万别说要进城买药。”

“多谢了，要不是你提醒，我还真想问问在哪儿能买点儿药呢。说实话，开始我还真没发现他们是日本人，怎么中国话说得那么熟练呢？”

“这不奇怪。华北日军，特别是宪兵，大多来自关东军，在关东待久了，都会说些中国话，有些人说得还很流利，让你难以察觉出他们是日本人还是东北人。”

王巧春走过去想替换叶连长帮助伙计铡草。“二春，你去照顾你哥吧，喂他点儿饭。”叶连长想从伙计那儿多了解一些老城的情况。

廖叔从厨房里搬来一把椅子，让梁晓辰坐在椅子上：“孩子，病再重，东西还是要吃的，否则没有抵抗力，病好不了。”

“我好一些了，谢谢廖叔！”梁晓辰靠在椅背上，“我弟弟多次跟我提过您，夸您善良、仁义。”

“没什么，都是应该的。一会儿，我给你煮碗汤面，发发汗。”廖叔关上驿站大门，回来对王巧春说：“我认识茶室里那两个日本人，左边一个穿黑衣裳的是老城日军宪兵队队长马滕少佐，当初就是他带人到京剧团抓走郭海英她们几个小演员的。右边一个是日本后方医院的卫生官川雄一郎，据说是奉天满洲医科大学毕业的，说着一口地道的东北话。”

“廖叔，您是说海英姐她们被日本人抓走了？”王巧春显得有些紧张和焦虑。

“抓了但又放了，可是后来……唉，说来话长，有空我们再慢慢聊吧。”

"廖叔,您怎么与日本人这么熟悉呢?"王巧春问道。

廖叔含糊地回答:"做生意嘛,难免要跟日本人打交道。"说完,便返回厨房。王巧春有点儿疑惑不解,廖叔从前最憎恨日本鬼子了,怎么现在又跟日本人做起生意了呢?

叶连长站起来伸个懒腰,转身朝厨房走去:"二春,我去厨房讨口水喝。你好好照顾你哥。"王巧春忽然明白了,叶连长带他们到这家驿站来,一定不是偶然的。

王巧春想用汤勺喂梁晓辰菜汤,梁晓辰坐起来,端起大碗一口喝个精光:"二春,我看不用再演戏了,廖叔和这个小伙子都是好人,说不定还是我们自己人呢。"

"嗯,廖叔确实是个好人,但叶连长没发话,你还是要继续装病。"接着王巧春低声问梁晓辰,"刚才日本医生按你肚子时,你怎么表演得那么逼真呢?我看你脸蛋滚热,连额头和鼻头都渗出汗珠了。"

梁晓辰偷偷一笑,从口袋里掏出几个干辣椒:"老弟,这家伙真够劲儿!"

"啊! 原来是这样啊!"王巧春差点儿没笑出声,连忙捂住嘴巴,"我看你挺适合当侦察员的,干脆改行吧。"

"不,我喜欢医生这个职业,治病救人,感觉很神圣。等战争结束后,我还要去邢台一家大医院工作,做个外科医生。"他俩悄悄聊着。

或许是受梁医生的影响,王巧春心底忽然产生一个要学医的念头,小声问:"梁医生,你说我能当医生吗?"

梁医生摇摇头:"巧春,怎么可能呢,你小学都没毕业! 不过有机会我可以教你点儿医学知识。比如,先当个卫生员吧。"

"好,我跟你学。"

大约五分钟后,叶连长从厨房出来,从旁边草垛上抱过来两大捆麦秸放在铡刀旁,对伙计说:"小兄弟,我来铡吧,你休息一会儿。"

"不用,还是我自己干吧,时间紧啊,明天又要送铡草了,今天还要熬夜再铡出来二十多麻袋马草。睡前我要装好车,明天一大早起床后就要送货。"

"送铡草? 往哪儿送呀?"

"给老城日本军马场送马草啊。"

“军马场在哪里？”

“在城内西南城墙脚下。”

“这么说，明早你要赶着马车进城了？”

“是啊。”

“你有通行证吗？”

“当然有了，我们驿站每三天给军马场送一次铡草，日本人能不发我们通行证嘛！”

“你们从西门进城，是吗？”

“不，”伙计摇摇头，“军马场单独有个小城门，我们称它小西门，进去就是马厩和饲料库。这个城门偏僻隐蔽，平时不许行人通过，岗哨看守也松懈，有时我们卸货后去城里逛一圈，赶个集，买些东西，然后再从小西门出来。”

“伙计，怪不得你铡了这么一大堆马草。”叶连长眼睛放出亮光，试探地恳求说，“老弟，我们帮你铡草、装车、卸车和搬运，你能把我们从小西门带进城里吗？”

伙计面露难色，望着厨房的方向：“不瞒你说，我很同情你们一家，也很想帮助你们，但这事你们还是去问问老板本人吧。”

“老板在哪儿？”

“喏，老板来了。”伙计指着厨房的方向。

正好这时，廖叔叼着烟袋锅从厨房出来往这边走。叶连长站起来迎上前，问：“廖先生，您是马车驿站的老板呀？”

“我不是老板，老板一家人去西北了，我只是驿站的厨师兼账房先生，老板不在期间由我临时负责。你们有什么事可以跟我讲，我看你们挺可怜的，住宿可以打个八折，这个我说了算。”

“二春，你过来！”叶连长在王巧春耳边嘀咕几句，王巧春走上前说：“廖叔，俺哥病重，不能吃、不能喝，可能随时有危险。俺爹很着急，想送他去城里看病，可是没有通行证进不了城。俺爹想求您帮忙，明天搭你们货车进城，您看行吗？”

廖叔双手一摊，面露难色：“二春，你这可是给我出难题了。我知道你们想要进城看病，可是偷偷带人进城，被抓住可要坐大牢的呀！你说呢，于大成?”

“是的,有点儿冒险,老板。”

“城里出事后,日本人盘查很紧。你们可能不了解,刚才那个左脸有刀疤的黑衣人马滕少佐,心狠手辣,什么坏事都干得出来,占领老城当天,就把我们剧团里几个小演员掳走了。我们虽然是替日本人干事,但也整日提心吊胆。大成,这事你敢干吗?”

于大成憨憨一笑:“嗯,最近进城很难,但小西门那儿盘查得不太严,混进去是有可能的。”

叶连长走到廖叔近前说:“廖老板,我知道这很危险,但是您放心,万一遇到什么麻烦,我来承担,绝不牵连你们。”

“你就是全承担,我也脱不了干系。这可是件大事啊,让我好好想想。”廖老板背着手在院子里踱着方步。王巧春焦急地望着廖叔,没敢打扰他。“儿,你认为廖叔能答应我们吗?”叶连长问王巧春。王巧春点点头:“廖叔心肠好,我猜他会答应的。”

叶连长“嘿嘿”笑了。从中午到现在,王巧春第一次看到叶连长脸上露出笑容。

大约半袋烟的工夫,廖老板停下来,看看叶连长和梁晓辰,又看看王巧春,最后望着那个铡草的伙计,用征求的语气说:“大成,送铡草的路你熟悉,他们要跟我们进城,你看怎么办好?”

“军马场的岗哨和哨兵我都熟悉,每次进城都是例行检查。有几次咱俩一起进城,你有事留在城里,我一人赶着两驾马车出来也没人查问我怎么少了一个人。明天早晨带上两瓶好酒、几盒香烟送给站岗的伪军,我看问题不大。”

叶连长说:“东西我来准备。一会儿我到附近镇上购买。”

“不用出去买,东西我们驿站都有。”

“那就算在我们住宿账上。”

叶连长从怀里掏出两盒香烟递给于大成和廖老板:“一点儿意思,略表谢意!”廖老板挥挥旱烟杆,说:“香烟给大成吧,我喜欢抽老旱!”

于大成本地人,留着短发,四方大脸,身体强壮,一看就是个干力气活儿的人,接过香烟,说:“好吧,那我就不客气啦!”

廖老板把烟袋锅在鞋底上敲敲，说："中！既然如此，那就试试看吧。都是苦命人，哪有见死不救的道理呢！"廖老板抚摸着梁晓辰的头说，"孩子，放心吧，明天一定把你送到医院。今晚各位在客房里休息吧。"

王巧春把梁晓辰送到房间里休息，然后与叶连长一起帮助于大成铡草、装麻袋、装车，一直干到夜里十点多。廖老板给他们煮了一锅汤面，免费。吃完夜宵后，叶连长回房间休息，王巧春征得叶连长的同意，留在厨房里与廖叔聊天。

"廖叔，日本占领老城后剧团发生什么事了吗？你刚才说马滕少佐把海英姐她们抓走了，是吗？这是咋回事呀？"王巧春最关心的是他离开老城后海英姐的情况，因为他心里一直惦念着她。

"别急，二春，我知道你关心海英。你走后不久，日本人占领了老城，城里发生了很多预想不到的事情……"廖叔叼着烟袋锅，不紧不慢地从头道来。

## 十七

1937年10月，侵华日军土肥原中将的第14师团、下元熊弥中将的第108师团从石家庄出发，中岛今朝吾中将的第16师团从衡水出动，兵分三路合围老城，一路上飞机轰炸，大炮开道，铁甲闯关，烧杀掠夺，致使华北抵抗军人和老百姓血流成河。三日之内，华北地区无数城池沦陷。

当10月13日下午日军第14师团兵临城下时，老城保安团的黄黎团长在北门城楼上竖起一面白旗，迫不及待地打开城门，摇晃着一面青天白日旗，率领一队从没打算撤退的土豪劣绅地方武装队伍，出城迎接日军进城。这些汉奸们自称"黄协军"，愿为皇军维持城里治安，他们站在城门外高呼着"欢迎皇军"和"恭候入城"等口号。日方的政治宣传也需要这种场景，随军摄影记者忙得不亦乐乎，高举闪光灯摄下一张又一张这些亡国奴们耻辱的画面。

黄团长身后站着一位忐忑不安的中年人，瘦高个儿，双腿颤抖，双手高举着白旗，他就是老城的富贾马老三。“马三哥，你别抖了，我让你抖得心里瘆得慌！”黄团长回头不满地训斥他一句。

“谁抖了？”马老三顶撞他一句，“敢情你们都把家眷送走了，一人留守无忧无虑。我可是全家老小都在城里呀，你说我能不担心吗？我说黄团长呀，你有把握吗，他们日本人能接受我们投降吗？我一家老小安危可全靠你了！”

黄团长头都没回，答道：“放心吧，马三哥，我舅舅胡梦九已经派人与日本人联络好了，日本人承诺，只要归顺大日本帝国的人，他们都会得到善待。日军占领老城后，城内治安管理仍然归我负责。”

“嘿嘿，太好了。黄团长，有你这句话，我就放心了。”

马老三不是不肯把一家老小送到城外躲避，但俗话说，跑了和尚跑不了庙，他家大业大舍不得放弃。就在他左右为难时，黄团长让他出钱出物招待皇军，保证他一家平安，他信以为真，决定赌一把。这回可是个大赌注啊，投靠日本人，不仅生意不受损失，而且日后还会重铸辉煌。马老板不仅是个烟鬼，还是个赌徒，有一次打牌输红了眼，把自己的三姨太都押上了，幸亏最后关头转败为胜，没有输掉老婆。

看着日军浩浩荡荡、耀武扬威的坦克、装甲车和炮兵车队从眼前疾驶而过，黄团长深感自己决策的英明和果断，面对如此实力雄厚的日本军队，别说他一个保安团，就是兵力再增加十倍，也守不过两个小时。而马老三看到这个阵势，吓得倒退三步，双腿颤抖得更凶了。“欢迎，欢——迎——”连舌头都在打战。他有点儿后悔，应该提前把家眷转移到山里。

机械化部队过后是骑兵，为首一位肥头大耳的日本将军骑着战马来到黄黎面前。黄黎团长鞠躬九十度，卑怯地说：“太君，我是该城的保安团团长，黄黎，愿投降大日本帝国，今后听从皇军的调遣。”黄黎天生缺乏男人的阳刚，长得白白胖胖的，说话尖声细调的，性格也优柔寡断。若不是依仗他舅舅胡梦九的势力，他绝对当不上团长。

“太君、彼はこの城の保安团团長の黄黎と申し，大日本帝国に降伏しに来ました……”黄黎身边的尤翻译官刚要把他的话翻译过来，坐在马背上威风凛凛、一脸杀气的日本将军摆摆戴着雪白手套的右手，打断尤翻译官：“No，No，No.”他自我介绍说，“翻译就不用了，中国话我全都明白。鄙人是

华北日军第14师团的师团长土肥原贤二中将，本人一贯以慈爱为本的原则与你们中国人打交道，本城的百姓只要愿意投降做顺民的，皇军一律保护，不杀、不夺、不抢。”

“久仰将军大名，今日相见三生有幸！”黄团长深深鞠躬，他听尤翻译官介绍说，日本人有个风俗，晚辈见长辈，晚辈要先鞠躬。

这时，马老三从黄团长身后人缝中挤出来，高声呼喊：“谢谢土肥原将军慈爱之心！”马老三油头满面，身穿马褂，相貌平平，可一看他脸色就知道，是个吸大烟成瘾的老烟鬼。马老三刚把手伸向土肥原将军请求握手，就被日军警卫推到一边。

黄黎转身小声训斥说：“马老板，我不是教过你，见到皇军要先鞠躬后说话吗？你急什么？”

马老三说：“我一听皇军说对顺民不杀、不夺、不抢，嘿嘿，心里格外开心。看来这回我又赌赢了。”

黄黎从口袋里取出一张信函，双手举起递给土肥原贤二：“将军阁下，这是我‘黄协军’的投降书，我愿率领老城保安团归顺皇军，为皇军效劳。”周围的日军随军记者纷纷拍照、录像。

“为什么叫‘黄协军’？”土肥原骑在马上高傲地接过投降书看了一遍，问道。

“回将军，‘黄’乃取皇军军服之色，威严、庄重、高雅。‘协’乃协作也，鄙人的部队为保老城平安，愿主动投降皇军，所以称为‘黄协军’。”黄黎没敢说是因为他姓黄，所以他的军队改名为“黄协军”，其实就是这么回事。

“No，‘黄协军’这个名称不好听！”土肥原沉思片刻，“我大日本军队是皇军，你们就叫皇协军吧！嗯，就这么定了，传我命令，今后凡投诚的中国军队一律都叫皇协军。”

“是，即刻更名！”黄团长总算能直起腰板立正敬礼了，“我代表皇协军和全城百姓欢迎大日本皇军进城。今晚，鄙人和这位马老板备有晚宴，并准备了丰富多彩的晚会，欢迎皇军进城，望将军阁下与我城各界名流同欢共庆老城光复。”

站在黄黎身后的京剧团汤老板趁机插话：“今晚，我们安排冀南地区一流的名角为皇军表演精彩的京剧节目。”

“嗯，不错，我们需要安排这类有益的宣传活动。请我部随军记者与你们皇协军共同策划好这场晚会，让全世界都知道日本天皇的军队有多么威武，多么仁义，多么受中国老百姓的欢迎和喜爱。哈哈……”土肥原将军挺起胸膛望着远处的城墙，满意地笑了，随手把投降书交到身边一位干练的军官手中，并介绍说，“这位是我第14师团59联队的副联队长，坂田久男大佐先生，部队进城后保障和食宿均由他负责，你们一律听从他的指挥。”

“是，将军！”

坂田久男大佐也是个中国通，骑着一匹枣红色军马，用流利的汉语问：“黄团长，将军的指挥部安置在哪里？”

“回太君，指挥部可以设在保安团大院里或县政府大院，城里的中学、小学和旅馆均已腾空，食堂里的炉灶全都点燃，保证皇军进城后食宿无忧。我皇协军负责城内大街小巷的治安，请皇军进城后安心歇息。”

“嗯，不错，你想得很周全。治安方面，皇协军要确保城内不能发生抵抗和骚乱。如果有紧急情况，你要立即向我汇报。如果城内发生任何威胁日军安全的事件，唯你是问，你明白？”

“是，是，明白！”黄团长颤抖地跟在坂田久男大佐的后面进城。日军的铁蹄卷起黄尘暴土，浩浩荡荡开进这个千年老城。

## 十八

10月13日这一天，日本军队没放一枪一炮，顺利拿下了老城县。老城民国县政府解散了，官员们逃走了，老城陷落了，满城挂起日本国旗。当日全城戒严，来不及撤离的城里居民和外来人员立即身陷绝境。

日军进城后并没有因为守军投降而放弃武力，当天便由皇协军引路，开始逐条街巷挨家挨户地搜查，名曰清查国民党军队和八路军的抵抗组织，实则烧杀掠夺和奸淫妇女。那些自认为已经穷得叮当乱响、既没逃跑又不躲藏的穷人，年轻的被怀疑是抵抗组织惨遭逮捕或杀害，老者被抓去当劳力，运送日军抢夺的财物；留下来的富人，自以为投降就可以躲过劫难，而事实上，除了极少数人得到保护，大多数富人的财物都没能幸免被劫，其中富贾马老三就是典型一例。

当天参加完欢迎皇军进城的仪式后，马老三回到城里，打开老三烟馆和春竹酒楼大门，手里晃动着日本军旗，殷勤地邀请日本兵进烟馆免费品尝他经营的各类烟草，在饭馆门前摆放几张木桌，桌上摆着各类小吃供皇军食用。他的这一招还真不错，烟馆和饭馆没被日本兵抢、砸，他本人也平安无事。然而，他万万没想到顾此失彼，虽然他的烟馆和饭店平安无事，但自己家里却出了大事。

事情是这样的，一个日本侦察兵进城后在西街口发现了要捕捉的重要目标：一个富家大院里有许多雍容富贵、花枝招展的女人和仆人。一阵阵短促的哨声，引来一群日本士兵，包围了这家大院。有皇协军士兵告诉太君，这家主人已经投降皇军了，是自己人。领头的日本军官是个中佐，虽然听得懂中国话却故作耳聋，不加理睬。在这位瘦高个儿的日本中佐带领下，一群军官兴奋地破门而入，如同闯进了妓院一般，蜂拥入室，寻欢作乐。院内的几个家丁和仆人纷纷从后门逃走，留下一群财主的家眷：太太、小姐、少爷等，孤独无助。

门外几个持枪站岗的皇协军士兵看到此景，幸灾乐祸，喜笑颜开："哈哈，马财主也有今天哪！"

原来这个富豪大院正是刚才在城外参加迎接皇军入城的人烟鬼马老板的家。马老板在家排行老三，人称马老三，武城人，五十多岁，长期靠开烟馆倒卖大烟赚了不少钱，娶了四个老婆。大老婆原配与他年龄相当，主持家事，另外三个姨太都还年轻靓丽，二姨太和四姨太是京剧演员，三姨太出身妓女，地位卑贱。四个太太中两个自愿嫁给他的，是大太太和三姨太，二姨太和四姨太两人是被逼无奈留下来的。马老三属于老城里的大户，养了五个女儿、一个儿子。家大业大是马老三在日本人来之前没有逃走的主要原因。他在城里经营了一家饭店、一家妓院、一家赌场和一家烟馆。饭店名叫春竹酒楼，妓院名叫春竹香楼，烟馆叫春竹烟馆。春竹香楼的院堂里早已空无一人，妓女提前一天全都跑了。日本军队进城后，马老三保住了烟馆和酒楼，却没保住自己家。

一个皇协军的班长感觉事态不妙，急忙跑去通告黄团长马老三家遭劫的情况。黄团长正在附近的保安团大院外待命，一听汇报急了，这次投降活动，马老三捐钱最多，跑前跑后也最积极，这不是大水冲了龙王庙嘛！再说马老三的三姨太当妓女时还曾与他有过一腿，藕断丝连，不能见死不救呀！黄团长急忙带着尤翻译官赶到西街口的马老三家，可是已经来迟了，屋子里二十几个日本军官正在糟蹋马老三的老婆和女儿。屋子内狂欢的吼叫、淫荡的嬉笑，伴随着凄惨的尖叫声此起彼伏，混乱一片。正房、厢房、前院、后院不时传出来女人和孩子的呼救声。

黄团长在院子中央大声呼喊着："太君，误会了，误会了！这户人家是咱自家人哪！"尤翻译官马上翻译道："太君，誤解です！"

砰砰，后院突然响起两声枪响，子弹擦着他俩头皮飞过，尤翻译官急忙拉着黄团长跑出马家大院，躲在大门外。

此时，马老三刚好从烟馆回来，被阻挡在自家门外，听着院内几个老婆和女儿在哭叫，急得他捶胸顿足号哭起来："日本鬼子，我日你八辈祖宗！"马老三要往里冲，被两个伪军拦住。他扭头发现黄团长站在大门后面，便大声骂道："黄黎，都因为听信你的谗言，说什么投降后皇军不杀、不奸、不抢。这是什么？这是真正的强盗、流氓、禽兽。黄黎，你还我家产，还我老婆，还我女儿！我要跟你算账！"马老三后悔没早点儿携家人逃跑，气急败坏地冲上前揪住黄团长的衣领。

"唉，我说马老板，糟蹋你家女人的是日本人，你不找他们算账，跟我黄黎算什么账！你还是个男人吗？我可是来帮助你的，你懂不懂？"黄团长用力一推，弱不禁风的马老三向后来了个趔趄，幸好被尤翻译官扶住没摔倒。"有能耐你跟这些日本人斗啊！"

看到四周皇协军士兵都在盯着自己，马老三也觉得理亏，是啊，日本人正在糟蹋自己的女人和女儿，此时他要是不冲进去阻止这些畜生也太没面子了。他咬牙切齿地从腰里抽出一把尖刀握在手中做出向院子里冲的姿势："别拦我！妈的，日本杂种，我与你们拼了！"可是他的双腿像注了铅似的，怎么也抬不起来。

尤翻译官连忙劝阻说："三舅，千万别鲁莽，咱不能拿鸡蛋往石头上碰啊！里面的日本鬼子都是野蛮不讲理的禽兽哇！你现在进去肯定被打死。我看您老还是赶紧躲躲吧。"尤翻译官是老城人，名叫尤西里，曾经当过师范学校外语老师，与马老三是远房亲戚，论辈分还是马老三的外甥。马老三属于那种仗势欺人、欺软怕硬的人，听到“禽兽”两个字，一屁股瘫坐在地上“哇哇”号哭起来。

马老三的吵骂声惊动了院内的日本鬼子，那个带头的日本中佐最先提着裤子拎着战刀出现在大门口，凶狠地喝道：“谁在闹事？”生性懦弱的马老三一看到日本鬼子出现，吓得浑身发抖，手中的尖刀当啷一声落地，爬起来就跑。中佐马上明白了，他是这户人家的主人，二话没说，举枪要打。尤翻译官连忙劝阻：“太君，殺しちゃダメです。この旦那さんは良民です。皇軍に忠誠を誓いました。”

尤翻译官这句日本话还真把中佐劝阻住了。他抬起手朝天空连放两枪，仰天大笑，说了一句日本话，然后转身返回院子里。马老三踉踉跄跄地钻进附近一条胡同里躲了起来，再也没敢露面。

黄团长问尤翻译官：“你刚才说了句什么话把马老板救了？”

尤翻译官回答：“我说：‘太君，别杀他！这位马老板可是好人哪，对皇军忠心耿耿。’”

“日本人说啥了？”

“这是他的原话：‘你说得没错，这个马老板确实忠心耿耿，甘愿把老婆女儿留下来，统统贡献给我们大日本皇军。那就留他一条命吧！’”

“妈的，我们走！小日本也太不地道了！”黄团长感觉脸皮挂不住，低头溜走了。

日本兵撤走后，邻居们发现马家四合院里留下9女1男10具尸体，为保全自己而投降日本人的马老三，落得个家人被斩、财物被洗劫一空的下场。这就是1937年10月13日日军占领老城后发生的最严重的事件，“马家大院惨案”。

## ◆◆◆　十九　◆◆◆

老城的上空冒出浓浓的黑烟，几十处民房着了火。日本兵在城里干过坏事后，为了毁灭证据，就一把火烧掉民房。

黄黎团长站在西街口看着日本兵烧杀抢掠，望着被烧的民房，听着老百姓的惨叫，惊得目瞪口呆。他真没想到日本人这么野蛮和残忍，比他还坏，连手无寸铁的老百姓都不放过。他仿佛感觉自己后背挨了一刀，浑身战栗，回头再看全城，浓烟四起，百姓四处躲藏，怨声载道，上百户人家受害，全城遭受劫难。

因为皇协军士兵还穿着民国政府地方军队的服装，为了防止误会，避免误伤，日本兵把从老百姓家里掠来的鸡鸭用绳子绑起来挂在皇协军士兵的脖子上，名曰“护身符”，凡是脖子上挂着鸡鸭的皇协军士兵，被视为自己人，不会受到日军的攻击。就连站在西街口的皇协军头头黄黎团长和他身边的尤翻译官也不例外，脖子上都挂着日本兵抓来的活鸡活鸭。日本兵抓不着游击队和抵抗者，以抓鸡抓鸭为乐，弄得满城鸡犬不宁。

看到马老三家被灭门、城里妇女遭到强奸以及日本兵四处烧杀掠夺，黄团长的表情别提有多尴尬了，脸色一阵青一阵红，站在西街口路边，竖起大衣领子遮住自己羞愧的脸庞，心有余悸地嘟哝道：“妈的，日本人怎么一点儿面子都不给呢？”

尤翻译官说：“是啊，团座，我们要提防些呀！不行，赶紧撤退吧。”

“撤退？往哪儿跑？唉，晚了！多亏当初听你一句话，我提前把家眷转移到城外，否则真他妈不好说了……尤翻译官，我看日本人是疯了，六亲不认哪！”

“日本鬼子不把咱中国人当人，团座，咱投靠日本人今后也不会有什么好结果。既然如此，不如上山当土匪去。”尤翻译官嘟哝道。

“嗐，别说不吉利的话！我堂堂保安团正牌军，岂能落草为寇呢？”黄团长心里开始后怕，摆摆手，岔开话题。

“团座，趁汉奸帽子还没扣上，我看咱还是另作打算吧。”尤翻译官试探地劝说道。事到如今，尤西里心里也没底，日本人可是翻脸不认人哪！

“做什么打算，晚了！汉奸的帽子戴上容易，摘下来难哪。嗐，一不做二不休，咱不能里外不是人，对吧？”黄团长瞪起眼珠子，抱怨说，“妈的，都是抗日抵抗作的孽。如果何作愚当初听我的话，不抵抗、不惹日本人，你说日本人能这么疯狂吗？恐怕不会这样吧！你知道吗？昨天何作愚的游击队在北城门打死了五个日本兵，所以日本人今天进城就疯狂报复，以抓游击队伤员为借口，烧杀抢夺。唉，也许过几天日本人气消了，我们的日子会好过一些。再等等看吧。”

尤翻译官不认同黄团长的意见，摇摇头，刚打算开口反驳，这时，一队日本兵押着两个五花大绑的男青年从巷子里出来。一个瘦高个儿戴眼镜的日本军官拎着军刀骑马走过去，“哇哇”大叫一通，当着街边众乡亲面，举起战刀把这两个青年劈倒在地，接着用军刀把他俩活活挑死在路口。黄团长胆战心惊地问尤翻译官：“出什么事了？那个老鬼子为什么要杀人？”尤翻译官告诉黄团长，皇军发现他们肩膀上有扛枪的痕迹，怀疑他俩是游击队员，可他俩拒不承认，故就地处决。

黄团长听后面色苍白，扯着嗓子向围观的市民喊道：“乡亲们，不要抵抗了，我们伤不起呀！太君说了，游击队、八路军，所有抵抗者，凡是主动投降的，皇军一律不杀。”乡亲们带着鄙视眼神望着这位曾经大谈曲线救国的汉奸，昂头挺胸默不作声。

杀人的军官五十岁出头，留着东洋胡，双手拄着军刀挺立在路口，用地道的中文喊道：“各位老城市民，鄙人是酒井隆，在中国生活了二十几年，是中国人的老朋友，只要各位不与皇军作对，鄙人绝不伤害你们！刚才鄙人杀的两个人不是良民，是八路，是游击队。”

这家伙原来是就杀人魔王酒井隆啊！尤翻译官双腿开始发软。

“酒井隆是什么人？”黄团长问道。

尤翻译官颤抖着告诉黄团长：“酒井隆是日本第 14 师团 28 旅的少将旅长。他刚才吼叫说，昨天游击队打死他手下的几个日本兵，他要为死去的日本武士报仇，亲手杀死这两个游击队员。”

“唉，哪儿来的游击队员哪！游击队员能让他们抓住吗？我认识这两个年轻人，是咱县政府挑煤的锅炉工。挑夫的肩膀能没印记吗？”黄团长面色土灰，低声对尤翻译官说，“看到没，这就是我说的代价，抵抗导致无辜者死亡！”

这是什么逻辑呀！尤翻译官摇着脑袋本想与黄团长争辩几句，可是面对眼前这个胆小怕死的长官，争辩也没用，他自己的脖子上也挂着一串儿鸡鸭，颜面尽失，因此只好闭上嘴巴。唉，战乱之际，保命要紧，皇军至少是在用这个“护身符”保护他们。

黄团长双手颤抖着抓住两只不停地挣扎的公鸡，唉声叹气："唉，既然脖子上挂几只鸡鸭能避免误伤，挂就挂吧。"

此时，日本兵在附近一个民房的地窖里发现两个游击队重伤员，他们把伤员和这家的两位老人捆绑起来，架在十字路口的一堆木柴上，泼上汽油，然后点火。老人和伤员在火焰中挣扎着，很快被活活烧死。

刺鼻的焦油烟雾向马路这边刮来，黄团长捏着鼻子连连呕吐，汗水渗透了他的棉衣。

几个嘻嘻哈哈的日本兵从巷子里跑出来，把手里拎着的一串串鸡鸭全都挂在黄团长的脖子上。黄团长的脖子早已不堪重负了，压得低头弯腰但又不敢把鸡鸭摘下来，扭头瞪着尤翻译官说："尤西里，你他妈的脖子上挂得少，替司令我分担几个。"黄团长喜欢自封为司令并不奇怪，在那个兵荒马乱的年代，只要有几杆枪，都敢号称司令。

尤翻译官也感觉颈酸背痛、汗流浃背，有点儿吃不消，他心有余而力不足，便训斥身边的勤务兵："还不快过去帮助黄团长分担几串儿！"

勤务兵勉强抬起双手，刚要摘下黄团长脖子上的一串鸡鸭，就听背后有人大声喝道："什么人胆敢偷懒？"黄团长和尤翻译官抬头一看，原来是刚才接受他们投降的59联队副联队长坂田久男大佐骑着战马过来了。

总算遇见认识的日军头目了，黄团长像个受欺负的孩子见到父母似的，趔趄地跑过去，扑通一声跪在坂田久男大佐面前："太君，我黄黎可是一心投靠皇军哪！皇军不能这样待我呀！"

"什么人这么大胆，敢挡我的路？"

"坂田久男大佐，我是老城皇协军的黄黎，黄团长。"

"哦，原来是黄团长和尤翻译官啊！"坂田久男大佐本打算奚落一下眼前这几个奴气十足的中国军人，但转念一想，还要依靠这些汉奸为皇军卖命呢，马上转变了态度，转头用日语严厉地训斥周围的日本士兵，尤翻译官翻译道："混蛋！谁这么大胆，竟如此对待土肥原将军尊贵的朋友黄团长。来人，快把黄团长和尤翻译官脖子上的鸡鸭统统拿走。"

坂田久男大佐下马亲自扶起黄团长，为他摘下脖子上挂的十几只活鸡活鸭，为他拍打着衣服上的羽毛。"黄团长，你受惊了！全城戒严之事，因为时间紧急没来得及对你通报。据我侦察兵的可靠情报，游击队在撤离时留下一批伤病员，被一些抵抗者隐蔽在城里，所以我们进城后立即进行全城搜捕。至于这些慰问皇军的鸡鸭嘛……呵呵，你们太客气了！”坂田久男大佐望了一眼街道两边脖子上挂满鸡鸭的皇协军士兵，继续说，“既然皇协军有这个心意，送来这么多的鸡鸭，我们也就不客气了，统统送到师部食堂去吧。”

黄团长用手揉揉酸痛的双肩，扭扭脖子，摇摇头，心里暗自骂道：你们日本人真他妈的畜生，抢鸡抢鸭，让老子站在路口替你们挂着不说，还把屎盆子扣到我们脑袋上。明明是要奸杀抢夺，还说什么搜查伤病员。但他转念一想，日本人可惹不起，还是忍了吧。于是，满面堆笑，说：“嘿嘿，没关系，为皇军效劳，应该的。如果城里真有游击队伤病员，就是藏在地下也要把他们通通地挖出来。”这就是汉奸的嘴脸，心里想的和嘴巴上说的不一致。

“谢谢太君，愿意为您效劳！”尤翻译官原本身材瘦小，负重后弯腰弓背显得更矮小，绳子勒进皮肉里实在吃不消，便悄悄摘下脖子上的鸡鸭轻轻地放在地上，随后对脖子上挂满鸡鸭的皇协军士兵说：“皇协军的兄弟们，请把皇军的战利品送到县政府大院厨房去，今晚，黄团长要设晚宴欢迎皇军到来。”听到尤翻译官的喊话，脖子上挂着鸡鸭的皇协军士兵立即排队朝县政府大院跑去。

坂田久男大佐咧着嘴巴笑道：“黄团长、尤翻译官，你们忠心可嘉，土肥原将军已经接受你们的善意，决定亲自参加今天的晚会。我们部队将在老城休整两天，后天向顺德府进军。”

皇协军的士兵刚离开，一阵脚步声从南面的巷子里传来，尤翻译官抬头一看，刚才要枪杀马老三的那个中佐疾步跑到坂田久男大佐跟前，立正行礼，用日语汇报。尤翻译官立即把中佐的话翻译给黄团长听：“报告大佐，附近巷子里发现一个剧院，剧团里有几个年轻漂亮的女演员，我打算把这些女演员抓起来，献给长官。”

坂田久男大佐用日语说：“ははは，女優だってか！どんな芝居ができるんだい?”坂田久男于1935年调入关东军任作战课课长，在土肥原的直接领导下从事对华军事情报工作，不仅中国话说得流利，对中国文化也很精通，他手下的军官大部分来自于关东军。

中佐用日语回答：“京劇です。”

“尤翻译官,大佐说啥?”

尤翻译官翻译道:“坂田久男问这些女演员是演什么戏的,中佐告诉他是京剧演员。”

“そうです,土肥原中将,酒井隆少佐と私は,みんな中国の京劇が好きだ。役者といったら,奎村君,どんだけの美人か,ちょっと楽しみだな。”坂田久男那张不算太老的脸蛋上顿时皱纹飞舞,眼睛里露出淫邪的目光。

“哦,土肥原中将、酒井隆少将和我都喜欢中国京剧。至于演员嘛,奎村君,我要看看到底有多漂亮。”尤翻译官把坂田久男大佐的话直接翻译出来,黄团长急得脑门冒出冷汗,慌张地对坂田久男大佐说:“太君,那些演员不能抓呀!”

坂田久男大佐诧异地望着黄团长:“为何不能抓?”

“我们今晚要举办欢迎晚会,这些演员要给太君表演节目!”

坂田久男摇摇头,眼珠子一瞪:“这么大的县城难道就这么几个女演员吗?不可能吧!”转身对中佐说:“奎村中佐,剧团里老的留下今晚演出,挑几个年轻的姑娘统统带到师部去。”

“嗨!”奎村中佐转身跑步离开。

不多一会儿,郭海英和她的三个小姐妹被捆绑着带到坂田久男大佐面前,坂田久男大佐色眯眯地打量着这几个十五六岁的小姑娘,郭海英倔强地扭过头不让日本鬼子看到自己的脸。坂田久男大佐绕着四个姑娘转了一圈:“嗯,不错,花姑娘蛮漂亮嘛,带有支那的味道。带下去,安排她们今晚在师部为土肥原将军和酒井隆将军表演节目。”

坂田久男大佐和日本兵押着四个女孩子去师部了。黄团长心中有些不安,催促尤翻译官:“你赶紧去找汤老板,了解下情况,看看还有没有其他演员替补。缺少这四个小演员,今晚的戏该不会受影响吧?”

尤翻译官刚打算去剧院,只见汤老板慌慌张张地朝这边跑来。“黄团长,你可得替我做主呀!奎村中佐大队长和马滕少佐宪兵队长抓走了我的四个演员,其中郭海英可是当今冀南地区的明星啊!如果皇军不把人还回来,今晚的戏就没法演了。”

“慌什么,汤老板?”黄团长漫不经心地说,“你的剧团里不是有二十几个演员吗?”

汤老板一着急，保定口音越加严重："原来吗，剧团里有几十号人，可听说日本军队要打过来了，又看到佟县长带着家眷跑了，剧团里的演员大多数都跟着跑了，男的就只剩下几位老琴师、锣鼓手和我，这四个女演员因为年龄小，被我连哄带骗的，好不容易才留下来。四个女演员缺一不可呀，黄团长！加上我，靠她们四个人在后台反复转换角色，才能勉强演出半场戏。"

"汤老板，你老婆呢？据说你三个老婆都当过演员，唱得还不错，让她们今晚出来串一次场嘛。"尤翻译官当场揭开汤老板的家底。

"尤西里，咱今天谁也别说谁，我还是在听说你把老婆孩子送走后，才把自己家眷送回老家的……"汤老板有点儿恼怒。

尤翻译官得意起来："怎么着，不行啊？这叫神算不如妙算，你汤老板还要感谢我呢！你瞧马老三一家……"

"那是，那是。马老三家的事我刚才也听说了，日本人也太不仗义了，咱都投降了还……唉，早知如此，我昨天就带着戏班子远走高飞了。"讲到这里，汤老板显得有点儿伤感，流下几滴同情的泪水。

听汤老板说剧团里没有演员了，黄团长着急了，他已经邀请土肥原将军观看今晚的京剧演出，如果演出取消，他没法交代呀！重要的是，演出后还安排了一场记者招待会，各界人士都受到邀请，各路记者也都在等着拍照、采访，要连夜赶制一条重大新闻，第二天见报。如果活动举办不利，土肥原贤二中将怪罪下来，他的小命难保，下场不会比马老三好。想到白天发生的事情，黄团长吓出一身冷汗，看来只能硬着头皮去见土肥原贤二了。黄团长问尤翻译官："血洗马老三家的那个中佐叫什么名字？如果有机会，我要在土肥原将军面前告他一状。"

"团座，我听到坂田久男大佐称他奎村中佐，好像是个大队长，也会说点儿汉语。不过，我认为事情没那么简单，土肥原将军不发话，士兵们哪敢在城里四处烧杀抢夺呀，更别说强奸妇女了。再说，你我也看到了，那个酒井隆少将亲自指挥士兵挨家挨户抢劫，亲手残杀无辜百姓。"

"好吧，我不告他们在城里烧杀抢夺和强奸妇女，我要告奎村大队长枪杀自己人，马老板对皇军可是忠心耿耿啊！"停顿片刻，黄团长继续说，"这个状我一定要告，否则我们大家将来都没得好。"说完，黄黎带着尤翻译官直奔保安团大院。

## ◆◆◆ 二十 ◆◆◆

日军第14师团指挥部设在老城保安团的团部大院里，师团长土肥原贤二在保安团会议室里休息。想到几天来，一路攻城拔寨势如破竹，特别是今天一天就攻破高邑和老城两座城池，坐在太师椅上的他不觉笑出声来："哈哈，佐野忠义参谋长，真没想到中国军队这么不堪一击！我们将不费吹灰之力，比预期提前一个月拿下国民党政府的冀南大本营，邢台顺德府。"

佐野忠义参谋长在桌子上铺开地图，说："是的，将军，指挥部高估了中国军队的实力，我们完全不需要三路重兵合击就可以拿下邢台。"

土肥原贤二中将是个搞政治、搞情报、做间谍出身的军人，虽然也曾带过兵，当过指挥官，但打大仗还是头一回。他了解中国，熟知中国的社会矛盾，他知道目前一边倒的战事不是因为日本帝国的强大，而是因为蒋介石本人的懦弱和中国国民党军队一盘散沙，缺乏整体的战略部署，不能形成有力的反击拳头。他坚信这场战争大日本帝国赢定了，胜利的到来只是时间早晚的问题。

土肥原贤二是关东军的核心智囊，曾一手策划了"皇姑屯事件"，参与指挥了九一八事变，最终占领了中国的东北三省。卢沟桥事变发生之前，他曾为侵华总司令部出谋划策，认为日军侵华的战略总目标应该是通过发动卢沟桥事变，迅速占领中国的华北和华东，逼蒋介石政府同意割让东北，并同意在上海和天津设立永久的日本租界。当时总参谋部一批鹰派将军批评他的战略目标过于保守，认为凭日本帝国的军事实力，日军不仅可以踏平华东、华北及华南大部分，甚至完全可以彻底击败蒋介石军队，占领整个中国。

现在看来，土肥原贤二自己也不得不承认，他当初的战略思想确实有些保守，按照目前的军事势头来看，日军完全有可能彻底战胜中国军队，甚至占领整个中国。但是，战胜和征服是两个概念，战胜不一定能征服。他希望达到的目的是征服中国人，让中国人心甘情愿割让出东北地区。想到这里，他对坐在身边的参谋长佐野忠义说："攻下邢台后，我们还要继续南下，老城这个地方很重要，可以作为我们后方物资储备和供应中心，要尽快把老城维持会建立起来，恢复城内秩序，建立物资仓库。参谋长，你认为那个黄团长是否可以兼任维持会会长？”

“将军，我认为可以。据我们调查，黄黎这个人用他打仗不行，他的军队软弱无能，不堪一击，但用他守城和管理中国人，我看绰绰有余。”

“那好，就这么定了，今晚就任命黄黎为老城维持会会长。”

“好的，将军，我马上安排人起草委任状。”

土肥原贤二将军又交代说：“一日之内，我第14师团旗开得胜，踏平高邑县和老城县，今晚要庆祝一下。政治宣传意义重大，请你亲自去筹备一下今天的晚会。”

“是的，将军，今晚确实值得庆贺。”参谋长附和道，转身离开。

坂田久男大佐是土肥原贤二的老下属，一回到指挥部立即来到土肥原办公室，端茶倒水，陪伴左右，借机大献殷勤：“阁下，今晚我已备好美酒和美女，请将军开心享用。”

“坂田久男君，你这是何意？”土肥原贤二中将长期从事外交工作，深谙此道，却故作矜持和糊涂。

坂田久男大佐长期在土肥原手下工作，深知上司的喜好和秉性，喜欢搞庆功、造声势、操纵舆论。由于外交职业的关系，土肥原贤二社交场上左右逢源，闲暇时喝酒作乐，灯红酒绿，三教九流全能应付。然而现在是在战场上，坂田久男不敢在上司面前表现得太露骨，连忙改口说：“晚会后，我安排几位年轻的女演员专门为将军表演京剧《打渔杀家》。”

其实，土肥原贤二与坂田久男是两类人，土肥原贤二举止文雅，做事规矩，能克制，能忍让，生活上朴素节俭，本能含而不露，但在政治上野心勃勃，一心图谋在华北战场上一鸣惊人。而坂田久男本人就是个翘尾巴的公鸡，傲慢、孤高、不可一世。早在来华之前，坂田久男就是日本军界公认的酒鬼，长期酗酒成瘾，战前喝酒，战后喝酒，打胜仗喝酒，打败仗也喝酒，喝起酒来不醉不罢休。他生活上不拘小节，喜欢在酒桌前观看艺伎表演，愿意酒后搂着女人寻欢作乐。在日本国内时，坂田久男就曾因醉酒伤人被拘留和受到降职处分，不然他早就晋升将军了。

“哦，《打渔杀家》我喜欢看。1935年初到满洲时，我经常观看这出戏，还能唱上几句呢。”接着，土肥原贤二哼哼起来，戏词都对，就是有些跑调。

“好！将军唱得太好了！”坂田久男大佐鼓掌说，“这几个小演员不仅唱功好，长得也俊俏。我安排人正在为她们洗浴、梳妆、打扮。今晚，将军您是否……”

“哈哈哈！”土肥原贤二开怀大笑，“坂田久男君，何时对中国姑娘感兴趣了呢？”

“将军，坂田久男不敢！我只是希望将军您今夜放松一下。”

土肥原贤二收起笑容，严肃地说：“坂田久男君，下级军官和士兵可以放松，因为他们明天要上前线打仗，要冲锋、要搏斗，随时都可能死去。他们需要发泄，需要通过发泄激发出他们野兽般的凶猛和残忍，然后再用鲜血或战死疆场洗刷他们污浊的身躯，换回灵魂的荣誉。然而你、我和酒井隆将军，我们不能这么干。我们肩负天皇的重托，使命尚未完成，我们需要智慧，需要清醒，需要约束，绝不能有半点儿松懈！你明白吗？”

“嗨，明白，将军。”

土肥原贤二继续说：“军官与士兵最大区别在于自律性，士兵需要被管制、被约束，而军官需要自我约束，因此不能自我放纵。我理解官兵们性的需求，但我绝不允许我的军官患有性病，凡是患有性病的军官一律暂缓提升，这是规定。我已经向总司令部卫生局报告，希望尽快派女子挺身队到前线为我们的军官提供健康安全的性服务。”

土肥原是个文官，喜欢讲理论，且头头是道，而坂田久男是个讲不出什么道理的武夫，是个随心所欲、不大守规矩的人。但是土肥原贤二是他的顶头上司，他只得耐着性子听着，还不住地点头，其实他心里对土肥原贤二的说教很反感。

土肥原贤二继续说：“老城位于邢台北面几十公里，西面是山区，东面是平原，四周地势好，防洪防水，城墙完整，交通便利，难攻易守，加上城里的百姓和皇协军顺从大日本皇军的管制，因此，我已经向华北军司令部建议把重要物资供应仓库设在此地。不管总部是否采纳我的意见，我们都要先把这座城的基础打好，城里绝不能隐藏残留的抵抗组织。”

“明白了，所以部队进城后，阁下立即命令全城地毯式地清剿，为的是避免日后留下隐患，为在城里建立物资供应仓库做好准备。将军高见，实在是高!”坂田久男连忙奉承道。

土肥原贤二微笑地点点头:“明白就好! 只有这样我们才能毫无顾忌地离开老城继续向前推进。”接着土肥原贤二板起面孔严肃地命令道,“所有作战部队今晚一律不许喝酒,明天凌晨 3 点准时出发。你的 59 联队要一马当先,必须在明天上午 10 点之前出其不意攻至邢台城前,争取率先进城。我要让总部那些瞧不起我们情报工作者的将军们明白用脑子打仗的优势和重要性。”

坂田久男不解地问:“将军,您不是原定部队在老城休整两天,后天出发吗? 今晚部队还要参加晚会呢!”

土肥原贤二得意地说:“让中国守城军队相信我们后天攻城,这叫兵不厌诈! 如果你明天能顺利攻占顺德府的话,我们第 14 师团将兵分两路:你与酒井隆旅长继续打着第 14 师团的旗号,马不停蹄向南攻打邯郸和晋中,吸引敌人的注意力,而我指挥 14 师团主力掉头向东与第 16 师团合围山东和江苏的国民党部队,进而向华东地区腹地南京市挺进,这叫声东击西。我要让总司令部的人知道,我们情报机构出来的军官,用脑子打仗不比陆军的军官们差。”土肥原贤二曾经被一些陆军将领戏说,是个只会搞政治、搞阴谋,不会搞军事,更不会打仗的将军,因此,他很想用事实回击这些人对他的嘲弄。

坂田久男提醒说:“将军,据说中国国民党军队在山东、江苏一带有重兵防守对付我华北军队的东进。”

“嘿嘿,”土肥原贤二狡诈一笑,“这就是蒋介石的愚蠢所在,面对我浩浩荡荡的华北军队,江苏和山东的防守重心必然偏向西北,然而,第 16 师团在占领河北晋县后,不日将兵分两路,一路与我协同攻击鲁西的中国军队,另一路主力则主动撤回到关东。”

“华北战事胜利在望,16 军团为何要回撤到关东呢?”坂田久男有些迷惑不解。

“哈哈!”土肥原贤二得意地大笑,“回撤自然是迷惑敌人。16 师团的部分主力回到关东后,增加装备扩大编制,然后悄悄从大连跨过渤海登陆威海,突然出现在中国军队防线之后。三面夹击,我军必将击垮中国军队的山东防线。”

“高,实在是高! 将军,坂田久男绝不辜负您的希望,明天一定率先攻入顺德府，把大日本国旗高高地插在城墙上。”

“记住，离开我以后没人管你，你要严格约束自己，要控酒，绝不能醉酒。”土肥原贤二再次叮嘱道。从唐山出发前，关东军司令特意交给土肥原贤二一个任务，就是管住坂田久男的酒。在关东军司令部里，从上到下谁都知道坂田久男是个酒鬼，但土肥原贤二明白，要完全禁止坂田久男喝酒是不可能的，只要别喝醉、别出事、别影响打仗，那就算完成上司交给他的监督任务了。

“嗨，坂田久男一定铭记将军教诲，管住嘴。”就喝酒这件事来说，坂田久男表面上恭敬和服从土肥原贤二，内心却极力反抗。听说拿下邢台后由他单独带兵南下，他开心地笑了，总算有盼头了，熬过明天就自由了。妈的，宁做鸡头不做牛尾！醉酒当歌人生几何？他从不认为醉酒对他有什么坏处，醉酒能让他找到人生的快乐，忘掉烦恼。他想到了刚才捉住的那四个女演员，身材优美、模样俊俏、声音动听。他决定把她们随军带走。哈哈！放松，凭什么士兵可以消遣，当官的就不能放松？他开始做起美梦……

然而土肥原贤二的声音打断了他的美梦。“还有，今天的欢迎晚会要照常举办，你、我，还有酒井隆少将参加庆祝活动。奎村中佐大队和马滕少佐宪兵队明天留守老城，可以参加晚会，其他部队今晚一律晚8点准时就寝，保证明早准时出发。为了保证晚会顺利举办，你要安排好治安和保卫工作。”

“嗨，我马上去布置。”坂田久男转身要走。

“等等。皇协军的黄团长刚才来过了，说宪兵队抓走了剧团里的几个主要女演员，晚上的演出没法表演了，你马上把那几个女演员交还给剧团。”

“这个……将军，这几个女演员是孝敬您的呀！”

“不必了。今晚的演出一定要按计划进行，声势要造大些，政治与军事同样重要，明白吗？”

“嗨，明白！我马上布置好，确保演出万无一失。”坂田久男舍不得吐出已经吃到嘴里的肥肉，心中不快但又不得不服从。

土肥原贤二继续说：“另外，黄团长还告状说，城里有个叫马老三的老板，是一个参加今天欢迎仪式的投诚人员，结果被满门杀绝。有这回事吗？你了解一下，如果属实，传我的命令，大敌当前，对国民党和共产党及所有的抵抗者，要狠狠地打击，毫不留情，宁可错杀一百也不漏网一个。但是，对支持大日本皇军的皇协军和各界友好朋友，今后一定要多加安抚、笼络和利用，绝不能再干逼他们与我们离心离德的事情。仅此一次，下不为例！你要告诫奎村中佐和马滕少佐，留守期间，在城里不能乱来。要遵照天皇旨意，构建大东亚共荣。”

“嗨，明白了，将军。”

“明白就好，马上执行去吧。”

“嗨，将军。”坂田久男敬礼后转身离开土肥原贤二的办公室。

## ◆◆◆ 二十一 ◆◆◆

坂田久男大佐回到联队后一声令下，郭海英和其他女演员立即被释放了。保安团警卫班把她们接到保安团大楼一楼走廊里，等待着黄团长接见。黄团长见到女演员时，乐得合不上嘴，对汤老板说：“我说皇军仁慈嘛，绝不会伤害顺民吧！怎么样，这回你们见识了吧？我黄某人在皇军心中还是有一定分量的！汤老板，今晚就看你的了，回去好好准备一下。”

汤老板鞠个躬，恭维说：“司令，有您做靠山，逢山开路，遇水搭桥，逢凶化吉，绝处逢生。我代表小的们感谢您！”

“哈哈，姑娘们，有我黄某人在，没人敢伤害你们！但是.土肥原将军很重视今晚的演出，所以把你们放出来。你们今晚要好好表演一番，以示我们老城对皇军的忠诚和谢意，也让那些来自东北的关东军士兵欣赏欣赏我们冀南地区的京剧水平。今晚的演出只许成功，不许失败！土肥原中将、酒井隆少将和坂田久男大佐将亲自光临晚会现场，还有很多老城知名人士和日本记者也参加晚会。好了，不多说了，你们快快回去准备！”

在皇协军士兵的护送下，四个惊魂未定的女孩子回到剧院大院。汤老板跟在姑娘们后面得意地吹牛说：“如果今晚演出一举成名，今后日本人也得让咱几分，没人再敢碰你们了。今晚你们给我铆足劲儿好好表演。”

姑娘们没理睬他，进院后直接躲进宿舍里，脱下和服扔到墙角处，换上自己的衣裳。她们决定罢演。

汤老板发现姑娘们情绪不大对劲儿，心里不放心，在院子里暗暗地观察着姑娘们的举动。他看见李晓双端着盆子出来打洗脸水，便凑上前，笑嘻嘻地说："晓双姑娘，你的河北梆子今晚放开嗓子唱，要把观众唱翻。"

"老板，愿意唱你自己去唱，我不唱。"李晓双情绪有些激动，顶撞了汤老板，端着脸盆往回走。李晓双是南宫县人，是几个女孩中性情最暴烈的一个。

汤老板收住笑脸，气势汹汹地站在宿舍门口怒吼："李晓双，你别不识抬举，是谁把你们从宪兵队弄出来的？没有我，你们几个下场恐怕比马老三老婆和女儿还要惨。再说了，连国民党政府军都跑了，咱小小剧团还能咋样？"汤老板振振有词地唠叨着，"海英，你是戏剧班班长，替我管好她们几个，尽快做好演出前的准备。"

郭海英没有理睬他，坐在窗前深思着，她满脑子都在思考着下一步该怎么办：留下还是走呢？日本鬼子是因为政治目的，要宣传今晚的演出才把她们释放出来，可是过了今天，明天她们的安全还会有保障吗？她有些不安和担心。如果明天照样面对危险和死亡，不如今天表现出勇敢和反抗。

汤老板见郭海英没搭理他，脸色阴沉地走出剧院大门。他叼着烟袋围着剧院高墙转了一圈，来到旧庙门前停顿了一会儿，很快又捂着鼻子离开那里。他从后门进来，再次来到姑娘们的宿舍门外，看见姑娘们既没更衣也没化妆，一动没动坐在屋子里，便火冒三丈："郭海英，你们不要跟我对着干，惹毛我没你们好果子吃。现在离晚会开始还有一个多小时，你们要赶紧化妆，今晚的演出必须全力以赴，否则别说皇军发怒了，就是皇协军怪罪下来，我也帮不了你们，到时你们都得被日本人抓去当艺伎。"

"汤老板，照你的意思，如果我们今晚好好演出，明天就平安无事了吗？"郭海英平静地问道。

"这个嘛，走一步看一步吧。"连汤老板自己明天是否安全都不敢说呢，他只好"哼"了一声，瞪着眼珠拂袖而去。

姑娘们在屋子里悄悄商议对策。罢演，肯定会遭到日本兵的报复，如果被再次抓进日本宪兵队，恐怕有去无回；但如果参加这种卖国求荣的演出，良心上会受到谴责。逃走吧！今晚趁夜色女扮男装逃离老城？看来也只有这条路可以走。然而，事情并非这么简单，如果她们走了，昨天下午刚刚秘密隐藏的那个游击队重伤员怎么办？谁来保护这位伤员呢？这可是非常棘手的问题！她们一时想不出更好的办法。

剧团里怎么突然冒出来一个游击队伤员呢？事情原来是这样的：昨天下午，王官庄游击队途经老城前往南宫时，在老城北门内与化装成抗日游击队的日本侦察分队遭遇了。这股日本特务本打算潜伏在城里，配合第二天日军主力攻城，但进城后暴露了身份，被王官庄游击队和后来赶到的老城游击队包围在一个院子里。战斗持续了一个小时，敌人依仗武器先进，强行突围，从北城门仓皇逃走，在北城门附近留下五具尸体。王官庄游击队也牺牲四人、重伤三人。老城保安团的士兵听到枪声后都躲了起来，以为是游击队和地方武装相互内斗呢。最近一个月来，地方武装相互争斗，在城里动枪动炮是常事，连老百姓都习以为常。

在老城地下组织的帮助下，游击队队员把两个重伤员隐藏在一个堡垒户的家里，游击队队长何作愚把另一个重伤员背到剧院的后院。何作愚在厨房没找到厨师老廖，放下伤员，直接到前院找郭海英，因为郭海英思想进步，哥哥又是八路军，属于可靠人员。当时正巧汤老板出门办事不在剧院。

郭海英看见何作愚身穿便装手握驳壳枪，急匆匆朝自己宿舍走来，马上猜到出大事了，便从屋子里迎出来，问：“何团副，你找谁？”

何作愚回答说：“海英，我已经不是保安团团副了，我现在是老城游击队的队长。我有事找廖师傅帮忙。”

“廖师傅不在。您有什么急事吗，何队长？”

何队长说：“刚才在北门，王官庄游击队与日本鬼子的便衣侦察分队发生枪战，王官庄游击队王臻如队长身负重伤。危难之时，我们只好前来请求你们帮忙，把伤员隐藏下来。”

“伤员在哪里？”

“在后院。”

“好吧，去看看伤员。”海英早就听说何作愚拉走一批保安团人员举旗抗日，知道他是个了不起的风云人物，因此毫不犹豫地说：“何队长，您放心，我们一定保护好伤员。需要找医生处理吗？”

“我们游击队卫生员已经简单处理过了，估计现在城里也找不到外科医生。王队长是胸部负伤，伤情严重。”何队长介绍说。

海英在后院见到伤员躺在担架上，胸前渗出一片血迹，面色苍白。伤员努力睁开眼睛，吃力地对海英说："谢谢你，小姑娘，我是王臻如，给你们添麻烦了。"

"海英，王队长大名鼎鼎，是冀南地区抗日英雄，现在伤势很重，你们要细心照料。目前情况紧急，日本鬼子先头部队已经抵达老城附近，封锁了交通要道。我们奉前线指挥部命令，连夜绕到南宫附近，合围留守南宫的日军，拿下南宫，让日军后方不得安宁。王队长先藏在你们院子里，以后我会派人与你联系，在合适时机把他接到根据地。"

"好的，何队长，你们早点儿撤退吧。等风声过后，我们想法把伤员送到西竖山。"郭海英从报纸上了解到，游击队转移到城西的西竖山里，县抗日政府转移到土城子，那里聚集着许多抗日队伍。

"谢谢你，海英，后会有期！"何队长带着游击队撤走了。

送走何队长后，海英从宿舍里取来自己的一件白上衣，撕成布条连接起来，一圈一圈缠绕在伤员的胸口。这时，廖师傅正好赶着马车从外面运柴火回来，看见院子里有伤员，主动过来帮助海英包扎伤员的伤口。另外三个女孩也跑过来帮忙。

伤员藏在哪里好呢？宿舍里？不行！汤老板每天都要到女宿舍巡查几次，绝不能让他发现。后院呢？郭海英向后院望去。

"廖叔，我们把伤员藏在后院柴火棚里如何？"郭海英建议道。

廖叔说："不妥，海英，日本鬼子已经兵临城下，藏在我们剧院里不安全。再说，要是汤老板发现后院藏有游击队伤员，他也不会答应。"

郭海英说："嗯，你说得对，廖叔，汤老板不可靠，不能让他知道。幸好他不在，我们要在他回来之前把伤员安顿好。"

廖叔想一想，说："我有个地方很安全，可以把伤员隐藏在那里。"

"哪里？"

"不远，跟我来。"

郭海英带三个女孩与廖叔一起把伤员搬到剧团墙外的那座破庙里，廖叔在靠南的墙角处掀开一块石板，露出一个洞口。"这是一个隐蔽的地窖，我们把伤员藏在下面。"

郭海英感觉惊讶，说："廖叔，你怎么知道这里有个地窖？"

“海英，你还记得你救过的那个小乞丐吗？”

郭海英回答：“记得，你说的是二春吧，因为爬树偷看戏，被汤老板揍了一顿，还罚干一个星期的苦力。”

“嗯，就是他。这个地窖就是二春挖的，他告诉我里面能住三四个人，有草垫子，还有通风口。”

三个女孩中李晓双年龄大一点儿，望着郭海英说：“太好了，把伤员藏在这里最安全，我们可以每天送水送饭，还可以帮助他换药。”

郭海英伸出手：“这是我们四个人共同的秘密，谁都不许泄密。”

“一言为定！”郭海英、李晓双、黄清清和余虹四个人手指勾在一起。

廖叔说：“算我一个，无论发生什么事，我们都要保证伤员的安全。如果伤员真的被敌人发现，由我老头子一人顶着，绝不让你们孩子们受牵连。”

郭海英说：“不，廖叔，如果事情泄露，我一人承担，不牵连你们。”

李晓双说：“好了，别多说了，我们都是一家人，有难同当。”

他们刚把王队长送入地窖里安顿好，就听剧团院子里响起汤老板的叫骂声：“人呢？都死哪儿了！郭海英、黄清清、李晓双、余虹……妈的，全都跑了！”汤老板的声音变调了，看来他真的有点儿着急了。

伤员藏好了，郭海英心里放松许多，冲廖叔做了一个鬼脸。好险哪！再迟一会儿就被汤老板堵在院子里了。“廖叔，我们赶紧回去吧！”

廖叔小声叮嘱：“小虹、晓双你俩从前门回去；海英、清清跟我来，从后门回去。”

当郭海英和黄清清突然出现在前院时，站在大门外的汤老板吓了一跳，扭头责怪说：“你们俩从哪儿蹦出来的？”再一扭头看见余虹和李晓双出现在大门口，“哎，你俩怎么出去了？我还以为你们他妈的全都跑了呢……我不是跟你们说过吗？日本人不杀顺民，只要听我的话，保证你们平安。无论何朝何代，戏没人不喜欢看，咱演戏人啥时都有饭吃。”

李晓双快言快语说：“汤老板，那还不赶紧把师母们接回来。”

“这……”汤老板一时无语，卡壳几秒后说，“这是两码事。我说的是你们，你们是演员。”

为了避免汤老板怀疑，郭海英安抚说：“汤老板，你放心，我们不会离开剧团，除非你不要我们。”

汤老板听了很开心，说道："哈哈，这话我爱听，还是海英对我忠诚。听说游击队和另一股穿便衣的地方武装刚才在北城门打起来了，你们可不要到大街上去，子弹没长眼睛，危险啊！黄团长说了，为了确保全城百姓的安全，决定不抵抗。如果日本军队明天攻城，黄团长将率领众乡亲出城投降。为了我们剧团的安全，我也准备跟随黄团长出城欢迎日军。当天有可能要举办一场欢迎晚会，我们剧团有演出任务。记住，你们一律要原地待命。"

"哼，我们才不参加演出呢！"姑娘们转身跑回宿舍。

"大胆，还想活命不？老子都是为你们的安全考虑才这么做的。"当汉奸也要找个理由，要当得心安理得。汤老板的理由就是要保住剧团和这些小演员，因为这是他的金饭碗。汤老板在院子里兜了一圈，回到自己的房间里。

上午，在日本鬼子进城之前，郭海英和李晓双到地窖里送过一次饭，她们特别叮嘱王队长日本鬼子就要进城了，说不定会全城搜查，到时千万别发出任何声响。

王臻如是个坚强的汉子，每次呼吸时，伤口都会引发撕裂般的胸痛，豆大的汗珠从额头滚下来。他咬咬牙说："小同志，你们放心，我能做到。"

果然，日军进城后开始挨家挨户搜查，奎村中佐率领着十几个日本兵包围了旧庙。日本兵端着枪在庙里转了一圈，没发现任何可疑迹象，看见满地的大便，捂着鼻子跑开了。接着马滕少佐带领着日本宪兵包围了京剧团……

## 二十二

汤老板反复威胁她们，如果罢演，就让日本鬼子把她们全都抓起来充当随军艺伎。姑娘们相信汤老板能干出这种事。她们太了解汤老板为人了，唯利是图、损人利己，对自己没利的事从来不做。她们现在担心的不是自己，而是地窖里的伤员。

是劫后余生，还是噩梦开始？她们觉得事情不像汤老板说得那么简单，日本鬼子不会轻易放过她们，危险或许还在后头。但有一点是明确的，日本鬼子本打算把她们抓去当随军艺伎，但后来因为今晚有重要演出，才不得不把她们放回来。

李晓双性格刚烈，嘴巴一噘："哼，想让我当艺伎，大不了一死！"

余虹说："晓双姐，日本鬼子心狠手辣，什么事都能干出来，我们要动脑筋想想怎么才能挣脱魔掌。"

这时，汤老板又在门外催促起来："姑娘们，演出时间快到了，抓紧化妆吧，一会儿咱们该出发了。"

郭海英说："小虹，你说得对，我们既要摆脱魔掌又要保护好游击队伤员。你到门口看看有没有监视，如果没有人看守，我们想办法悄悄钻进旧庙的地窖里躲起来。"

余虹来到院子里，正好撞见汤老板。"小虹，你不抓紧化妆怎么跑出来了呢？"

"上茅房。"余虹性格比较温和，在汤老板眼里是个听话的孩子，所以汤老板没有训斥她。

"茅房在后院，你怎么往大门口走呢？"

"我想去院外的茅房。"余虹刚迈出大门就被皇协军的士兵拦住："小姐，长官有令，今晚有重要演出任务，演员一律不许私自外出。"

余虹转身往后院走，她想看看后门是否有人把守。一进后院，就看见廖师傅站在厨房门口朝她招手，余虹马上跑过去，扑到他的怀里。廖叔低声说："别怕，小虹，回去告诉海英，后门没有皇协军看守，我一会儿悄悄把门锁打开，你们四姐妹从后门出去到旧庙地窖里躲起来，我会想办法给你们送饭，等风声过去后再出来。"

"廖叔，海英姐也是这么想的，所以让我来打探院外的情况。可是廖叔，就怕我们逃走后会连累你，汤老板会找你的麻烦。"

廖叔说："孩子，我这么大岁数了还怕什么！你们年龄还小又是女孩子，还是躲起来好。"

"嗯，谢谢廖叔！"

余虹回来把情况告诉郭海英。大家都同意廖叔的方案，立即开始着手准备。可是事到临头，郭海英却犹豫了，旧庙离剧团太近了，如果她们突然消失，会不会引起皇协军对旧庙的怀疑？万一搜查出地窖，不仅她们的行动失败，还会连累伤员。然而，如果罢演就更危险了，日本鬼子绝不会善罢甘休。

“海英姐，宁肯死路一条，我也坚持罢演。日本鬼子怪罪下来，他汤老板也不会有好下场。”四姐妹里小虹年龄最小，平时不大说话，但说话嗓门最高。

此时汤老板正好在门外偷听，听到“罢演”两个字，顿时火冒三丈，一个箭步冲到屋内喊道：“小崽子们，你们想坑我？没门儿！你们今晚要是罢演，我就把你们隐藏游击队伤病员的事抖搂出来。不信你们就试试！”

郭海英听了大吃一惊，心想汤老板怎么知道伤病员的事呢？转念一想，不会吧，他一定是在诈我们。郭海英迅速镇静下来：“汤老板，哪来的游击队伤员？你不要哄骗我们了。”

“哼，我哄骗你们？你和晓双今天上午去隔壁旧庙里给谁送水送饭？老子眼睛没瞎。实话跟你们说吧，昨天下午就有人告诉我，何团副带着伤员来过剧团。如果你们真想和我作对，咱可把丑话说在前头，我汤某人可是家大业大，不想与你们一起掉脑袋。”汤老板靠在门框上摆出一副得意的样子。

郭海英明白了，狡猾的汤老板已经发现她们的秘密。她心里紧张起来，怎么办呢？不能硬来，要先稳住汤老板，然后想法儿带着伤员逃走。可是前门已经有哨兵把守，逃不出去；如果不参加演出，日本人不会轻饶汤老板，若汤老板被抓起来，他肯定会告密，到时候不仅伤员暴露，她们几人都将陷入危险之中。郭海英决定采取缓兵之计，找机会与廖叔商量一下怎么办。如果可能，让廖叔把伤员转移到其他地方，她们四姐妹再找机会逃走。对，这个办法最好！想到这里，郭海英灵机一动，说：“汤老板，这件事我们可是替你做的呀！昨天何副官告诉我们是你同意把伤员藏在剧团里的。”

“什么？胡扯！我根本不知道这件事。郭海英，你胡说八道！你想栽赃陷害吗？告诉你，郭海英，我不怕！”

余虹说：“海英姐说得是真的，我也听到了。”

“是啊，我也听到了。何团副是这么说的。”黄清清也附和道。

“后来因为海英姐不同意藏在后院，才把伤员安置在院外。”李晓双也添了一句。

“你们这是嫁祸于人！我汤某可不吃这套。我要告发你们！哼，官不打告密者。”汤老板掏出手帕擦擦脑门上的汗珠，转身打算离开。

“有胆量你就告吧，我倒想看看皇军会相信谁。你和何团副拜过把兄弟，老城里没人不知道，你私通游击队。”郭海英坚定地说。

汤老板收住脚步，转身说：“真没想到，你们几个要合起来陷害我。”

“汤老板，不是我们要害你，是你要害我们。”姑娘们反驳道。

汤老板眨眨眼睛，心里想，他与何团副从前还算有些交情，危急时刻何团副找他求救也是有可能的。“唉，算了算了，我不跟你们计较了。我汤某人是个艺人，靠演戏吃饭，日本人那边我不想得罪，游击队那边我也不想结仇。你们要是乖乖地听我的话，我可以睁一只眼闭一只眼。咱们先把眼前的事情做好，等演出结束后再想办法把伤员处理掉。”

郭海英也换个口气说：“汤老板，我们都是你亲手带大的演员，你能狠心害我们吗？给日本人演出我们虽然不情愿，但既然你要求我们演，我们不能不演，只是我们不能空着肚皮去演吧，你说呢？”

汤老板听了，皮笑肉不笑地回答：“嘿嘿，这就对了。咱们都是一家人，我怎么会害你们呢？只要你们听我的话，我汤某人不会亏待你们。饭菜我早都让廖师傅准备好了，你们现在就去厨房吃去吧。”

郭海英和三个女孩到厨房吃饭去了，汤老板放心地回到自己房间里化妆。昨天剧团里的几个男演员跑了，他今晚只好亲自登台演出，晓双、小虹和小黄几个人要轮流扮演其他角色与他配台。

汤老板一边化妆一边自言自语说：“哼，黄毛丫头，想和我斗？你们还嫩了点儿。等今晚演出结束后我再来收拾你们。妈的，老子走南闯北什么世面没见过！想让我替你们背黑锅？哼，老子不傻！”

汤老板从小在北京一个剧团里学徒，由于吃苦耐劳，功底好，业务长进快，不久当上了剧团的男主角。但据说长大后，他人品不好，经常酗酒闹事，调戏和骚扰女演员，被师父开除，此后便流落街头卖艺。大约十年前，汤老板只身一人来到老城，一次在酒馆里巧遇保安团团长黄黎，因唱得几嗓子好戏，深受黄团长宠爱。在黄团长的支持下，他办了这家戏院，招了几个演员和一些徒弟，搭个戏班子开张营业，后来逐渐发达起来。这些年，剧团培养出十几个年轻貌美的女演员，三个被他自己占为己有，两个献给了黄团长，一个被马老三娶为四姨太，剩下的要么改行，要么逃离，要么自谋出路。

自打郭海英、余虹、李晓双和黄清清她们出徒后，汤老板没再招收成年女演员，一则三个姨太监管太严，剧团里一半的事务她们都要干预；二则青出于蓝而胜于蓝，郭海英年龄虽小，天资聪慧、秀外慧中，演技卓越，已经挑起大梁，在冀南平原一带小有名气。

回想起自己多年来艰难辉煌的创业经历，汤老板不自觉地想起一部老戏，《赵子龙大战长坂坡》中的片段，他得意地哼出声来。不知他是把自己比作刘备呢，还是赵子龙，不管怎么说，提前把家眷送走，还算英明。

厨房里，廖叔把饭菜已经摆好，热情地招呼说："姑娘们，趁热吃吧。"

郭海英站在厨房门口四下张望，看到后院没人，低声对廖叔说："我们隐藏游击队伤员的事情被汤老板发现了。"

"啊？怎么这么快就被他发现了？"

"都怪我和晓双不小心，我们上午往庙里送饭时被他发现了。"

"他告密了吗？"

"还没有。但是他威胁说，如果我们今晚不参加演出，就把这件事捅出去。"郭海英把下午她们被日本鬼子抓走后的情景告诉廖叔。廖叔平时像父亲一般地爱护和照顾这几个小姑娘，她们也敬重和信任廖叔。

"不妙哇！"廖叔心里着急，脸部绷紧，他知道汤老板这个人不地道，经常会干些出卖朋友的事情。"本来我打算让你们和伤员都藏在地窖里，但现在看来不行了。你们带着伤员一起逃走吧。"

"廖叔，我们带着伤员一起逃走不大可能，当务之急还是先转移伤员吧。"

廖叔走到窗前，推开后窗探头向外张望，脸色逐渐变得严峻起来，"海英，后门也有人看守，而且远处路口还设了日军流动岗哨。你们恐怕难以逃走，伤员也无法转移了。"

郭海英心一凉，四周都是敌人，形势如此危险，怎么办？她捏紧拳头，狠下心说："廖叔，无论如何都要想方设法把伤员转移到安全的地方。如果我们不去演出，日军和皇协军的岗哨就不会撤离。既然如此，干脆将计就计，我们四人今晚去会场演出，引开哨兵，您想法把伤员转移到城外。演出结束后，我们尽量拖延时间，迟些回来。"

“调虎离山计，这个主意不错。我带伤员走没问题，我早就不想在这儿干了，”廖叔坚定地说，“我也有办法带伤员出城，但是我走后你们可就更危险了，没有人能帮助你们。也不知日本鬼子心里打的什么鬼主意。”

“廖叔，只要你把伤员送走，我们就没有后顾之忧了。我们可以躲到地窖里，也可以想法逃出城。”

“好吧，演出结束后，你们争取早点儿撤退。唉，我担心今晚凶多吉少啊！”

“廖叔，我想过，那个叫土肥原贤二的日本鬼子想靠这场演出活动对外宣传日本军队虚假的仁爱，所以他们今晚还不敢把我们几个怎么样，但明天就不好说了。我强烈地预感，日本鬼子想强迫我们做他们的随军艺伎，特别是那个叫坂田久男的日本军官，据说还会唱几句京腔，没达到目的，他绝不会善罢甘休。我们四姐妹商量好了，宁死不受屈辱，今晚演出结束后，最迟明天凌晨，我们一定要找机会逃走。”

廖叔点点头：“嗯，也只好这样了。小西门在养马场院里，只要进入养马场就等于出城了。我今天下午去了一趟小西门养马场，发现小西门没有岗哨。日本鬼子今天刚刚占领老城，可能还没发现这个偏僻隐蔽的小门。你们明天也可以这么走，穿过老邢头的养马场直奔小西门，小西门的大铁锁坏了一直没修理，用劲一拉就能打开。我今晚出城时会委托老邢头帮助你们。”

“好的，廖叔，就这么定了。你离开老城后一路向西，进入西竖山后就安全了。你也可以直接去土城子，何队长说冀西游击总队在那一带活动。那里还是县抗日政府所在地，应该能找到医生为王队长治伤。实在不行，也可以向南到浆水，直接到后南峪村找我爹，我爹叫郭顺达。”郭海英虽小，但老练、足智多谋，分析问题有条有理。

“海英，你放心，那条路我走过。你们自己要多保重，明天要尽早离开老城。”

“拜托您了，廖叔。”郭海英、李晓双、余虹和黄清清离开厨房回到梳妆台前相互上妆，很快就梳妆完毕，换上演出服装来到院子里。

## ◆◆◆ 二十三 ◆◆◆

这是一场特殊的演出，面对危险，她们心中忐忑不安，可是，为了保护游击队伤员，她们不顾自己的安危，刀山敢上、火海敢闯。暮色降临，她们手拉手相互鼓励着走出剧院大门。

大街上，高音喇叭正在循环广播："居民们请注意，现在播送日军颁布的命令：今晚五点钟后实行全城军事管制；晚六点后各城门关闭，禁止出入；晚十点后实行全城戒严。任何人违犯禁令，一律就地处决！居民们请注意，现在播送日军颁布的……"

廖师傅站在剧院大门口目送她们离开，听到街道上传来的广播，不觉心中一阵抽紧：糟糕，全城戒严后小西门有可能也会设立岗哨，到时，姑娘们很难出城了。暮色中，他隐约看见远处城墙上每隔两百米就有一个岗哨的影子。向西望去，主城门早已关闭。望着郭海英她们远去的身影，廖叔心里感到刺痛：她们还是孩子啊，能摆脱日本鬼子的魔掌吗？她们这是在一步一步走向火坑啊！

离开剧团大门很远了，郭海英还在不停地回头，看见廖叔站在大门口凝望着她们，她转过身频频向廖叔挥手，或许她意识到这是一次生离死别。

正如郭海英预料的那样，她们走后，剧团大门口的岗哨马上撤了。日本兵和皇协军押着他们向县政府走去。晚会在县政府门前的广场上举行，那里有个露天舞台。

姑娘们走后，廖师傅马上着手准备转移伤员，他先备好一驾马车和一垛马草。天黑后，他把马车停在剧团大院里，把重伤员从地窖里背上来，安放在马车上，简单通报了日军占领老城后发生的情况以及他的打算。王队长由于失血过多，显得十分虚弱，点点头说："同志，谢谢你！"

"为了躲避岗哨检查，只好委屈你躲在马草里了。"廖师傅没过多解释，在王队长身旁垫些砖头，在他身上铺上一层木板，然后在马车上装满了一捆捆的马草，最后用绳子把马草扎好。廖师傅围着马车转一圈，感觉没什么漏洞，打开剧团大门，赶着马车直奔小西门。

正如廖叔预料的那样，养马场的大门口也设立了岗哨。一个皇协军士兵看到有马车过来，大声喝道："站住，干什么的？"

"长官，老邢头让我给养马场送马草来。"廖叔担心会露出破绽，心中不免有些紧张，但夜色掩饰了他的慌乱。因为时间紧急，他没来得及与老邢沟通。老邢是养马场负责喂马的马夫，技术好，干活儿认真，平时住在养马场里，算是黄团长眼前的红人。日本军队没来之前，小西门归他看管。

"怎么这么晚还送马草呢？"

"老邢头说皇军的马匹太多，今晚饲料不够用。我好不容易才收集一车马草。"

这时正好老邢从马场里走出来，廖师傅主动招呼说："老邢，我给你送马草来了。你下午不是让我给你送一车马草吗，不好意思，一直忙到现在才送来。"

老邢愣了一下，"哦？哦！"

廖叔快速使了一个眼色，说："马没饿着吧？如果不够，我一会儿再想法送一车马草来。"

老邢根本没让廖师傅送马草，但听廖师傅这么说，他猜到廖师傅可能有什么急事需要帮助，便顺口敷衍说："哦，是，是，我是对你说过帮忙拉一车饲料。老廖，这么晚了你还送饲料来，真是辛苦你了！"老邢是朝鲜族人，比廖师傅年长一点儿，他们家乡相隔不远，平素关系亲近。

"没什么，答应的事就要做好嘛，哈哈！别让皇军的马匹饿着了。"廖叔心情放松下来。

站岗的皇协军士兵走过来检查车辆，老廖掏出一盒香烟，递上一支，刚要擦火柴帮他点烟，士兵伸手夺下老廖手里的那盒香烟揣进自己口袋里，笑嘻嘻地说："别点火，皇军不让站岗时抽烟。"然后用枪筒往马草里捅了几下，挥挥手，"进去吧，尽快出来哟，我快换岗了。"

"不行啊，长官！我还要帮老邢头把这车马草铡好呢。"

"好吧，我知道了，你进去吧。"

廖师傅心中暗喜，过了这一关就成功一多半了。"驾！"他放开车闸，赶着马车走进养马场。"止まれ！"突然从大门里面的岗亭跑出来一个日本哨

兵，高声喊叫着，“身体捜查してくれ！”廖师傅听不懂他到底在说什么，看样子是要搜身。

廖师傅镇静地抬起双臂，哨兵在他身上划拉几下，把他口袋里的火柴盒收走，“マッチ箱は禁止だ。”老邢解释说：“太君的意思火柴盒不能带进去。”廖师傅顺从地点点头。

日本兵用刺刀往草垛里连续扎了几下，刺刀扎到了草垛下面的木板。日本哨兵围着马车转了一圈才摆手放行。

天空起风了，夜晚有点儿寒冷，廖师傅裹紧棉大衣，牵着马车走进养马场。“出啥事了？”老邢悄悄问道。

“有个游击队伤员藏在马车里，我要把他运出城。没想到今天养马场也设岗哨了。你看怎么办，老邢？”

“日本人的军马都存放在这里，所以今晚加设了岗哨。我已经接到通知，养马场改成军马场了，今后由日本人接管军马场和小西门。趁现在大门钥匙还在我口袋里，你赶快走。”

小西门位于老城的西南角，被养马场的土墙围在院内。小西门距离养马场大门大约二百米，中间隔着三排马棚，廖师傅与老邢头嘀咕了一阵后，两人把马车牵到城门旁一处黑暗的地方，卸下几捆马草。老邢头回房间取来一个包裹，打开后是四块牛皮布。“这是干什么用的？”廖师傅问道。

老邢嘿嘿一笑，没言语，分别把四个马蹄子用牛皮包裹住，再用麻绳系牢，然后才说：“这样，马车跑起来，马蹄就不会发出声响了。”

“老哥，谢谢你了！”

“咱哥儿俩有啥说的，别客气。”老邢轻轻打开两扇木门，对廖师傅说，“你走吧，我来关门。出门过桥后一直走，进了树林就安全了。”

“明白！”小西门的城门窄小，刚好能通过一驾马车。老廖牵着马车走在松软的土路上，悄无声息地通过了城门。老邢看着马车过了护城河桥，而城楼上哨兵没有任何动静，便轻轻关上城门。

西门附近灯火辉煌，演出刚刚开始，锣鼓声淹没了马车轱辘发出的吱吱扭扭的声响。城墙上岗哨的注意力全被京剧演出吸引过去，没有人注意到有一驾马车悄悄出城了。

廖师傅和马车很快消失在夜色中。

## ◆◆◆ 二十四 ◆◆◆

那天夜里，廖叔讲了很多，也讲到很晚，但还是没讲完。王巧春很想知道结局，可是廖叔打了一个哈欠，说："时间太晚该睡觉了，明天还要起早呢。"

"好吧，廖叔，明天再听你继续讲。"

王巧春回到房间时，叶连长和梁晓辰已进入梦乡。当他钻进被窝闭上眼睛时，眼前浮现出海英姐的身影，他心里开始惦念着海英姐她们四姐妹的安危。那天晚上的演出进行得怎么样？第二天凌晨她们脱离虎口了吗？她们如今身在何处，安全吗？

夜深了，王巧春难以入眠，一直在胡思乱想，直到野外出现公鸡啼鸣声，他才昏昏欲睡。清晨五点半，廖叔叫他起床时，他迷糊地坐起来，还以为是部队紧急集合呢，差一点儿说漏嘴。"集合了？"他把廖叔当成阚营长了！当他意识到错误时，急忙揉揉眼睛改口说，"廖叔，这么早就走啊？"

廖叔笑了，他或许没察觉到什么，只是说："孩子们，起床了，趁天没亮，我们早点儿出发。"

凌晨，三驾马车满载着马草离开马车驿站，直奔老城西门方向驶去，在城墙西北角左转，直奔军马场的小西门。于大成自己驾驶第一驾马车；廖叔驾驶第二驾马车，王巧春坐在副驾驶的位置；叶连长驾驶着第三驾马车，梁晓辰坐在副驾驶的座位上。

冀南平原的早春3月，大地冰霜已融化，树枝已冒出绿芽。三驾马车奔驰在沉寂的平原，马蹄的节奏敲响了晨钟，远处村庄出现狗吠、鸡鸣。天色已见放亮。

"廖叔，你听，村里有人居住。"

"自从有了维持会，村里成立了伪村公所维持治安，村民陆续返回家乡。"

"廖叔，与日本兵打交道时你不担心受欺负吗？"

“怕啥？不怕！我为他们白干活儿，他们还想咋样？”

“为什么白替他们干活儿呢？我记得你曾经说过，如果日本鬼子来了，你宁肯回家种地也不当亡国奴。”

廖叔尴尬地笑了：“二春，你记忆力不错呀，我确实说过这样的话。”廖叔马上换个话题，“那天夜里送游击队伤员去土城子镇，一路顺利，第二天早晨到达土城子，把伤员交给当地游击队。游击队留我在土城子住了一周，回来后，我没再回剧团，而是直接来到城外这家马车驿站投靠我老乡，这家马车驿站就是他开的。”

“是那天帮助你从小西门出城的老邢吗？”

“不是昨天我说的那个老邢头。我在老城县认识两个东北老乡，老邢头和老孙头。老邢头的养马场被日本军队没收后改成军马场，他被日本人留下来继续养马。城外这个马车驿站是老孙头开的，地点好，位于交通要道，客流量大，生意也不错。唉，没办法呀，为了马车驿站能够继续生存下去，只得干点儿违心的事，为日本军马场供应马草。好在只是做马饲料，没给日本人干事。”

“可是，你们是给日本军马做饲料呀！日本骑兵骑着军马更加野蛮，杀人放火、横行霸道。难道这不算助纣为虐吗？”

“二春，你说得有道理，可是，生活嘛，有时也是迫不得已。你不干，就得走。你走了，还会有其他人为日本人干事。日本人看中了河口驿站这个地方，离县城比较近，四周都是农田，储存稻秸、麦秸方便，还安全。你瞧，我们院子里的马草都堆积成山了，这要是在城里，一把火点着，那可不得了啊！”

“日本鬼子真狡猾。”

“二春，一会儿进门后，你尽量少说话。‘日本鬼子’这几个字不敢随便说，见了日本兵要叫太君，说话前要先鞠躬。如果得罪了日本哨兵，事情就麻烦了。”

“我明白，廖叔。”王巧春一直在急切地等待着廖叔讲去年10月13日夜里老城发生的事情，想知道海英姐她们四姐妹的下落，但廖叔没主动说，他也不便主动询问。廖叔越是回避不讲，他内心越是隐约感到不安，掰着手指算算，海英姐她们失踪已经过去整整五个月了。在一段沉默之后，王巧春终于开口问：“廖叔，那天夜里海英姐她们怎么了？”

廖叔本来是有意回避这个问题，既然二春问到，他只好继续讲下去。但他讲得很简单，因为有些事情他也不大了解，还没弄清楚。

廖师傅从土城子回来后不久就到河口马车驿站上班了。大约在他上班后的第三天，于大成要赶着马车给军马场送马草，廖师傅顺便搭车去城里为马车驿站购货。进城后，廖师傅先去商店采购些生活物品，见了一些老主顾。

回来的路上，明明知道海英她们不在剧团大院里了，可他的双脚像不受控制一般，不由自主来到剧团的大门口。

廖师傅心里一直惦记着海英她们，他打听过很多那天观看演出的老城百姓，他们都说那天夜里舞台上下平安无事。土肥原贤二将军和黄黎司令上台讲话，记者蜂拥拍照和采访。黄黎也正是从那天开始拥有了皇协军城防司令兼老城维持会会长的头衔。戏曲演出进行得很顺利，只是在演出结束最后一个合影的环节上出了一点儿问题，小演员们迟迟不愿出场合影，把汤老板急得前台后台团团转。最后合影不成，各方不欢而散。坂田久男大佐为此恼怒不已，把黄黎司令和奎村中佐大骂一通。

第二天凌晨，日军第 14 师团主力悄悄出城杀向顺德府，只留下奎村中佐和少许留守部队。奎村中佐被委任为老城日军城防司令。由于留守的日本部队兵力薄弱、战斗力不强，担心受到游击队的袭击，奎村中佐只好拉拢皇协军为他卖力护城，不敢像前一天刚入城那样，飞扬跋扈、为所欲为。

老城沦陷几天之后，城内似乎恢复了往日的平静和安宁，外逃的百姓开始陆陆续续返城。在维持会的宣传下，城里的繁荣似乎接近了从前。其实，这些都是日军政治宣传策略造成的假象，叫内紧外松。

如果真是这样的话，海英她们应该没出什么大事，她们有可能在演出结束后逃走了，或许早已回到土城子抗日根据地。想到这里，廖师傅感觉心中平静不少。

眼前，剧团大门紧闭，廖师傅用力推了一下，大门是从里面反锁着，他的第一反应是院里没有人。他顺着院墙向后绕到旧庙门口向院内望去，两扇庙门早已不知去向，苍凉的庭院一如从前，臭气熏天。进庙后发现，他离开时地窖口是用石板盖着的，并用浮土和枯草在上面做了一些掩饰，可是现在，洞口是敞开着。看来他走后一定有人来过。谁来过呢？如果是海英她们躲藏在地窖下面，离开时不会一点儿掩饰不做就走。廖师傅脑海里闪现出一个不祥之兆。

廖师傅绕到剧院后门，意外发现后门是虚掩的，他轻轻一推，吱嘎一声，门开了。他进入厨房细心观察一番，几乎立刻断定，他走后炉灶没再生过火，因为他堆放在炉灶旁的劈柴和干草没有一丝变化。廖师傅急忙来到厢房——演员宿舍，他想从海英她们宿舍里的个人物品变化中寻找那天夜里的答案。

宿舍里，床上床下，姑娘们的行李、衣物和物品摆放得整洁、有序，化妆间里和梳妆台上没有一丝混乱的迹象。然而，当他在化妆间里仔细寻找时，忽然感觉天旋地转，几乎要晕倒在地。不可能！绝对不可能！海英她们不会有事。可现实是，他不得不怀疑海英她们几个姑娘出事了，否则真的很难解释。

按照以往的惯例，每次演出结束，演员要做的第一件事是卸妆，洗去脸部的浓妆。第二件事是换装，换下演出服装，穿上自己的衣裳。可是，廖师傅发现演出服的衣架上是空的，姑娘们自己的衣裳则整齐地摆放在宿舍里，说明她们当晚演出结束后没回来换衣裳和卸妆。那她们去哪里了呢？或许演出结束后发生了什么突发事件，让她们来不及回去卸妆换装就穿着演出服装逃跑了？或者直接被日军扣押了？

离开剧团后，廖师傅去了一趟城西菜市场，一方面要为马车驿站食堂购物，另一方面还想打探一些消息。当初在剧团厨房时，他每隔三天就要到这里采购一次，时间久了，与一些商贩熟悉起来。商贩们告诉他，演出结束后，发生了一些不愉快的事情，日本人发火了。有人看见汤老板第二天被日本兵抓起来，但第三天又被放出来。从此剧院关门了，直到现在也没再开业。汤老板对外声称他要离开老城回老家保定住些日子，随后就消失了。

汤老板一定是个知情者，可现在也不见踪影。购货后，廖师傅回到军马场，直奔老邢的住处马夫房，希望能了解些当天晚上养马场和小西门附近发生的情况。如果演出后海英她们四姐妹遭遇到什么紧急情况，她们逃跑的目的地一定是小西门，而那天晚上养马场门口恰恰有皇协军和日本兵站岗，她们很难进入养马场。进不去养马场，就无法从小西门出去。

老邢五十多岁，小眼睛，圆脸，微秃顶，一辈子养马、喂马、侍候马、喜欢马，还懂得一些兽医知识，相当半个兽医，驯马经验十分丰富。那个年代，公路少，汽车罕见，交通工具主要靠马，优秀马夫的地位如同现在优秀的汽车修理工，被认为是具有一技之长的能人。保安团黄团长很信任老邢，好马都放在养马场里让他料理。常骑马的人都知道，马掌的好坏直接影响马的奔跑速度和行进耐力。老邢钉马掌的水平堪称一流，得到大家公认。日本人也是如此，对他的技术颇为赞赏，愿意继续用他为日军战马服务。

那天廖师傅能够顺利带着伤员出城，与老邢的帮助密不可分，听说马车上有游击队伤员，老邢二话没说，马上打开城门放廖师傅马车出城。幸运的是，有马棚遮住大门通往小西门的视线，哨兵没发觉城门打开，哨兵换岗时也没交接有人送马草这件事，所以事后平安，老邢也没摊上麻烦。

老邢是个热心肠的老头儿，爱帮人是他的优点，大家有事都愿意找他帮忙。他与老廖一样，虽然不是什么交通员，也没什么政治信仰，但有股爱国心，愿意帮助八路军和游击队做点儿好事。在日本军队占领老城以前，每当保安团与游击队搞摩擦并封锁城门时，游击队总能够顺利地通过老邢看守的小西门进城出城。他现在虽然替日本人做事，但他从来不干坑害中国人的事情。

当廖师傅问到去年10月13日夜里他是否看见海英姑娘带着几个演员从小西门出城时，老邢顿时大悟："嗐，原来那几个姑娘是要出城啊，老廖，你怎么不早跟我说呢？"

"这么说，那天晚上你见到她们了？"廖叔心里也后悔，自己当时忘记告诉老邢关照这几个姑娘。

"当然，我看到她们了，就在军马场大门口。晚上十点左右，因为黑天，我看不清楚她们的面容，也听不清她们在说啥。"

"她们穿的什么服装？"

"穿的是戏装，被哨兵堵在养马场的大门外。你也知道，咱养马场平时从来没有站岗的，可那天日本骑兵的马匹都拴在养马场里，所以既有皇协军站岗也有日军岗哨。她们央求皇协军哨兵放她们进去，好像是说剧团的马匹寄存在养马场里，但哨兵坚决不肯。我当时还奇怪呢，大半夜的，这些小演员为什么要闯养马场呢？"

“后来岗哨让她们进去了吗?”

“没有。后来,西门那边有人过来,姑娘们慌慌张张地朝南门的方向跑走了。大约十分钟后,几个日本宪兵跑过来,我一眼就认出为首的是马滕少佐,因为傍晚时,他来过养马场,监督我给他的军马钉马掌。后来,他带着日本宪兵沿着哨兵指示的方向跑去。我当时就奇怪,出什么事了吗?他们是要抓那些小演员吗?一直到后来我也没弄明白到底出了什么事情。”

“老哥,我猜测姑娘们演出结束后遭到日本兵的追捕,走投无路打算从小西门逃出城。”

“啊?日本兵为什么追捕她们?”

“具体发生什么事情我也不清楚,估计坂田久男大佐想把她们抓起来当随军艺伎。”

“后来她们跑掉了吗?”

“我也不知道哇,所以来问你!”

“糟了,她们很可能都被抓走了。”老邢好像忽然想到什么。

“你能肯定吗?”

“她们是几个人?”

“四个人。”

“那就对了,是四个。完了,完了,她们被日本鬼子掳走了。”

“到底是咋回事?”

“14日凌晨三点整,日本军队突然开拔,宪兵队马滕少佐来到军马场,命令我备好一驾马车。马车备好不多时,马滕亲自带领八个日本兵抬来四个麻袋放到马车上。我发现麻袋形状有些奇怪,自己会不停地动,我想走到近前看个究竟,结果被两个日本兵粗鲁地驱赶到远处。奇怪的是,我发现马车离开时,日本鬼子把一床棉被蒙在4个麻袋上。我一直纳闷,这些麻袋里装的是什么动物呢?当时我真没想到会是人。”

“老哥,那驾马车往哪儿走了?”

“跟随着日本军队一起走了。车老板不是中国人,也不是日本人,是个朝鲜人。”

“你怎么知道是朝鲜人?”

“我是朝鲜族人,朝鲜话我听得懂,他讲的是朝式日语。黄团长和尤翻译官当天凌晨来军马场给日本人送行，尤翻译官告诉黄团长，赶车的那个人不是日本人，是朝鲜人，但会说日语。尤翻译官还特别嘱咐他把‘货’看好。”

“这么说，尤翻译官也参与了这件事？”

“具体情况不太清楚。尤翻译官与黄团长举着日本旗在小西门外欢送日军出城。奎村中佐提升为老城日军守备司令，他的大队没有跟随 14 师团出发，留下来守城。”

“唉，凶多吉少啊！这些姑娘恐怕都被日本鬼子掳走了。这些畜生！”廖师傅呜呜地哭出声。

“老廖，你这是咋了？”老邢感觉奇怪。

“我是看着她们长大的，她们都跟我自己的孩子一样啊！日本人真是畜生！我后悔出城前忘记跟你说一声帮帮她们了。”

“老廖啊，你也别后悔了。其实那天你走后不久，一个班伪兵就接管了小西门，拿走了城门钥匙。姑娘们出城的事，我就是想帮也帮不上忙！”

## ◆◆◆　二十五　◆◆◆

军马场位于老城偏僻的西南角落，但老邢的消息并不闭塞，他与两个日本马夫住在同一间宿舍里，对城里发生的大事、日军内部的变动、官场轶事，还有周围地区的战事，常有耳闻。上个月，老邢告诉廖师傅一件事：从去年 10 月下旬到 11 月上旬，老城共发生了五次暗杀活动。开始时，日军以为是抵抗组织在活动，加强了城防，可是后来发现，这种暗杀活动防不胜防，接二连三地发生，其主要目标是针对奎村中佐个人。

第一次暗杀发生在马老三的春竹酒楼。饭后奎村离开酒店大门时，两个刺客迎面冲过来挥刀就砍，一个卫兵被砍倒，另一个卫兵在受伤倒地后举枪击毙正举刀砍向奎村的刺客，另一个刺客慌忙逃走。等到维持会的便衣队赶来时，暗杀活动已经结束了。第一次暗杀，奎村中佐躲过一劫，毫发无损。

第二次暗杀发生在春竹香楼大门口，奎村当时正与一个日本女子挺身队队员告别，身边没有警卫，两个化装成车夫的刺客从左右两侧飞刀攻击他，那个挺身队队员身中数刀当场毙命。奎村趁机闪身钻进香楼，随手拔枪向外射击，刺客在便衣队到来前慌忙逃走。那位舍身挡刀的女队员，事后在日本国内传为佳话，受到天皇的追封和奖励。

前面两次，奎村并不相信暗杀是针对他本人的，直到第三次暗杀伤及左肩，他才意识到，原来这些暗杀行动都是冲他本人来的。

“什么人与我结仇这么深呢？在华北战场上杀中国人的日本人又不止我一人，为什么刺客专门针对我个人报复呢？”奎村有些迷惑不解。他仔细回想着战争开始前后四个月内发生的事情：

1937 年 6 月下旬，奎村所在的部队从关东奉天出发到承德待命，名曰集训，实则在做战前准备，这段时间没发生战事。卢沟桥事变爆发后，他所在的第 14 师团攻占北平、天津，转战河北，先拿下张家口，后攻破石家庄，一路都是打的硬仗。攻城后，烧杀抢夺自不必说。接下来就是老城，而老城属于不攻而破。部队进入老城后，土肥原将军指示部队全面“清剿”城内残余的抵抗组织，反抗者就地处置，从而引发当天的烧杀抢夺事件。10 月 13 日那天下午，他本人无法控制住胜利者的狂妄情绪，带领一队尉官在马家大院……想到这里，奎村隐约感觉这几次暗杀与马家大院的那件事有关，有可能是受害者的家属在实施报复。哦，他想起来了，事发当天，他一时疏忽放走了那家的男主人。唉，疏忽了，当时应该斩草除根才对呀！

马家大院强奸、抢劫、凶杀案发生之后，为了销毁罪证，他命令手下杀人灭口、放火烧尸，手法虽然有些残忍，可是他们入侵华北以后历来如此啊！因为这是战争，特别是在异国他乡作战，绝不能对敌人有一丝怜悯。

勇猛只能战胜敌人，而残酷才能征服敌人。正如土肥原将军经常说的一句话：支那人是杀不光的，关键是要征服他们，杀一儆百，关键时刻不能手软。

奎村原本在关东军情报部一课任职，是坂田久男课长手下的情报员，因为脑子不够聪明、中文学得不好，后来被下放到部队。土肥原将军奉命组建第 14 师团时，又把奎村调回来，安排在坂田久男旅团当大队长。

奎村作为专职情报人员虽然不够称职，但他毕竟受过系统的情报专业训练，侦破能力还是有一点儿的。他派出耳目四处侦察，很快就证实了暗杀他的幕后凶手是马老三，帮凶是来自于山台山的土匪，头目是阎成林和胡洋。

1937年10月13日下午马老三逃跑后，先是躲藏在尤翻译官家里痛哭一顿，后半夜在邻居帮助下，草草地掩埋了家人的尸体。第二天在黄司令和尤翻译官的帮助下，携带着藏在烟馆里的财物，赶着马车逃出老城。马老三安顿好财物后，离开老家爬上山台山，先与土匪头子阎成林相识并被接纳，后与另一个土匪头目胡洋交上朋友，花钱雇了十几个山台山土匪，前后多次混入城内，要买奎村中佐的命。

阎成林是老城县武城镇人，中年，身高体壮，自称是义和团首领阎书勤的后代，自幼练就一身武功，刀法娴熟，双刀神速挥舞可挡万箭齐发，堪称“金钟罩”。身边聚集一群徒弟和铁杆义和团粉丝，百十号人各个武功高超，自称刀枪不入。他们曾在武城镇里袒胸露腹当众宣誓，誓死捍卫武城，不需要枪炮，日本鬼子来一个砍一个，来两个杀两个。然而，第一次在武城与日本鬼子相遇时就惨遭失败。“金钟罩”不敌洋枪洋炮，四十几个武功高手组成的敢死队，挥舞大刀冲向日军阵地，几分钟之内全部死于日本鬼子的枪口下。无可奈何，阎成林率领残兵败将钻进山台山当了土匪。

山台山里人员混杂，有土匪、有抗日义士、有国民党溃败的士兵，也有地痞流氓，听完马老三痛述的不幸遭遇，有一些仗义的土匪气炸了肺，纷纷请命下山取奎村的头颅。这些身怀绝技的土匪们，真枪真炮不敢与日本军队对抗，可是暗地里杀人越货，各个神通广大，无所畏惧。

马老三派土匪下山暗杀奎村中佐的消息最先传到尤西里翻译官的耳朵里，他顿感不妙。暗杀日本军官可不是件小事啊！这件事他绝不能参与。奎村要是死了，日本人怪罪下来，弄不好他首先受到牵连。城里人都知道他与马老三有亲属关系，是他亲自放走了马老三。再说皇协军有保护皇军的责任，毫无疑问，日军守城司令被刺是皇协军失责。即使土匪暗杀失败，他尤翻译官也同样脱不了干系。不管结果如何，日本人都不会善罢甘休，别说他一个小小翻译官，就是黄司令也难逃罪责。向日本人告密吧，他不敢，土匪要是知道了也饶不了他。可是知情不报罪加一等。怎么办？想来想去，干脆，还是向黄司令汇报吧。

黄司令得知这个消息后不敢有丝毫怠慢，命皇协军加强城门防控，严防土匪进城。拖了一段时间后才通报奎村中佐本人，但只说土匪要进城暗杀日军官兵，但并没挑明是马老三要找他报仇。黄司令与马老三有点儿交情，也担心自己和尤西里受到牵连，因此把罪名安在土匪头上。另一边，尤西里安排皇协军加强各城门的盘查，严防土匪进城，组织一个便衣队，十几号人，专门暗中保卫奎村中佐。

占领者的骄傲自大在奎村身上表现得淋漓尽致，他根本没把刺客放在眼里，无论白天黑夜，自驾敞篷吉普车随意横逛在老城大街小巷。两次暗杀行动都被他轻松挫败，反倒令他更加得意。

然而，土匪的行动防不胜防。第三次暗杀，刺客变成了枪手，幸好刺客枪法不准，三枪打飞，仅一枪击中奎村的左肩膀。但枪手也没跑掉，被皇协军的便衣队给当场灭掉。这一枪总算把奎村打醒了，原来中国人也有不怕死的呀！

后来奎村本人虽然又躲过一次暗杀，大难不死，但整日心惊胆战的，日不能食，夜不能眠。刺客虽屡屡失手，但暗杀行动却不见停止，日本人死了三个，伤了两个，刺客也搭上两条性命，双方均有损失。

奎村中佐大为恼火，气急败坏但又束手无策，他把刺客形容为跳蚤，看不见捉不着，还不停地被它咬。几次派兵到城外捉拿马老三都被土匪挫败。城内兵力不足，又不敢向邢台大本营求援，也不能大张旗鼓"围剿"山台山匪巢。他毕竟心里有愧，这类事情如果传到上司耳朵里，不仅不光彩，也不是好记录，会影响他日后的重用和提拔。还有，老城正在修建物资仓库，奎村的任务是保证基建顺利完成，因此必须维持老城的稳定和安全，城内不得生乱。可是他现在连自己的安全都保证不了，如何谈得上称职？其心情可想而知。

奎村用三角巾吊着左臂膀，咧嘴皱眉忍受着枪伤痛苦。怎么办呢？因为害怕马老三报复，他白天畏缩在最坚固的北城楼工事里，实在闷得慌，就叫来尤翻译官陪他在办公室里下象棋。尤翻译官投其所好，输一局、和一局、赢一局，弄得奎村棋瘾大发，昼夜不分，缠着尤翻译官陪他下棋。从来不输棋的尤翻译官偶尔也会输几盘，旁人都知道其中的奥秘，只有奎村自己蒙在鼓里，以为自己棋技见长，赢了就开心地哈哈大笑，输了就口吐脏话，大骂土匪一通。

奎村中佐谢绝一切公开露面的活动，偶尔参加一次上流社会聚会，但对待皇协军军官、士兵和城里的富商们，态度客气不少。夜晚，他再也不敢随便出入饭店和妓院了。

最后一次暗杀发生在去年11月初，奎村视察老城仓库建筑工地时，日本监工告诉奎村中佐冬季不能施工，奎村不想工期受到影响，故亲临工地督查。因为上司催得急，奎村希望冬季能继续施工，仓库早日建成使用。那天，刺客化装成工人躲在工地上，他刚下车就遭到刺客的突然袭击，可惜第一枪打中了他身边的卫士。当刺客再次举枪射击时，被埋伏在附近的皇协军便衣队击毙。奎村趴在地上又躲过一劫。

他是下午临时决定到工地视察的，刺客这么快就得到了消息，这让他感觉不可思议。太可怕了，刺客简直是无孔不入啊！刺杀行动没完没了啊！跑又跑不了，躲又躲不开，总不能被动地等着被杀死吧？现实的情况是，他在明面，杀手在暗地，没法防啊！要是没有黄黎和尤翻译官派人暗中保护，他奎村早就见阎王了。

无可奈何，奎村中佐只好求助于皇协军黄司令帮忙，提出与马老三讲和，条件从优。黄司令长期与土匪打交道，办这种事情最拿手，只要与政治无关、钱能解决的事，那都不叫事。黄司令拍着胸脯一口应允下来。

## ◆◆◆　二十六　◆◆◆

11月下旬，黄黎司令通过其手下一个参谋与山上土匪联络上后，带着尤翻译官前往山台山与马老三和土匪头子谈判。

土匪虽然憎恨日本鬼子，但不想与汉奸对抗，希望少树敌，尽量保护自己的利益。土匪头子阎成林知道黄黎是冀南地区大恶霸胡梦九的亲外甥，丝毫不敢慢待，亲自下山迎接，热情款待。

山台山位于老城西北二十多公里处，属于太行山脉东麓，山峰巨石连绵，犹如一条卧龙，龙头、龙身、龙尾由西向东伸向冀南平原。山里石峰如林，石洞密布，山高林茂，泉涌如泻，景色十分秀丽。

山里土匪有三伙，第一伙是武林派，阎成林帮；第二伙是红学派，门会帮；第三伙是山寨王，胡洋帮。胡洋是个来自石家庄的黑帮头目，进入山台山后扯杆大旗招集冀中和冀南的各路土匪，依仗山台山有利的防守地形武装割据，既不投降也不抗日，却经常勾结皇协军下山打劫老百姓。

胡洋本人有吸大烟嗜好，马老三上山后投其所好，提供一批上等大烟作为见面礼。胡洋悬赏手下的土匪，凡是下山刺杀奎村的，赏大烟一百两、大洋二百块，事成后再付大洋三百块。重赏之下必有勇夫，所以不停有土匪下山行刺。遗憾的是，山匪缺乏职业刺客的准星，屡屡失手。

黄司令与土匪见面后先寒暄一番，然后提出由老城维持会出面三方达成和解的建议。黄司令对马老三解释说："误会了，完全是因为误会！当初奎村太君要是认识你马老板，哪里会发生这种事！皇军当时也是被游击队的抵抗气昏了头，才干出这种蠢事。就算你们得手杀了奎村中佐，不知你们想过没有，日本人能善罢甘休吗？"

"话虽这么说，但灾难落在我马老三的头上，我一家十口人被辱被杀，儿女冤魂整日缠绕在我身上，你让我如何咽下这口气？冤有头债有主，这件事情绝不能这么轻易了断！"马老三心里虽然已生退让打算，但嘴上仍旧没有松口。他本是个贪生怕死、贪财如命的奸商，暗中雇杀手复仇倒还有点儿胆量，可如今黄司令亲自找上门摊牌，他立刻泄气了，公开与日本人干，他还真没胆量。几次暗杀，仇人虽然没死，可日本鬼子也被干掉三个，总算解气了。既然现在对方提出私了，也不妨勒索一下。

黄司令继续劝说："日本人胜局已定，大势面前，各位好自为之。和为贵，和气生财。奎村中佐承诺，如果贵山寨从此收手，今后大家井水不犯河水，既往不咎。"

土匪头子胡洋表态："马家大院惨案是马老三的家仇，我们只是替天行道。如果马老三同意和解，我们可以收手。但是我要为马老三家人和我们那些死去的兄弟讨个说法。闲话不必多说，拿钱赔偿。"

"那是，那是，这件事一定要有个说法。鄙人身为城防司令，也有不可推卸的责任，我和尤翻译官商量过了，只要马老兄提的条件合理，维持会一定出钱。但是当着日本人面，咱不能提'赔偿'两字，总要给个面子吧。"

"只要有这个，用啥词无所谓。"胡洋从怀里抽出几张钞票。

“三舅，您提个数，剩下的事情我们来办。”尤翻译官以晚辈的口气哀求道。

马老三伸出五指，一个大巴掌。

“五千块呀?”尤翻译官哭丧着脸说，“三舅，能不能少点儿呀?”

马老三脑袋摇动着，“不，不，不是一共五千块，是每条命五千块。”

“啊，三舅，十人五万哪！你是不是发烧了？这不是敲诈日本人吗？你想过谈崩的后果吗？你可知道，奎村太君是因为心里有难处不想把事情闹大，所以才提出与你讲和的。要是真的谈崩了，奎村太君找个理由从邢台大本营调拨兵马过来，别说扫平你山台山，就是扫平太行山也不在话下。算了吧，得饶人处且饶人，三舅您想必懂得这个道理。”尤翻译官狗仗人势，张口吹牛。真是皇帝不急太监急，也不知尤翻译官是替马老三着急呢，还是替奎村中佐担忧。不管怎么说，他是真想撮合这件事。

“算了？这么容易就算了？这不是钱的问题，我要给儿子、女儿、老婆的冤魂有个交代呀！没这个数免谈！”

“可是您提的数也太不靠谱了，三舅！”

马老三拍桌子喊道：“钱，一分不能少！此外，日军和维持会还要替我死去的家眷发丧三天，奎村中佐要亲自披麻戴孝祭奠灵堂，守灵三天。”马老三固执地坚持着。

“人死了不能复活，我看这样吧：钱，照数补偿，奎村中佐披麻戴孝和守灵之事就免掉吧，总得给人家日本人留点儿面子吧？和气生财嘛！你马老板今后还要在城里做生意，让一步，大家都好。”黄司令提出一个折中建议。

“让我想想……”马老三是个生意人，生意场上认钱不认情，但他一时还难转过来弯子，除了钱的问题，还有个面子问题，他也需要找个台阶。可这个台阶怎么下呢?

黄司令说：“马老板，人死不能复生，就算你坚持复仇到底，最终杀了一个奎村又能如何？日本人很快会派来另一个奎村找你复仇。你今后恐怕只能永远待在大山里，别想再回老城做生意了。”

“三舅，黄司令的话有道理，你要好好三思呀！日本人说了，只要大家能都不计前嫌，重归于好，其他的全都好说。您还可以回老城做生意，甚至还可以弄个一官半职。”尤翻译官见缝插针，劝道。

马老三沉默了，望着土匪头子阎成林和胡洋，想听听他俩的意见。胡洋叼着旱烟锅，说:“马三哥，你要是同意私了，我们没意见。没人会与钱有仇，如果你老哥认为赔得还差不多，那就私了吧，只是我们这边也损失了几个弟兄，也要给点儿补偿。”胡洋做个数钱的动作。

尤翻译官说:“钱的事，大家就别再计较了，皇军这边也死了几个人，一比一，平手。”

各位沉默了。

看到马老三没有反对，黄司令最后一锤定音，站起来告辞，说:“好吧，这事就这么定了，如果今后有人反悔，别怪我黄黎翻脸不认人。”

“等等，司令留步。”马老三拦住黄团长。

“又怎么的了？嫌钱不够吗?”黄司令瞪起眼睛翻脸了，“那咱就走着瞧!”

“不，不！不是钱的事，是生意上的事。日本人真能同意我回老城打理生意?”

“当然，这个嘛，奎村中佐已经答应了。”

“还有那个职位呢?”

“哦，”黄团长脸色缓和下来，“职位嘛，我早已想好，你就放心吧，老城维持会副会长，咋样?”

“谢谢司令!”马老三和土匪头子毕恭毕敬地把黄司令送到山脚下。有钱能使鬼推磨，如此深仇大恨，就这么轻松地拿钱解决了!

老城皇协军依仗日本人的势力为非作歹，从各地豪绅和各村农民手里敲诈和搜刮到一笔巨款，由维持会负责发丧三天，奎村中佐亲自参加祭奠活动，厚葬了马老三全家人。丧事办好之后，维持会又拿出一部分银圆补偿给马老三。日本人把春竹酒楼和春竹烟馆归还给马老三，允许他在城里继续经营大烟。但马老三的春竹香楼仍旧归日本军队占有，因为有一支日本女子挺身队驻扎在春竹香楼里，不归老城日军管理，直接归属于日军侵华总司令部卫生局管辖。

女子挺身队是日本天皇的骄傲，由日本国内妓女、寡妇和一心效力天皇的人自愿组成，在前线随军行动，承担卫生救援任务，同时作为“慰安妇”，她们自愿为日军官兵提供性服务，其服务模式有点儿论功奖赏的意思。

奎村中佐被马老三和土匪讹诈一回,内心虽然不爽,但也无可奈何。为了自己的平安,也为了老城的物资仓库建设顺利进行,他只好忍气吞声。"妈的,取我的脑袋悬赏五百块,赔你马老三家一条命要五千块!这差距也太大了!哼,等着瞧,这笔账我早晚要算回来!"

马老三大摇大摆回到老城。虽然不是光宗耀祖、衣锦还乡,至少也有人在马路边敲锣打鼓,点放鞭炮迎接。开始几天,马老三对日本人有些戒心,害怕遭到日本人的算计,处处谨小慎微,还雇了十几个保镖,但是在与奎村中佐接触几次之后,感觉平安无事,逐渐放心下来。

相逢一笑泯恩仇,饭店重新开业那天,马老三还特意邀请奎村中佐为他剪彩贺喜。12月份,出乎马老三意料,他被日军任命为老城维持会会长,而不是副会长,身边还配备了一个从邢台调来的女秘书。走在老城大街上,前后有警卫,身边有秘书,马老三威风八面,得意扬扬。可是老城的百姓们都在背后指指点点,唾骂他奴才、软骨头、蠢货、孬种。

尤翻译官"护驾"有功,深得奎村司令的赏识,不久被提拔为老城皇协军参谋长。至此,众人才明白,难怪在山台山谈判时尤翻译官跑前跑后那么积极,原来事出有因哪!

## ◆◆◆ 二十七 ◆◆◆

1938年1月30日除夕,黄司令在马老三的春竹酒楼举办老城庆新年联欢晚会。参加人员有驻扎老城的日本军政要员、维持会的大小官员、各路豪绅以及少数市民代表。

春竹酒楼位于东街路口,一幢四层楼西洋式建筑,算是老城最高建筑之一。酒店的一层是厨房、大堂和散台。二层有个带着一个小舞台的大厅,大厅中间有个舞池,可以摆设婚宴或寿宴,也可以唱歌和跳舞。三层四层是各类包房、客房。新年晚会安排在二层大厅。昏暗的灯光下挤满了百十号人,三五成群熙熙攘攘、叽叽喳喳。

晚会由马老三会长主持。奎村司令、黄黎司令和尤参谋长站在他身后,准备代表日军和皇协军向老城的各界参会人士致新春贺词。

马老三穿着蓝色丝绸马褂，头发油光锃亮，脸上容光焕发，他快速走上讲台，一改往日的消沉，下颌高抬，瘦长的身躯挺得笔直，拉长嗓音，亮出会长的腔调："乡亲们——老城除夕晚会——现在开始——首先，欢迎日军守备司令奎村先生讲话！"

随后，马老三在掌声中退至台下，站在人群前。奎村司令走上讲台，招手致意，在掌声消失后开始简短的讲话："女士们、先生们、朋友们，首先我代表老城守备日军对马会长一家所遭不幸表示极大的歉意，并高度赞扬马会长不计前嫌、大公至正为皇军工作的精神。今天是我们东亚共庆的第一个春节，祝愿老城各位朋友春节愉快，祝愿我们友爱互助，共筑大东亚的繁荣昌盛！祝愿日本天皇万岁！"

奎村的讲话令马老三凄怆动容、悲喜参半、老泪纵横，不时用衣袖擦拭着泪水，一时呆立在原地，忘记上台继续主持黄黎司令的讲话。好在黄司令自动走上台发表了几句致辞，并接过马老三的角色亲自主持会议："各位来宾，联欢晚会现在开始，请各位举杯，为天皇健康干杯！为大日本皇军的慈怀干杯！为东亚共荣干杯！"黄司令的躯壳已经完全不属于他自己支配，更像一条狗，一条对主子有用而且听话的狗。

"干杯！"众人举杯齐呼。接着，乐队奏起了乐曲，是一首当时中国人已经熟悉的日本民歌《樱花歌》。

舞会开始了，乐队奏起了慢节奏的四步舞曲。一群舞女从走廊里拥入会场寻找着舞伴，一对对的舞伴跟随着奎村和黄司令的翩翩舞步拥入舞池。其他人退到舞池四周就座，相互闲聊，品茶喝酒。

望着眼前旋转的舞池，听着熟悉悦耳的音乐，马老三内心无比失落，往年除夕时，儿女们聚在身边，三姨太、四姨太会陪伴自己参加联欢会，可如今……泪水打湿他的衣领。"马家大院惨案"已经过去两个多月了，虽然金钱让他放弃了报仇的念头，可他内心还是过不去这个坎。

这时，身边有人递过来一个白手帕："马会长，别伤心了！"听声音娇嫩甜蜜顺耳。马老三回眸一望，是自己的女秘书周小姐。周小姐是个二十几岁芳龄的貌美女子，身穿蓝色布衣长裙，短发配饰白色发卡，水灵灵的大眼睛黑白清澈发亮，素装素颜，微笑地望着他。马老三接过手帕平铺在面颊上，一股扑鼻透心的女人幽香让他想起了自己的家人，特别是年轻的四姨太，身上总是散发着这种诱人的芳香，他不禁一阵哽咽心酸，泪如雨滴，不等手帕吸干脸上的旧泪，新泪又涌出，浸湿了洁白的手帕。

“马会长，换个手帕吧。”周小姐又递过来另一个手帕。马老三毫不客气接过手帕擦干泪水，转头对她说：“谢谢您，周小姐！”

“马会长，我能邀请您跳个舞吗？”周小姐大方地伸出手邀请马老三。

“周小姐——”马老三因为一时提不起精神跳舞，本想婉言谢绝，忽然发现这个女秘书的神色与自己的四姨太相似，顿时如同血管里注射了一支强心剂，心脏怦然跳动，眼中神光闪烁，擦干泪水把手帕揣进口袋里，主动牵着对方纤细的小手走进舞池。女秘书在他身边工作两周有余，但他不曾注意过她，时至今日才发现，原来是个妙龄美女。

“周小姐，本人初任会长，多有疏忽照顾不周，请见谅。”

“谢谢马会长！本人才疏学浅，还请您多多包涵！”

“你是刚毕业的吗？”马老三搂着这位娇小的女子，踩着节奏旋转在舞池里，心中不免有些好奇。

“马会长，自我介绍一下，”周小姐仰起头，大方地说，“我叫周水娟，24岁，上海人，华东外国语学校毕业，日本语专业，高级翻译，从邢台维持会调入老城维持会工作，现在是您的下属，工作秘书兼翻译。”

在马老三就任之前，黄黎司令曾经告诉他，为了搞好老城的维持会工作，奎村提议他当老城维持会专职会长，并从邢台顺德府维持会抽调一位才华横溢、年轻有为的翻译官到老城维持会工作。

“哦，上面派给我一个才貌双全的秘书兼翻译，我马某真是三生有幸。”

“马会长，能在您手下工作非常荣幸，今后还请您多多帮助和指导。”

“没问题，有什么困难尽管对我说，只要我马老三能做到的，全都帮你解决。”

“初来老城，人地生疏，今后免不了要麻烦您。”

“不必客气。请问周小姐家人也在老城吗？”

“马会长，我还是单身呢。父母都在上海。”

“哦，冒昧啦！在这兵荒马乱的年代还是单身好哇！”马老三心中暗自惊喜，论相貌，这个周小姐与他的四姨太不相上下；论举止，更加温文尔雅；论才华，高出不知多少倍。面对如花似玉的周水娟小姐，马老三突然感觉一阵春风拂面，神清气爽、心旷神怡，犹如四姨太回到自己身边，忧郁的心情一扫而空。

他贪婪地盯着周水娟的脸蛋，总感觉有什么东西在吸引他，也许是红润的唇，也许是坚挺的鼻尖，也许是微微颤动的胸，或者只是因为她那种酷似四姨太的神态。周水娟低着头望着自己的脚尖，步伐有些凌乱，脸上飘出淡淡的彩虹。

马老三一生阅女无数，通过与形形色色异性交往，早已铸造出一张厚脸皮和一套千锤百炼的调情手法。可是，自从“马家大院惨案”发生之后，他仿佛被打入十八层地狱，心灰意冷，萎靡不振，整日在酒精和大烟的熏蒸下醉生梦死，在悲伤和愤恨情绪的笼罩下失去了享乐的欲望。他不想永远这样继续下去，可是让他一下子忘掉悲伤，也是绝对做不到，即使有了老城维持会会长的头衔，也难以抚平他心中的悲愤。他内心不得不承认，今非昔比了，他的快乐时代已经结束。可是眼前这个周水娟小姐确实与众不同，让他感觉到别样的纯情高雅，也让他内心产生死灰复燃、春光涌动的迹象。

随着舞曲变得欢快激荡，两个人身体靠手臂相互环绕着快速旋转起来，向心力使他们的身体几乎紧贴在一起。当舞曲的节奏慢下来时，周水娟礼貌地推开马老三干瘪的胸口，娇滴滴地说：“马会长，我还真有一件事想求您呢。”

“请讲，周小姐，只要我马某能办到的。”马老三爽快地答应。

漂亮的女人接近你，要么是喜欢你，要么是有事求你，这是马老三自己总结出来的逻辑。为女人办事是获得女人好感的最佳手段。马老三把这称为男人的优势。随着他马老三年龄增大，喜欢他的女人越来越少，而求助于他的女人越来越多。从马老三的优势逻辑来看，当一方占据优势并足够自信时，另一方的态度就显得不那么重要，重要的在于优势方想法如何、感受如何。马老三虽然脸上皱纹增多，可自信心丝毫未减，他相信，如果他喜欢的话，拿下周小姐易如反掌。

“马会长，作为下属给您添麻烦，真不好意思。”

“不要客气嘛！论工作，我是你的上司；论年龄，我是你的长辈；论交情，我是你的新朋友，有困难，找朋友帮帮忙总是应该的啦。”

马老三的话蛮真诚的，一下子打消了周水娟的顾虑。她“嘿嘿”一笑，说：“既然马会长这么说，那我就不客气了。我来老城十几天了，没找到合适的公寓，一直住在旅馆，又贵又不方便。您知道我的薪水……对我来说，享受不是主要的，重要的是把工作做好。”

“哈哈，小事一桩！”马老三开怀一笑，“如果周水娟小姐不嫌弃吵闹的话，我的春竹酒楼四楼有二十几间客房，你可以任意挑选一间安心住下来。”

“月租多少？”

“哎，周小姐，你住我还能收钱吗？你能入住我春竹酒楼，那是我马老三的福气，贵客临门福星高照。免费入住。”

马老三这个人生活上精打细算，生意上奸猾刁钻，但在对待女人方面还算有个男人样，对自己喜欢的女人历来表现阔绰有余，出手大方，该索取时索取，该付出时付出，该进攻时进攻，该撤退时撤退，从不拖泥带水。当然，到手后怎么处理则另当别论。

“那怎么行呢？您给个优惠价格，我照例缴费。”

“好说好说，你先住下，房租以后再说。”马老三携周小姐走出舞池，招手喊来一位男服务员，低声嘱咐几句。然后对周小姐说：“周小姐，你现在就可以上楼选房了。”

周小姐谢过马老三后，跟着服务员上楼去了。

## 二十八

望着周小姐远去的背影，马老三忽然感觉自己有点儿胸闷、气喘、倦怠，还有点儿鼻塞，他连打几个哈欠，双目昏花，双腿颤抖发软。他明白这不是因为跳了几支曲子累了，而是他的大烟瘾犯了。下午，他本想试试看能否戒烟，有意识地少抽了两次大烟，看来不成。

曲终舞止，中场休息了，舞者们意犹未尽返回各自座位。马老三不想让别人看到自己犯烟瘾时萎靡不振的样子，因此独自坐在舞池旁边的座位上一边喝着浓茶，一边叼着香烟吞云吐雾，他想尽量拉长下一次吸大烟的间期。

由于家门不幸、心情不畅、财运不通等多个缘故，马老三这几个月大烟抽得多了一些，因此他察觉到自己大烟瘾增加不少。瘾君子并非不懂吸大烟的害处，只是因为意志力、控制力太差，戒不掉烟瘾而已。马老三多次暗自告诫自己，不能再这么抽了，如果身体垮了，这么大的家产留给谁呀？马老三虽然在家排行老三，可是父母不在了，两个哥哥幼年早亡，马家现在只剩下他马老三独苗一人。戒大烟，他想过多次，但下不了决心，甚至连少抽点儿都难做到。

他一根接一根地吸着香烟，想借香烟压制正发作的大烟瘾，可是一点儿也不起作用。四支香烟抽完，两杯茶水入肚，他感觉熬不住了，额头冒出冷汗。不得已，只好站起来摇摇晃晃走到奎村中佐和黄司令跟前，以身体不适为由，借故告辞回去休息。

黄黎司令正在舞兴之时，一看就知道马老三大烟瘾犯了，不耐烦地挥挥手："去吧，去吧！"

"三舅，我送您回去吧？"尤参谋长走过来搀扶他。

"不用劳驾你了，西里，我还没老。"马老三特意在众人面前挺起身板朝楼梯口走去。

自打从山台山下来之后，马老三从没回过马家大院，他害怕回忆，害怕孤单，害怕看见屋子里的斑斑血迹，一直住在春竹酒楼四楼的一个套房里。马老三没回房间，而是顺楼梯而下，离开春竹酒楼直奔大烟馆。

奎村中佐望着马老三的背影，轻蔑地说："哼，支那人，瘾君子，真没出息！"端起大半杯白兰地一饮而尽，看得出奎村中佐对马老三心里有气。

妈的，说谁呢！黄司令听了心中不爽，他最讨厌日本人骂"支那人"，但又不敢直接顶撞，拐弯抹角地问道："皇军队伍里不是也有瘾君子吗？"

奎村中佐坦率地回答："你是指大烟鬼吗？也有，但很少。皇家军队里是禁止吸毒的，凡是吸大烟成瘾者一律被赶出军队或遣送回国。然而，在我们队伍里，酒鬼比比皆是。没办法约束呀，打了胜仗总要喝酒庆祝。我的上司坂田久男大佐就是一例，典型的老酒鬼。"奎村中佐回头看见一个会说汉语的军曹站在自己身后，顿时察觉到自己酒后失言。他有些后悔，背后说上司的坏话可是最愚蠢的行为。他不安地问军曹："田木君，我说得没错吧？"

这一招儿叫拉人下水。如果田木同意他的说法，他就放心了；如果田木不同意他的说法，两人当场亮出各自观点也无妨。至少田木背后不会再说什么，当然更不敢轻易把他的话传播出去，因为一旦传出去，他就会知道是谁干的。

奎村酒后多次在黄司令面前流露出对坂田久男大佐的不满，按照他现在的官职，老城日军城防司令，应该提升为大佐，可他是提职务没提军衔，孤独地留守在老城，感觉被边缘化了。他知道黄黎不会出卖他，也没必要出卖他，所以喜欢吐露真言。主人对自己喜欢的狗总是信任的，但对军曹田木君，他有点儿不放心。

军曹回答："您讲得没错，中佐。坂田久男先生经常醉酒骑马，令我们马夫惶恐不安。"

军曹这么一说，奎村中佐放心了，立刻对这位军曹大加赞扬："田木君从前当过坂田久男的马夫，现在是我的马夫，是大日本最优秀的马夫之一。"

妈的，小日本，什么都能吹！连个喂马的都吹成大日本最优秀的马夫。黄司令心里暗自骂着，但口中也炫耀说："鄙人的马夫老邢头也很棒，技术全面，细心能干，可以随时为皇军效劳。"

"老邢，非常不错的同行，我们住在同一个宿舍。"田木竖起大拇指称赞道。

"哈哈！支那人也有这么优秀的人才？"奎村不自然地笑起来，他不喜欢听别人夸奖中国人，偶尔出自他口中对汉奸的赞扬也并非真心的，他骨子里瞧不起中国人。

舞曲再次奏响，几个日本舞女来到奎村身旁轮流邀请他跳舞。奎村乐此不疲，每次换舞伴时都对这些舞女大加赞赏："你们是天皇忠诚的战士，是大日本的骄傲，敢于奉献，敢于献身。老城女子挺身队令我敬佩！"当然这些话都是用日语说的，经尤参谋长翻译过来说给黄黎听。

黄司令见奎村不在，低声对尤参谋长说："什么他妈的女子挺身队！就是"慰安妇"，说白了就是妓女。挺身队里有日本女人、朝鲜女人和中国女人。日本女人是自愿的，而朝鲜和中国女人，大多数都是被迫的。这种事骗别人行，但骗不了我。"

尤参谋长问黄司令："咱老城京剧团那几个女演员失踪几个月了，是不是被日本人弄到老城挺身队里去了?”

黄黎瞄了一眼身边的田木,说:“那几个女演员真的被抓进挺身队,也不会在咱老城县女子挺身队,我跟奎村中佐去慰问过老城女子挺身队,没见到有中国人。我就喜欢听郭海英唱戏。唉,可惜呀,郭海英的戏唱得真叫好,是咱老城最好的演员!”黄司令有些感慨。

乐队正在演奏《多瑙河之波》圆舞曲,黄司令和尤参谋长带着各自的舞伴走进舞池。一个日本舞女走过来邀请田木跳舞,田木犹豫了一下,但还是站起来,牵着对方的手走下舞池。马夫的舞步能有多么优美?这个大日本最优秀的马夫,田木君,他的舞步几乎就是马步。日本舞女被他牵着手在舞池里走了几圈,实在感觉太别扭了,喊了一句:“田木君,你是跳舞还是在遛马呢?”一甩手跑走了。

田木尴尬地摆着舞姿定格在舞池中央,直到奎村走过去拍了拍他的肩膀,他才悻悻地离开舞池回到自己的座位上。半晌,田木忽然火气爆发:“我要杀了你,臭婊子!”被他这么一喊,日本妓女吓得都躲起来了,舞会不欢而散。

## ◆◆◆ 二十九 ◆◆◆

再说马老三走出春竹酒楼后,双腿不自觉地迈向马路斜对面的春竹烟馆。“马会长,您要回家吗?我来送您。”他的身后又响起那个娇嫩甜蜜的声音。马老三不用回头就知道是周水娟小姐在身后搀扶他。此刻的马老三,除了想吸食大烟外,已经失去任何其他欲望,美女在他的眼睛里只不过是一个朦朦胧胧、会动、会说话的影子而已,勾不起他的兴趣。

“良辰吉日回家干吗?扶我到对过的大烟馆去!”他感觉自己的腿摇晃得厉害,已经无力行走了,巴不得有人搀他一把。

“马会长,您去那儿干吗?”周水娟小姐也是明知故问。

“换换气、补补脑。”

“哦,好的,我搀扶您过去。”

烟馆的门房先生一看马老板被搀扶进来，就明白他烟瘾犯了，立即呼叫服务员把马老板安顿在大堂的红木椅子上，同时用一个托盘端来两杆备好的大烟枪。此刻的马老三见到大烟枪比见到亲爹还要亲，流着口水，伸手抓住大烟枪，把烟嘴塞进口中用力连吸三大口，靠在椅背上双目紧闭，然后缓缓地把白色烟雾吐出来，接着又吸入两大口，再用力吐出来。烟雾在天花板上盘旋着散开，逐渐变淡。

周小姐一手持扇子挥去身边的烟雾，一手持手帕擦拭马老板脸上的汗水。

“小姐，不用着急，老板马上就会恢复过来的。”服务员显得很有经验，搬来一个小板凳，把马老三的双脚放到凳子上，轻轻地为他捶背、敲腿、捏脚。

飘了，马老板感觉自己在腾云驾雾，身体不再抽搐和抖动了，大脑如同被清水冲刷过一般，清爽、惬意、欣快。几分钟后，他缓缓地睁开眼睛，透过烟雾看见了如花似玉的周水娟秘书站在自己面前，他笑了，眼睛眯成一条缝，脸色由白变黄，由黄变红，脸上的皱纹舒展开了，神态又恢复了原样。“周小姐，感谢您刚才细心照料。”

“不客气，马会长，您现在好些了吗？”

他抓住周水娟的手说：“好多了！刚才的事情我还记得，要不是你搀扶我，恐怕我早就躺在马路上了。”

“是的，马会长，刚才的情景确实令人担心……您现在有什么不舒服的感觉吗？”

“没有。要说感觉嘛……怎么说呢？感觉如同上天入地一般，你懂吗？”

“不懂。”

“不懂？哈哈，让我来告诉你吧。”马老三又抽了两大口大烟，“犯烟瘾时如同下地狱，十八般刑法伺候，千刀割肉、万箭穿身，仿佛被小鬼大卸八块；然而吸了几口大烟之后，如同步入仙境，飘上天际，身心舒适，灵魂出窍。这一反一正，反差极大，那滋味妙极了，真是苦尽甘来欲罢不能啊！我这么说你该懂了吧？”

周水娟摇摇头：“还是不懂。”

马老三有点儿失望，他想到了他的三姨太，每当此时，三姨太会依偎在他身边与他共食一杆烟枪，共享快乐。他放开周小姐的手，端起另一杆烟枪递过去:“周小姐,拿去吸两口体会体会吧。”

周水娟拼命地摇头:“不敢!我是一个刚毕业不久的穷学生,哪敢吸这个东西,再说我也没有资本去吸大烟。”

“唉,没关系,如果你想吸的话,我来供你。”吸毒者都愿意教唆他人吸毒,更何况马老三是个开烟馆的老板。

“不,谢谢你,马会长,即使这样也不行,我们有纪律约束,不许吸大烟。”

“你们有纪律约束?维持会我说了算,不会有人约束你呀。大烟这东西,有钱就可以吸,我马老三开烟馆都合法,吸烟者就更不存在违法了!”

“嘻嘻,我喜欢抽香烟。”周水娟小姐从口袋里掏出一盒香烟,熟练地抽出一支叼在嘴里,吧嗒一声点燃打火机。红色的火苗在她秀丽的脸前跳动着,她的两片猩红的肉唇轻轻嚅动几下,点燃了那支香烟,随后吐出一缕淡淡的青烟。从周水娟小姐的吸烟动作来看,她绝对是个吸烟老手,似乎与她那文质彬彬的外表和朴素的学生身份不符。但是,站在一个烟馆老板的视角,马老三却觉得她吸烟的姿势很完美,很奇妙。好一个泼辣迷人的小美女啊!

马老三从口袋里掏出半包高级香烟递给周小姐:“周小姐,这玩意儿对我已经没用了,犯烟瘾时越吸香烟越难受,还是送给你吧。”

周小姐没有要他的香烟,劝解说:“马会长,大烟还是少抽点儿吧,过量会有生命危险。”

“是的,周秘书,我们烟馆里总有吸烟过量死亡的事件发生。”女服务员插嘴说。

“去!你走开!乱插嘴!”马老三发怒训斥女服务员。

“马会长,她说得没错呀,大家都关心您。您才华出众,前途无量,应该多保重。烟瘾太重会摧毁人的意志。”

“意志?我马老三哪里还有意志了,我的意志早被日本人摧毁了。奎村这个兔崽子害得我家破人亡,全都没了。唉,今朝有酒今朝醉吧。你知道啥叫醉生梦死吗?我现在就是处于这种状态。”

“马会长,您是个成功人士,别灰心,一切还可以从头开始嘛。”

听到周水娟的安慰,马老三乐了:“周小姐,你真的认为我还有希望吗?”

“当然有希望!”

"嗯,那就借你吉言吧!你瞧我的家业还在,这帮小兄弟们也很效忠我,我要不继续干下去,他们怎么办?"马老三得意地闭上眼睛吧嗒吧嗒地吸着大烟。

"是啊,马会长,您是老城的首富,大家都拥戴您。"

"唉,周小姐,不要见外了,用不着一口一个马会长地称呼我。这样吧,我是人老心不老,你就叫我老马三哥吧。"

"马哥,我喜欢这么称呼你,咯咯!"

"哈哈!也好!"一支大烟吸完后,马老三精神焕发,睁开眼睛直勾勾地盯着周水娟,咧着嘴巴笑着,问,"水娟妹妹,良宵无酒人自醉,醉入情海遇良缘。不知妹妹酒量如何?能否陪我喝几杯?"

"本人酒量不好,只能喝一点点。但是与您共度除夕夜,同饮开年酒,同庆虎年,水娟我不胜荣幸!"

"好样的,水娟妹妹,爽快!马哥我就喜欢你这种有棱有角的女人。"马老三对捶腿的女服务员说,"不用捶了,去告诉厨房给我备点儿酒菜,我今晚要与水娟姑娘好好喝两杯。"

不多时,服务员把酒菜摆好,两人开始推杯换盏。"水娟妹妹,今晚你说咱俩咋喝?是你一杯我一杯,还是我一杯你一杯?"

"咯咯,"周水娟笑着回答,"马哥,当然是您三杯我一杯喽!"

"好吧,就按你的说法喝。今晚我们一醉方休,我先醉,你扶我回房,你先醉,我扶你回房,如何?"

"不敢当,您是长官,还是我扶您回房吧。"周水娟摇摇头拒绝了他的提议。

"哈哈,看来你确实很纯情。好,你我同醉。来,干杯!"

起先周水娟有些拘谨,在上司面前表现得彬彬有礼,可是酒过三巡,面色绯红的周小姐犹如换了个人,借着酒劲靠在马老三身边大胆地劝酒。

都说马老三酒量好,实际上是酒胆好,敢喝、不怕醉。望着眼前花容月貌的美女,马老三趁酒兴大发,搂着周水娟一杯接一杯地干。

"水娟……"每当马老三的脸蛋凑过来,周水娟就端起一杯酒挡住他的嘴巴,嗲嗲地说:"别急嘛,马哥,先喝酒!"

"水娟妹妹,你真好啊,我有点儿喜欢上你了,嘿嘿!"马老三挡不住周水娟的劝酒，一连喝了数杯，直到舌头开始僵硬吐字不清，还叫喊着，“水娟，给——给我——拿——拿酒——来！”

“马哥，别喝了。”周水娟看他已微醉，不想再灌他酒，“我送您回去休息吧。”

“不喝也罢，我——没——没醉！我——自己——能——走——走回去。”马老三站起来踉跄地走出大烟馆。周水娟急忙追出来，扶着他朝春竹酒楼走去。

北风刮来，雪花飘舞，马老三干瘪的脸上，泪珠结成冰粒。“苍天呀，你们要替我马家报仇呀，让那个奎村日本鬼子遭电闪雷劈吧！”马老三举起双手呼喊着，接着摔倒在雪地里呜呜地痛哭起来。

## ◆◆◆ 三十 ◆◆◆

马车走在凹凸不平的乡间土路上，车轱辘的声响淹没了廖叔的抽泣声，而王巧春，不知是因为悲愤压抑还是忧心忡忡，眼里竟没有流出一滴泪水。马老三这种贪图富贵、财迷心窍、贪生怕死的汉奸不值得同情，最终也不会有好下场！王巧春担心的是海英姐，她们的命运始终揪扯着他的心。

事情的发生完全出乎他的意料，他本以为这次去老城执行任务能见到海英姐呢，没承想海英姐已经不在老城了，而且生死不明。根据老邢的描述，海英姐被日本鬼子掳走的方式有些恐怖和残忍。他不愿相信，也不敢去想，心里既悲伤又愤恨。他不断安慰自己，海英姐不会有事，麻袋里装的不是她们。海英姐她们有功夫、有智慧，一定能想法逃走。也许某一天，他会在海英姐的家乡与她意外相遇。

前方已经隐约显现出老城灰蒙蒙的城墙，马车的速度在逐渐加快。廖叔说，这些马匹都是老邢在养马场里驯养出来的，具有识路本领，如果往养马场方向走，不用鞭打就四蹄奔腾，急速前行；如果往城外走，则小步颠簸，慢慢吞吞，不鞭打不肯跑，鞭打也不快跑。

马车踏上护城河桥头后，于大成跳下车牵着马朝门洞走去。于大成每隔三四天送一次马草，早已与哨兵混熟："侯班长，送你两包烟!"于大成把香烟甩到哨兵的怀里，然后把通行证递给他。哨兵把香烟揣进口袋里，接过通行证核对一遍，抬头看看后边的两驾马车："往日你们只有两个人、两驾马车送草，今天怎么来了五个人三驾马车呢?"于大成解释说："今天马草多，卸车后，我们还要到城里买些货物运回去，人多好干活儿嘛。"

老城四个主城门全天对外开放，都是日本兵和皇协军共同把守，而小西门和小东门是货运城门，不对外开放，平时城门紧闭，只在运货时才会打开。小东门与物资仓库相通，全部是日本兵看守，特别是在丢失药品后，警备明显加强，岗哨林立、戒备森严。而小西门因为与军马场相通，只允许运送马草的车队进出，相对来说看守较松，仅有几个伪军轮换看守。

侯班长一看就是个老兵油子，斜着眼睛扫视一圈，一本正经问道："你们都有良民证吗?"

"有，全都是良民。"于大成向他们招手，"廖叔、范叔，带着良民证过来。"哨兵逐一核对他们的良民证后，慢悠悠地转身打开城门放行："进去吧！大成，香烟抽起来没劲儿，下次给我带两斤有劲儿的烟叶。"

"好的，没问题，侯班长。下次我给你带几斤上等蜂蜜烟叶。"于大成转身对他们喊道："都上车吧。"

马车路过岗哨时，王巧春与侯班长对视一眼，他感觉侯班长有点儿眼熟，但想不起来在哪儿见过。可能侯班长看王巧春也是如此，先是一愣，接着高声嚷嚷说："哎，站住！你是谁呀？我怎么看你这么面熟呢？过来，过来。"廖叔把马车停下来，小心地问："老总，有事吗?"

"没叫你!"侯班长背着步枪走到王巧春面前，"良民证再给我瞧瞧。我怎么感觉你面熟呢?"

王巧春灵机一动说："应该见过，我从前经常去保安团。"

"去团部？你认识谁?"

"黄团长和尤翻译官。"

"妈的，小兔崽子，专挑大官说，你认识他们，他们认不认识你呢?"

"当然认识，他们喜欢和我下象棋。"

"下棋？你会下象棋？哦，想起来了，我想起来了……你是那个小叫花子！那天你帮我下了一盘残棋，赢了尤翻译官，害我白跑一趟到食堂给你拿馒头——哈哈！”

此时，王巧春也想起来那天与尤翻译官下棋的士兵。“你是侯强吧？”

“嘿，你还记得我的名字！大半年没见，你变了，现在混得有人样了嘛。哪天过来找我下棋来吧，我就住在军马场里。”然后他手一摆，“进去吧！”

三驾马车缓缓地通过城楼进入军马场。廖师傅跳下马车说：“真他妈的悬！多亏你俩没仇……你们稍等片刻，我去找老邢头，让他带你们通过军马场大门口的日军岗哨。”

叶连长跟在王巧春身后，王巧春与侯强的对话他都听到了，紧张得出了一身冷汗，小声对他说：“巧春啊，看来你那次与尤翻译官下棋的事还挺出名的呢。”

不管怎么说，他们总算过关了，只要走出军马场大门，就等于进城了。只要进入老城，下一步就好办了。于大成把三驾马车赶到军马场中间的空地上卸马草。

叶连长心里踏实不少，佯装欣赏马匹，绕着马棚走了几趟，实际上他在观察军马场的实地情况。城门南侧靠城墙堆着几垛马草，旁边是饲料库房，前面不远是一排木屋，显然那是军马场哨兵的宿舍。马棚为木质结构，沿着城墙南北一字形排开，一共三排。马夫房位于第一排马棚的中间，而哨兵宿舍位于第三排马棚和饲料库之间。

没多久，一个大约五十岁的老头儿牵着一驾马车走过来了，廖叔跟在他身后招呼说：“老范，你们一家上车吧，老邢师傅亲自赶车送你们去医院。三天后我来送马草，再接你们出城。”

“谢谢廖叔！”三人中王巧春年纪最小，嘴巴最甜。老邢面孔黑瘦，浓眉细眼，严厉的面孔似乎不苟言笑。

“不用客气，快走吧。”

他们刚坐到马车上，老邢就挥起马鞭：“嘚儿！驾！”马车带着叮当的响声朝军马场大门口驶去。

为了确保军马的安全，军马场大门由日本兵把守。日本哨兵对军马场管理的原则是严进宽出，即进军马场时严，既要检查马车又要搜身，但出军马场时松，只检查证件。此刻他们是出门，加上哨兵与老邢熟悉，查看了车上人的良民证后就放行了。他们三人情不自禁地吐出一口长气，总算进城了！

清晨六时，街上行人稀稀拉拉的，街边的早餐店已经卸下门板准备开门营业，他们的马车走出大门后不远，一个左转弯直奔北大街驶去。老邢头问："你们要去哪家医院？"叶连长没直接回答，反问："大哥，县里有几家医院？"

老邢说："我没去医院看过病，只知道城里有三家医院：一家是刚成立的日军后方医院，不给老百姓看病；另一家是私人医院，比较贵，专为有钱人看病；还有一家是教会医院，能便宜一些，是穷人看病的地方。老廖说你们要进城看病，托我把你们送出军马场，我想嘛，既然帮忙就帮到底，干脆把你们送到医院。"

叶连长说："谢谢您！那就去教会医院吧。"

教会医院在城东一个角落里，顺着东街一直向东走左转就到了。教会医院与教堂比邻，前院是教会医院，后院是教堂。老邢把他们送到医院门诊大门口，看着他们走进医院大门后才驾车离开。

老邢走后，叶连长他们离开医院，沿着医院的外墙向北走去。路上不时有日本兵列队从他们身边匆匆经过，可能是换岗或去食堂吃早饭。在十字路口，迎面过来一个背菜筐的老夫，叶连长迎上去问路："大伯，去老城高级中学怎么走？"大伯指向东北方向："一直走再右转就到了。"

穿过两条街，他们来到老城高级中学大门口，这是老城唯一的一所中学，在当地有很高的知名度，外地学生较多，实行寄宿制。校园内有三排五幢明楼梯外走廊的二层红砖楼房，其中前排两幢是教学楼，后排两幢是学生宿舍楼。前院是操场，后院有食堂、仓库和一座二层的办公楼。学校四周是土墙，靠近大门两侧各有一段砖墙。墙壁上涂着"天皇仁心，子民共幸"八个字。

两扇黑色的大铁门紧闭，就连旁边的一扇小铁门也上着铁锁。大门里面有一间矮小的收发室，屋顶的小烟囱正冒着白烟。远处教学楼的玻璃上贴满了防震的纸条，二楼一扇窗户外挂着一条写着"东亚共荣"几个字的标语。据说这家学校上过日本《朝日新闻》报纸，宣传日军如何保护中国学校和学生，如何维护被占领城市的正常社会秩序。从表面上看，这是一所被日本人奴化了的学校。

叶连长左右观察，见马路上没有人影，举手敲响小门。

## ◆◆◆ 三十一 ◆◆◆

他们站在学校大门外等待片刻，从门房里走出一位老者，七十多岁的样子，白发苍苍，身材瘦小，驼背弓腰，拄着一根木杖。“你找谁呀?”老者望着站在校门外的叶连长警觉地问道。

“大伯，听说利剑生病了，我们来看看他。”这是一句暗号，“利剑”是伤员的代号。

“利剑？没有叫这个名字的学生。”老者呆板的脸上没有任何反应，也没有伸手开门的意思，只是继续打量着他们。

“我们是从土城子来的，急着要赶回去。”叶连长又说出第二句暗号，“土城子”是根据地的代号。

“哦，我查查看吧。”老者转身准备返回门房。

“大伯，总不能让我们站在大门外等着吧?”他们担心在大门外耽误太久会碰到日本巡逻兵。

“哦，那就先进来坐一会儿吧。”老者打开门锁，把他们让进屋里。门房本来就小，土炕又占据一半的空间，他们进屋后依次坐在温暖的炕沿上。

“大伯，利剑如果病重，我们打算把他带回家。”听到叶连长说出第三个暗号“把他带回家”后，老者面露喜色，握住叶连长的手，亲切地说：“同志们，你们总算来了，我们都快急死了！利剑这几天病情加重了，如果再不转移出去，恐怕就来不及了。”老者从柜子里拿出三个杯子放在桌子上，从炉子上拎起铁壶一杯杯地倒水，“你们一路辛苦了，先喝口水歇息一会儿，我马上去向宋校长汇报。”

老者走后，叶连长告诉巧春，在日本军队 1937 年 10 月 13 日占领老城后，老城党组织转移到位于西竖山南面的土城子镇，在那里建立了新的根据地。这所学校是中共老城县委最隐蔽、最可靠的联络点，直接归县委领导，宋校长本人毕业于老城高级中学，思想进步，从前一直是单线对外联系，但这次例外，因为情况特殊，亲自负责隐蔽和保护伤员。

几分钟后老者回来，转告："宋校长在后楼等你们，跟我来。"

校长办公室位于办公楼二楼最西面一间。宋校长是个年轻人，二十多岁，身材单薄，身穿灰色长袍，梳着分头，一副学者派头，站在办公室门口与他们握手："我是老城地下党的联络人宋宇凯，一直盼着你们到来。"

叶连长做了自我介绍："我是'利剑行动'小组组长叶长林，这是小组成员外科医生梁晓辰、侦察员王巧春。"

"欢迎你们！"

"因为日本鬼子在城门查得紧，昨天进城时碰到一点儿小麻烦，所以耽误了一天。"叶连长把进城的情况也做了简单介绍。

"还好，你们总算安全进城了。在你们之前，冀西游击总队派侦察员进城，尝试几次都失败了，所以我们才向上级请求派人救援。我们坐下来谈吧。"

宋校长介绍老城最近发生的情况。上月底，老城地下行动小组根据上级指示，干了一件大事。一天夜里，通过内线潜入敌人物资仓库，搞到两箱麻醉药物。行动小组刚离开仓库，敌人就发现仓库失窃，当即拉响警笛，实施全城戒严。行动小组发现城门关闭，无法出城，只好把药品暂时藏在高级中学仓库里。碰巧那天夜里，有一位八路军侦察员正在城里执行侦察任务，发现情况有变后，打算紧急出城。当他赶到西门时，城门已经关闭，且遭到敌人盘查，险些被捕。他在躲避敌人追击时腿部受伤。幸运的是，行动小组在撤退过程中遇见受伤的侦察员，把他救走，并藏在一户人家的地窖里，后来又转移到学校里。

敌人发现失窃物资是麻醉药物后，立即封城，在城里进行地毯式的搜索，连这所高级中学也没能幸免，被宪兵搜查过两次。这两天解除封城了，但没有通行证仍无法进出城。

叶连长说："是啊，敌人现在精神极度紧张，心惊胆战，我们昨天已经领教过了。"

老者送来一壶热水，为他们三人倒水沏茶，"没吃早饭呢吧？我去食堂拿点儿吃的东西。"老者刚要起身，被叶连长婉言谢绝："不用了，大爷，我们有自带干粮。"

宋校长对老者说："于大伯，现在正是住校学生用早餐时间，还是等会儿再说吧。”

“那好吧。你们聊吧。”老者退下。

“不知伤员现在如何？我们先去看看伤员吧。”叶连长完成任务心切，急于了解利剑的伤情。

宋校长指着窗外树林里一个高屋顶，说：“那里是学校仓库，偏僻、肃静，伤员藏在那里。那里相对安全，每逢敌人搜查时，我们会及时把他转移到仓库下面的地道里。现在还不能过去。从这里去仓库要路过食堂，现在正是早餐时间，院子里学生们比较多，等学生们上课了，我再带你们过去。”

叶连长观察着窗外。此刻也正是上学时间，学生、家长和老师不停地拥入校园。这里环境真够嘈杂的了！

宋校长解释说：“环境复杂也是好事。正因为如此，伤员藏在学校里才没被敌人发现。我们学校有一些日本老师和日本学生，宪兵每次搜查都是例行公事，进学校转一圈就走。”

越危险的地方越安全，这话没错，但是，能在危险的环境下做到镇定自若，需要有坚定的心理素质和超强的胆识。叶连长不由得敬佩眼前这位文质彬彬的宋校长。

上课的铃声响了，宋校长站起来走到窗前，向窗外望去。校园里已经不见学生走动了。“本来我们这个联络点比较安全，伤员留在这里养伤比较合适，但最近他的伤情不断恶化，我不敢耽误，因此请求上级领导尽快派人把他转移到根据地医院治疗。我们需要商量一下，怎么才能把伤员安全地转移出去。”

是啊，出城恐怕更困难。想到进城时遭受的挫折和危险，叶连长不由自主皱起眉头。进城时他们带的是一个假病人，而出城则是个不能行走的重病人，而且还是枪伤。除非强行突破，否则很难过关。

这时，第二遍上课的铃声响了。宋校长转过身说：“走，我带你们看伤员去。”

空荡荡的校园如田野般的寂静，草地上裸露着一块块凹凸不平的黄土地，生长着一簇簇高矮不一的灌木，树枝在轻轻地晃动。不时从教室的窗户里传出学生们琅琅的读书声，他们虽然听不懂学生们读的什么，但猜得出学生们在用日语朗读。宋校长解释说，自从老城被日军占领后，日伪政府强制学校开设日语课程，还在学校里安插几个日本教师。学校是县委的交通站，又是秘密联络点，为了做好隐蔽工作，迷惑敌人，只好按照日伪政府的要求照章办学。

他们跟着宋校长，穿过一条狭长的胡同，来到学校后院的仓库门前。仓库大门紧闭，一把大铁锁挂在门中央。门卫于大伯打开门锁，在他们进去后从外面锁上，并守候在门外。进入仓库后，宋校长点燃一盏煤油灯，带着他们顺着一个移动木梯爬上阁楼。

阁楼中央有一人多高，光线昏暗，隐约可见墙角处摆放着一张木床，床上躺着一个人。"同志，部队来人了！"宋校长把油灯放在床头，低声说道。借着油灯的光亮，他们看到一个头部缠着白色绷带的伤员半倚在床头，正大口地喘着粗气，嘴巴吃力地嚅动几下："谢谢宋校长！谢谢——同志们！不好意思——我不能站起来迎接你们。"

"同志，你不用起来。今天感觉如何？"

"我感觉不大好。"

"你是——？"叶连长走到床前突然愣住了，接着诧异地喊起来，一步跨到床边握住伤员的手，仔细端详着他，"原来是你呀，段钢！"

"我是段钢。你是——？"伤员吃力地睁大眼睛望着叶连长。

"段钢，我是叶长林哪！"

"叶长林，真的是你，老同学？"

"原来你们认识！"宋校长吃惊地说道。

叶连长介绍说："我们是成都测绘学校的同学，还是四川同乡呢，这是我们毕业后第一次见面。我毕业后去湖北当兵，后来起义参加了红军。"

"叶长林，太巧了！没想到在这儿碰到你！我毕业后到上海一家测绘局工作了几年，实地绘图技术有所长进。卢沟桥事变爆发后，我和上海的一些进步人士在上海地下党组织的安排下去了延安，因为延安需要懂测绘的技术人员。"段钢喘了几口气，接着又说，"在延安附近的绥德县经过三个月的军事培训后，我先是分配到129师386旅司令部任作战参谋，在陈赓旅长和李聚奎参谋长身边工作，不久又调到东进纵队司令部任侦察参谋。"段钢停下来大口地喘气。

叶连长劝说："段钢，你先别说话，让梁医生给你检查一下，看看伤势如何。”

“段参谋，让我看看你哪里受伤了。”梁晓辰医生站在伤员床边从头部开始检查，接着查看前胸和后背，最后掀开被子检查段参谋的腹部和下肢。王巧春站在旁边端着油灯帮助照亮，看到段参谋的左下肢又红又肿。叶连长帮助段参谋轻轻地翻个身。

段参谋说：“头伤没有大问题，估计只是头皮擦伤。但我的左大腿和小腿伤得不轻，已经没有知觉了。我担心我的左腿要出问题。”

“你每天尿量多少？”梁医生摸着段参谋的脉搏。

“不多。”段参谋指着床边的一个尿盆，“从昨天到现在的，都留在那里。”

梁医生转身对叶连长和宋校长说：“他在发烧，脉搏跳得很快，已经有心衰的征象，而且尿量也减少，只是还没发生严重肾功能衰竭。但再不治疗恐怕就来不及了。”

叶连长焦急地问：“梁医生，伤在哪里？怎么会这么严重呢？”

梁医生说：“左下肢枪伤，出现动脉破裂、内出血。由于血肿在组织和肌肉间蔓延，组织张力增大引起下肢循环不良，已经发生严重的筋膜室综合征。”

“筋膜室综合征有危险吗？”

“有危险。由于下肢缺血导致肌肉坏死和溶解，又因为静脉回流不畅导致下肢静脉血栓形成。目前，坏死组织释放的毒素已经累及心脏、肝脏和肾脏，引起血液感染和高热。一旦发生急性不可逆的肾衰和心衰，就会危及生命。到那时，即使是截肢，也挽救不了生命。”

“不，梁医生，我不截肢！”

梁医生说：“截肢是最后一步。我尽量争取保住你的左下肢，但不能保证一定成功。”

宋校长问：“梁医生，您准备怎么处理？马上转移吗？”

“留下的时间不多了，要尽快手术！切开肌肉的筋膜室，取出血块，使筋膜室内压力降低，这是最好的处理办法。”

宋校长急得团团转，他也知道段参谋需要马上送医院手术，可是，城里的医院全在日本鬼子的监视下，去医院等于自投罗网。转送出城很困难，也很危险。怎么办呢？他一时拿不出主意。

叶连长拳头一挥："实在不行，今晚我们强行出城！"

"不行，不能冒险！这几天正是敌人封锁最严密的时候，带着伤员出城危险太大，让我们再想想还有什么别的办法。"宋校长不同意叶连长的意见。

除了手术，还有别的办法吗？叶连长和宋校长都看着梁医生。

## ◆◆◆ 三十二 ◆◆◆

"要保命，就要尽早手术！"梁医生的回答十分肯定，他认为段参谋现在病情严重，经不起转运过程的长途颠簸，多耽误一天，危险就会增加一倍，甚至更高。叶连长也冷静下来，除了救治伤员，他还肩负另外两项重要任务，不能莽撞行动。"梁医生，我们都是外行，你说怎么办？我们听你的。"

"如果治不了就别治疗了——不能因为我给你们和地下组织增添危险。也不要冒险出城，你们还有更重要的事要做呢！"段参谋从内衣口袋里掏出一个牛皮纸信封递给叶连长，"老叶，我这里有两张地图，一张是威县县城的1∶50000的军用地图，另一张是我昨天刚刚完成的1∶10000比例尺的老城县城草图，你代我交给东进纵队陈再道司令员。请转告首长，八路军129师东进纵队侦察参谋段钢圆满完成首长交给我的侦察任务。"

"老段，你放心，这两张地图我一定替你转交给东进纵队的首长。但是，无论如何我们一定要全力救你。"叶连长眼含泪水把信封揣到口袋里，扭头对梁医生说："有什么救命药方吗？我们出去配。"

梁医生肯定地回答："只有手术，没有其他办法。"

"这么大的手术在哪儿做？"宋校长的额头冒出汗珠，"总不能在仓库里做吧？"

"宋校长，你别着急。这个手术不复杂，如果有消毒液、手术包，我可以在仓库里做手术。"

"真的？那太好了！"宋校长的表情放松了，"需要什么东西你告诉我，只要医院里有的，我去想办法搞！"

"一个乙类手术包、一瓶碘酒、一瓶酒精，还需要一些无菌纱布、生理盐水。这些东西都是手术室里常备的。”

“需要麻药、止血药吗？我们这里正好有麻醉药。”

“不需要止血药，段参谋腿部的皮肤已经失去知觉了，也不需要麻药。宋校长，给我准备一条毛巾和半盆温水，我先给段参谋做物理降温。”

“宋校长，我和王巧春跟你去医院……”

“不，叶连长，你们人地生疏没有通行证，容易出事。教会医院手术室里有一个护士长是我们自己人，还是我一个人去比较妥当。梁医生，手术时你需要助手吗？”

“不需要，我一个人可以做。”

“那好，我马上去医院筹备物品。”

“拜托你了，宋校长。”

宋校长对王巧春说：“小同志，楼下有热水壶和洗脸盆，你随我下楼去取。”

王巧春跟着宋校长来到仓库一楼，宋校长把暖瓶和脸盆交给他，嘱咐说：“我走后，你从外面把门锁上。如果有情况，于大伯会通知你们。楼梯下有个暗道口，你们可以通过地道撤到学校后墙外树林里。”宋校长带他查看了暗道口机关后就急匆匆地离开了。

王巧春拿着暖瓶和脸盆正打算上楼，忽然听到从一个黑暗的角落里传来咕咕的叫声。鸽子？他们村的老棋师活着时曾养了一群鸽子，他经常帮老棋师喂鸽子，所以熟悉鸽子的叫声。他好奇地从梯子上退下来，果然在楼梯下面的墙角处发现一个竹笼，里面养着两只灰鸽，旁边还有几个鸽子蛋。嘿，宋校长还有养鸽子的雅兴！听说鸽子蛋很有营养，也许是留着为段参谋做补品的吧。“可怜的小鸽子！”他忽然心生怜悯，端着脸盆，提着暖壶上楼去了。

梁医生采用物理降温方法，反复用温水毛巾擦段参谋的头部、颈部和两侧腋下，通过散热降低体温。做了几次，没有任何效果，段参谋的体温还是越来越高，甚至出现谵妄和昏睡。而王巧春和叶连长除了喂水外，站在床边束手无策，帮不上忙。

中午，宋校长拎着一个大包裹回来了，除了手术包和消毒液外，还给他们带些烧饼和咸菜，亲热地招呼他们坐下来：“肚子饿了吧，先吃点儿东西再手术吧。你要的东西都搞到了，就是缺手术护士。现在医生护士的行动受到严格监视，来不了。”

“不要紧，我一个人可以完成这个手术。”

他们确实饿了，没几分钟就把宋校长带回来的烧饼全吃光了。梁晓辰嘴巴里最后一口烧饼还没吞下去，就急着清点手术物品，手术包、消毒液、无菌手套、无菌纱布，全都齐备，甚至连纱布口罩都没落下。

手术马上开始了，唯独不利的条件是，阁楼里的光线偏暗，视野不清晰。宋校长从楼下又端来一盏煤油灯，王巧春和叶连长每人各端着一盏灯，左右交叉，调节光线焦点，手术视野一下子清楚许多。梁医生先用清水洗手，戴上口罩，穿上手术衣，然后再戴上手套。宋校长有点儿内行，帮助梁医生从身后系上扣子。王巧春是第一次观看手术，感觉新鲜、好奇、神秘。

梁医生用无菌棉球蘸着碘酒直接消毒段参谋的患肢皮肤，接着再用酒精脱碘。段参谋时而清醒，时而昏迷，有时下肢不自觉地躁动几下，王巧春和叶连长在梁医生的指挥下用手压住他的伤腿。皮肤消毒后，梁医生把无菌单铺在段参谋的身上，手持手术刀，毫不迟疑地切开段参谋的患腿，瞬间皮翻肉裂，黑紫色的血液喷射出来。接着，梁医生又切开肿胀的肌肉筋膜，里面张力很高，大量的血块从肌肉的间隙里滑出来，段参谋的伤腿立即变得松软，已经紫黑色的皮肤颜色开始变淡。梁医生用手轻轻地挤压着患肢，又清理出许多血块。手术很快结束了，一切都很顺利，梁医生熟练地包扎好伤口。

那天晚上，他们本应该好好庆祝一下，可是段参谋术后一直处于嗜睡状态，不知是好还是坏。听着段参谋急促、有节奏的呼吸，他们心情十分紧张，甚至有些坐立不安。黑暗的阁楼里笼罩着寂寞和忧虑的气氛，他们三人静静地守候在段参谋床边。梁医生说手术虽然做得很好，但术后还有一关。由于坏死组织产生毒性物质已经入血，出现发热、嗜睡，甚至昏迷，还要看他自己能否扛过去。段参谋能救过来吗？腿能保住吗？他们不敢高兴太早，连梁晓辰医生自己也心中没底。梁医生最关心的是患者的尿量，只要段参谋有尿了，他就放心了。

不久，段参谋左足背能摸到动脉搏动了，左足皮肤也变温暖了，梁医生高兴地说：“太好了，血液循环恢复了，看样子腿能保住了！”

手术成功是关键的一关！至于预后如何，梁医生也不敢保证。剩下的事真有点儿听天由命的味道，毕竟段参谋受伤已经有几天了，一直没得到及时有效的治疗，感染、发热等并发症都出现了。

奇迹发生在第二天清晨。一觉醒来，他们发现段参谋早已清醒，体温正常，呼吸平稳，浮肿也消退了，而且腿的知觉也恢复不少。其实，段参谋是凌晨醒的，看见他们三人熟睡在他旁边，他没有打扰他们，自己倒水喝水，还拖着病腿下床自己解小便。

"梁医生，你简直就是神医！"王巧春由衷地钦佩梁晓辰。在他眼里，梁医生就是为关公刮骨疗伤的华佗，手到病除。

梁晓辰谦虚地说："过奖了，巧春！手术成功了，作为医生，有一种职业的快乐和骄傲，正如我从前说过的，医生在治病救人的过程中有一种使命感，成功后会有一种成就感。至于神医嘛，万万不敢当！其实这个手术对外科医生来说，没什么神秘的，这种情况外科称为筋膜室综合征，战场上经常见到，只要切开肌肉表面的筋膜减压，改善肢体循环，阻断坏死的肌肉组织入血，很快就立竿见影，疼痛缓解、体温下降，肢体功能恢复，心肾功能迅速好转。美中不足的是，段参谋的创口因为有感染，需要延期缝合。当然，这也是创伤外科的原则。"

段参谋对梁医生更是赞不绝口："八路军有梁医生这样的医生，是我们指战员的幸事。打日本鬼子我从不怕死，术后重生为的是上战场打仗。"

梁医生谦虚地解释道："段参谋，不是我神奇，这种手术技术确实很简单，因为选对了手术方法和时机，所以产生神奇的效果。"

叶连长笑呵呵地抽着旱烟什么都没说，但能看出来，他对自己当初的选择感到得意。

早晨洗漱后，叶连长开心地守在段参谋的床头与他聊天，他们谈的都是关于老城的地形和地貌测绘方面的事情。

在这方面叶连长另有心思。他皱着眉头沉思一阵，然后问道："老段，军马场你进去过吗？"

"上周一天夜里，我偷偷进去过。军马场大门内外有双岗，看守很严，没有通行证不放行。我是从西北边一条水沟里钻进去。我把那条水沟的走向标记在地图上，你可以核对下，看看是否与你昨天所见一致？"

叶连长从口袋里取出那个装地图的信封，对段参谋说："好的，老段，我学习一下你的大作。"

"太客气了，老叶。欢迎指教！"

叶连长摊开老城地图浏览一遍，称赞说："不错，地图画得非常细致、准确，连每个碉堡、每棵独立树、每条壕沟、每个院落，甚至每一个岗亭都清楚地标记出来。老段啊，你真行！当初首长交代我任务时我就感觉奇怪，没有勘测仪器，又不是专业干测绘的人，谁能绘制出 1∶10000 这么大比例尺的军用地图呢？嘿，原来是你呀，不愧是我们测绘学校的高才生。可惜我的绘图知识都还给老师了，只剩下一些判图的能力。"

段参谋说："本来还准备把敌人的火力和兵力部署也标记在地图上，但那天刚接近敌营就发生状况了，城里拉响了警笛。后来我才知道，是老城地下组织进入药品仓库惊动了敌人。"

"这上面真有碉堡吗？"叶连长指着地图上小西门偏南的城墙上。

"城墙上确实有一个碉堡，位于小西门偏南一点儿，我称它为城头堡，城墙的楼梯在城门旁边，下面就是军马场的饲料仓库。据伪军中的线人说，守在城头堡里可以监视城内外和整个西城墙。你需要注意的是，城头堡里的敌人从城墙顺楼梯下来只需要一分钟的时间。"

"老段，你的提醒很重要。今天早晨进城时我注意到，城墙脚下和楼梯口堆了两垛铡好的马草，很高的草垛……嘿嘿，我一定要让敌人吃些苦头。"叶连长用手比画一下擦火柴的动作。

段参谋会意地笑了。

中午，宋校长来了，给他们带来午饭，告诉他们目前城里仍处于戒严状态，没有通行证者寸步难行，让他们耐心地留在阁楼里等待合适的机会再离开。

段参谋食欲恢复不错，吃了两个馍馍，喝了一碗宋校长亲自为他炖的鸡汤，气色恢复很好。梁医生说，因为治疗及时，段参谋的心功能和肾功能已经得到改善，目前一切都在朝好的方向转变。

下午，看到段参谋病情转危为安，叶连长开始算计怎么才能安全地带着段参谋和麻醉药品离开老城。段参谋从叶连长紧锁的眉头猜出他正在思考什么，主动提议自己继续留在城里养病，等腿伤痊愈后再想法儿归队，这样可以减少他们出城的危险。

叶连长感到为难，没有表态，首长派他进城的首要任务是转移和营救伤员，当然也包括伤员随身携带的情报。“老段啊，你可不是普通侦察员哪，你是一把利剑，是八路军难得的人才呀！把你留在城里，‘利剑行动’顶多算完成一半。”

段参谋恳求说：“老叶，伤员手术需要麻药，部队首长部署战斗需要地图和情报，把这两样东西带回去比救我出城更重要。”

“老段，我明白这个道理，但让我再想想还有没有更好的办法。”

“老叶，129师东进纵队首长曾经分析过，威县和老城县是敌人在冀南的两个物资基地，解放这两座城市既可以切断敌人南下的物资供应链，又能打击敌人的嚣张气焰，扩大我军的抗日影响力，鼓舞中国民众的抗日士气。下个月有可能就要行动，不能因为带我出城耽误了大事。”

叶连长点点头：“老段，这个战略计划我知道，只是没把你带回去，我们不好向首长交代。”

宋校长表示：“这没什么，等以后有机会到区里开会，我会当面向上级首长解释。只要段参谋伤情没危险，我看，留下来调养一段时间比现在冒险出城要更好。”

段参谋也再次表态：“你们安全撤离，完成任务最要紧。放心吧，我继续留在城里养伤，期待着部队解放老城的枪声。”

“宋校长，段参谋继续留下来会给你们增添不少麻烦。”叶连长的想法有些动摇了。

宋校长坚定地说：“没什么，叶连长，你们放心吧，段参谋留下来，我们会继续全力保护他的安全。梁医生的手术很成功，段参谋身体恢复超出我们预期，等他再好一些，我们把他转移到堡垒户家继续养伤，这样就更安全了。”

“梁医生，老段的伤口目前恢复如何？”叶连长问梁医生。

“我刚才检查过了，伤口恢复很好，下肢血液循环正常，只是伤口需要择期缝合。”

“不缝可以吗？”叶连长问道。

“不缝刀口愈合慢，容易感染和生疤。需要经常换药和服用消炎药。”

“不要紧，你们放心走吧。刀口慢慢愈合没关系。”段参谋说。

“宋校长，我临走前可以把段参谋伤口缝合好，但一周后，需要你找人给他拆线。”

“梁医生，拆线的事你不必担心。我会找教会医院护士长帮忙。”

## ◆◆◆ 三十三 ◆◆◆

经过一番思考，叶连长虽然感觉有些遗憾，但也只好同意段参谋暂时留下来的方案。“看来我不能圆满完成首长交给我的任务了。好吧，老段，为了保证把军用地图和麻醉药物安全带出城，只好委屈你继续留在敌占区了。”叶连长真诚地表达自己的歉意。

段参谋笑着说：“为革命牺牲不存在委屈，况且你们已经救了我一条命，使我伤愈后能继续上战场打日本鬼子，我已经满足了。”

接着，他们开始商量怎么出城。宜早不宜迟，大家都同意今晚就行动。

宋校长先介绍了老城城墙概况。老城原先城墙并不完整，西边和南边老城墙坚固，北边和东边多处塌陷，残缺不全。半年前，佟县长打着抗日招牌举全县之人力、物力、财力突击修建城墙，百姓怨声载道。民间盛传：“佟县长修城墙，赛过秦始皇！”结果呢，城墙修好了，政府军不抵抗，在老城沦陷的三天前，佟县长抛下全城百姓带着自己家眷和守城部队仓皇出逃。整个老城犹如一座不设防的城堡，轻而易举地落到日本人的手里。佟县长等于为日本人修了城墙，成为老城百姓唾骂的对象。目前，四周城墙完整无损，老城墙矮小，新城墙高大，四个城角和四个城门火力比较强。

段参谋补充说：“老城沦陷后，日本人正是发现老城的城墙完整，才决定把老城作为物资仓库基地严加控制和管制。四个主城门把守严密，很难突破。相对来说，小西门的防守力量比较薄弱，日军一个班，伪军一个排，容易突破。城内地下组织曾尝试从小西门送我出城，但因军马场看守太严，在剪开铁丝网潜入军马场时，惊动了城墙上的哨兵，最后行动失败了。”

叶连长说：“确实如此，我们昨天就是从小西门进来的，老邢说，军马场岗哨是严进宽出。但我注意到小西门防守的缺陷：夜里城门关闭后城门洞内不设岗；城墙上岗哨距离地面有些远；大门岗哨里外各一个，缺乏相互保护。这些情况对我们行动都很有利。既然如此，机不可失，我们今天半夜就从小西门出城。”

“具体方案你想好了吗？”段参谋问道。

“潜入、偷袭、火烧！”叶连长心里憋着一股火，一字一句地说出他的计划。

“妙，非常妙！”段参谋夸奖道。

宋校长说：“偷袭哨兵最关键。我这里有两把匕首，你们带上吧。”叶连长收下宋校长的匕首，自己留一把，交给梁医生一把。

“老叶，把我的枪也拿去。”段参谋从枕头下摸出一把勃朗宁牌手枪和子弹夹递给叶连长，“这支手枪是我离开386旅时李聚奎参谋长赠送给我的，子弹不多，一共35发，都拿走。”

“好吧，等下次见面时再还给你。”

梁医生把手术刀装在一个铁盒子里，揣在口袋里，然后把匕首转交给王巧春：“手术刀轻巧、锋利、隐蔽，比匕首好用。”

叶连长从仓库里找到一把铁锤交给王巧春，叮嘱说：“这个家伙很重要，可以随身携带。巧春，匕首你不能携带，还给梁医生。”

“为什么我不能有匕首？”

叶连长幽默地说：“因为你要当个良民在前面引路！良民怎么会带匕首呢？”叶连长没过多解释，他以为王巧春懂，其实王巧春没理解他的意思，但无条件执行了，把匕首还给梁医生。

宋校长提议：“我们在城内有个特别行动小组，上次行动损失几个人，如果需要的话，剩余成员可以协助你们出城。军马场的老邢虽然不是我们行动小组的人，但我们可以做做工作，让他打开小西门的铁锁，放你们秘密出城。”

叶连长说：“如果我们三人轻装上阵，出城我还是有把握的，不到万不得已，不需动用城内的秘密组织。我们在细节上要审慎，尽量不引起日本鬼子对城内地下组织的怀疑，你们潜伏在城里还有更重要的任务要做。”

叶连长的顾虑是有道理的，秘密出城会引起日本鬼子的警觉，引发内部调查，从而牵连城内的地下组织及老百姓，特别会连累协助他们进城的老邢。

宋校长称赞说："这样也好！你们可以明干，如果今晚真能火烧军马场、破门而出，那就把动静弄大了，这样反而对我们地下组织更有利。城里的日本鬼子如果相信伤员和药品已经运出城外，也就该死心了，不会再满城搜查失窃的药品和隐藏的伤员了。至于老邢，你们放心，他与两个日本马夫住在一间屋子里，敌人对他很信任，只要今晚他不参与活动，就不会受到牵连。"

"那就好！"叶连长点点头，坚定地说，"我这个人哪，不怕大打，就怕想打不敢打，前天进城时就受过这种窝囊气。你放心，今晚我有办法给守城敌人有力的一击，让他们相信游击队已经成功地携带药品和伤员离开老城。"接着，叶连长谈到他的行动计划，宋校长不住点头称赞："你的计划完全可行。还需要什么东西，请告诉我，我马上去准备。"

叶连长递给宋校长一张清单："我们需要的东西都写在这里，请你过目。"

宋校长看过纸条后说："没问题，我马上出去张罗。"

宋校长走后，叶连长把梁医生和王巧春叫到段参谋床旁，细致地部署了行动细节，并做了分工。段参谋曾潜伏在老城里秘密侦察一周，了解城内警戒和岗哨布置，给他们的行动计划提供了非常宝贵的意见。

天黑后，宋校长回来了，叶连长需要的东西基本准备齐全。他下午已经利用信鸽通知城外的交通员，如果一切顺利，游击队将在小西门外协助他们出城。宋校长最后鼓励他们说："相信你们今晚袭击军马场行动能旗开得胜！"

叶连长说："有老城地下组织的支持，我们一定能胜利！"

信鸽！楼下的几只灰鸽原来是信鸽呀！此时王巧春才恍然大悟。

宋校长介绍说，这些灰鸽具有优良的比利时军用信鸽血统，机警、飞得高、飞得快，方向感强，能躲避天空中的老鹰和地面上枪弹的袭击，离家上百公里，一小时之内就能归巢。

那天半夜与宋校长告别前，王巧春突然想从他那儿了解海英姐的下落。但宋校长说，他是在老城陷落以后才调到学校来的，来之前曾经听说过老城沦陷的那天夜里京剧团有四名女演员失踪，但不了解具体细节。有人说，她们被掠到坂田久男联队里当随军歌伎，也有人说被抓到邢台后编入女子挺身队里，被迫做日本军人的性奴。自打日本军队占领老城以后，日伪军队到处抓人，随意枪杀百姓、抓捕劳工，简直无法无天。特别是最近一段时间，普通老百姓失踪的案件太多了，连一些富人、名人、汉奸也自身难保。一个月前，老城曾发生一起轰动全城的马老三失踪案。

“马老三失踪了？”王巧春吃惊地问道。

“你知道这个人吗？”宋校长问道。

“听说过，是老城维持会会长，汉奸头目。”

“是的，就是他神秘地失踪了。”

事情是这样的，今年 2 月初，老城维持会会长马老三突然宣布与他的秘书周水娟登记结婚，几天后举办了大型婚礼，老城各界名流，包括奎村司令和黄黎司令都亲自到场贺喜。然而婚后第三天傍晚，马老三从大烟馆出来散步，突然神秘地失踪。马老三一夜未归，第二天新娘周水娟立即报案。皇协军和老城警署全城搜索三天，未见马老三的踪影。上周末，眼看马老三失踪案多日来没有任何线索可寻，活不见人，死不见尸，新娘子周水娟只好离开了老城，返回上海娘家。

马老三失踪案引起很多传言，有人说是奎村害怕马老三复仇，派人秘密暗杀了马老三，但日本人反复辟谣，申明马老三失踪案与他们无关，并扬言要彻查谣言的来源。也有人说，马老三是被山台山土匪谋害了，因为他拖欠土匪一大笔赏钱拒不兑付，还出卖了土匪。据皇协军调查，这个可能性不大。有人怀疑周水娟小姐图财害命，正因为出此传言，周小姐才离开老城。最近日伪军造谣，说马老三是被游击队除掉了，这就更是无稽之谈了。总之，众说纷纭。其中奎村和周水娟的嫌疑最大。周水娟是奎村安排在马老三身边的工作人员，人们怀疑周水娟是为奎村工作的间谍，但没有任何证据。不管怎么说，周水娟是马老三遗产的唯一继承人，卷走巨额财产却是事实。

马老三失踪的事情王巧春不感兴趣，他把海英失踪的原委概要地叙述一遍。他告诉宋校长，这四个小姑娘不是普通演员，她们是因为保护重伤员王官庄游击队王臻如队长而失踪的。宋校长听后面色悲戚，缓缓地说：“王臻如队长我认识，他的伤恢复得很快，现在是威县县大队的大队长。据说年前,王队长带着几个侦察员进邢台市救人,不知是否与这几个姑娘有关。这四个姑娘了不起,我们应该寻找她们的下落,想法营救她们。”

## 三十四

夜幕降临,万籁俱寂,时至夜半,城内街道上早已空无人影。天空不时有几道探照灯的光柱漫无目标地交叉照射着,稀释了浓密的夜色,衬托出城市屋顶的轮廓。

教堂的午夜钟声还没敲响,远处已传来咔咔的脚步声,这些声音整齐、协调、均匀,由远而近,由小到大,由弱到强。不一会儿,一队日本兵扛着步枪列队从保安团的方向走来,踏着中学门前的土路,发出噗噗声朝东门的方向走去。这段时间恰好是日本兵列队从军营去岗哨或从岗哨回军营的换岗时间。与日本兵相反,皇协军的哨兵军纪涣散,分别驻扎在各自岗哨附近的宿舍里,吃饭时三三两两结伴行动,显得散漫凌乱。

在夜深人静的老城里,日本军人用皮靴敲击地面发出的共振声,张扬着他们的霸气和威风,恫吓着少数胆小懦弱的中国人。然而,对于那些决心要严惩侵略者的中国勇士来说,敌人越是狂妄自大,就越容易被彻底消灭掉。

教堂的钟声响过不久,最后一批下岗的日本兵列队从学校门前走过去了,脚步声渐渐远去。宋校长把叶连长他们送到学校门口,再次交代说:“出了小西门直奔西竖山,县游击大队会在半路接应你们。”

门房的老者打开校门探头张望片刻,回头说:“现在马路上没人,你们走吧!”

“再见!”叶连长向宋校长和门房老者挥手告别。他们三人迅速跨出学校大门向教会医院的方向走去。夜色瞬间吞没了他们的身影。

王巧春独自一人轻装走在前面探路,叶连长和梁医生背着药箱和背包跟在后面,他们前后相距二百米。叶连长和梁医生随身携带着武器、药品和油桶,必须隐藏在他身后,可以及时躲避迎面而来的巡逻兵。

此时王巧春才明白为什么叶连长不允许他携带匕首。走在前面,随时可能遭遇到哨兵、巡逻兵的拦截和检查。在侦察兵的行当里，这叫尖兵，三人行，总有一人要做尖兵，走在最前面。

王巧春沿着教会医院的围墙走到门诊部大门口，在探照灯移来之前闪进大门洞内。医院的院子里静悄悄的，只有急诊室门前亮着一盏灯。他躲进医院大门后观察东十字街路口的情况，在确定路口没有流动哨兵后，轻轻学了一声猫叫，叶连长和梁医生迅速来到医院大门口，躲进院内。

东十字街路口，一辆日本巡逻车缓缓驶过，轰鸣的马达声由大逐渐变小。东城楼和西城楼上的探照灯相互交叉对射，把东十字街的路面照得通明。偶尔探照灯移开，四周又变得漆黑一片。

在探照灯移开的瞬间，他们三人一前一后快速穿过东十字街路口，钻进一条漆黑的小巷子里。这条小巷王巧春太熟悉了，向前走两里地右转弯就是京剧团的后门，那里十分僻静。剧团大墙外不远处就是他曾经住过的破庙，顺着大墙往前走就到了剧团的前门。跨过剧团门前的那条大街钻进一条小巷，再往南走一里地，右转就到达小西门。

站在剧团后门外面，王巧春心情格外激动，情不自禁回想起当年海英姐她们救助他的情景……

海英姐，你们在哪里？他不相信海英姐会失踪，真想推开后门冲进院子里寻找她。可是作为一名军人，在执行重要任务时不能无组织无纪律，他克制住自己内心的冲动，默默离开了剧团的后门。

在路过剧团墙外那棵大槐树时，他摸着口袋里海英姐给他的两块钱，想起他当年爬到树上看戏的情景，泪水打湿了他的面颊。

幸运的是，他们一路上没碰见哨兵和巡逻兵。离开剧团一直向南走，他们在第二个路口右转，穿过小西门附近的一条巷子，来到军马场大门附近。为了避免与流动哨兵直接遭遇，王巧春翻入军马场大门斜对面的一个院子里，隐蔽在墙角处观察军马场岗哨的动静。

正如叶连长意料，军马场大门紧闭，大门外不见哨兵的影子。王巧春借着大门旁一盏微弱的路灯观察，发现大门外岗亭里是空的，而大门里面有岗哨在走动。看来日本哨兵后半夜关闭大门在院里站岗。大门内岗哨是一个人还是两个人呢？情况一时搞不清。他把看到的情况告诉叶连长和梁医生。

叶连长决定执行原定方案，潜入、偷袭、火烧，共三步，其中第二步偷袭最关键，即内外结合偷袭岗哨。

大多数侦察兵都认为，后半夜两三点钟哨兵处于困乏无力、反应迟钝、神情呆滞的状态，是袭击岗哨的最佳时机，可是叶连长却不这么认为。后半夜那段时间，哨兵虽然困乏无力，但丝毫不敢大意，对可疑的或反常的事情非常警觉，一旦受到刺激，反应十分迅速和强烈；而半夜换岗后不久时段，哨兵虽然精力充沛，但警惕性不高，精神比较松懈，容易麻痹大意，此时是偷袭岗哨的最佳时刻。

接下来发生的事情证明，叶连长的分析非常正确。刚换岗后的哨兵虽然精力充沛，但警惕性比较低，特别是锁上大门待在院子里站岗时，感觉安全了，就更加放松警惕性。

叶连长在段参谋绘制的地图上发现，在军马场西北角靠近城墙处有个一米宽的壕沟，通过壕沟可以钻过军马场的铁丝网和砖墙。这就是大比例尺军用地图的重要价值，每条水沟、每条小路、每棵树，甚至每个坟包，只要有军事价值的标志物都会清楚地在地图上标记出来。

王巧春和叶连长背着药箱，拎着油桶和背包绕到军马场北墙外，在城墙脚下找到了地图上标记的那条壕沟。他们钻进壕沟，清理堵塞在铁丝网下方的一堆乱石，然后悄悄地潜入军马场。

军马场院内漆黑寂静，马棚里偶尔传出马儿的喷嚏声。他们把药箱、煤油桶和背包存放在靠近小西门的一个马棚里，叶连长怀抱着一盏油灯埋伏在老邢住的马夫房前。王巧春按照叶连长的吩咐，爬上一根电线杆，切断通向马夫房的电话线，然后从电线杆上滑下来，隐藏在靠近大门附近的第二排马棚里。他心里虽然有些紧张，但动作麻利，准确无误地完成了偷袭前的准备。透过木板的缝隙，他可以同时观察到左侧的军马场大门和右侧的马夫房。

马夫房的方向，突然亮起了灯光，那是暗号，叶连长通过点燃他随身携带的那盏小煤油灯，通知院外的梁医生开始行动。

在漆黑的军马场里，一盏微弱的小油灯竟然显得那么明亮，以至于惊动了两个穿着棉大衣的哨兵。其中一个哨兵从岗亭里出来，嘟哝了几句王巧春听不懂的语言，接着地面上响起咔咔咔的皮靴声，哨兵端着步枪从王巧春躲藏的马棚前走过去。王巧春担心情况有变,因为这个哨兵被惊动后,显得十分警觉,端着步枪和明亮的刺刀,左顾右看、小心谨慎地朝马夫房方向走去。

王巧春的心吊在嗓子眼里,他担心在日本哨兵有所防范的情况下,叶连长独自一人在哨兵背后很难偷袭成功。王巧春手握铁锤,随时准备冲出马棚参加格斗。

正在这时,大门外突然响起嘭嘭嘭的敲门声,被惊动的日本哨兵迅速转身端着枪往回走。守在大门口的伪军问:“干吗的,谁这么晚敲门?”听口音伪军像个天津人,莫非是侯强?但王巧春看不清楚哨兵的相貌。

“我是兽医,听说中佐的军马病了。”梁医生穿着白大褂,戴着棉帽子,手里拎着一个小木箱。

“证件?”

“中佐的军马都要病死了,还要什么证件?”梁晓辰医生不满地嘟哝着从口袋里掏出一张卡片递过去。这是一张仅限于医务人员使用的临时通行证。

“什么人的干活?”

“兽医。”灯光下,伪军回头朝日本哨兵一望,王巧春认出来了,他是侯强。王巧春担心侯强会认出梁医生,因为昨天进城时他们曾经打过一次照面。

“谁叫你来的?”侯强看了一眼通行证后问道。可能是黑天的缘故,他没有察觉到什么,把证件还给梁医生。

“军马处的军曹田木君。”

这时,日本哨兵走回来,用生硬的中国话问伪军:“他要干什么?”

“兽医,给中佐战马看病。”伪军回答,随后自言自语嘟哝道,“妈的,怪不得刚才马夫房间突然亮灯了,看来还真有事啊。”

“怎么没听说中佐军马生病呀?”这个日本兵中国话说得还很熟练,他朝马夫房望了一眼,嘟哝着走进岗亭拿起电话,摇动着电话机拨号手柄,喊道,“摩西摩西!摩西摩西!”

“兄弟,先打开门让我进去吧。”梁晓辰医生要求道。

“不行,太君不会同意的。”侯强对梁医生说,“你在门外等一下,太君正在打电话询问呢，等问清楚吗事再说。"

"兄弟，你以为我愿意半夜出来给马看病吗？我估计中佐的军马得的是急病，否则半夜三更马夫不会叫我出诊。干我们这行，大冷天还要出诊，多辛苦啊！"梁医生抱着双臂不停地跺脚。

梁医生的话勾起侯强的牢骚，他不满地嘟哝着："吗话呢？你以为谁愿意熬夜呀！整晚上站岗我不辛苦嘛！你个兽医有吗了不起，养你为吗？只要军马生病了，不论吗时候，叫你来你都得来。"

"喂，喂！"不一会儿，日本兵从岗亭走出来用生硬的中国话对伪军说："马夫房电话机坏了，侯，你去马夫房把军曹叫来！"此时，日本哨兵放松警惕，看起来不那么紧张了。他把枪背在肩上朝灯光的方向望了一眼，转身钻进岗亭里。

"嗨！"侯强转身对梁医生说，"你从哪来的？"

"兽医站。"

"好吧，你在外面等着吧，我去叫军曹过来。"侯强倒背着枪支，手里拎着一串大门钥匙，嘴里吹着口哨朝马夫房走去。这时，马夫房那边的灯光已经熄灭了，侯强的身影消失在夜色里。

接下来的几分钟，从王巧春藏身的地方几乎听不到什么动静，也看不清楚那边到底发生了什么事情。七八分钟后，就见叶连长穿着伪军的大衣，头戴棉帽，背着步枪，手里拿着那串大门钥匙从马大房那边走过来。王巧春紧张的心情一下子放松了，太好了，侯强被解决了，接下来该干掉那个日本岗哨了！在路过王巧春隐藏的马棚时，叶连长隔着木板缝隙低声说："出来，离我近一点儿，准备下一步行动！"王巧春拎着铁锤悄悄隐蔽在马棚门边。

## ◆◆◆　三十五　◆◆◆

一阵寒风吹来，叶连长竖起大衣领子，放下帽耳朵，裹紧大衣朝大门走去，他的外形与刚才那个伪军几乎一模一样。日本哨兵从岗亭里走出来："喂，田木君怎么没来？"

叶连长走上前，挥挥手说："太君，田木君马上就到！"日本兵感觉声音不对，凑近仔细一打量，大吃一惊，急忙伸手摘枪，被叶连长抢先一步，挥刀刺中他的脖颈根部，日本哨兵来不及喊出声，便摔倒在地上。王巧春第一时间冲出马棚，从叶连长手里接过大门钥匙，跑到大门口打开门锁把梁医生放进来，然后关上大门，锁上门锁。叶连长朝饲料房方向跑去。

王巧春与梁医生把日本哨兵往岗亭里抬。他抬肩膀，梁医生抬脚，突然这个哨兵身体抽动一下。"鬼子还活着！"梁医生话音刚落，"ばかやろ！"日本哨兵喉咙里吼叫着，双脚突然用力一蹬，把王巧春踹倒在地上。王巧春爬起来抽出铁锤砸向哨兵头部，却被日本哨兵扣住手腕动不得。哨兵扭住他的双手翻身跪在地上，巧春被扭住双手摔倒在地上，哨兵骑在他身上，一边呼喊一边拼命争夺铁锤，幸亏哨兵肺和气管被刺破，只是呼呼冒气，喊声不大。哨兵夺下铁锤，朝王巧春脑袋砸下来。他迅速避闪，躲过第一锤。此时梁医生爬起来掏出口袋里的手术刀，用力刺中哨兵的后颈部，扑通一声，哨兵瘫倒在王巧春身上。王巧春推开哨兵的尸体，擦去溅在脸上的血，爬起来从哨兵手里拿回他的铁锤，轻声嘟哝说："妈的，险些死于自己的铁锤下。梁医生，多亏你关键时刻这一刀！"

王巧春把日本兵尸体拖到岗亭后面，捡起失落在地上的步枪，解下哨兵身上挂着的子弹带和别在腰带上的5枚手雷，然后用铁丝加固军马场大门的门锁。所有这些行动都是叶连长事先部署的，他和梁医生按部就班完成。

城墙上的哨兵可能察觉到军马场里发生异响，走到城墙这边，探头向下张望。叶连长穿着伪军哨兵大衣站在马棚前朝城墙上的哨兵挥挥手，吹了几声口哨。哨兵的手电筒在他身上和大门口附近晃动几下，没看出什么异常，关闭手电筒走开了。刚换岗不久，谁敢在这个时间段偷袭岗哨呢？城墙上的哨兵显然也麻痹大意了。

王巧春和梁医生隐蔽在马棚里，按照叶连长的指示挑选了三匹深颜色的军马，深色马匹在夜里奔跑时不易被察觉。王巧春把三匹军马牵到小西门的门洞里，拴在大门旁。梁医生从马棚里抱来三套马鞍，熟练地备好马鞍，将两个药箱搭载在马背上。一切准备完毕，只等叶连长回来，他们就立即出城。

与此同时，叶连长手提着事先存放在马棚里的煤油桶，猫着腰朝城墙根的草垛跑去，他把煤油泼到草垛上。

“丁零零……丁零零……”这时，大门内的岗亭电话突然响了起来，清脆的铃声在漆黑寂静的夜里显得格外急促、刺耳。糟糕，在消灭日本哨兵后，王巧春忘记切断岗哨的电话线了！根据事先的约定，王巧春接下来该用铁锤砸开铁锁，打开大门，而叶连长听到他砸锁开门的声音后立即点燃煤油，然后他们趁乱骑马出城。电话铃声仿佛给王巧春下达了一道行动命令，他毫不迟疑地举起铁锤砸向门锁。

果然，电话铃声戛然而止，城墙上的哨兵听到砸锁开门的声音迅速朝城门处跑来，在城墙上面哇哇喊叫着。可是没等他们弄清怎么回事，城墙脚下的火苗燃烧起来。哨兵惊慌失措，转身向着火的方向跑去，刚跑到城头堡门前，火焰已经蹿到了城墙上，浓密的烟雾迅速吞没了城墙上的碉堡，遮住了城墙上哨兵的视线。很快，饲料库也着火了，接着，第三排和第二排马棚连环起火，火焰迅速蹿到伪军宿舍的房顶，军马场内烈火熊熊、黑烟滚滚、马嘶人叫。七八个皇协军士兵来不及套上外衣就从宿舍里跑出来，慌乱中只顾保命，在火堆里四处逃窜。只有老邢与同宿舍的两个日本马夫不顾一切钻进着火的马棚里救马，解开马缰绳，打开马棚大门，让马儿自行逃生。脱缰的马儿四处狂奔，马尾带着火苗又点燃了几处草垛，火烧得更猛烈了。燃烧的火焰堵住了小西门城墙的楼梯，城墙上的哨兵干着急下不来。

看到大火越烧越猛，叶连长拎起背包贴着城墙根跑进城门洞。见到他俩已经备好马在等他，开心地说：“哈哈，太过瘾了，我们走！”

然而，就在他们骑上马准备出城时，军马场大门口出现一阵嘈杂和躁动声，几十个日本兵出现在大门外，正在用枪托用力砸大门。王巧春和梁医生锁门时特意用铁丝加固了一下门锁，目的是尽量能延迟军马场外日本兵的闯入。看来铁丝加固还是起到一点儿作用，确实给敌人增添了麻烦，两个日本兵翻墙过来用枪托砸烂门锁，可还是无法立刻打开大门，解开铁丝扣花费了至少一分钟。战场上，时间是极其珍贵的，生死往往仅在于几秒间，这方面王巧春尤其感受深刻。当年他的好友孙大海与日本军官夺枪时，如果王巧春当时直接一刀捅过去，而不是举起刀砍下去，孙大海可能就不会死。就差1秒钟！这个教训他终生难忘。

“叶连长，我们走吧。”王巧春把缴获的步枪握在手里，拉开城门。

“别慌，院外的日本兵不知道院子里发生什么情况，不敢轻举妄动。趁他们慌乱之时，我们打他们一下再走！梁医生，一会儿我和巧春动手后，你带着药箱和我的背包先撤退，我们随后在前天埋藏武器的那个土地庙会合。如果我们一小时后还不到，你就自行离开。”叶连长感觉还不过瘾，想再大干一场。当然，他的主要意图是掩护梁医生带着文件和药品先撤退。

“是！”梁医生骑上马，做好出城的准备。

“巧春，你那里有几枚手雷？”

“叶连长，5 枚手雷，刚从日本哨兵身上缴获的。”

“好，给我两枚。”

王巧春递给叶连长两枚手雷。剩下的，他自己留两枚，交给梁医生一枚。梁医生把手雷还给他：“还是留给你们用吧。有你们掩护，我用不上这个东西。”

“给我！”叶连长接过梁医生的手雷，眼睛盯着大门口，说，“这种东西多点儿就更好玩了。刚才干掉的那个伪军我全身上下搜了一遍，只有 3 枚手雷。这么多鬼子来了，得给他们多准备点儿吃的！巧春，一会儿你躲进右边的马棚向外打，我从左边打，两面夹击，让日本鬼子摸不清我们的情况。”

“是，叶连长！”王巧春把两匹马拴在门闩上，跟在叶连长身后离开大门洞，躲藏在第二排马棚后面。

军马场大门被撞开了，几十个日本兵蜂拥而入，叶连长一个箭步冲到左侧马棚的门柱后，接连甩出两枚手雷，轰、轰的两声，三四个日本兵倒在烟雾里。王巧春也跟着甩出一枚手雷，但他顾不得观察爆炸结果，迅速钻进右侧的马棚里。随着轰的一声手雷爆炸声，他听见日本兵痛苦的号叫。“炸得好，小日本鬼子，让你们尝尝八路军的厉害！”他心里暗自叫好。这时，梁医生在硝烟的掩护下冲出城门，悄无声息地消失在城外的夜色中。

梁医生带着药品安全出城了，叶连长和王巧春心里更加坦然，无所顾忌了。王巧春躲在马棚里从木板的缝隙中伸出枪筒，向大门口射击，因为距离太近，几乎不需要瞄准，他一枪击倒一个日本兵。“大海，这枪是为你报仇！海英姐，这一枪是为你们而开，杀死那些残害中国妇女的日本禽兽！”大门外有个日本军官躲在马路对过墙角处，暴露在王巧春的枪口前方。借着路灯光线，他认出来了，是马滕少佐，就是在茶馆里见到的那个脸上有刀疤的、不可一世的日本人。王巧春瞄准他的脑袋开了一枪，马滕少佐应声倒下。干掉这个作恶多端的日本宪兵队头子，真是太好了！

日本兵不知道子弹和手榴弹来自何方，瞬间乱成一团。眼前的情景是，军马场内火光冲天、城门大开、战马嘶叫、枪声不断、爆炸声轰鸣以及同伴横尸眼前。这一切让日本兵不得不相信，中国军队主力正在攻城。他们慌忙撤退到军马场大门外，一边防守一边观察，不敢轻举妄动。

门外的日军在大门口架起轻机枪，朝军马场内和小西门方向盲目地射击，误伤了马棚里的军马。军马场里面的日伪军更不敢露头了，全都躲在偏僻角落里。马棚里的军马受过惊吓训练，听到枪声虽然不安地刨蹄和仰头嘶叫，但并不十分惊恐。不断有战马在火焰中倒下，老邢和两个日本马夫痛苦地号叫："别开枪！别开枪！快救军马呀！"

大门外，敌人的火力突然减弱了，估计日本兵看不清马棚里的情况，发现误伤自己的战马，不敢继续朝马棚里盲目地射击。叶连长迂回到大门附近，连续投出两枚手雷，炸毁了那挺冒着火舌的机枪。

王巧春刚换好子弹，就听到叶连长喊："巧春，撤！"他还没过瘾呢，不愿意撤退，但必须服从命令。他甩出第二枚手雷后迅速撤回到门洞里，解开拴马的缰绳，贴着门洞墙壁等待叶连长回来。小西门通往军马场大门有个斜角，加上中间有马棚相隔，能够避开敌人从军马场大门处射来的子弹。

叶连长看到王巧春安全撤退后，向大门外投出一枚手雷，然后也撤回到门洞里。他俩跨上各自军马，迅速冲出城门。军马场内的马草已经燃烧过半，而马棚的烈火噼里啪啦地燃烧正劲，浓密的黑烟笼罩着军马场的上空，遮住了通往军马场大门的视线。第二排和第三排马棚燃烧大半，军马死伤无数。

城楼上的哨兵发现有人骑马出城，开始盲目地开枪，甩出数枚手雷封锁住护城河的桥梁。他们受阻于桥头附近，只好隐蔽在河堤的背面。此时，一群日本兵已出现在城门口，与他们相距并不太远，朝桥上盲目开枪。情况十分危急，如果日本兵冲上桥梁，马上就会发现他们躲在河堤下。

"叶连长，我打死了马滕少佐。"

"太好了！巧春，你还有手雷吗？"

"没了。"

“我这还有两枚，刚缴获的，给你一枚。一会儿，我们相互掩护，我先投掷，你趁手雷爆炸时冲上河堤，然后你再投弹掩护我。”

叶连长朝城门口用力掷出最后一枚手雷，王巧春骑马冲上堤坝，随后投出手雷，两枚手雷一前一后爆炸，火光冲天，威力倍增，炸倒日本鬼子一片，受伤倒地的日本鬼子号叫着，加剧了敌人的恐慌和骚乱。叶连长趁机冲上河堤。

在这千钧一发之际，城外突然枪声大作，河对面的轻重武器一起开火，借着城内的火光，准确地压制住城墙上和城门处的敌人。游击队赶到了，太及时了！

游击队那边火力之猛，超出叶连长的预料，隐约可以听到机枪的点射声，似乎是主力部队在接应他们。出城的日本兵被赶回去了，躲在城门附近。

这回日本鬼子真的相信八路军攻城了，他们甚至怀疑遭遇到埋伏，顾不得抢救受伤的士兵，迅速退回到城里，关闭城门。

在城外游击队火力的掩护下，叶连长他们越过护城河桥，顺利地离开老城。他们在游击队队员护送下，朝西门外奔去，在城西土地庙与梁医生会合，顺利进入西竖山根据地腹地。

# 第四部

# 将军墓之战

事后叶连长他们才知道，当天下午游击队交通员收到信鸽传递的消息后，立刻通知了驻扎在土城子的八路军冀西游击总队四大队副指导员杨珂冰。何作愚副参谋长亲自带领游击队和骑兵三连星夜赶到老城的西城墙外接应他们。唯一遗憾的是，早知奇袭军马场这么顺利，应该带着段参谋一起出城就好了。

他们在西竖山根据地休息了四个小时，趁天色尚暗，马不停蹄直奔邢台县西黄村。把两箱药品交给游击队，由他们护送到八路军前线医院。

## ◆◆◆ 三十六 ◆◆◆

西竖山到西黄村有五十多公里的山路，为了保证把军用地图安全送达先遣支队，骑兵三连刘长存连长派一个骑兵班护送他们去西黄村。班长是个二十岁出头的安徽黄石人，叫黎浩然，1936 年参军的红军战士，有丰富的敌占区作战经验，带着九个战士骑马走在最前面。副班长姓丁，叫丁耀晨，来自陕北红军的老兵，高大威武，背着一挺轻机枪，带着四个战士走在后头。

西黄村位于西黄山脚下，坐西朝东，南面、西面和北面是一道 U 形高耸入云的天然山墙，崇山峻岭、悬崖叠嶂，而东面丘陵连绵直达平原。西黄山位于邢台市西北部丘陵与高山峻岭的分界处，是进出东太行山的山口，也是邢台县抗日救国临时政府所在地浆水镇的东大门，这里历来是兵家必争之地。西黄村的村东头有一座孤山，名叫哨兵山，山不高，但地势十分重要，犹如一个哨兵屹立在山口前，傲视着冀南平原。西黄村所在的高山盆地具有战略优势：攻，可自由进出太行山，到冀南平原打击日寇；守，可以拒敌于山口之外，歼敌于盆地之中；退，可翻越陡坡峭壁进入太行山，在密林深处开展游击战。

叶连长熟悉西黄村，1937 年 10 月初，他带着侦察排从山西和顺县出发，穿越太行山峡谷，当晚就驻扎在西黄村。11 月中旬后，张先跃支队长率先遣支队到达浆水镇后，先后考察了后南峪、宋家庄和西黄村，最后张支队长决定把先遣支队的队部设在西黄村。这里距离敌占区最近，是太行山的东大门，也是进出太行山的要道，战略地位十分重要。1938 年前后，129 师挺进队、东进纵队和师部都先后通过西黄村山口走出太行山，进入冀南平原抗击日寇。

叶连长一行骑马行军，避开大路上的哨卡，沿着皇西线翻山越岭，于上午九点半到达西黄村北面不远处的小南庄。

前面翻过一道山梁就是西黄村了，叶连长决定在翻山之前在小南庄歇息片刻。叶连长招呼大家把马牵到村东头一家农院里。叶连长推开大门冲院子里喊道:“有人吗?”屋子里鸦雀无声。叶连长命令丁耀晨副班长带两个战士进村里侦察一下。丁副班长带着两个战士骑马进村侦察一圈,回来后报告叶连长,整个村庄空无一人,家家院门紧闭。

“奇怪,老乡们都去哪里了呢?”

叶连长站在墙角处向村庄望去,村里没有炊烟、没有鸡鸣、没有狗叫。出什么事了吗? 不像啊,整个村子没有任何被烧被毁的迹象。村民都到哪里去了呢? 管不了那么多了,从早晨到现在,马不停蹄翻山越岭,长途跋涉,别说马儿了,就连骑马的人也有些腰膝酸痛、口干舌燥了。他们从附近一口水井里打来两桶水,捧着水桶咕嘟咕嘟灌满了肚子,接着给各自的军马饮水。

黎浩然问:“叶连长,这个村你熟悉吗?”

“嗯,还算熟悉,”叶连长坐在石凳上点燃纸烟,边抽烟边介绍说,“别看这个村子小,可是老百姓的觉悟很高。去年先遣连在这个村招兵时,我们排就住在这个院子里。这户人家有个大伯姓李,我认识,是个进步群众,他的儿子参加了八路军,在咱们东进纵队当兵。”

农屋里忽然传出一阵响声,窗子里有人影闪动,“什么人?”战士们立即端着枪把房屋包围起来。

“别开枪,我们是老百姓。”一个六十几岁的老人牵着一个七八岁的男孩从屋子里走出来,两人蓬头垢面,浑身沾满了尘土和烟灰。

“李大伯,是你?”

“叶排长,果然是你,太好了! 我躲在炕洞里听外面的四川话很熟悉,就猜到是你。”李大伯跑出来握着叶连长的手。

“黎班长,这就是我刚才说到的李大伯。”

黎班长问:“村子里出什么事了吗,李大伯?”

“今天上午西黄山那边不时有炮声传来。一小时前,一队日本兵突然从东山翻过来,悄悄聚集在我们村对面山坡上。我们接到报信后以为日本鬼子要进村“扫荡”,所以村民躲的躲、藏的藏,村里人一下子跑空了。我没跑,躲在墙头悄悄观察,发现日本鬼子的举动非常诡秘,没开枪,也没进村,隐蔽在对面山坡树林里,一直等到另一股日本军队到达后,两股敌人会合一起,才沿着山脊向西黄山方向前进。后来我又发现北面有骑兵过来,就赶紧拉着孙子躲进炕洞里。没想到这回是咱八路军来了。”

“日军有多少人?”

“两股日本鬼子加在一起有三百多人。”

“黎班长,情况不妙啊,日军在村外聚集,没进村,说明不是冲小南庄来的,或许另有更大的阴谋。这里距离西黄村很近,支队指挥所设在西黄山的山脚下,他们有没有可能从北面偷袭先遣支队指挥所呢?你瞧,从这个方向过去可以直插西黄村的北山,占据制高点,居高临下对西黄山形成南北夹击。如果真是这样,那对先遣支队指挥所威胁可太大了。”

“嗯,叶连长,支队首长有危险!绝不能让敌人的阴谋得逞。我们马上追上去从后面袭击敌人。”

叶连长问:“李大伯,日本军队走了有多久?”

“大约有两袋烟的工夫。你们几乎是脚前脚后。”

“敌人是步行还是骑马?”

“步行,只有四五匹骡子驮着武器和弹药箱。”

叶连长发出战斗命令:“同志们,日本鬼子打算从背后偷袭我先遣支队指挥所,目前情况十分紧急,全体人员听我的指挥,立即出发,我们要追上敌人,抢在敌人前面,出其不意夺下西黄山制高点,打他个措手不及。”

小南庄到西黄村直线距离是四里路,步行只需二十分钟,但敌人不走大路走小路,翻山越岭至少要多花三十多分钟时间。叶连长认为只要能赶在敌人之前抢占西黄山,就可以阻止敌人的偷袭。时间就是胜利!刻不容缓,他们立即上马,沿着皇西线火速前进。

骏马奔腾,滚滚黄尘扬起一条长长的巨龙。大约十分钟后,他们到达西黄山的北坡。北坡和山顶一片寂静,对面山梁上见不到敌人的影子。叶连长推测日本鬼子有可能兵分两路,一路绕过山腰另一侧伺机包围山下先遣支队指挥所,另一路正往山顶爬,抢占制高点。

上山的道路越来越崎岖,他们只好把军马拴在路边一片树林里,徒步登山。“各战斗小组迅速抢占山顶制高点,歼灭来犯之敌。”叶连长把十四个人编成四个战斗小组,每组三人,呈扇形沿北坡冲向山顶。

他们还没爬到山顶,南坡一侧忽然枪声大作。叶连长快速登上山顶向下望去,日本兵正沿着南坡对指挥所进行包围和攻击,支队警卫排边打边撤回到指挥所院子里。日军已经占领了南坡制高点，在半山坡东西两侧各架设一挺轻机枪，居高临下封锁了指挥所撤退的路口。日本兵在机枪的掩护下，缓慢地缩小包围圈。冲在最前面的日军已经接近指挥所的院墙，但很快被院子里投出的手榴弹消灭掉。指挥所的机枪压制住了敌人的进攻，日军第一次冲锋被打退了。有伪兵在高声喊叫："投降吧，八路军，你们被包围了!"

然而，敌人做梦都想不到，关键时刻会有一支八路军部队从他们背后包抄上来，占领了山顶。日军犯了军事大忌，占据制高点，居高临下攻击指挥部，却没占领山顶，也没在山头设置岗哨，结果瞬间优势变成劣势。

占领山顶有利地形后，我方掌握了战场的主动权，接下来，干掉半山腰的敌军机枪阵地易如反掌。叶连长对黎班长和丁副班长交代说："趁敌人现在还没发现我们在他们头顶上，你俩各带一个小组悄悄摸过去，拿下敌人机枪阵地。"

"是，连长!"黎班长和丁副班长各带一个小组下山去了。敌人西边的机枪工事位于山崖下一个石台上，正处于指挥所大院的斜上方。黎班长带着三个战士顺着石缝攀岩下山，在距离敌人几十米处突然扫射，打死了两个机枪手，占领敌人的机枪工事，使用缴获的机枪向山下的日军扫射。

东边的敌人机枪阵地隐蔽在乱石之中，与山崖相隔一道壕沟，丁副班长击毙一个机枪手，但剩下两个机枪手隐蔽在石缝里顽固抵抗，丁副班长和两个战士从山崖下来后受阻于壕沟里。乱石堆形成了一座天然的碉堡，数颗手榴弹在岩石上爆炸无济于事，机枪照样吼叫。日军的机枪手发现丁副班长打算越过壕沟后，调转枪口扫射，丁班长进攻受阻，又退回沟内。

叶连长指挥战士们向山下的日军射击，日军突然受到上下夹击，队形散乱，四处躲藏。可是敌人东边半山坡的机枪阵地还在射击。不消灭这个机枪阵地，叶连长和战士不敢下山反攻。

山下的日军指挥官很快镇静下来，躲在一块大石头后面，用望远镜观察，发现山顶上出现了小股八路军增援部队，立刻命令传令兵打出旗语，兵分两路，一路继续包围指挥所，另一路掉头往山上冲。数百名敌人向山上进攻，战场形势突然变得十分严峻。

## ◆◆◆ 三十七 ◆◆◆

丁耀晨副班长行动受阻，叶连长心里十分焦急。敌众我寡，我们武器装备落后，弹药有限，必须速战速决。不拿掉东边那个机枪据点，山下的日本兵很快就会冲上来。叶连长命令侦察员王巧春增援丁耀晨副班长："敌人的机枪位于两块巨石之间，你绕到东边悬崖下寻找一个合适的角度，尽量靠近敌人，争取通过巨石的缝隙击毙机枪手。"

"是！连长！"王巧春提着步枪沿着山脊向东跑去，终于找到一个角度可以看见石缝中的人影，他顺着这个角度攀岩下山悄悄靠近敌人。近点，再近点！敌人在不停地变换位置，一会儿向山下射击，一会儿调转方向朝丁副班长隐蔽的壕沟射击。王巧春位于敌人的侧面，敌人的注意力被后面的丁副班长吸引过去，没有察觉到他。他躲在一块岩石后面耐心地等待机会。来了，机枪手的头部出现在他的准星上。啪，他扣动扳机，敌人的机枪立刻哑巴了。王巧春看见丁副班长带着两个战士跃出壕沟向乱石堆冲过去。哒哒哒，机枪突然又响了，丁副班长倒了下去。石缝中又闪出一个黑影，仿佛在向山下招手请求援救。王巧春屏住呼吸，瞄准那个黑影再开一枪。敌人的机枪终于安静下来。他不敢大意，躲在岩石后面观察，突击组两个战士冲到岩石后面，向石缝里投掷两颗手榴弹，轰、轰的两声，一挺轻机枪被炸飞到空中，重重地摔在岩石上，滚落到山下。

东部机枪阵地被清除了，两个机枪手被击毙在工事里，五六箱子弹还堆放在一边。王巧春和两个战士从机枪阵地上跳下来，朝丁副班长倒下的地方跑去。丁副班长倒在机枪阵地下方十几米的岩石上，胸部、头部多处中枪，血流如注。"副班长，丁副班长！"王巧春用双手压住丁副班长的胸口，鲜血从他的指缝中流出来。梁医生背着急救箱跑过来，拿出棉垫和纱布包扎伤口。然而一切都无济于事，丁耀晨副班长一句话都没来得及说，就闭上了眼睛。

战士们仰天怒吼："日本鬼子，血债血还！"骑兵班战士们跑到敌人的机枪阵地上，把三个死亡的日本兵尸体扔到山崖下。

失去两个制高点，山下的敌人陷入八路军的包围之中，只有被动挨打，没有还手之力。登山的敌人掉头往山下跑。

“巧春，你留在山上帮助梁医生抢救伤员。敌人逃跑了，我们下山追击。”叶连长从悬崖上下来，顾不得了解丁副班长伤势，带着十几个战士冲下山。西边机枪阵地上，轻机枪演奏出悠扬的旋律，打得敌人无处躲藏，狼狈逃窜。

王巧春回到丁副班长身边时却发现，梁医生已经停止抢救了。“梁医生，救救他吧！”梁医生站起来摘下军帽，眼含泪水摇着头说：“巧春，他已经为国捐躯了。”

“不，丁副班长还活着，你瞧，他的衣服在动。”

“那是风。他已经停止呼吸了。”

“丁副班长！丁副班长——”王巧春拉着丁副班长的手反复呼叫着他的名字，可是他没有一点儿反应。虽然他们才相识几个小时，可是，王巧春感到十分悲伤，他想到了孙大海，想到许多在战场上牺牲的烈士。梁医生低头默哀：“我们把他就地安葬吧。”

王巧春站起来，摘下军帽低头默哀，然后与梁医生一起把丁副班长的遗体抬到敌人机枪阵地旁边的石坑里，从四周捡来石板盖住石坑，上面堆满了树枝。

安息吧，刚才还生龙活虎的战友，现在却永别了。王巧春感觉一阵阵心痛。他和梁医生站在被烈士鲜血染红的岩石前，久久不忍离去。

山下，枪声变得稀疏，渐渐地停下来，山谷里十分安静。

“伤员怎么样了？抢救过来了吗？丁副班长没事吧？”叶连长气喘吁吁爬上山，焦急地问道。叶连长下山时看见丁副班长负伤倒在地上，但他当时带领战士们下山追击敌人，顾不上了解丁副班长的伤势。

“叶连长，他……”王巧春哽咽得说不出话来。

“丁副班长他怎么了？”叶连长大声问道。

梁医生汇报：“报告叶连长，丁副班长牺牲了！”

“他在哪儿？丁副班长——”叶连长面对大山高声呼唤着。

王巧春告诉叶连长，他们已经把丁副班长掩埋了。

“丁副班长，安息吧！”叶连长摘下军帽擦干泪水，“我们还活着的人，今后一定替你报仇！”

战斗结束了，张先跃支队长亲自带着卫生班和担架队上山看望伤员。

叶连长敬礼后，说：“首长，我们来迟了，险些让敌人阴谋得逞。”

“不，你们来得正好，太巧了，如同我们精心设计一般，把敌人装进他们自己编织的大网里，一网打尽。”

张支队长脱下帽子默哀，默默望着鲜血染红的岩石，感慨地说：“叶连长，感谢你们用生命和鲜血打击了敌人，解救了支队指挥所。”

叶连长汇报说：“丁副班长是骑兵三连刘长存连长手下的战士，奉命护送我们三人返回指挥部。”

王巧春和战士们伤心地哭出了声。张先跃支队长抚摸着他肩膀说：“小鬼，别难过了，抗日总是会有牺牲的，我们要永远缅怀烈士，等革命胜利以后，将他重新安葬在山顶上，修建一座高高的纪念碑。”

据张支队长分析，敌人的这次“围剿”行动非常诡秘，目的明确，妄想全歼守卫在太行山东大门的八路军129师的先遣支队指挥所。先遣支队如同一把插在太行山根据地东大门的利剑，令邢台日军大本营的敌人感觉很不自在。据俘虏交代，这次进攻西黄村的日军部队是第14师团主力酒井隆联队。酒井隆少将自从去年10月占领邢台后居功自傲，不可一世，发誓率领他的联队单枪匹马在一周内攻克邯郸，但在随后的一个月内不仅攻克邯郸受挫，而且在河南、山西等地接连吃了几场败仗。一心打算挽回名誉的酒井隆少将，在南下开封之前策划了这场西黄村之战，行动代号是“拔剑”，妄图一举歼灭八路军先遣支队。据俘虏交代，当天上午，酒井隆先是派出一个大队约1000人正面进攻西黄村山口的哨兵山，在遭遇到先遣支队三个连队抵抗后，主动退却到附近的丘陵地带，用炮兵断断续续炮击哨兵山阵地，迷惑先遣支队主力。其目的是吸引先遣支队主力的注意力，暗中则派遣一支精干的小分队，约三百五十人，携带四挺轻机枪从圣水寺出发翻山越岭从小南庄迂回到西黄村的背后，居高临下直接攻击我指挥所。

酒井隆少将在行动之前反复交代，“围剿”先遣支队指挥所一定要坚决果断，一个不留全部就地消灭。要不是叶连长他们在小南庄偶然发现敌人的诡计，及时赶到敌人身后发起突然袭击，酒井隆的“拔剑”阴谋恐怕就得逞了。

张先跃支队长总结说："通过今天的这场战斗，我们深刻认识到西黄山战略要地的重要性。正如东进纵队陈再道司令员指示的，先遣支队坚守西黄山的战略是正确的，而且也是十分重要的，西黄山如同守候太行山的利剑，守住西黄山就守住了浆水镇抗日政府和进出太行山革命根据地的东大门。

"西黄山这个关口不能丢，今后无论有多少日本鬼子来犯，我们都要血战到底！同时我们深刻认识到敌人的狠毒和狡猾。我们要查找在指挥所位置选址和警戒方面暴露出的一些问题。我们要充分利用西黄山地形优势，化被动防守为主动进攻，要灵活机动地利用天险打击敌人。"

战场打扫完毕后，张先跃支队长下山返回指挥所。叶连长带领骑兵班战士翻过南坡到达北坡，在树林里找到各自战马。叶连长与黎浩然班长和骑兵班战士告别后，带领梁晓辰和王巧春直奔西黄村。

## ◆◆◆ 三十八 ◆◆◆

当他们到达支队指挥部大门口时，先遣支队张南升政委已经站在路边迎接他们："同志们辛苦了！"

经过这场激烈战斗，指挥部四合院的院墙和房屋的外墙满布弹孔，窗纸被打成筛孔。

"首长辛苦了！"他们翻身下马行军礼。

"快进来休息吧。"

叶连长摸着墙壁的弹痕，问："首长，这是日本鬼子的'杰作'吧？"

张南升政委爽朗地笑着说："哈哈，心急吃不了热豆腐啊！日本鬼子豆腐没吃着，却被烫掉了大牙。这叫老天长眼！谁能想到，就在这个节骨眼上你们从老城赶过来，好像我们刻意安排的，专打他们屁股！"

几个警卫员跑过来帮助他们牵马，开心地说："你们来得太及时了，首长和我们刚撤回到院子里，突然听到山顶响起熟悉的枪声，抬头看见你们出现在侧面山顶上，我们顿时信心大增。”

一个叫高达强的警卫员说：“我站在这个位置清楚地看到你们打掉敌人两个机枪据点的全过程。干得太漂亮了！日本鬼子失去高度优势后一下子慌乱起来，我们在首长的指挥下趁势向外攻击，敌人受到三面夹击，狼狈地四处逃窜。”

叶连长带着王巧春和梁医生走进张支队长办公室。“首长，我们没能圆满完成您交给我们的任务。”在会议室里，叶连长把背包放在桌子上，顾不上歇息和喝水，先做一番自我批评。张先跃支队长愣了一下，显得有些诧异：“仗不是打得很好吗？”

“首长，我的意思是，没能圆满完成领导交给我们的‘利剑行动’任务。”

“哦，我已经听说了，你们三个干得不错！”张支队长笑眯眯地说道。

“地图和药品都取回来了，但伤员没能带回来。”

“段参谋出什么事了吗？”张支队长脸色一沉。

“段参谋没出事。在老城地下党的配合下，梁医生在仓库的阁楼里及时为他做了外科手术，病情迅速转危为安。为了在出城时奇袭军马场打击敌人的嚣张气焰，我们轻装出击，不得不把段参谋留在城里。”

“你们做得对，地图和药品很重要。老段如果伤情平稳，还是暂时留在城里好，”张先跃支队长脸上显露出笑容，“等他伤养好了，我再派人把他接回来。”

叶连长打开背包，取出地图交给张先跃支队长。

“太棒了！干得好！侦察兵是部队的眼睛和耳朵，没有侦察兵，指挥员就是瞎子和聋子。让我先瞧瞧这两幅地图。这幅是老城，那幅是威县，对吧？”张先跃支队长把地图铺在桌子上，称赞说，“地图绘制得很好，精细、清晰，老段不愧是专业测绘兵。徐向前副师长和东进纵队的首长一定会满意的。有了这两张城市地图，首长就可以制定围城攻城战术了。赵参谋，你带一个班立即出发，务必在天黑前到达南宫，把地图送到东进纵队司令部。”

“是，首长！”

“张支队长，我们与赵参谋一起去吧，正好从南宫顺路返回部队。”叶连长主动请求道。

“不，你们暂时留在支队，还有其他任务。”

“叶连长，你们别站着，坐下休息吧，一会儿到食堂里吃午饭。”张南升政委亲自为他们搬来木凳。

“谢谢首长！”他们不客气地坐在板凳上，端起水杯。

“小鬼，这次去老城执行任务有什么收获？有什么体会呀？”张南升政委坐在王巧春对面笑眯眯问道。

“报告政委，收获很大，跟着叶连长执行任务，学到很多本领。”

“首长，王巧春虽然年纪小，但表现很出色，几次紧要关头都是他帮助我们化险为夷。”叶连长把他们进城时被抓到刑讯室审问的事情简单向两位首长做了汇报。

张南升政委夸奖说：“哦，是个好苗子，将来可以当一名优秀的侦察兵！”

“首长，我改变想法了，如果有机会，我想学医，像梁医生那样当一名外科医生，手到病除。这是我的梦想。”

“为什么不想当侦察兵了呢？小鬼，你不是干得挺好的吗？”

王巧春回答：“当了医生，还可以继续当侦察兵啊，就像梁医生那样，既当医生又当侦察兵，而当侦察兵却不会给病人看病、给伤员做手术。”

“哈哈，你讲得还真有点儿道理。连张支队长和我这个政委是不是也要学点儿医学知识呢？要不然光懂得指挥打仗，不会看病呀！”张政委幽默地说，“当然啦，年轻人应该有梦想，为了实现美好梦想而努力奋斗的人，才是积极向上的人。如果你真想学医，以后有机会可以送你去八路军卫生学校学习，当个卫生兵，等打败日本鬼子后再读医科大学，当一个合格的医生。”

“首长，我只是随便说说，不管当卫生兵还是当侦察兵，只要能打日本鬼子就行。”

“小鬼，你当卫生兵，我看是大材小用，你还是当侦察兵吧。愿意留在我身边吗？我可以满足你当侦察兵的愿望。”张先跃支队长认真地问道。

“谢谢首长，我愿意跟着叶连长当侦察兵。”

“你的意思是不愿意留在我身边当侦察兵喽？哈哈，小鬼！那我就把叶连长也留下来。”张先跃支队长突然想到另外一件事，从口袋里掏出一个信封，对叶连长说：“老叶，这是邢台地下组织昨晚刚转交给我们的一个密件，也是一张地图，正好你是测绘专业出身的侦察员，你看看这张地图有什么含义。”

叶连长把地图铺在桌子上仔细地研读着，几分钟后，抬起头严肃地对张先跃支队长说："这是一张华北日军司令部的作战计划图，是非常重要的军事文件。虽然地图上没有标注时间和地名，但根据地图上的等高线、省界及主要公路，我可以确定地图上的区域是河北、山西、河南三省。地图上标记的九个箭头从东南西北不同方向指向太行山地区，箭头代表日军进攻部队，数字代表部队的番号，箭头的粗细与兵力数量有关，数量越大箭头越粗。根据敌人以往的规矩，大箭头代表师团，中等箭头代表旅团。从这幅地图来看，敌人组织至少五个师团、十五个旅团呈九路围攻我八路军抗日根据地，这可是个不小的'扫荡'啊。从纸张上墨迹可以判断，这张地图是最近两周刚制作的，这个战略计划应该是新的。"

张南升政委说："怪不得地下交通员在交给我密件时反复强调，要尽快转交给八路军的最高首长朱德总司令。'九路围攻'！我们之前也听说过。看来敌人近期要围攻我八路军主力了。"

张先跃支队长点点头："叶连长，这个情报非常重要，你能不能把地图复制两份，把地名标记出来？我这里有参考地图。"

"没问题，首长。我争取下午把地图复制出来，同时把主要地名和交通线路详细地标记出来。"

"好，等你标记好地名之后，我立即派通信班把原件和复制件送往八路军总部。"

"饭好了，你们先去吃饭吧。"张南升政委亲自把他们带到食堂里。虽然只是简单的饭菜，却胜似美味大餐，王巧春一直吃到肚子感觉吃不消了，才恋恋不舍地离开餐桌。

午饭后，叶连长在会议室里复制地图，王巧春跟着梁医生去卫生队查看伤员。上午哨兵山阻击战中，敌人步兵佯攻，而炮兵则是真打，不时有炮弹落入战壕里爆炸。哨兵山阵地上虽然工事坚固，可还是有十几个战士被炮弹炸伤。伤员被安置在村西头一个大窑洞里，梁医生在卫生员王茂久协助下，逐一检查了伤员的伤情。十七个伤员中有七个属于重伤，伤势严重；有十个属于轻伤，可以就地处理。七个重伤员中除一人因病情太重不适合转运外，其他六个重伤员需要立即转运到野战医院手术治疗。

梁医生向张南升政委汇报了伤员的情况，张南升政委表示尽快安排担架队和车辆转运伤员。

下午两点钟,警卫员高达强通知梁医生和王巧春到会议室里等待首长安排任务。会议室里,叶连长还在忙着绘制地图,虽然一中午忙着赶进度,可还剩最后一张地图没完成。绘图是个技术活儿,又是个细活儿,别人帮不上忙,急又急不得。张先跃支队长站在叶连长身后看着他测量和绘制地图,虽然表情平静,可眼睛里还是流露出焦急的神色。敌人的"九路围攻"计划,八路军总部早已知晓,但对于细节还不了解。这张战略地图提供的信息十分重要,必须尽早送交总部首长。

张南升政委来到会议室对梁医生和王巧春说:"为了加强守卫西黄山的力量,你们独立营下周从威县返回支队。我已经通知阚勇营长,你俩暂时留在支队。本来你们刚完成任务应该休息两天,但支队有几个重伤员病情恶化,需要紧急转送师医院,我与张先跃支队长商量了一下,决定派你们两位跟随支队卫生队周大庆副指导员护送伤员到后方。没问题吧?"

"没问题,首长。"

"往返需要四天,路途艰难,但一路行进在根据地内,相对比较安全。我已经让后勤股为你们备好了路上所需要的物品,你们准备一下,半小时后出发。"

"是,首长,保证完成任务。"

## ◆◆◆ 三十九 ◆◆◆

1938 年 3 月,129 师野战医院从山西和顺县转移到河北邢台县,原本计划驻扎在路罗镇桃树坪村,因为该村里有一批地方封建势力指使的"红学"分子闹事,故改变计划转移到涉县,临时派一个卫生所驻扎在清家沟村。清家沟村位于桃树坪村的东南面,地势隐蔽安全,适合开展野战医院工作。

出发前,周大庆副指导员详细介绍了行进路线:从西黄村出发到清家沟村要走五十多公里的路程,大多数路段是马车道,弯弯曲曲行驶在山涧里,偶尔也绕行于丘陵或山巅。一路上途经脱锁沟、放甲铺、黑龙山和将军墓等东周时期的古老栈道。过了后南峪，穿过五台村，道路变得崎岖，马车路突然消失，代之以一条羊肠小路直奔东大眼，翻过大峡谷，越过两道岭就到了清家沟村。最后一段路，马车无法通行，需要担架队的队员把伤员抬下山。

担架队驾驶着三驾马车出发了，因为要翻山越岭，每驾马车配备三匹骏马。西黄村到将军墓村有三十多公里路程，路面还算平坦，马车奔驰起来速度飞快。为了防止路途颠簸，担架队的队员把担架放在他们各自的大腿上以缓冲颠簸对伤员的震动。通向将军墓的山谷，东西走向，狭长蜿蜒，一边是环绕山涧的川河，另一边是时而平坦、时而起伏的马车路。川河两侧的高山形态奇异，石峰林立，悬崖陡峭。

川河是起源于冀西北山区的一条泥沙河，宽处百米，窄处六七十米，每到春季冬雪融化之时，河水波涛翻滚。川河下游的一座木桥，由于年久失修，早已破旧不堪，风雨飘摇。过桥时，第一驾马车的轱辘陷进腐朽的木缝里，费了很大周折，才将马车轱辘抬出来。他们从附近捡来一些树枝垫在桥面上，小心谨慎地避开木桥上一个一个"陷阱"，好不容易才跨过川河。

担架队隶属于浆水游击队，担架队队长老林四十多岁，长方脸，蓄着络腮胡，身高体壮，不管是否抽烟，嘴上总是叼着一杆烟袋锅。老林是将军墓村的村民，熟悉当地的道路和地形，驾驶着第一驾马车。王巧春和梁医生坐在第一驾马车上负责固定伤员的担架。梁医生忍不住问："林队长，将军墓是谁的坟哪？"

"哎，不要叫我队长，就叫林师傅吧。"

前方拐过三道弯就能看见将军墓了，老林兴致勃勃地讲述着将军墓的历史故事：

春秋中期，是东周时期诸侯战乱时代。公元前661年，北方的戎狄进犯邢国，邢国军民虽奋力抵抗，怎奈国小力弱，城池被毁，全城百姓不得已逃进西部山区夷仪城。戎狄决定灭掉邢国，在占领邢州城后乘胜追击，攻击夷仪山区，即东太行山。邢国君主不甘国破家亡，遂投降齐国，求助于齐国出兵相救。后来齐桓公派兵攻打戎狄，北方戎狄军队受到齐国和邢国的东西夹击，败于夷仪山区。

为了防止戎狄再次报复，邢侯遵从齐桓公的建议，于公元前659年，放弃了国都邢州府，迁都到夷仪山城，即今日的浆水镇。然而，迁都并没有使邢国避免战争和灾难，当时称雄一方的郑国为了扩充地盘，出兵北上进攻邢国。郑国的大将军蔡冲率十万大军先是占领了地处平原的邢州府，接着攻破西黄村关口长驱直入夷仪山区，突破邢国的“夷东三关”，攻占了浆水川，从四面八方围住邢国陪都夷仪城。在国破家亡的生死时刻，邢侯率领邢国军队弃城退入黑龙山、大寨山、寨套山、半截山一带坚守关隘，打算利用浆水川居高临下的地理优势，诱敌深入，出奇制胜。

邢国的农民领袖老苍将军带领数百个村民守在夷仪城西南角的半截山上，利用滚石战术打垮郑国军队的多次进攻。郑军士兵被乱石砸死不计其数，半截山下的一条乱石山沟里填满了郑军士兵的尸体，血流成河，乱石沟变成死人沟。至今当地人仍把那条山沟称为死人沟。邢国百姓对入侵者极度愤恨，在当晚郑军退走后，把死亡的郑国士兵剥皮去骨，挂在郑国军队第二天进攻时必经之路的路边槐树上。挂在树上的人皮随风摆动，发出颤抖的呼啸声，空气中散发着血腥味道。第二天早晨，当郑国军队再次进入这个山沟后，半截山上的邢国军民齐声高呼：“挂皮沟，挂皮沟，今朝来犯山，明朝挂树梢。”郑军将士看到山沟里人皮飘舞、尸骨遍野，顿时军心大乱，恐慌一片，后退二十里。半截山下的这条山沟现今仍然被当地人称为挂皮沟。

邢国军队乘胜追击，郑国军队溃不成军，不料却误入邢国军队在黑龙山设置的埋伏圈。在黑龙山决战中，老苍将军率三千将士参战，郑国军队彻底溃败，其统帅蔡冲将军身中数箭重伤，在撤往西黄村的路上被老苍将军俘虏。在押往浆水川夷仪城的路上，蔡冲在一条山沟里趁混乱之机挣脱枷锁逃走。蔡冲将军当年逃跑的这条山沟后来被称为脱锁沟。

蔡冲将军身负重伤慌不择路往西逃窜了一程，又饥又渴又乏，为了轻装前进，只得解下身上的盔甲扔在河边，趴在河边饮水止渴。爬起来后，忽见前方路边有一小店铺，遂进去伸手讨要饭吃。店主见他身着便装，浑身是伤，以为他是邢国百姓战乱受伤，二话不说，盛碗菜汤拿出一块干粮给他。蔡冲吃饱喝足休息片刻后不敢久留，起身离开，出门前询问店主邢州府在哪个方向。店主发现他说话是郑国口音，有意指了一个相反的方向，结果蔡冲沿着川河向邢国陪都夷仪城方向走去。此后，当地百姓把蔡冲脱下盔甲的地方称为放甲铺。

蔡冲将军在川河边休息片刻后发现有追兵临近，跌跌撞撞继续向西逃奔一段路程,坐在河边的斜坡上歇息。此时由于失血过多,伤势严重,蔡冲感觉头重脚轻、双目昏花,正犹豫着是进村避难还是进山里躲避,忽听身后有人大喝一声:“贼将军,哪里逃!”蔡冲扭头一看,一位老将军手持大刀带领一群手持镐头、斧子和镰刀的农民围上来。

“来者何人?为何逼我死战到底?”蔡冲将军吃力地站起来,手持青龙宝剑大声怒吼道。

“我乃邢国大将老苍也。败将既然已经逃跑,为何还敢返回战败之地?”老苍将军与其说是武士,不如说是谋士更恰当,一对一交手,他不是蔡冲的对手,但要讲排兵布阵,蔡冲早已败他几次。

蔡冲仰头望天,山顶黑龙盘卧,乌云压顶,“唉,我怎么又回到黑龙山了呢!”他噌地挥起青龙宝剑指向天空,“难道老天真的不愿留我了吗?邢国的儿孙们,你们过来吧,我蔡冲与你们拼了……”话没说完,一大口鲜血涌出。他摇晃几下险些摔倒,把青龙宝剑插在地上,双手紧握宝剑支撑着自己,瞪大眼睛望着前方。众人皆知蔡冲剑法出众、武艺高强,看见他一动不动僵硬地站在山坡上,谁也不敢马上冲过去。众将士围在他身旁观察半天未见他挪动半步,小心谨慎走上前一瞧,蔡将军早已站立着死去。

“忠臣啊,你们瞧,他双目凝视着南方,那边正是郑国的方向!”老苍将军感慨地说,“论武功,我们比不过蔡将军;论忠心,我们相差更远。”

众人一起把蔡冲将军的遗体放平,可是谁也无法从他的双手中拔出那把青龙宝剑。老苍将军命令:“任何人不得抢夺蔡将军手里的这把青龙宝剑,就让他把它带走吧。”

抗击郑国入侵胜利后,邢侯慷慨大度不计前嫌,带领民众把蔡冲将军就地厚葬,在墓地四周种植了一片松柏,在柏树林里堆起一座坟,称将军墓。后来当地的村庄更名为将军墓村。将军墓背靠黑龙山,地处交通要道,骑于双龙之喉,扼守此地便可切断外寇从东路和北路对太行山的进犯。

被誉为民族英雄的邢国老苍将军,在打败郑国军队入侵后不久也病故了。邢侯根据老苍将军的遗愿把他厚葬在他曾经战斗过的地方,即现今浆水镇西南角寨套山下。这里的村庄后来被称为老苍墓村。

去野战卫生所路过老苍墓村。老苍墓村位于半截山脚下,那里是邢国人大战狄人的古战场,有历史上著名的“死人沟”和“挂皮沟”,他们决定返程时在此停留半天，爬上半截山参观一下。

将军墓就要到了。二千五百多年前的古墓是什么样？王巧春心中充满着好奇。

一个时辰过去了。拐过第三道弯后，前方山脚下有几座茅草房，屋顶升起几缕炊烟。老林指着远处一个大土堆说："瞧，将军墓到了！"

他们顺着老林手指的方向望去，一座古墓隐现于路边一片松树林之中，有六七米高，数十棵粗壮的松柏扎根在古墓四周，树干苍劲粗壮，枝叶苍青茂密。

接近古墓时，老林减慢了马车速度，说："这就是将军墓。你们想下车看看吗？"

坐在第二驾马车上的周副指导员回答说："不看了，抓紧时间赶路吧，我们这些伤员需要尽快治疗，等回来时再说。"

"好！驾！"老林挥动皮鞭。

"停车，你们是哪部分的？干什么的？"突然从将军墓树林里跑出来二十几个身穿八路军军服的士兵拦住他们的马车。

"吁！"老林跳下车扯住马缰绳，马车停下来。周副指导员跳下马车，回答说："自己人，我们是129师先遣队的，车上运送的是重伤员。"

"有通行证吗？"一个班长模样的老兵操着当地口音问道。

"没有。"

"最近经常有敌特分子潜入浆水川，奉上级命令凡进出根据地的人员和车辆一律检查。"

"好吧，既然是进出根据地的规定，你们就检查吧，但是要快一点儿，伤员都挺重的，需要尽快送到野战医院。

老兵一挥手，二十多个士兵把三驾马车围起来仔细检查一遍，最后是搜身检查，包括伤员。

"报告连长，没有发现任何可疑物品。车上全是伤员。"老兵向路边的一个矮个子军官汇报。军官与老兵低声耳语一番，老兵笑呵呵地走过来，对他们说："各位，你们辛苦了，准备去哪里？"

"清家沟村。"

"哦，不远了，前面拐个弯一直走，过了浆水镇向西南方向走，穿过前南峪、后南峪、五台村和老苍墓村，过了东大眼就不远了。”老兵二十四五岁，圆脸，络腮胡，个头不高，显然是当地人，对道路很熟悉。士兵们撤到路边。

“谢谢!”周副指导员招呼大家上车，准备出发。

“等等，还有一件事麻烦问一下。”老兵拦住马车，走到他们身边低声问，“上级指示我们护送先遣支队通信兵传送一份重要密件。不知通信兵从西黄村出发没有?”

“没听说呀。”周副指导员摇摇头。

“什么密件?”王巧春问道，梁医生悄悄扯一下他的衣襟，可是他仍然没反应过来。对方回答:“一张地图。”

“哦，地图啊!”王巧春随口应道。

“对，是一张军用地图，很重要的地图。在你们身上或车上吗?”老兵显得很兴奋。

“没在我们车上，我们是运送伤员的。通信兵还没出发呢……”看见对方是自己人，王巧春实话实说。

“先遣支队的通信兵大约何时出发?”

“估计快了吧……”梁医生再次悄悄捅了他一下。他看见四周的士兵端着刺刀对准他们，一下子警觉起来，改口说，“你们这是干什么? 哦，我也说不好，估计还要再等几小时吧。”

“连长，让他们通过吗?”老兵似乎有点儿犹豫不决，望着矮个子连长。连长一挥手，二十几个士兵如临大敌，端着刺刀再次围上来。

王巧春感到迷惑不解，都是自己人，为什么搞得这么紧张呢?

## 四十

“你们要干什么?”周副指导员上前拦住他们。

“你们确定地图还没送出来吗? 我们担心通信兵已经过去了，在这里白等。”老兵围着他们的马车转了一圈。几个士兵堵在马车前面，丝毫没有放行的意思。“各位，为了防止日本特务混进根据地，没有通行证，我们不能放行，委屈你们先到旁边树林里休息片刻，等待我们与上级联系。”老兵伸手去牵马缰绳。

“不行，车上都是重伤员，他们需要立即送到医院救治。”梁医生跳下马车走到那个连长面前理论。那个连长绷着脸一言不发。老兵跑过来挡在他俩之间，推了梁医生一下：“公事公办，没有通行证不能放行，我们是在执行上级命令，你懂吗？”

“不懂。我是医生，前线正在打仗，没听说过往后方送伤员还要通行证！”梁医生提高了嗓门。

“是啊，我们担架队进出根据地从来不需要通行证。”老林师傅也吼道。

“伤员就是通行证。耽误了伤员治疗你们负得起责任吗？”后面车上的担架队员也跳下马车，提着步枪围上来。

听到村口的吵闹声，村子里有几个村民站在马路上向这边张望，有几个村民朝这边走来。老兵扭头望着连长，连长摆摆手，意思是放行。四周的士兵微笑着收起枪，把枪背在肩上，朝路边的树林里走去。

“一家人，别误会，你们走吧！”老兵尴尬地笑着，嘴里叮嘱着，“记住，过了村子第一个路口左转一直向南走就是浆水镇。祝你们一路顺风！”

“驾！”老林挥起皮鞭，马车飞奔起来，他们迅速穿过将军墓村，不一会儿就到了村西岔路口，左转直奔浆水镇。村子里十分安静，一切似乎都很正常，将军墓村的村民站在路边平静地望着他们的马车驶过。

“我怎么感觉这些人不像八路军呢？好像哪里不大对劲？”当马车驶离将军墓村后，周副指导员皱着眉头问道，“老林队长，你不觉得奇怪吗？”周副指导员不知何时坐到第一驾马车上了。

老林队长叼着烟袋没有言语。

“不会吧，这里是后方根据地。我没看出有什么不同呀？他们的军装和武器与我们一样，那个老兵还是当地人呢。你看村里多平静。”王巧春插话道。

“巧春，我没问你，我在问林队长。”接着周大庆副指导员严肃地批评他一通，“巧春，你还是个新兵，缺少保密观念，今后一定要提高警惕性，不管对方是什么人，有些话不能随便说，像战略地图这种秘密是不能随便暴露的。”

“那我该怎么说？”

“就说‘不知道’。”

“哦，明白了，周副指导员！”王巧春知道错了，羞愧地低下头，他确实不应该提地图的事。好在都是自己人，不会出什么事，但今后一定要小心谨慎。他心里自我安慰道。

“周副指导员，我也觉得不大对劲。那个老兵我感觉很面熟，好像在哪里见过，一时又想不起来。”老林队长皱着眉头回忆着。

“他们的军装都很新，我注意到他们眼神有点儿特别，带有一种警觉、冷漠和陌生感……”梁医生自言自语道。

王巧春解释说：“也许因为他们警惕性太高了吧。”

“巧春，但愿你说得对。”

翻过一道山岗后，马车在下坡路上飞奔起来，这时老林突然喊起来：“哦，我想起来了，那个老兵我见过，半个月前他还是浆水镇‘红学’的一个小头头叫赵老亮，是个日语教师。这个人很反动，曾经带头闹事，反抗浆水抗日救国临时政府和游击队，殴打政府主席和工作人员，砸政府的大门和牌匾。后来‘红学’的头头们被八路军129师工作团镇压了，只有他一人逃跑了。奇怪，他怎么参加八路军了呢？”

“糟糕，这群人很可能是化装的日本特务，想半路劫杀我们通信兵夺走机密文件。”周副指导员焦虑地回头望去。此时他们离开将军墓村已经有两三里地了。

“啊！不会吧？”王巧春已经吓出一身冷汗，真要如此，他可真的泄密了，那将会造成重大损失啊！估计不用多久，先遣支队的通信兵就会携带作战地图从将军墓前经过，那时不仅通信兵危险而且情报会落到敌人手里。

“晓辰、巧春，有个奇怪现象你们注意到了吗？除了那个赵老亮与我们说话，其他人都没开口。你们不觉得蹊跷吗？”周副指导员眉头紧锁。

“对呀，只有那个赵老亮与我们说话，其他人，连那个军官都没开口。”王巧春越想越觉得不对劲，头皮一阵阵发麻，一时不知所措，“周副指导员，看来我真的犯错误了。”

周副指导员思考片刻，说：“这件事不怪你，既然他们埋伏在将军墓那里阻截我们的通信兵，说明他们已经得到通信兵今天往师部送地图的情报。他们之所以放我们走，一是因为他们相信了你的话，我们身上没有地图，情报还没送出来；二是那里距离村庄太近，他们如果对我们下手会被村民们发现；三是他们认为自己伪装得很逼真，不想过早暴露，所以不得不放行。我们没出事并及时发现敌人的阴谋，这也是件大好事。”

“可是去和顺县送情报的支队通信兵很快就要经过那条路的呀！周副指导员，我们该怎么办？”

“必须抢在敌人前面拦住通信兵！不能有任何迟疑！林师傅，停车！”周副指导员大声喊道。

“吁——”马车停了下来。

王巧春意识到危机来临，心中忐忑不安。“红学”是邢台县境内的一个势力庞大的反动封建迷信组织，像赵老亮这种反动人物绝不可能被批准参加八路军队伍，而投靠日本鬼子则完全可能。情况已经很清楚了，这些人就是日本人装扮的假八路，目的是要截获我们通信兵从邢台送出来的那张战略地图。

“我们五个人里必须有一个人立即骑马原路返回西黄村报信，这是唯一可行的办法。”周副指导员当即决定。

大家一致同意这个办法。但问题是，谁来执行这个任务呢？周副指导员要亲自执行这个任务，但老林师傅摇头否定：“周副指导员，你是外地口音，恐怕不妥。”

梁晓辰医生要照顾伤员，卫生员王茂久高度近视，刘涌是女卫生员，看来这个任务非王巧春莫属了。王巧春主动请求承担这个危险又艰巨的任务。

“这事啊，还真得他来！”老林指着王巧春说。五个人里，周副指导员职务最高，他同意王巧春的请求。

怎么才能安全地通过将军墓呢？原路返回恐怕不可能，必须想法绕过将军墓。走哪条路呢？他们的目光都投向老林师傅，他是将军墓村人，对这一带地形比较熟悉，应该知道怎么走。

“我看这样吧！”老林师傅嘴里叼着烟袋锅，熟练地从马车上解下一匹高大强壮的灰马，把缰绳交到王巧春手里，“山谷两边石崖林立，没有任何道路能绕开将军墓，除非你翻山越岭，但山高路陡无法骑马行走，牵马登山会浪费很多时间，且时间也来不及。唯一的办法是顺着我们来的路往回走，到达川河后不过桥，不走北岸和将军墓村庄，而是沿着川河南岸的小路向下游走。将军墓附近那段河面有百八十米宽，岸边有树丛草丛隐蔽，不易被发现。如果被敌人发现也不用害怕，隔着川河敌人过不来，但要小心防备敌人放冷枪。在将军墓下游五六里地处河流转弯的地方，河水变浅变缓，你可以骑马泅水过河，上岸后再绕到我们来时的那条马路上。这样就把将军墓那段绕过去了。”

周副指导员叮嘱说：“林队长的方案很好，你要换上便衣。在通过将军墓河段时尽量避开敌人的视线，如果真的被发现，就强行穿插到下游。别怕，老林师傅说得对，隔着一条大河，敌人奈何不了你。如果他们真是埋伏我们通信兵的日本特务，在没完成任务之前不敢暴露身份，更不敢轻易开枪。”

梁医生说：“巧春，你把步枪留下来，带上我的手枪。如果与通信兵隔河相遇，立即鸣枪示警，无论如何都要拦住他们。”

“好的，明白了。”王巧春头缠白毛巾，身穿老林的棉衣，骑上灰马一路飞奔。到达川河南岸后，按照老林说的，没过桥，沿着对岸小路朝下游方向前进。在接近将军墓河段时，他牵着马走在河边的灌木丛中。将军墓北岸的树林里鸦雀无声，看来假八路的注意力全都集中在北岸马路上，没有发现对岸的他。他躲在南岸树丛里观察一会儿，他想弄清楚这些人到底是好人还是坏人。这点很关键。透过树枝，他看到了柏树林里和坟堆旁有人影晃动，隐约听到一种无法分辨清楚的语言，他没学过日语，但他能肯定，他们说的是外国话。看来真是碰上日本特务了，他必须尽快离开这里。

岸边情况与老林所说不同，光秃秃的草地，没有任何遮挡和隐蔽物，一旦他走出树林就立刻暴露在对岸人的视野中。他粗略地数了一遍，对岸敌人数目恐怕不止二十多个。此时此刻，派往师部传送情报的通信兵随时都可能出现在马路上，陷入敌人的埋伏中。太危险了！他要尽快闯过去！于是他大胆地牵着马走出树丛，踏上草地向下游走去。1 步、2 步、3 步……将军墓已经在他身后几十米远了，再走几十米他将钻进前面的小树林里，又可以骑马飞奔了。

就在他用余光注视着对岸、庆幸自己还没被敌人发现时，忽然，从对岸树林里蹿出来五六个士兵，手提步枪朝河边跑来，其中跑在最前面的那个人正是刚才盘查他们的赵老亮，站在河边喊道：“喂，干什么的？站住！”

王巧春停下来望着对岸，故作疑惑地回答：“喊我吗？”

“当然是喊你了！你是干什么的？”

“放马的。”王巧春牵着马继续向前行走。

“站住！再走我就开枪了。”对岸一阵拉枪栓的声音传过来。

“八路军同志，别开枪，俺是自己人。”王巧春停下来。他的口音与当地人差不多，这一点儿似乎很重要。只见赵老亮伸开手臂示意同伙镇静、别慌。

“你在对岸鬼鬼祟祟、躲躲闪闪地干什么？”

“我没躲躲闪闪哪！”

“你牵马去哪里？”

“给游击队送马去。”王巧春突然改口了。既然已知对方是假八路，那就将计就计。

“游击队在哪儿？”

“游击队在山里休整。”王巧春指着前方说。经历过几次与敌人面对面斗争后，王巧春变得机智勇敢、胆大心细、遇事不慌，成熟了不少。他有意说游击队就在附近，这一招果然奏效。赵老亮的态度马上缓和了。

“哦，游击队在山里呀？离这远吗？”

王巧春指着附近一座山说：“不远，就在山那边。山上有游击队的岗哨。”

“哦！那你走吧。请转告游击队，安心在山里休息吧，将军墓这里一切都正常。”赵老亮做了个撤退的手势，假八路收起枪支返回树林。

假八路心里有鬼，不敢惊动附近的游击队，哈哈！王巧春骑上灰马迅速离开草地钻进树林里。他沿着河边小路急速飞奔，同时密切观察对岸马路上的动静，生怕与先遣支队通信兵错开。如果这时通信兵出现在河对岸，那他只能鸣枪示警了。好在河对岸的马路上一直静悄悄的，支队通信兵始终没有出现。

3 月下旬的川河，虽然阳光明媚，风轻云淡，可是冰雪融化，河流湍急，白浪翻腾，河水冰冷刺骨。离开将军墓有三四里地了，河流也绕过了几道弯，该找个合适地点渡河了，早点儿返回对岸也就放心了，省着与通信兵错过。

可是王巧春尝试几次，都因为河水过深，渡河失败。最后，他只好按照老林队长的建议，在下游转弯处渡河。那里河面宽阔，水流浅缓。多亏老林队长为他挑选的灰马足够高大强壮，在齐腹的激流中一步一步顽强地蹚过川河。

上岸后，灰马抖抖身上的水珠，恢复了活力。王巧春牵着灰马穿过岸边的树林，踏上通往西黄村的马路。他顾不上擦干身上的河水，骑上灰马准备朝西黄村出发。忽然，他身后传来微弱的马蹄声，他回头一望，不好，大约一里地远处，马路上尘土翻滚。糟糕，一定是在他渡河时支队通信兵已经过去了。这里距离将军墓有八九里地，必须尽快追上他们！

他调转马头急速飞奔，耳边响起嗖嗖的疾风，眼旁闪过一棵棵树影，身后扬起一道道浓浓的尘雾。五六里的路程，灰马毫不间歇地跑下来。终于在通往宋家庄的三岔路口，他追上六个同样骑马飞奔的通信班战士，为首的正是张先跃支队长的警卫员高达强。"停下！停下！"王巧春高声疾呼。

"高达强，前面有敌人埋伏，停止前进！"王巧春身着便装，怕他们认不出来，扯下头巾，挥手高声呼喊。通信班听到他的呼叫，停下来。高达强已经认出他了，不解地问："巧春，你怎么在这儿？你不是送伤员去了吗？"

王巧春放马过去，心中悬着的一块石头总算落地了，"太幸运了，总算追上你们了！"

"出什么事了吗？"

"前面有敌人埋伏！"

"啊？"听完王巧春报告后，高达强倒吸一口凉气，"敌人太狡猾了，多亏你及时报警，否则我们必落入敌人陷阱里！这样吧，我们不走将军墓，改走宋家庄，咋样？"

王巧春望着眼前的岔路，摇摇头："恐怕也不行。既然有岔路，敌人就不会只埋伏在将军墓，宋家庄那边也不安全，半路上可能也有埋伏。"

"那你是怎么回来的？我们可以跟你走。"

"不妥。"王巧春告诉他们，他是从川河对岸那条路绕过来的，但通信班人多目标大，走对岸也很危险。而且这周围都是悬崖峭壁，也没有其他路好走。

高达强望着四周的悬崖峭壁，点点头说："既然这样，我们只好返回支队向首长汇报再说。"

王巧春与通信班调转马头，快马加鞭返回先遣支队。

## 四十一

张先跃支队长在办公室里听完王巧春汇报后，沉思片刻，说："我们昨天夜里收到情报，今天上午受到偷袭，下午又遭遇到埋伏，看来敌人所有这些行动都是有目的和有预谋的。一定是地下交通员在传递情报过程中哪个环节上出了问题。穷凶极恶的敌人肯定已经知道他们的作战地图落到我们手里，所以企图在我们送出情报之前把它夺回去。现在看来，敌人今天上午突然包围西黄村，不仅是妄图把我先遣支队一网打尽，更重要的是想夺回情报。偷袭失败后，敌人又变换另一个招数——半路抢劫。这份作战地图暴露了华北日军太行山区春季大'围剿'的路线和兵力部署，对我军太重要了。我们有些麻痹大意了，差一点儿让敌人的阴谋得逞。多亏你们及时识破了敌人的真面目，否则真要出大事了。"

张南升政委说："坏事也可以变成好事。来而不往非君子，既然如此，我们就将计就计，消灭这股敌特分子。"

"对，我们要保证西黄村到将军墓和浆水镇这条交通要道的安全和绝对可控，绝不允许敌人胡作非为，要狠狠打击这股敌特，让他们进得来，回不去！"张先跃支队长的拳头"嘭"的一声砸在木桌上，"刘参谋，你带领侦察连和骑兵中队火速前进，目的地将军墓，全歼进犯之敌。"

"是，张先跃支队长！"刘参谋立正敬礼，转身离开。

"李参谋！"

"有！"

"立即给浆水抗日救国临时政府发电报与浆水游击队取得联系，请他们埋伏在将军墓村内，暂时不要惊动敌人，等我们开火后从村庄里和川河南岸攻击敌人，堵住敌人向河对岸撤退的道路。"

"是，首长。"

"高达强！"

“有!”

“你带领通信班和警卫班跟在骑兵中队后头,负责堵截漏网逃窜的敌特,在骑兵连和游击队清除敌人后立即出发,快马加鞭赶到和顺县师政治部所在地,把文件亲自交给师首长。文字情报我们已经发到师部和总部了。”

“是!保证完成任务。”

“机枪一班跟随李参谋,机枪二班跟我走。王巧春,你认识那个赵老亮,你就跟随侦察班走在前头。行动中要服从韩裕钢班长的指挥。”

“是,首长。”

“张政委和警卫连留在西黄村。一营和二营继续坚守哨兵山阵地。通知三营李营长尽快从土城子撤回来驻守西黄山制高点。绝不给敌人再次偷袭我们的机会。”

张政委说:“好的,老张,我把独立营也调回来加强对交通线的防控。”

部队出发了,晌午时到达上坡村的村东口,这里相距将军墓只有一公里多。两个鬼鬼祟祟的便衣男子躲在村西头一个丘陵后面放哨,发现八路军侦察排骑马过来,马上发射3颗信号弹。侦察排战士立即封锁通往将军墓的道路,同时包围了那座丘陵,两个特务本打算朝将军墓方向逃跑,发现道路被封锁,慌不择路,骑马奔向山里。侦察排长命令侦察兵顺着这两个人逃跑路线追踪下去,尽量抓活的。如果对方顽固抵抗,马上就地消灭,绝不给他们通风报信的机会。

十几分钟过去了,两个俘虏捉回来了,但是由于语言不通,得不到任何有用的情报。机不可失!张先跃支队长决定不等俘虏的口供,按照原定计划执行。他命令参战部队把所有战马留在村子里,骑兵中队兵分两路步行前进,一路沿川河岸边丛林向将军墓靠近,另一路翻过北山埋伏在南坡树林里。三十分钟后,部队完成对将军墓的包围,侦察一班每人一支长枪,在班长韩裕钢带领下骑马沿大路向将军墓试探性前进。

王巧春跟随侦察一班走在最前头。班长韩裕钢黑瘦面孔,中等个头,二十岁出头,但长得有点儿老相,山东寿张县人,家住黄河边,一路上不停地唠叨着:“王巧春,你能辨认出赵老亮的相貌吗?”

“能!”

“那就好。你一定要看仔细点儿,咱要先发制人,别打错人了。一旦打起来，你要听从我的命令，不许乱跑，要隐蔽好！明白吗？”

“明白。”王巧春答应道。

“一会儿我开枪后，你立马跳进路边的沟里躲起来，懂吗？”

“不懂，我干吗要躲起来？”

“当然要躲起来了，子弹可没长眼哪！”

“你为什么不躲起来？”

“我也躲起来呀！记住，这是命令！”韩班长收起笑容，严肃起来，“记住，不许露头、不许还击。”

侦察班行至将军墓附近时，有意放慢速度。此时，前方二百多米处有四个身穿八路军服装的军人，持枪出现在马路上，为首的正是赵老亮。韩班长扭头观察周围地形，马路两边各有一条一米多深的土沟，附近还有几个土坑，他立即举起右手示意侦察班停止前进。

“过来呀！”赵老亮看见他们停止前进，扯着嗓子喊道，“喂，你们是哪部分的？”

“是这伙人吗？”韩裕钢班长扭头问王巧春。

“没错，正是他们。刚才喊话的就是赵老亮，过去是浆水镇‘红学’的反动分子，现在是汉奸。”

“我们是八路军。你们是哪部分的？”韩班长有意含糊地回答道。

“你们是先遣支队通信兵吗？”对方又问道。

韩班长没有回答。他明白，这些特务一旦确定对方是先遣支队通信兵，肯定会立即开火。在这种情况下，最好的办法是保持沉默。

“我知道你们是八路军。我是问你们是哪部分的？”赵老亮着急地追问道。

韩裕钢班长反问：“你们是哪部分的？”

“我们是师部派来的，奉命护送先遣支队通信班去总部送密件。”

“什么密件呀？”

“当然是地图了。师部首长安排我们在这里与你们交接情报，我们已经在此等候一上午了。”

显然是谎话！刚才还说奉命护送，现在又说在这里交接情报。但仅此还不能确定对方的真实身份。韩班长试探性地问：“你的意思是把地图交给你们吗?”

“是啊,你们把地图送过来吧。”赵老亮显得很兴奋,向树林里招招手,身后几个士兵端着枪走上来。“啪!”韩班长对准赵老亮开了一枪。

“立刻散开!”韩裕钢班长下令,6个侦察员迅速离开马路,人和马一起躲入路边的壕沟里。为了引诱敌人出动,韩裕钢班长接连朝敌人开了两枪。

赵老亮趴在地上,被同伙架起来拖下马路,消失在树林里。接着,树林里响起密集的枪声,机枪劈头盖脸朝他们头顶打来,子弹噗噗地打在壕沟前后的土堆上,火力之猛让他们无法抬头还击。受过训练的战马乖乖地原地卧倒。王巧春刚想探头观察,被韩裕钢按住脖子:“别慌,小鬼!蹲在这里别动,我们不需要反击。”韩班长蹲在地上,嘴里叼着空烟袋锅,摆出若无其事的样子。

“敌人冲过来了,我们不能被动挨打呀!”王巧春不喜欢韩班长这种散漫、轻敌、骄傲的样子。叶连长也是侦察员,又是身经百战的老红军,从来没像他这样自大。躲在土坑里太被动了,万一敌人甩过来一颗手榴弹,躲都没法儿躲。

“嘿嘿,你也累了吧,好好休息一会儿。越是危险的时刻,就越是容易取胜的时候。”

“投降吧,通信兵,你们被包围了。皇军说了,交出地图有赏!”看来赵老亮没被韩班长打中要害,中气十足尖叫着。此时,敌人的真实面目已经完全暴露了。

韩裕钢班长探出头瞄了一眼,藏在将军墓树林里的日本兵果然蹿出来向他们进攻,八十米、七十米、六十米,二十几个日本兵甩掉八路军军帽,端着步枪冲过来。

韩班长喊道:“赵老亮,投降吧!你们已经被包围了,缴枪不杀!”

“打!”

王巧春听出来了,这是张先跃支队长的声音。随后四周响起了步枪、机枪密集的枪声,接着山坡上响起了八路军的冲锋号。侦察班战士们仍然蹲在壕沟里一动没动。韩裕钢班长笑呵呵地拿出烟袋,捏了一团烟丝往烟袋锅里塞。

“为什么我们不参战?”王巧春不解地问道。韩裕钢没有理睬他,继续往烟袋锅里装烟丝。轰的一声，一颗手雷在他们隐蔽的土坑上方爆炸了，尘土如雨点般地落下来。韩班长拍拍身上的灰土，继续捏着烟袋锅里的烟丝。

“战斗打响了，敌人在朝我们进攻，我们不能被动地蹲在坑里等着被手雷炸死啊！敌人已经包围我们了，为什么我们不冲出去参加战斗？”王巧春有些着急，再次问道。

韩班长伸手按住他的头：“别动！你话怎么这么多呢？你说为什么？这个时候冲出去才是找死呢！我们的任务是引蛇出洞，就是要让敌人包围我们。你瞧，我们的部队早已埋伏在敌人的四周，这个时候如果露头会被误伤的。再说，只有我们躲得好，支队长他们才能放心大胆地痛打包围我们的日本鬼子。这叫‘鱼饵’战术，你明白吗？”

哦，原来这就是“鱼饵”战术啊！王巧春忽然茅塞顿开，他曾经听阚勇营长讲过，红军在井冈山反“围剿”时经常使用这种战术。太高明了！不过他还是有点儿不懂，如果刚才日本鬼子先开枪，那不糟了吗？他还没开口问，韩班长就猜出他的疑问。

“傻小子，敌人既然化装成八路军伏击我们的通信兵，他们一定要确定对方身份后才会开火，过早暴露就等于失败。当然，‘鱼饵’也有很高的风险，敌人离得太远起不到效果，离得太近，有时会挨敌人手榴弹袭击。作为‘鱼饵’要敢于奉献出自己的性命，我们因此也被称为敢死队。”

顶着敌人子弹冲锋的是敢死队，钻进敌人包围圈内甘当诱饵的也是敢死队。太妙了！他有点儿钦佩韩班长了，不愧是首长身边的侦察兵。

枪声持续了二十多分钟后逐渐变得稀疏，最后停了下来。韩裕钢班长站起来，拍拍身上的尘土：“大家都起来吧，结束了。”韩裕钢班长取出火柴盒点燃烟袋锅，用力抽了几口。

“你们经常运用这种战术吗？”王巧春好奇地问道。

“当然，张先跃支队长经常带领着我们这么干！”韩班长得意地挥动着烟袋锅，“巧春，你去打扫战场吧，我替你牵着马。你可以见识一下什么叫干净利落！”这个韩班长还真有骄傲的资本，“鱼饵”战术运用得十分娴熟，一切似乎都在他的预料和掌控之中。

王巧春兴高采烈地爬出土沟，与大家一起打扫战场。如果没记错的话，这是他第二次参加打扫战场。这场战斗他虽然一枪没放，但心里同样充满着胜利和荣誉感。

山沟里硝烟弥漫，空气中散发着血腥的气味。一棵小树及四周的枯草还在燃烧，冒着黑烟。刚才子弹来自于四面八方，几乎让敌人无处躲藏。日本兵的尸体横七竖八倒在田野里，有几个日本兵死在河边。那个矮个子日本军官死得更惨，身体被打了十几个窟窿，横在一个土堆旁。初步清点一下，此战一共击毙日军二十二人，缴获了三挺机关枪、两箱手榴弹和四箱子弹。王巧春把日本兵尸体翻个遍，可是偏偏没发现赵老亮的尸体。赵老亮逃走了？有人看见他跳河了，在遭到一阵枪击后再没从水里露出头，估计淹死了。

将军墓树林茂密，坟堆高大，是个理想的天然防守工事，可是由于八路军和游击队同时在四面发起攻击，三个机枪位置暴露无遗，几个日本机枪手四仰八叉横尸在土坟的四周。

尽管这次伏击战打得很完美，但由于受到日本鬼子垂死抵抗，先遣支队还是出现一些伤亡，浆水游击队为堵截向将军墓村里撤退的敌人，牺牲了两个战士。先遣支队也有三名战士牺牲、五名战士在追击敌人时受伤，伤势比较严重。张支队长指示王巧春进村里找两驾马车运送伤员。

东面传来一阵阵由远而近的马蹄声，马路上尘土飞扬，原来是叶长林连长和高达强带领着警卫班从远处飞驰而来。张先跃支队长站在路边向他们招手："前进！一路平安！"

叶长林连长向张先跃支队长敬礼致意："请首长放心，我们一定完成任务！"在从王巧春身边经过时，叶连长特意停下来，坐在马背上对他说："首长临时决定派我去师部。你与梁医生听从支队首长安排。"

"巧春，谢谢你！"高达强在马背上敬礼致谢。

"祝你们一路顺利！"王巧春挥手，目送他们远去。几分钟之后，叶连长和警卫班战士消失在将军墓村庄的尽头。

# ◆◆◆ 四十二 ◆◆◆

阳光从乌云中穿出，天空彩云高挂，山峦披着灿烂的霞光。王巧春心中充满着胜利的喜悦。

“巧春，我们在这里！”王巧春听到有人在喊他的名字，抬头一看，游击队员在川河对岸排成一行，举起长枪欢呼着：“胜利万岁！胜利万岁！”

忽然，王巧春看到两个熟悉的身影，兴奋地蹦起来，激动得流出热泪……

“王臻如队长！”他激动地喊起来。

王臻如身旁站着一个清秀的女兵，他认出来了，是老城京剧团的李晓双，她梳着短发，身穿八路军军装，左臂带着红十字袖标。晓双姐参加八路军了！海英姐应该与她在一起呀！海英姐在哪里？他在人群中仔细搜寻了一圈，没看见第二个女兵。

“二春，是你吗？”李晓双隔着川河大声喊道。

“晓双姐，海英姐好吗？”他的声音淹没在胜利的欢呼声中。只要见到晓双，就会有海英姐的消息！他高兴地蹦起来，眼睛里流出激动的泪花。

王巧春顺着河边向上游跑去，在村口木桥上见到了李晓双。

李晓双讲述了去年10月13日夜里她们那段逃生经历……

那天夜里演出结束后，姑娘们没服从日本人的要求——到前台合影拍照，趁着场面混乱，悄悄离开会场，回到剧团，借口卸妆，从剧团后门偷偷溜走。她们穿过几条小巷来到小西门，由于军马场大门已经关闭，她们无法从小西门出城，只好朝南门跑去。慌乱之中，她们钻进一条死胡同，刚准备往回跑，远处传来追赶者的皮靴声。这可怎么办？小巷两边高墙林立，大门紧闭，无路可逃。就在这时，一个人跑过来打开旁边的大门，把她们推进院里。这个人正是汤老板，这个豪宅大院的主人。汤老板来不及卸妆，从京剧团大院一路追来，姑娘们也正巧跑到他家门口。汤府前后院空无一人，家眷全都被汤老板送回老家了。汤老板把姑娘们藏在自家后院地窖里，他本人站在大门口应付日本宪兵的搜查。汤老板毕竟是演员，在接受日本人询问时表情淡定自若，很快把日本宪兵打发走了。

姑娘们在汤老板家地窖里躲藏一天，本以为平安无事了，却没料到，第二天傍晚马滕少佐带着日本宪兵来到汤府抓走了汤老板。前晚演出结束后由于女演员们逃走了，马滕只好连夜抓了四个妇女调包，应付差事。但没承想很快就露馅儿了，被他的上司坂田久男大佐在电话里训斥一顿。马滕恼羞成怒，决定拿汤老板问罪。

汤老板平时虽然贪生怕死，可这次却像个男人，在宪兵队里吃了不少皮肉之苦，但除了"冤枉"两字外，其他话一概不讲，硬是没出卖这些姑娘。马滕少佐本想杀人示众，但黄司令坚决不答应。黄司令是个戏迷，生活中离不开京戏，他和汤老板又是拜把兄弟，因此他专门为此事到城防司令部找奎村中佐求情。

了解黄司令来意后，奎村中佐没马上表态，因为杀汤老板实际上是他的指令。这些女演员在演出结束后逃离现场给他惹了大麻烦，土肥原将军对他不满意，连自己晋升也受到影响。但冷静地思考后，他觉得黄司令的劝告也有一定道理：两天前刚开过联欢会，三天后就杀剧团老板，这种事万一传出去不好听。再说，日军主力部队正在前方打仗，留守日军不多，守城之事还要仰仗黄司令辅助，而且因为这种事与皇协军弄僵也不值得。因此奎村中佐马上打电话让马滕少佐把人放了。

没过多久，汤老板就被释放了。黄司令不仅保住汤老板的命，而且还给他发了一张通行证，让他悄悄离开老城。汤老板承诺等事情平息后再带演员们返回老城重新开业。就这样，汤老板出狱后第二天就带着女扮男装的姑娘们悄悄离开了老城。

出城后，他们直奔南宫县。一路上，汤老板因为干了一件好事又大难不死，心情十分惬意，坐在马车上哼着小调，仿佛自己真的成了大救星。通过这件事，姑娘们也改变了对汤老板的看法，他虽然是个自私自利的商人，但良心还没坏透。

汤老板把这几个小演员当成他的私人财产和赚钱工具，到了南宫后，他想重搭戏班子继续唱戏赚钱，可姑娘们坚决不从。汤老板自恃救命之恩大发雷霆："你们命都是我给的，怎么还不听我的话呢？"

姑娘们是非分明，据理力争：救命之恩终当答谢，但国难当头，抗日才是本分。姑娘们没有屈服，坚定地离开汤老板，参加了一个抗日进步宣传组织。汤老板无计可施，只好独自一人离开南宫回老家保定去了。

几个月后，郭海英、黄清清、余虹跟着一个进步团体投奔延安，李晓双留在南宫当地参加八路军，在 129 师东进纵队当卫生兵。

结局非常圆满，王巧春悬吊的心总算放下来了。从此，他再也不用替海英姐担心了，但一想到马车上四个麻袋里装的无辜百姓，心里依旧愤恨不已。

不久，华北侵华日军发动了"九路围攻"，妄图消灭八路军主力的有生力量，但由于八路军总部提前得到"九路围攻"的情报，有计划地防御反击，到 4 月中旬就彻底粉碎了敌人的各路围攻。先遣支队在"九路围攻"开始前，主动撤离西黄村，参加了后来反"九路围攻"战斗。

5 月中旬又传来好消息，在徐向前副师长指挥下，东进纵队包围了威县和老城县两座县城，打了几场攻城战、巷战和围城战，仅用几天时间就赶走了城内的日本侵略军，解放了这两座县城。要不是因为威县的胡梦九和老城县的黄黎背信弃义，临阵反水，这两场战斗的胜利成果会更辉煌。老城一战，击毙了汉奸尤西里，活捉了尾田上尉，歼敌　百余人。奎村司令和黄黎司令带着残兵逃离老城。

威县和老城县的解放，有力打击了华北日军的嚣张气焰，牵制了侵华主力南下的计划，也鼓舞了全国人民抗日战争的斗志。

反"九路围攻"胜利以后，叶长林调 129 师政治部侦察连任连长，王巧春在侦察连当侦察员。经历过几次敌后侦察和战斗，他对侦察员工作情有独钟，立志当一名优秀的侦察员。然而，就在他梦想成真时，却因左眼被日军炮弹炸伤，视力严重受损，不得不退出一线战斗部队。1938 年底，组织上选送他去冀北八路军卫生学校学习，从此他走上了白衣战士的岗位。

1939 年 5 月初，护校学习结束了，王巧春返回 129 师政治部，被分配到随营学校卫生队担任卫生员。随营学校实际上是抗大分校，上前线时称为抗日青年纵队，学员们一边打仗一边学习。两年多来，他跟随主力部队转战于河北涉县、武安以及山西黎城、武乡、辽县、和顺一带，先后担任卫生员、护士、看护长，参加过许多战斗，积累了丰富的战地救护经验。后来随营学校合并到抗大总校，他被分配到抗大学员一大队，正巧与梁晓辰医生在同一个卫生所工作，老战友相聚分外高兴。在梁晓辰的帮助下，他在野战外科前线救治方面取得长足的进步。

# 第五部

# 27 天

浆水川位于东太行山脚下一处高山盆地之中，其南面、西面和北面围成一个“C”形高耸入云的天然城墙。作为根据地，这里具有天然优势：攻，可自由走出太行山，到冀南平原打击日寇；退，可翻越陡坡峭壁返回太行山深处，开展游击战。浆水川人杰地灵，物产丰富。山上，绿树成林，果树成片，鸟语花香；山下，麦浪翻滚，河流蜿蜒，遍地牛羊。

早在1937年10月，八路军129师曾派工作组到此宣传抗日，发动群众，成立了邢台县民主抗日政府。抗战时期，这里的群众抗日热情高涨，有些村庄几乎家家户户都有人参加八路军或游击队。后来这里成为中国人民抗日军政大学总校的驻地。

## ◆◆◆ 四十三 ◆◆◆

1940 年底，抗大总校从山西省黎城迁到河北省浆水川，利用这里的有利条件办学，每年为八路军培养和输送近千余名优秀的政治、军事干部。抗大学员来自全国各地，毕业后返回部队成为抗日骨干力量。早期在抗大学习培训的学员，几乎个个都是身经百战、智勇双全的红军战士或军官，边学习边作战，常打胜仗。

华北侵华日军视八路军抗大总校为眼中钉、肉中刺，多次“围剿”抗大总校，但均以失败告终。1942 年 5 月 19 日，驻扎在华北顺德府的侵华日军独立混成 8 旅团，在吉田峰太郎少将的指挥下，携炮兵大队、工兵大队和老城、内丘、沙河等据点的日伪军共计近万人，兵分两路直扑浆水川，再次妄图“围剿”位于邢台县浆水镇的抗大总校。顺德府是邢台市的旧称，当年亦是冀南侵华日军的大本营。敌军主力从顺德府城楼出发，一路气势汹汹，烧杀抢掠，几天后进入太行山区，与来自山西的两路日军形成“铁壁合围”之势，对浆水川太行山革命根据地发动了一场史无前例的大“扫荡”。

5 月 23 日，位于桃树坪村的抗大医院暴露在“扫荡”日军的铁蹄之下，不得不急速转移到村西头的芦沟。抗大总校在部署全校紧急转移的同时，命令上干科卫生所组织一支医疗救援队，协助抗大总校医院转移伤员。由医师梁晓辰、医助赵树民、看护长王巧春，护士刘湧、王茂久、魏莎等十几名医护人员组成的医疗救援队，在上干科卫生所所长刘理正的率领下，当天从浆水镇南口村出发，急行军三十多里，经前南峪、后南峪、五台、老苍墓、东大眼及清家沟村，翻山越岭来到路罗镇桃树坪村。

桃树坪村地处太行山的绿色环抱之中，与浆水川仅一山之隔，是个依山傍水、山清水秀的小山村，也是抗大总校医院所在地。这里距离日本侵略军冀南大本营顺德府仅五十多公里，位于太行山抗日根据地的前方，冀南抗日前线的后方。抗大总校医院既担负前线的救治任务，又担负向后方医院转送伤员的责任。

抗大总校医院于1940年底进驻桃树坪村，在前期青纵医院的基础上，利用民房改造，修建了外科、内科病房及手术室，还在北山坡挖了一排窑洞，化验室、药房、办公室及仓库都安置在窑洞里。为了应对敌人的偷袭和“扫荡”，抗大总校医院在村西边七八里地外的芦沟里建立了一个秘密的重症病区，用石块和石板搭建了许多简易病房，以备紧急情况时转移和隐藏重伤员。

芦沟是一条南北走向的石山峡谷，南面是芦沟山口，北面延伸到太行山的深处。峡谷两侧悬崖陡峭，石峰林立，尤其正对山口的那面石崖，犹如一堵神斧削劈、天工砌垒的石墙，石纹清晰、错落有致、威姿奇观，远望似屹立在山中的宫殿，近看如一座大门紧闭的城堡，故而当地村民称它芦沟殿。芦沟殿的沟口处有一座小山坡，遮住了半个山谷，使芦沟显得更加隐蔽和神秘。平时，医院警卫班的岗哨就设在这座山坡上。

当抗大总校医疗救援队赶到桃树坪村时，抗大总校医院已经撤离桃树坪村，负责保卫抗大总校医院的青年纵队在路罗镇一带与东路“扫荡”日军接上火，阻击敌人从东路进犯。总校医疗救援队立即跟随前线部队投入战斗，担负战地救护任务。著名的八路军独臂将军、129师政治部蔡树藩副主任，亲自率领新一旅二团一营从山西黎城赶来，插入敌人合围圈内，阻击从山西过来的“扫荡”日军，延缓了敌人的合围时间。叶长林一年前调到新一旅，任二团一营副营长，跟随蔡树藩副主任来到邢台大峡谷阻击“扫荡”敌军。

三天后，即5月26日，日军从汉奸口中得知抗大总校医院的撤退路线，起兵向芦沟追击。敌人依仗优势兵力和先进的武器装备，迅速封锁了芦沟山口，向沟内炮击。飞机在山顶盘旋一阵后，沿山谷俯冲扫射。当时情况十分紧急，在新一旅二团一营一连和医院警卫班的掩护下，医院被迫撤出芦沟。根据抗大总校的指示，医院化整为零向山西境内太行山深处的预定集合地点牛筋山地区转移。总校医疗救援队正是此时来到芦沟，与医院的救援队会合。

由于山路崎岖交通不便，医护人员只能携带轻伤员撤退，把不能行走的重伤员留在天竺山上的一个岩洞里。少数来不及背上山的重伤员，就地安置在附近的石窟或石缝里。蔓延副部长亲自分拣伤员，决定哪些伤员留下，哪些伤员可以随队转移。医院利用高山峻岭坚壁清野，把一些必需的医疗物资和粮食分发给个人，随身携带；把不便携带的大、中型医疗设备、器材和非急救药品，暂时埋藏在地下或存放在秘密的山洞里。

在芦沟西北方向的密林深处，有一个“Y”形峡谷，称为芦沟大峡谷，是通往山西太行山的通道之一。狭长入云的天竺山位于峡谷的岔口处，犹如一把利剑，镇守着进山的通道。在天竺山主峰半山处，有一个宽敞、干燥、通风的岩洞，当地人称“老虎洞”，洞口位于悬崖峭壁上，有岩石和树丛遮挡，十分隐蔽。医院提前一天在山洞里安置了一部分重伤员，第二天又送来第二批重伤员，共安置了二十四个重伤员，其中有新伤员，也有老伤员；有脑外伤卧床不起的，也有刚刚做过大手术还处于危险状态中的；有因伤无法站立行走的，也有因病生活不能自理的。总之，这些伤病员在生活上都需要留守人员护理。

医院撤退后这里将沦陷为敌占区，重伤员和留守人员身处危境，一旦山洞被敌人发现，后果不堪设想。因此，留守人员不能太多。在敌强我弱的情况下，要以最小的代价应对最大的风险，这是抗日持久战的原则。

## ◆◆◆ 四十四 ◆◆◆

蔓延副部长在撤离芦沟前专程到“老虎洞”为两名新伤员做了急诊手术。此刻，负责留守的副指导员周大庆已经带领护士李晓双下山接应最后一批重伤员去了。手术结束后，蔓延副部长发现，山洞里不少重伤员伤势不稳定，因缺乏安全感，产生焦虑不安的情绪，既不利于隐蔽，也不利于康复。看来留守医疗护理任务繁重啊，这么多重伤员留下来，仅仅安排两人留守，令他放心不下。他马上指示刘理正所长从抗大总校医疗救援队里挑选两名骨干医务人员加强留守力量。

谁留下来呢？医疗救援队成员沿着进山的小路站成一排，纷纷举手报名。看护长王巧春是第一个举手报名的。

“护士刘湧申请留守！”

“医助赵树民申请留守。”

连高度近视的男护士王茂久也举起手。

“医生梁晓辰、看护长王巧春出列!”刘理正所长点出留守人员的名字。

梁晓辰和王巧春同时迈出一步,站在队列前。

留守在敌后是一项生死攸关的艰巨任务。刘理正所长之所以挑选王巧春留守,首先因为他是看护长,其次因为他是邢台威县人,语言通、地形熟,而且他当过侦察员,上过前线、打过仗,在战友的眼中是个机智勇敢、战地救护经验丰富的卫生战士。至于梁晓辰医生,那就更不用多说了,有医生过硬的技术本领,还有战斗经验,是个响当当的硬汉子。

梁晓辰医生瞥了王巧春一眼,抿嘴一笑,王巧春也会意地笑了,两人伸手击掌庆贺。他们是老搭档了,几年前在先遣支队独立营时曾一同执行过“利剑行动”,配合默契。再次搭档,各自心里都很高兴。梁医生早已从医助提升为医师,外科手术技术也更加娴熟,下个月就要调到前线手术队担任队长了。

蔓延副部长查看山洞四周的地形后叮嘱他们:“梁晓辰同志、王巧春同志,你们的任务是留守,要全力保护好重伤员,绝不能轻易暴露自己。洞口和通往山洞的小路务必做好隐蔽,不仅要防备日本鬼子搜查,还要摆脱日军狼狗的追踪,避免遭遇野狼的袭击。通往山洞的小路上有两座石板桥,在敌人上山之前必须拆掉。”蔓延副部长虽然是个参加过长征的红军干部,但为人谦虚和蔼,富有战斗经验。

蔓延副部长还告诫他们,有情报显示,华北日军这次为了“围剿”八路军太行山根据地,准备了数百条军犬,专门制定了一个“抉剔”战术,针对山区、丛林、洞穴的作战特点,消灭游击散兵、伤兵和掉队人员。据我军侦察员报告,军犬与野狼搏斗也成为这次日军“扫荡”前的主要训练科目之一,这个迹象表明,这次“扫荡”,日军打算深入到太行山腹地。

刘理正所长强调说:“隐蔽是第一位的,要按照蔓延副部长的指示,利用山洞的天然优势做好隐蔽工作。虽说日军这次‘扫荡’来势汹汹,但我们也不能被敌人的猖狂吓住,根据以往经验,由于太行山环境恶劣、交通不便、给养和物资保障困难,敌人在山区‘扫荡’的时间不会太久,三五天,顶多一周多就会被拖垮。你们一定要坚守住,我们部队很快就会打回来。”

"请首长和同志们放心,我们是八路军战士,我在,伤员在!"梁医生和王巧春站在战友面前郑重宣誓,做好了为抗日牺牲的准备。

外科有一个男护士叫郝绍敏,此刻主动站出来请求:"蔓副部长,山洞里重伤员太多了,护理任务重,我也申请留下来!"郝绍敏是山西人,比王巧春小一岁,两年前他们同在一个卫生队工作,结下深厚的友谊。

蔓延副部长微笑着摇摇头,没同意郝绍敏的请求:"小鬼,你以为医院转移的任务还不够艰巨吗? 山下还有许多轻伤员要随队撤退,几乎每个伤员翻山越岭时都要靠人搀扶或协助。"

孙同洲指导员鼓励他们说:"梁晓辰同志、王巧春同志,在敌人眼皮底下保护和护理重伤员,任务十分艰巨。过去在武乡地区,我们曾经有过成功的先例,也有过失败的教训,希望你俩拿出我们129师战士敢打敢拼的武乡精神,机智勇敢地与敌人周旋。祝你们成功!"孙同洲指导员也是来自129师的干部,参加过1940年山西武乡县反"扫荡"的浴血奋战,经历过艰苦岁月的历练。

"请孙指导员放心,有武乡县那段反'扫荡'经历,我们有信心完成任务。"王巧春和梁晓辰医生郑重地保证。

蔓延副部长从挎包里取出一把德国制造的手电筒递给王巧春,叮嘱说:"有几个伤员伤口有感染迹象,山洞里阴暗潮湿,伤口感染容易加重,要定时清洗创面,更换敷料。山洞里黑暗,处置伤口时需要光线,我的手电筒留给你们用,电池是新的。"

"谢谢首长!"

离别前,蔓延副部长似乎还担心什么,面色严峻地对梁医生交代说:"山洞里物资储备包括食品、药品和医疗用品严重不足,缺少消毒水和无菌盐水,因为时间仓促,来不及补充了,我只能给你们多留一个急救箱。如果'扫荡'时间短,还问题不大,如果时间长,就得靠你们自己想办法克服困难了。哦,我差一点儿忘了,刚才通信员告诉我,新一旅的叶长林副营长在阻击战中负伤昏迷,正在送往这里的途中。"

"啊,叶连长负伤了?"梁晓辰和王巧春都吃惊地喊出声。多年没见了,他们仍然习惯称呼他叶连长。

蔓延副部长嘱咐道:"叶长林是你们的老连长,也是我军的宝贵人才,你们要多加关照!”

“是,首长,请放心! 如果情况允许,我一会儿下山接他。”梁医生回答道。

蔓延副部长点点头:“也好,有情况早点儿处理。但这时候下山要注意安全。”

孙指导员交代说:“外科所的周副指导员和李晓双已经到山下接收最后一批伤员了,很快就会带领担架班回到山洞。我已经要求医院担架班六个队员留下来,与你们一起照顾伤员。医院虽然撤退了,但你们并不孤单,医院警卫班也留在芦沟附近山上,必要时也会支援你们。留守期间,你们要服从周大庆副指导员的指挥,周副指导员当过卫生兵,是个内行领导,有丰富的战地救护经验。

“明白,指导员!”

临走前,蔓延副部长把自己的半袋小米留下,战友们也把各自随身携带的炒米倒出一半留在山洞里。“加油,梁晓辰! 加油,巧春! 我们很快会再见面的!”战友们挥手告别,沿着迂曲的小径向山里匆匆撤退。

敌人的飞机在半空盘旋着,天空满布乌云,一场艰苦的搏击即将开始。

## ◆◆◆ 四十五 ◆◆◆

“老虎洞”位于天竺峰的半山腰,洞口开在悬崖峭壁上,有两条小路通向洞口:一条是从天竺山顶由上而下,另一条是跨越旁边山涧由下而上。洞口和小路隐藏在树丛和草丛中,无论是站在悬崖下还是山顶,都看不见洞口。

战友们离开后,王巧春和梁晓辰遵照蔓延副部长的指示,认真做好山洞的隐蔽工作。他们清除通往山洞小路上的血迹和遗物,拆除搭在山涧的一座石板桥,找来几块石板遮挡住洞口。石板桥拆掉后,从山下通往山洞的小路被山涧悬崖隔断,小路改变方向奔向山顶。这样一来,既能摆脱日军狼犬的追踪,又能引开敌人的视线。

芦沟山口方向,山的另一边升起浓密的黑烟,远处响起一阵阵零星的枪声。洞外的隐蔽工作刚做好，洞内传出几声高低起伏的呻吟。梁医生望着山下，脸色显得有些焦急："巧春，我想下山看看，帮助接收伤员。"

"周副指导员和李晓双已经在山下了。"

"可我是外科医生呀！一连的几个重伤员正在运送途中，蔓副部长刚才说叶连长脑外伤昏迷，也不知伤情如何，我放心不下。万一病情有变化，还是早点儿处理好。"

听说叶连长受伤昏迷，看护长王巧春也很着急，他想与梁医生一起下山去接叶连长，但梁医生不同意，吩咐他留在山洞里护理伤员。

"梁医生，当心点儿，敌人步兵已经进山了！"其实看护长王巧春不同意梁医生此时下山，但没法阻拦他，因为他是医生，算是上级。王巧春说服不了他，只好叮嘱几句。

"嗯，好的。周副指导员他们可能还不知道敌人已经进山了，我正好下去通知他们。"梁医生把肩上的背包放在洞口就离开了。

梁晓辰走后，王巧春钻进山洞，一边查看伤员的伤情，一边做好登记。他刚要开口做自我介绍，就有伤员不安地问："你是新来的？"

"是的，我是看护长王巧春，来自抗日军政大学上干科卫生所，与梁晓辰医生奉命加强留守。今后，我们就生活在一起了。"上干科就是学员一大队。早期来抗大一大队学习的学员大多是作战部队营以上干部，所以大家习惯称呼它上干科。

"周副指导员和李晓双护士下山这么久了，怎么还没回来？"

"快了，就要回来了。道路崎岖，担架队抬着伤员上山，行进有些缓慢。"

"二春！"这时，一个靠近洞口躺在石板上的伤员冲他招手，并叫出他的小名，令他大吃一惊："你是？"山洞里光线昏暗，王巧春没认出黑暗中的那个人是谁。

"二春，我是廖叔啊！"

王巧春认出来了，是老城京剧团厨师老廖。王巧春像个孩子一样，高兴地扑到对方的怀里："廖叔，你怎么会在这里？"

"军分区转移时遭到炮击，我受伤昏迷过去，醒来时发现我在这个山洞里。我也不清楚我是怎么到这来的。"

"廖叔，我早就猜到你是地下党员。"

廖叔嘿嘿地笑了："我是个老共产党员，也是个老八路。我小时候在东北读书时学过一些日语，长大后参加东北抗日联军，七七事变后被派到老城隐蔽战线从事交通员工作。'利剑行动'之后，我的身份暴露了，撤回到太行军分区第三军分区担任侦察参谋。"

其实那年离开老城后，叶连长在"利剑行动"汇报会上曾暗示过，河口驿站里有自己人帮助他们进城，只是没提姓名，但王巧春猜测那个人应该是廖叔。从那之后，王巧春再没遇到过廖叔。

廖叔伤在头部和腰部，双下肢瘫痪不能站立行走。王巧春简单查看他的伤情，下半身被炮弹炸伤，多发性腰椎骨折，臀部和大腿有大面积创面未愈合。"廖叔，一会儿梁医生回来，我让他给你仔细检查一下。梁医生手术技术超棒，一定能医好你的伤！"

"哪个梁医生？"

"廖叔，当年在河口驿站你见过他。"

"哦，我知道，就是那个装病的小伙子吧？他人呢？"

"梁医生下山接伤员了，很快就会回来。"

"这个时候下山可要注意安全哪！"

"廖叔，你放心吧，梁医生是老兵，不会出事的。叶长林连长负伤了，很快就会运送到这里。"

"啊，叶连长伤势严重吗？"

"还不清楚。"

山洞里的多数伤员伤势虽重，但意识清楚，不存在交流障碍。王巧春趁敌人还没上山，向伤员们简单通报了战场上的状况。他告诉伤员们，敌人很快就要上山了，洞口下方六七十米远处有一条敌人进山的必经之路，为避免暴露，请大家在敌人搜山时不要发出任何声音。伤员们听从他的劝告，立刻安静下来。

"我们的山洞隐蔽性怎样，看护长？"有个年长的干部模样的伤员担心地问道。

"部队走了，我们留在山里，能躲过敌人的搜查吗？"一个伤员不安地问道。

"怕什么？我这有一颗手榴弹，必要时与日本鬼子同归于尽。炸死一个够本，炸死两个还赚一个。哈哈！”

伤员们的情绪反应各不相同，大多数持有乐观积极的态度，配合护理工作，但也有少数伤员悲观消极，有些担忧。不管怎么说，此时伤员们需要支持和安慰，王巧春决定鼓励大家，增强信心，消除顾虑：“请各位首长和战友们放心，我们的山洞位于悬崖峭壁中间，隐蔽性非常好，不会轻易被敌人发现。请大家安心养伤，我们将全力保护好你们！如果有需要帮助的，请直接呼叫我。”

“看护长，我要小便！”洞内一个伤员喊道。

“看护长，我要喝水！”

“好的，我马上过去。”他端起水壶为口渴的伤员喂水，提着尿壶走到另一个伤员身边帮他接尿。

危险时刻即将来临，作为看护长，他需要得到伤员们的信任和配合，当然，伤员的不安情绪也需要得到安抚。此刻他该做些什么呢？思想工作要做在前。为了缓解战前的紧张气氛，他一边为伤员做护理工作，一边介绍一些医学护理知识。

“同志们，我们的看护长王巧春，别看年龄不大，可是个老八路了！”廖叔讲述起1938年春天那次“利剑行动”，“当年行动小组深入敌后抢救伤员、运送药品、偷袭岗哨、火烧军马场，干得十分漂亮！一小时的大火烧死烧伤日本战马近百匹，等于干掉了一个骑兵连。敌人当时晕头转向，以为八路军主力攻城了，就关闭城门，不敢出城。事后，敌人误以为他们击退了八路军的攻城战，还自吹自擂一番。其实，行动小组只有三个人，看护长王巧春正是‘利剑行动’小组中的三个勇士之一。另外两个主角，叶长林连长和梁晓辰医生正在上山的路上，一会儿你们就能见到他们。”

听到廖叔的赞扬，伤员们的情绪振作起来，山洞里响起热烈的掌声。

王巧春谦虚地说：“当年如果没有廖叔的帮助，我们连城都进不去，更别说完成任务了。我那时是个新兵，没干啥，我们老连长叶长林身经百战、智勇双全，全凭他的指挥。”

“看护长，你怎么没继续当侦察员？为什么改行了呢？”

“在目睹了梁晓辰医生手到病除、救活奄奄一息的侦察员段参谋的那一刻，我受到极大触动，对梁医生十分钦佩。后来因为我左眼被炮弹炸伤，视力下降，不适合在一线部队作战，领导选送我学医，从此我就改行了。”

“这么说，一会儿我们能见到梁医生了？”

“能。”

“太好了，上级为我们安排了最优秀的医生！”伤员们高兴地鼓起掌。

## ◆◆◆ 四十六 ◆◆◆

护理好伤员后，王巧春来到洞口附近观察敌情。远处的枪炮声停下来了，山里突然变得十分安静，小路上连人影都没有。周副指导员、李晓双护士、梁晓辰医生，他们怎么还不回来呢？他开始替战友们担心。

天竺山海拔八百多米，由缓坡、断崖岩和天竺山峰三部分组成。远望天竺山，石峰叠嶂，连绵数里。一个“V”形的缓坡构造出一条狭长的芦沟大峡谷，谷底在断崖岩脚下呈现一个“Y”形左右分开的山谷。“老虎洞”位于悬崖峭壁上，上方是天竺山峰，下方是断崖岩。无论从哪条路上山，都要先登上断崖岩，然后才能登上天竺山顶峰。

断崖岩的山体有二百多米高，刀削一般平滑陡峭，几乎无法攀登，成为“老虎洞”下方的一道天然的屏障。如果沿着小路上山，需要顺着芦沟峡谷绕行一圈，翻越两道山梁，最后才能登上断崖岩。然而在断崖岩里有一个几乎上下垂直的岩洞，上下两个洞口，当地人称它“通天洞”。这是一条攀登天竺山的秘密通路，也是一条近路。“通天洞”的上口位于天竺峰的悬崖脚下，下口比较隐蔽，在断崖岩脚下的树林里。山洞的上段斜着通向山顶，中间一段没有封闭，实际是一条长满杂草和树丛的石缝。在这段石缝里攀登，可以看到悬崖下面的红土坡和芦沟大峡谷。梁晓辰医生刚才就是通过“通天洞”下山的。

不久，山外枪炮声再次响起，王巧春望见担架队钻出树林，三副担架出现在缓坡上。远处，一队日本步兵沿着谷底向天竺山挺进；另一队日本兵出现在芦沟殿附近，在山坡上架起数门迫击炮。不好！日军炮兵怎么进山的呢？王巧春大吃一惊，他为担架班战士的安危担心，手心捏了一把汗：“快隐蔽啊，同志们！日本鬼子炮兵进山了！”可是距离太远，担架队听不到他的声音。糟糕！完全出乎预料，敌人用马驮着大炮登上芦沟殿山坡。周副指导员他们一定没意识到危险来临。怎么办呢？必须立即下山通知他们！

王巧春刚钻出通天洞，日军就开始炮击了。密集的炮弹在山坡上爆炸了，担架队的战士和伤员消失在浓烟里。硝烟消散后，有人爬起来背起伤员继续向山上爬。在遭遇到第二次炮弹轰炸后，山坡上再也看不见担架队的影子了。

由于周大庆副指导员一时疏忽，留守队和担架队突然遭遇到敌人炮兵的偷袭。瞬间，伤员、担架队员被炸，留守队梁晓辰医生、李晓双护士和担架队员接连倒下，留守队差一点儿全军覆没。在身负重伤的周大庆副指导员舍身掩护下，王巧春强忍悲痛，攀登悬崖峭壁返回山洞。

周副指导员与敌人同归于尽了，敌人占领了红石坡，在半山坡搜寻八路军伤员。当时情况十分危急，受伤的叶连长、李晓双和担架员危在旦夕。日本兵已经聚集在峡谷底部，不久将要进攻天竺山。

部队已经撤退了，王巧春与部队失去联系，没有人知道这里发生的事情。他和二十四个重伤员身陷危境，荒山野岭无助无援。在敌人重重包围和封锁下，要想存活下来，绝非荒野求生那么简单。

怎么办呢？结果如何王巧春不敢多想。隐蔽好，绝不能让敌人发现山洞！这是他目前唯一能做，也是必须要做的事情。

“老虎洞”的洞口已经做了必要的掩护，前面是树丛，后面是石板，即使从小路经过，如果不仔细观察，也很难发现这个洞口，然而王巧春还是不放心。此时，洞里传出来几声痛苦的呻吟，他拨开树枝钻进山洞。猛然从外面进来，眼前一片黑暗，什么也看不清楚，一股令人窒息和作呕的血腥气味扑面而来。

“外面出什么事了吗？”王巧春听出来是廖叔在问。

“我们听到敌人的炮声、枪声和爆炸声。”黑暗中又出现那个年长者的声音。

“敌人进攻了。”王巧春的声音显得低沉、悲戚。

“情况不好吗？”

他强忍住悲伤，没有发出哭声，回答道：“日本鬼子突然开炮了，担架队很多同志牺牲在红土坡上，太悲惨了……”担心影响伤员们的情绪，他没敢继续说下去。

“周副指导员、梁医生和李晓双护士，他们咋样？”廖叔问了一连串的人。

“周副指导员他……他……”他口欲言却嗫嚅不止，一时不知该怎么说才好。

“小鬼，你快说呀，他们怎么样了？”那个年长者焦急地问道。有人曾称呼他关副参谋长，应该是个首长。

“各位首长、各位伤员，请大家安静！敌人正在登山，我要暂停护理工作，守候在洞外观察敌情，如果有情况，我随时向你们报告。”为了回避伤员的提问，他有意离开山洞。

东面山区十分安静，远处流钱山光滑的山顶看不到人影。“老虎洞”的下方是断崖岩的山顶，空旷平坦，好似一个露天广场，四周是茂密的树林。一条小溪从密林中涌出，沿着断崖岩的山涧顺流而下，落到芦沟峡谷。此刻，断岩崖小溪旁边的树枝上悬挂着的许多绷带，正在随风飘扬。

糟糕，这些绷带挂在树上不是暴露目标了吗？还有，上午周副指导员和李晓双为伤员洗过的军装还挂在树枝上呢，清洗过的纱布和敷料也还晾在岩石上。太危险了！在敌人上来之前，绝不能留下任何纰漏！多亏及时发现！

他朝山下望去，敌人排成一队，小心谨慎地沿着山路向上缓慢移动。敌人是第一次进山，害怕遭到埋伏或担心游击队埋设的地雷，走走停停，不敢轻易冒进。十几分钟前敌人因踩响几颗地雷，索性停止前进，直到工兵扫清地雷后，才敢继续前进。时间还来得及，趁敌人还没上来，赶快下去把晾晒在断崖岩上的东西全部收回来。

他沿着石板小路绕到天柱峰的山顶，然后顺着西坡下来。这条小路好走，当初担架队搬运伤员就是走的这条路。他以最快速度把树上悬挂的绷带、敷料和军装收拾起来。然后沿着小溪边仔细检查两遍，在确认没有任何疏漏后，才原路返回山洞。

“日本鬼子上山了吗？”洞内有伤员问道。

王巧春回答：“敌人现在还在芦沟峡谷里，但很快就要上来了。”

“哎哟，哎哟……”洞里有人在轻声地呻吟。

他暂时顾不上处理那些仍在痛苦呻吟的重伤员，他的大脑在飞速转动着，在敌人上来之前，还应该做哪些准备工作呢？洞口必须隐蔽好，但这件工作已经完成了。

王巧春坐在洞口一块石板上认真思考着，是否还有什么疏漏的地方？这可是人命关天的危急时刻呀，绝不能有半点大意。

“哎哟，哎哟……”洞里又有人在轻声地呻吟着。

哦，对了，为了防止伤员的呻吟声传出去，洞口需要做好隔音。用什么东西遮挡呢？他四处张望着，这个洞口真的有点儿大，一人多高，两米多宽。他在洞口附近找到几床军用棉被，可能是周副指导员和李晓双的行李吧。不管棉被隔音效果如何，总比没有任何遮挡强。他琢磨怎么用棉被把洞口遮住。

怎么才能把棉被挂起来呢？有了，他找来几根木棒和长棍支撑在洞口，把棉被绑在木棒上。他站在洞口外听了一会儿，棉被封住洞口还真有隔音效果。

太阳已经越过山顶，阳光透过洞口上方的几棵小树洒落在小路上。山里突然安静下来。敌人怎么没动静了呢？会不会被我们的地雷吓怕了，退却了？他再次走出山洞，仔细观察外面的情况。

突然，断崖岩上响起此起彼伏的爆炸声，日军的大炮又开始轰炸了。他的心再次缩紧。他了解敌人的战术，炮兵开道，步兵跟进，炮击停止后不久，步兵就会爬上山来。

绝不能让敌人发现我们的山洞！当务之急要做好隐蔽工作，一定要做到万无一失！想想还有什么疏忽的地方吗？只要敌人没发现“老虎洞”，一切都不会有问题。

“老虎洞”洞口已经隐蔽好了，不会轻易暴露。隔音也做好了，轻微的呻吟声传不出去，附近也没遗留什么物品。王巧春不断地安慰自己。

真的没什么疏漏了吗？不对，他隐约感觉还有一件重要的事情没做，却一时想不起来到底是什么。再想一想，还有什么需要注意的呢？

远处传来一阵阵微弱的犬吠。山里怎么会出现狗叫呢？附近没有村庄呀！山外的乡亲们全都撤退了，哪来的狗呢？糟糕！一定是日本鬼子的军犬。对呀，军犬可能会依靠嗅觉找到通往山洞的小路呀！他突然想到蔓延副部长的告诫，一定要撤掉小路和山涧的两座石板桥。太疏忽了！两座石板桥他只拆掉一座山涧的石桥，还有一座石桥没拆呢。敌人的军犬上山后会找到自己刚才走过的小路。如果通往山顶的那座石板桥不撤掉，军犬顺着山顶小路下来就能直达洞口。想到这里，他吓得毛骨悚然，后背直冒冷汗，急忙钻出山洞，沿着悬崖峭壁上的小路仔细寻找那座没拆除的石板桥。

山洞下方不远处传来一阵阵嘈杂声，这声音实际上告诉他，敌人已经登上山洞下方几十米处的断岩崖了。“巧春，不要慌，站在断岩崖上的敌人看不着你。只要把石板桥拆掉，山洞就安全了。”王巧春一边安慰自己，一边催促自己尽快找到石板桥，务必在敌人登上天竺山顶峰之前把它拆掉。小路上覆盖着许多从岩石缝隙里长出来的杂草，一下难以分辨出哪段是路，哪段是石板桥。

他终于在悬崖背面的小路上找到了那座通向山顶的石板桥。青石板有一米多长、一尺多宽，幸运的是它不算太厚，也不算太重，他试试用力搬动一下，石板活动了。为了防止石板意外滑落，他用行李绳把石板的远端捆绑上，然后站在洞口一边用力拉住绳索，让石板慢慢地竖立起来。接着，他转过身把石板背在自己背上。这一系列动作都是在悬崖边的小路上完成的，既不能失手，也不能发出响声，每个动作都很危险。然而，与山洞暴露的危险相比，这种危险算不了什么。沉甸甸的石板压在他的背上，压弯了他的腰，他有点儿摇摇晃晃的，行走不稳。好在他力气不小，内心刚强，有韧劲，一只手扶着石崖，一点儿一点儿挪着脚步，最终安全到达洞口附近。

放好青石板，他又重新回到断路口，用树枝把石板压过的痕迹清理掉，然后在断路上铺上一些树枝和厚厚一层杂草。清理完毕后，他掏出望远镜四处瞭望。这时，已经有日本兵端着步枪小心翼翼地朝天竺山顶峰那边攀登。他悄悄地沿着小路退回来，用石板和树枝把洞口封住，然后钻进山洞，再用棉被从里面遮住洞口。

狼狗嚎叫声音显得疯狂许多，距离山洞似乎越来越近了。敌人军犬一定已经发现什么了，但隔着山涧不敢跳过来，只能在悬崖边疯狂地吼叫。太惊险了！如果再迟几分钟，后果不堪设想。

“哎哟，哎哟！”山洞里仍有伤员在呻吟。

“同志们，注意安静，日本鬼子开始搜山了！”王巧春冲山洞里低声喊了一句。

“周副指导员他们怎么还没回来呢?”一个声音焦急地问道。

“他们不会出什么事了吧?”

“请大家保持安静,不要发出声音！我们当务之急是做好隐蔽。”他无法回答伤员们的问题,只能这么劝告他们。

“同志们,我们要相信看护长,配合他的工作,做好隐蔽,尽量不要发出声音。”廖叔似乎察觉到什么,协助他安慰伤员。

太突然了,在短短的一个小时里发生了这么多意想不到的事情,连王巧春自己都不敢相信,梁医生、周副指导员牺牲了,李晓双负伤了,留守队只剩下他自己孤身一人回到“老虎洞”。泪水浸湿他的衣襟,他担心,如果自己情绪突然失控会影响到伤员,因此,他极力分散注意力,克制内心巨大的悲伤。

部队已经撤退了,不知何时才能回来。他是个看护长,只懂得看护,不懂得医疗,他感到茫然无措。刚才山下发生的惨剧他该如何向伤员们交代呢？如果引起伤员们情绪不稳定、病情加重或恶化,那该怎么办呢？所以眼前还要保密,什么都不能讲,等躲过敌人搜查后再说吧。

洞外传来零星的枪声和日伪军的吼叫声,洞内仍有伤员在此起彼伏地呻吟。有的伤员意识模糊,缺少自控力,只好暂时用棉被蒙住他的头部。面对洞内众多的重伤员和洞外恶劣的环境,他深感自己肩上的责任重大。个别伤员似乎意识到危险的到来,情绪变得焦虑起来。

“看护长,日本鬼子已经进山了,你要想办法通知周副指导员他们尽快回来呀!”山洞深处又有伤员在催促他。

“是的,我理解你们的心情,我也很着急,也很担心他们。但我现在不能下山,也无法与他们取得联系。周副指导员、李晓双护士,还有梁医生,他们来不及上山,已经隐蔽在山下一个石窟里,暂时没有危险。”王巧春只好用善意的谎言安慰他们。

“哦,那我们就放心了!”

王巧春坐在洞口附近,双手掩面无声地哭泣着。周副指导员壮烈牺牲的场面不断浮现在他眼前,激起他心中愤怒,他恨不得立即冲出山洞与敌人拼命。可周副指导员是因为保护伤员而牺牲的,他还没完成指导员交给他的任务呢,怎么可以不顾后果呢？此时此刻,二十四个重伤员的生死安危全都落在他一个人的肩上，他绝不能鲁莽行事。

山洞里又出现一阵躁动不安的呻吟声，王巧春不得不再次叮嘱说："同志们，敌人已经上山了，请大家放心，我们的山洞非常安全隐蔽，只要我们保持安静，敌人是发现不了我们的。"那几个由于伤痛难忍，几乎难以控制住呻吟的伤员，听说敌人已经上山了，马上停止了呻吟。

山顶传来日本兵的说话声……敌人终于上来了！

最危险的时刻来临了！

## 四十七

寂静的山谷破碎了，山洞外越来越嘈杂。

不行，不能被动地躲在山洞里！王巧春突然意识到，他不应该躲在山洞里，而应该守候在山洞外。万一出现什么意外情况，还可以及时处理；如果哪里出现什么漏洞，还可以想办法弥补。他委托廖叔帮助他安抚那些还在呻吟的重伤员，自己握着手枪钻出山洞。

从山下向上望，"老虎洞"所在的这座高山是一个长满树丛和杂草的圆柱状石崖，当地人称它为天竺峰。敌军把指挥所设在天竺峰上，指挥日伪军搜山。敌军指挥官确信八路军重伤员没来得及撤走，还藏在山里。

几个日本兵不知是从哪儿过来的，站在断崖岩上朝四周观望，接着朝悬崖这边走来。王巧春躲在山洞外茂密的小树丛里监视他们的一举一动。这几个日本兵嘀咕一阵后开始攀岩。糟糕！虽然通往后山和山顶的石板桥已经被拆除，但悬崖峭壁上的小路还在，如果敌人向上攀登几十米发现小路，顺此小路就会找到山洞。敌人很快就会爬上来了，怎么办？他的心怦怦跳起来。此刻，漫山遍野都是敌人，既不能开枪又不能肉搏，他干着急想不出办法。

隐蔽好不暴露，是上策。可是现在，随时都面临暴露的危险。这些重伤员连生活都不能自理，更别说抵抗了，完全依靠山洞的隐蔽性而生存。怎么办呢？

如果山洞暴露了,只有死路一条。王巧春把四颗手榴弹捆在一起,决心效仿周副指导员,在洞口与敌人同归于尽。但这是下策。面对危险,他无所畏惧,他可以把敌人引开,或者与敌人对抗到底,可是他死了,山洞里的伤员怎么办?这也是几天来他思考最多的问题。

上策和下策都不可行,还有别的办法吗?中策是什么呢?

他想起担架队老林师傅讲的那个故事:春秋时期,在抵御北方狄人入侵时,邢国军民退居太行山中,利用地形优势采取滚石战术,成功守住了寨套山和半截山。当北狄人攻至半截山山前时,忽然漫山遍野的巨石从天而降,把入侵之敌连人带马全部砸死在两条山沟里。后来,当地人分别称这两条山沟为死人沟和挂皮沟。

这个故事给他一个启示:太行山里最缺的东西是道路,最不缺的东西是石头,山体碎石自然塌方是常有的事。对,用石头把日本鬼子砸下去!他发现小路边有一排现成的石头墙。太好了,这一定是周副指导员事先布置好的滚石墙。他决定模仿祖先的战术,只要日本兵踏上小路半步……不,准确地说,在日本兵发现小路之前,他立即推倒身边的石墙,用滚石把他们砸下去,或许还能造成攀岩者意外坠崖的假象。这算是中策吧。

危险在一步一步逼近。镇静!别慌!再等等!他不断地提醒自己,还不到最后关头……

日本兵距离他已经很近了,他已经能听到日本兵呼呼的喘气声,他的神经也绷紧到极限。怎么办?推墙吗?不,再等等。时间一秒一秒地过去了,他终于有些忍耐不住了,他决定在默默数到3时,立即推倒眼前的石头墙。“1——2——”然而就在这时,事情却发生了戏剧性变化,那几个日本兵在只差几米就到达小路时,由于攀岩线路受阻,停了下来,随后向下退去。

嗐,这个结果对双方来说都算是幸运的,“老虎洞”的安全保住了,攀岩的日本兵也没被砸死。王巧春深深地吸了一口冷气,悬在嗓子眼里的心总算放下去了。假如刚才他在数到“2”的时候就推倒那堵石墙,结局将完全不同,几个日本兵瞬间将被滚石砸下悬崖摔死,然而,也将惊动周围的敌人,引起敌人的疑心,山洞的秘密恐怕也将因此而暴露。

太惊险了,在最危险的那一刻,几乎命悬一线!王巧春总算经受住了又一次严峻的考验,关键时刻,他没有惊慌失措,也没有贸然行动。山洞保住了，伤员安全了，他瘫坐在小路上。

日本兵退回到悬崖脚下，在树枝上拴上白布条，表明这个区域已经搜查过了。果然，到了下午，巡逻的日本兵看见这一带树上挂着白布条，就不再搜查了。他和伤员所在的这座石崖，在敌人眼睛里成为安全区域。

敌人沿着山中的小径漫无目的地搜索，只要能看到和找到的石窟、石缝和石洞，就逐一清查。他们先后在天竺山和其他地方抓住了一些躲藏在山里的群众和八路军伤员，不是枪杀就是推下悬崖摔死。幸运的是，敌人在天竺山这一区域搜查了一整天，却始终没发现“老虎洞”。

天黑了，日本兵害怕八路军和游击队的袭击，不敢在山里过夜，陆续撤到芦沟山外，芦沟又恢复往日的宁静。第一关总算过去了。

敌人撤退后，王巧春回到山洞里，用低沉的声音通报了白天的战况：下午，留守队和担架队遭到敌人炮兵的袭击，在红土坡上发生了一场战斗，周副指导员、梁晓辰医生和几名担架员牺牲了。叶长林副营长、李晓双护士和两个担架队员身负重伤，目前藏在山下一个石窟里，生死不明。夜色掩饰不住他眼角的泪光，山洞里顿时安静下来，有人在低声哭泣，有人在叹息。

## 四十八

夜深了，月光透过树梢洒向洞口。

王巧春摘下遮挡在洞口的棉被，盖在靠近洞口伤员的身上。洞内，不少伤员已经酣甜地入睡了，不时还发出几声断续的梦呓；洞外响起野狼的嚎叫声，时长时短，忽远忽近，此起彼伏，回荡在芦沟峡谷里。看来蔓延副部长白天不是吓唬他们，山里确实有狼，而且还不少呢。王巧春决定趁着夜色下山掩埋遇难的战友，不能让他们再遭受野狼的袭击。

他站在洞口外的小路上观察了十几分钟，四周除了哗哗的溪水声和沙沙的树叶响声，没有其他动静，此刻连野狼都闭上了嘴巴。

廖叔还没入睡，见王巧春准备外出，侧过身叮嘱他：“巧春，把我的腰刀拿去，把洞口那根木棍一端削尖，做成扎枪带上防身用。再带上一根行李绳，如果叶连长、李晓双他们还活着，把伤员捆绑在你的背上，这样你就可以把他们背上山来。”

“好的。”王巧春遵从廖叔的意见，拔出腰刀，把木棍的一端削尖。这根木棍属于太行山里一种很结实的硬黑木，行走在深山老林里的人都会随身携带这么一根木棍防身。在太行山里运送伤员时一般都会采用廖叔说到的办法，用行李绳把伤员捆绑在自己的背上，这样，攀登者就能腾出双手登山。但在攀岩时，单人很难完成背送伤员的任务，往往需要两个人一组，相互协作。

“看护长，外出要注意安全，路上多加小心。”洞口边那位姓关的团副参谋长叮嘱他。

“放心吧，首长!”虽然王巧春确信日伪军夜里不敢留在山上，但他还是保持高度的警惕，小心翼翼地铺好石板桥，再用石板把洞口封闭严实。这是他外出都必须要做的一个细节，防止他离开后野狼循着伤员的气味钻进山洞里，攻击那些手无缚鸡之力的重伤员。

离开山洞后，王巧春顺着悬崖边小路绕到天竺山峰的山顶。他没有急于下山，而是躲在一棵大树旁细心观察山下的情况。

月光勾画出一幅美妙的群山剪影，明暗分明、界限清晰。他仔细搜索着山中每一幅图像，分辨树木和岩石、山体和天空、河床和溪水的不同色差，听着从山梁、峡谷及山坡传来的响声。直到确认四周没有任何异常时，他才拎着木扎枪下山。

乌云遮住月光，山风吹动树叶，天空滴滴答答落下细雨。山区的风雨说来就来，毫无迹象。

白天的战斗发生在“通天洞”下面的红土坡上，夜里顺二百多米高的“通天洞”往下走，要比白天困难多了。为了便于在峭壁缝隙里爬行，他轻装上阵，把手电筒拴上绳子挂在脖子上，把木扎枪扔进洞里，让它自由坠落到洞底，然后，他沿着“通天洞”内陡峭的石阶向下爬去。为了节省电池，他只是偶尔打开手电筒查看脚下的石阶和路况，大多数时间里靠手脚摸索着行进。

大约下到一百米深处时，王巧春不慎脚下踩空，身体突然悬空，幸好他一只手抓牢石壁上一块凸起的石板，另一只手迅速抓住一个树杈，双脚重新踩在一块岩石上，才没有坠落下去。好险哪！惊吓之后，他变得谨慎起来，他个人安危是小事，山洞里重伤员的安危是大事，他不能出任何差错。

经历刚才惊险一幕后，王巧春停留在原地稍作喘息，打开手电筒查看脚下的路况。在手电筒的光柱闪过的刹那间，他发现断崖的缝隙内有一道寒光闪射。他心头一惊，再次用手电筒照射断崖的缝隙，发现在五六米远处有一个长满树丛和杂草的平台，有一支带刺刀的日式步枪竖立在树丛里。哈哈，这一定是哪个日本兵坠落时丢失的武器，这东西可比他那根木扎枪要强多了。他决定紧贴着岩石攀登到石台上，把那支步枪拿过来，这可是他的战利品啊！他抓住头顶一块石板，脚踩岩石缝隙，两步踏到那个一米宽的平台上，迫不及待地奔向步枪。突然，他的脚被什么东西绊了一下，向前踉跄一步，扑通一下摔在草丛里。还好，他及时抱住一块岩石，没滚到峭壁下面。

什么东西？他感觉自己压在一个冰冷、柔软的物体上。借着手电筒的光线，他低头一看：啊，是个摔死的日本兵躺在草丛里。他急忙爬起来伸手抓住那支步枪，斜背在身后，准备离开。忽然，他想到了子弹，光有枪没有子弹不行啊，这个日本兵身上一定有子弹带。他弯腰拨开草丛搜查那个面朝石壁侧卧着的日本兵，他的左右肩膀各有一条子弹带，腰带上别着两颗手雷和一只手电筒。他蹲下来，把日本兵身体放平，解开他的皮带，取下子弹夹和手雷。手电筒的灯泡已经摔碎了，他把两节电池卸下来揣进自己口袋里。这个日本兵可能刚死不久，他心里想，瞧，尸体柔软，还带点儿温度。王巧春揣好了弹夹和手雷，拔了几把草和树枝扔到他的身上：“小日本鬼子，你就永远葬身此地吧，除了我，没有人能找到你。”说完，他转身离开那里，继续下山。下到山洞底下时，他用手电筒照射地面，只发现了零星的几个脚印，没有众人踩踏的迹象。奇怪，怎么会有日本兵摔死在“通天洞”里呢？不管怎么说，看来这条路线已经暴露了，至少是部分暴露了。

有了这支带刺刀的步枪，那杆木扎枪对他来说，已经不重要了，因此，下到洞底后他没去寻找那根木扎枪，而是钻出“通天洞”直奔隐藏伤员的石窟。他心里暗自祈求，但愿叶连长、李晓双和担架队员平安无事。独自一人承担这么多重伤员的护理工作，王巧春深感力不从心，如果有李晓双、叶连长和担架队员在他身边，二十几个重伤员的护理根本不成问题，哪怕他们受伤不能活动，遇事有人商量也是件好事。不管怎么样，只要他们还活着就行。

王巧春沿着悬崖脚下的小路向石窟飞快跑去，心中默默念叨着：“叶连长，我来接你们了！”可是当他来到石窟洞口前时，一下子惊呆了，石窟的洞口大开，里面空无一人。石窟地面上遗留着斑斑血迹，而人却不见了。难道他们全被敌人抓走了吗？他想大声呼喊战友们的名字，可是远处沟底稀疏的篝火提醒他，日本兵就驻扎在山脚下。

他沿着红土坡飞奔着，任泪水爬满面颊，任思绪与风伴舞。他在那棵酸枣树下找到了周副指导员的遗体，他双目紧闭半倚半卧在坑边，似乎不甘心轻易地倒下去。王巧春跪在地上哽咽地说：“周副指导员，你醒醒，我来看你了！”

王巧春含着泪水把周副指导员的身体放平，轻轻擦去他额头、鼻孔和嘴角早已干结的血块，从土堆上捡起失落的军帽戴在他的头上。他把从四周采集的青草和树叶铺在周副指导员身上，然后用手一捧捧抓起黄土，掩埋了他的遗体。他摘下军帽默哀：“周副指导员，您安息吧！我不会辜负您的期望，一定完成您交给我的任务。”

离开周副指导员，他在炮弹坑里找到了梁晓辰医生的遗体，他跪在地上整理好梁医生的军装和白大衣，把他平放在弹坑里，然后捧起一把把的黄土把他掩埋了。“梁医生，再也不能听你讲课了，再也不能与你一起做手术了，再也见不到你像骏马一般奔跑的身影了……”

他坐在梁医生的坟前，久久不肯离开，泪水模糊了他的双眼：“梁医生，我不该让你下山，如果你还在，那该多好啊，伤员们需要你！你还记得廖叔吗，我们在老城执行任务时见到的那个廖师傅？廖叔是地下党员，是八路军，他负伤了，也在山洞里，还等着你给他看病呢。”王巧春把梁医生的军帽和听诊器放在坟前，他想让人知道，这里掩埋的是一个八路军医生。

王巧春带着悲伤和失望离开了红土坡，迈着沉重的脚步朝山上走去。八路军、游击队和抗日民主机关全都撤离了，浆水革命根据地也遭到封锁。四围的几个小村庄被洗劫一空，村民们都进山躲藏起来了。美丽、自然、祥和的芦沟，在敌人长枪和大炮的血腥清洗下已经变成一片焦土。在这片寂静的山林里，只剩下他和二十四个生活不能自理的重伤员被困在山洞里。这时，他才真正意识到自己肩上的担子有多么沉重，责任有多么重大。

就在王巧春打算钻进“通天洞”返回山上时，忽然他隐约听到山下传来一阵阵哭泣声。半夜三更，谁在山里哭泣呢？

## 四十九

王巧春循着哭泣声来到悬崖下面一个陡峭的大坑旁边，看到一个破衣烂衫、十三四岁的瘦小男孩，手里拿着一把铁锹，坐在坑边抽泣，抹着泪水。当小男孩发现有人站在十米之外提着步枪望着他时，他警觉地爬起来，转身要跑。“站住，我是八路军！”王巧春轻声叫住他。小男孩一下子定住了，半天才转过身盯着王巧春：“你真是八路军吗？你怎么会半夜三更一个人在这里呢？日本鬼子就在山下呀！”

王巧春没回答他，反问道：“你为什么在这里？你难道不怕日本鬼子抓你吗？”

听到王巧春的问话，男孩马上镇静下来。“不怕，日本鬼子没我跑得快。”他边说边朝王巧春走来。

“你为什么在这儿哭泣？”

男孩指着大坑：“他们死得太惨了！”

王巧春向坑内望去，漆黑一片，望不到底，空气中能隐约闻到一股血腥的味道。“他们是你什么人？”

“我的好伙伴，还有村里的乡亲们。”

“你是哪个村的？”

“老仓墓村的。”

“你叫什么名字？”

“没名字，大家都叫我九妮。”

“九妮，他们是怎么死的？”

“他们都是普通的百姓，躲在深山里，白天被日本鬼子搜出来，日本鬼子逼迫他们说出八路军伤员藏在哪里，他们什么都没说。结果，残忍的日本鬼子把他们一个一个用刺刀挑死，然后扔进大坑里。”

“太惨了！”

九妮指着大坑说道：“白天芦沟曾经发生过战斗，你知道吗？”

王巧春反问他:“你怎么知道的?”

九妮告诉王巧春,他和家人在山里躲藏几天了,为了躲避日本鬼子搜山,他们接连变换几次住处。昨天白天,当他们爬上流钱山时发现天竺山下炮声隆隆、硝烟弥漫,一看就知道八路军与日本军队打起来了。

流钱山海拔一千一百米,威武壮观,与他们所在的天竺山相隔两道岭,直线距离不足二千米。晴天时,站在流钱山的山顶,山下的情景一目了然,方圆几十里崇山峻岭尽收眼底。

“昨天下午你都看见什么了?”王巧春指着酸枣树的方向问道。

“什么都看见了,我当时与我干爹就躲藏在附近一个山头上。双方力量差别很大,八路军人少,日本鬼子人多,但八路军占据地理优势,日本鬼子吃了大亏。一个八路军战士坚守在红土坡掩护另一个人撤退,结果自己被敌人包围了,最后与敌人同归于尽。我们看得真切,十分揪心。我干爹说,等八路军把日本鬼子打跑后,他要在那棵酸枣树旁边为他修个坟、立个碑,以后每年都要祭拜他。”

“九妮,敌人后来搜山时你看到什么没?”王巧春心里惦记着叶连长他们的下落,继续问道。

“敌人攻破八路军阵地后开始搜山,牵着狼狗沿着山崖边搜查,把藏在石窟里的八路军伤员拖出来,直接扔到悬崖下面大坑里。我的小伙伴一家人也在其中。”

“日本鬼子太狠毒了!”王巧春气愤地说,心里有种不祥之兆——叶连长他们可能遭遇到不幸。他抬起头望着眼前的悬崖峭壁,叶连长他们藏身之处就在大坑上方几十米的地方。“九妮,坑里有八路军伤员吗?”他担心地问道。

“嗯,有男的、有女的,还有头缠绷带的伤员。”

糟糕!叶连长就是头部负伤。但他转念一想,不一定是叶连长吧,或许是别的伤员呢。“小鬼,带我下去瞧瞧。”不看到本人,他无法相信像叶连长这种身经百战、智勇双全的老红军会战死在疆场上。

“好,跟我来!”九妮一猫腰溜到大坑里。

王巧春背着步枪跟在九妮后面,顺着土坡滑到坑底。坑底平坦松软,长满野草,草丛里夹杂着从山上滚落下来大小不等的碎石。土坑里大概有十几具尸体，横七竖八地卧在草丛里，有头戴白毛巾的老人，还有身穿单衣的少年。太悲惨了，尸体血肉模糊，惨不忍睹！他们都是日本兵白天在山里抓到的老百姓。

“瞧，这位八路军，你应该认识他吧？”九妮指着一个身穿灰色八路军干部军装、腰里扎着皮带的军人，俯卧在草丛里，头缠满了染红了的绷带，身旁一块石头已经染成红色。王巧春俯下身把他轻轻地翻过来，看见一张缠绕着绷带结满血痂血肉模糊的面孔。他认出来了军装是叶连长的。他再也无法控制心中的悲伤，扑通一下坐在地上，泪水如决堤的洪水涌满面颊：“叶连长，你醒醒啊！我是巧春，我来救你了！”他坐在地上默默地抽泣着，想到自己最亲密的战友叶连长和梁医生都牺牲了，他悲恸欲绝，禁不住放声大哭起来。

九妮摇晃着王巧春的胳膊，劝说道：“八路军哥哥，小心惊动日本鬼子！这儿离芦沟殿只有两里地远啊。”

“怕啥！让日本鬼子来吧，我正想跟他们拼命呢！”他的心在燃烧，血液在沸腾。

“太好了，八路军哥哥！你要想报仇，我来带路，后南峪村里住着十几个日本鬼子。你有枪，我有铁锹，我们趁夜半三更，悄悄摸进村里杀他几个日本鬼子，你看如何？”小男孩挥动着手里的铁锹。

“走！你带路！”王巧春有些冲动，可是当他仰起头望到红土坡上那棵酸枣树时，立刻又冷静下来。他想起了周副指导员的嘱托，擦干眼泪站起来，压制住心中的怒火。“小鬼，现在还不是报仇的时候。这里还有别的八路军战士吗？”

“有，在这里，你瞧！”

“李晓双！”王巧春惊叫起来，借着手电筒的灯光，他看到李晓双身穿白大褂仰卧在地上，旁边还有两个受伤的担架队员，看来叶连长他们全都遇难了。他现在唯一能做的就是把他们就地安葬。“九妮，把铁锹递给我。”

九妮明白他的意思，指着旁边一个土堆说：“这是我小伙伴一家人的坟，我刚给他们收尸。旁边有个土坑，你可以把他们埋在那里。”

在九妮帮助下，王巧春把叶连长、李晓双和两个不知姓名的战友遗体抬到凹地里，摆放整齐。他跪在地上双手捧起一把黄土，轻轻地撒在他们的身上。“战友们，安息吧！等到胜利以后，我再回来看你们，告诉你们胜利的消息。”王巧春久久地站在他们的身旁默哀，不忍心将他们草草地埋葬。此时，山里响起了几声野狼的哀嚎。“埋了吧，否则……”九妮在旁边提醒他。

他接过九妮的铁锹，扬起一锹一锹的黄土。安息吧，战友们！我们将继承你们未完的遗愿，坚持、再坚持，最终打败日本侵略者。

## 五十

“八路军哥哥，你要去哪里?”九妮跟在王巧春身后问道。

“这是军事秘密，请你不要问了。”蔓延副部长临走前曾交代他一条纪律：除了八路军以外，不允许告诉任何人“老虎洞”的秘密。他当过侦察兵，懂得保密的重要性。天亮后，日本鬼子肯定还会大规模地搜山，他们面临的形势将更加严峻。

九妮嘴巴一撇，骄傲地说：“军事秘密也罢，我不问，但你可能需要我帮助。你走过羊肠小道吗？那都是我们放羊娃走出来的路。这里没有人比我更熟悉山里的羊肠小路了。这条小路通向断崖岩，顺着‘通天洞’上山后，小路一分为二，一条通往天竺山、西子坪、栗树坪村和八里丈村，另一条通往流钱山、大寨村、寨套山和牛角峰。这里除了‘通天洞’，没有其他山洞了。难道你们藏在‘通天洞’里吗?”

“不要乱猜了，小兄弟。我们现在就一起攀登‘通天洞’，你进去了就知道山洞里都有啥。出洞后，你我分手，你去你的流钱山，我去我的西子坪。记住，分手后你不能再继续跟着我，这是纪律!”王巧春故意提到西子坪，其实“老虎洞”离西子坪很远。

“好的，一言为定！你回你的西子坪，我回我的牛角峰，我绝不跟踪你。”

在“通天洞”洞口附近，王巧春找到那根木扎枪，他把它送给九妮。九妮背着铁锹，手握木扎枪跟在他身后，顺着“通天洞”往上爬，不时还提醒他路况。

“八路军哥哥，我怎么称呼你呢?”九妮问道。

"就叫我八路军哥哥吧。"

"难道你的名字也是军事秘密吗?"

"算是吧。"

"那你多大了?"

"十七岁。"

"十七岁呀!才比我大两岁。你当兵多久了?"

"四年多了。"

在抗日战争年代,再没有什么运动比攀岩更考验人体力和毅力的了。如果是登山,累了还可以坐下来休息,可是攀岩则不同,停在峭壁上不仅难以休息,而且也不安全。抗大总校的卫生兵经常翻山越岭往桃树坪医院运送伤员,但一般都不会选择这条路,因为这条路太险峻了。

或许因为夜半三更过于寂静,或许由于漆黑的"通天洞"让人感觉恐惧,一路上,九妮总在不停地唠叨着,问这又问那。而王巧春,因为叶连长和李晓双牺牲,心情十分压抑,沉默不语。"听你口音是本地人吧?"九妮又问道。

"威县人。"

"你知道老城吗?老城离威县好像不远。"

"不是一个方向。威县离这里更近一些。哎,你怎么起了个女孩的名字?"

此时,已经有些气喘吁吁的王巧春顾不上说话,而九妮开始自言自语讲起自己的身世:"我娘生了9个孩子,前面8个,男孩都死了,女孩都活了。到我出生后,一看是一个男孩,接生婆就建议我爹给我取个女孩的名字,说取女孩名好养。就这样,我爹就给我起了个九妮的名字。后来爹娘病死了,爷爷年纪大了,担心养活不了我,就把我过继给邻村的郭家。我继父今年五十多岁,家里养了十几头奶羊,我到了郭家后就成了放羊倌儿,每天在山坡上放羊。因为山里狼太多,夜里经常有野狼攻击羊圈,我晚上就睡在羊圈里。"

"你不害怕狼吗?"

"不怕!自从狼被我打败后,它们害怕我。只要我睡在羊圈里,它们就不敢接近羊圈。"

沉默片刻后,九妮又继续讲:"我继父心地善良、思想进步,经常派我去给桃树坪八路军医院送羊奶。他说伤员喝羊奶,伤口长得快。"

“你家现在还有奶羊吗?”

“没了,羊都被日本侵略者掠走了。”

“可恶的侵略者!”

“八路军哥哥,你喜欢看京戏吗?”

“你怎么突然问这个问题?”

“我继父有个女儿多才多艺,京戏唱得很好,是老城一家京戏班子里的主角。”

“啊,老城京戏班子?你继父女儿多大了?”

“英姐比我大三岁,今年周岁十八。”

“英姐?她的名字是不是叫郭海英?”

“哎,你怎么知道我英姐的名字呢?”

“嘿嘿,太巧了!上山后我再告诉你。”这时,他们已经爬到一多半路程了,正是最消耗体力的时候,王巧春倚在一棵碗口粗的树干上休息片刻,然后继续向上攀爬。

“你真的认识我英姐吗?”

“1937年秋天我在老城县要饭时去过老城京剧团,海英姐曾经帮助过我。她告诉我她是浆水川人,建议我到她的家乡浆水川找八路军……后来我们去了山西和顺县,在皋落镇碰到了八路军的队伍。这么巧,真没想到!”

“八路军哥哥,能告诉我你叫什么名吗?”

“二春。”

“哦,那我就叫你春哥吧。”九妮安静下来。寂静的山洞里回荡着他和九妮有节奏的喘息声,一上一下,一强一弱。

“好吧。”

“春哥,你知道海英姐在哪儿吗?她现在情况如何?我继父上个月去老城寻找她一次,没找到。”

“我也没有海英姐和她伙伴的消息……”王巧春的话被一声异响打断了。“咳咳。”山洞里突然出现两声轻微的咳嗽。“九妮,是你在咳嗽吗?”

“没有哇,春哥,我还以为是你咳嗽的呢。”

他们停下来观察片刻,山洞里寂静如初。或许是错觉吧?王巧春抬头向上望去,洞口处透进一丝淡淡的月光。快到山顶了!他暗自鼓劲,继续顽强地向上攀爬着。突然，山洞里又响起两声清晰的咳嗽，这声音离王巧春很近。“谁?”他的背部仿佛受到了电击，心脏扑通扑通地跳起来。他警惕地回头望去，漆黑的山洞伸手不见五指，正前方一条淡淡的夜色夹在两面峭壁之间。“九妮，快打开手电筒!”王巧春声音显得有点儿急促。

借着手电筒的光线，王巧春看到这里正是他刚才下山时缴获日本兵步枪的地方，他立刻镇静下来。不用怕，那个日本鬼子兵已经死了，他心里安慰自己。九妮爬上来一只手扶着他，问道:“不对吧，春哥，死人怎么还咳嗽呢?”

“那里有一个日本兵的尸体。”他手指着最黑暗的角落。

他的话音刚落，九妮的手电筒就对准草丛照过去。野草在微微地晃动，或许是风……可是山洞里没有风啊! 接着，他看到草丛下面有一副苍白的面孔，然而令他大吃一惊的是，那个日本兵正瞪着眼睛望着他俩，“咳咳!”又咳嗽两声。死人竟然活过来了!

九妮端起扎枪高声喝道:“缴枪不杀!”

“别开枪! 我投降!”一个颤抖的声音从草丛里传出来。这个日本兵还会说中国话。

“把武器交出来!”九妮命令道。

“武器已经被你们缴获了。”

王巧春告诉九妮，自己手里这支步枪就是刚才从这个日本兵那里缴获来的武器。

“春哥，他装死。我过去把他扔到山下去。”

“不，九妮，八路军不杀俘虏。先把他捆起来背上山再说。”王巧春态度十分认真。

“什么，还救他? 春哥，你刚才也看到了，那些手无寸铁的老百姓和伤员都被他们杀害了。不，我咽不下这口气，我要报仇!”

“九妮，你的心情我理解，但不杀俘虏是战场上的纪律，我们不能违反。”王巧春从口袋里掏出一根绳子，跳过去把日本兵捆起来。其实，这个俘虏双腿已经骨折，困在平台上想逃也逃不掉。“九妮，帮我用行李绳把俘虏捆绑在我背上。”

“凭什么他们可以杀害被俘的八路军伤员和老百姓，我们却不能同样对他们呢?”九妮虽然有些不情愿,但还是服从王巧春的决定,“告诉你,小日本鬼子,今天不杀你,但这笔血泪账早晚要清算!”日本兵战战兢兢地说:“我有罪!感谢不杀之恩!”

王巧春把步枪交给九妮,背着俘虏向上爬去。

登上断崖岩后,他们把俘虏安置在岔路口的一片树林里。“春哥,怎么处理这个俘虏?”

“这件事我无权决定,需要请示部队首长。”

九妮把步枪和手电筒还给他,说:“那好吧,春哥,你回去请示首长,我在这里看守俘虏。”

王巧春问九妮:“你一个人守在这里不害怕吧?”

九妮握着木扎枪,摇摇头:“春哥,你放心去吧,我不怕。”

“我走后不许虐待俘虏,九妮。”

“不会的,等你回来再说。”

远处山林里响起几声野狼的嚎叫:“呜……”

## ◆◆◆ 五十一 ◆◆◆

自从看护长王巧春离开山洞后,伤员们都在为他的安全担忧。看护长外出后迟迟不归,洞内逐渐出现一种躁动、忧虑、不安的情绪,重一些的伤员呻吟声增多了,轻一点儿的伤员也变得辗转反侧、坐卧不安。大家都明白,留守队只剩下看护长一个健康人了,他是大家唯一的依靠。廖叔也后悔不该让王巧春夜里外出下山,如果他有个三长两短的,会影响洞内二十四个伤员的安全。

“我回来了!”王巧春猜到伤员们都在为他担心,期盼他安全返回,所以他人没到声音先到,迫不及待地向大家报个平安。果然,看见他回来了,伤员们都很开心。

“我说过巧春机灵不会出事的,怎么样!哈哈!”靠近洞口的廖叔立刻向大家夸耀。

“看护长回来了！”这是关副参谋长的声音。关副参谋长身材高大魁梧，因腰部受伤双下肢瘫痪失去站立和行走能力，为了不影响医院的整体转移，主动提出来留在山洞里，让他的警卫员跟随医院行动，协助轻伤员转移。在二十四个重伤员中，关副参谋长和廖叔的年龄最大，伤势也算最轻，可以靠着墙壁坐着，慢慢移动位置。

“巧春，石窟里的伤员怎么样了？”廖叔急切地问道。

“叶连长、李晓双，还有担架队队员，他们全都牺牲了。”这次，王巧春没有隐瞒。

大家沉默了。

王巧春把在山下发现的情况向伤员们做了汇报，并请示关副参谋长如何处理在“通天洞”里抓到的那个受伤的日本兵俘虏。山洞里关副参谋长职位最高。

关副参谋长沉默了好一会儿没回答，廖叔也默不作声，连重伤员们也停止了呻吟。山洞里立刻安静下来。随后，有人在叹息，有人在咒骂日本鬼子，有人发誓要报仇。

“烈士的鲜血不能白流，伤愈后，我们要重返战场为烈士们报仇！”伤员们用不同方式表达了对死难烈士们的哀悼。

“我的好伙伴们……”有个来自担架队的伤员在轻声抽泣着，“他们个个都比我健壮。崩了那个日本兵，或者把他也从悬崖上扔下去摔死。”

“不，绝不能杀害俘虏和伤员，这是日内瓦国际公约规定的。至于该怎么处理这个日本伤员，我们需要开个党小组会商量一下。”关副参谋长坚定地说，“我自荐临时担任党小组组长，请党员同志举手报名。”

“我是党员！”廖叔举起手。

“我也是党员。”

“我也是。”

王巧春参加革命四年了，一直没能入党，前些年是因为他还没到入党年龄，而近两年是因为工作调动，错过入党的机会。趁关副参谋长与十几个党员伤员开会商议期间，王巧春拎着水壶给重伤员们喂水，帮助解大小便。等他做完护理工作后，党小组已经形成统一的意见：优待俘虏。

关副参谋长坐在角落里总结说：“山洞里全是不能行走、生活不能自理的重伤员，只有看护长一人是健康人，医疗护理任务极其繁重，已经超出极限。同时，我们还面临着缺医少药、供给不足的问题。部队撤离了，我们深陷敌占区，处于孤立无援的危境中，我们的生存完全依赖于山洞的隐蔽性。在自身难保的情况下，我们根本没能力收容这个负伤的日本俘虏。但是，遗弃或惩罚战俘不符合八路军的政策。思前想后，我们认为还是选择一个妥当的办法把战俘交还给日军，比如把他安置在一个安全且容易被找到的地方，当然还要留下一封信，让日军官兵知道我们八路军的抗日不仅是正义的，而且还是人道的。”

随后，关副参谋长执笔写了一封告日军的信。

“围剿”我根据地的日伪官兵们：

你们重兵“围剿”我浆川抗日根据地，一路烧杀、掠夺、奸淫，犯下滔天罪行，特别是昨天下午在天竺山脚下，公然炮击我方红十字担架队，造成多个担架队队员、医护人员和伤员阵亡，严重违反了《日内瓦公约》和《国际红十字法》。更甚者，你们丧失了基本的人性，杀害躲藏在山林里和石窟里的老百姓、妇女儿童，把八路军伤员从数百米悬崖上推下来活活摔死。你们犯下的战争罪、反人类罪和虐待俘虏罪行，罪恶滔天，罄竹难书，必将得到应有的惩罚！

我部现有你部战俘一名，伤势严重，为使其及时得到治疗，我们本着正义和人道主义精神将伤员交还给你部。也敦促你部立即停止残害妇女儿童、普通老百姓和八路军俘虏的野蛮犯罪行为。

浆水川根据地八路军

1942年5月27日凌晨

离开九妮太久了，看护长担心九妮独自一人待在山里不安全，带着那封信快速跑下山，来到断崖岩上的岔路口。九妮见王巧春从小路上走来，从一棵大树上蹦下来：“春哥，你终于回来了！怎么样，首长同意我们处死那个俘虏吗？”

“不同意。首长决定把俘虏交还给日军。”

“什么？把他交还给日本鬼子？你没搞错吧？”

"没搞错。首长还写了一封信。"

"怎么交还?"

"首长要求我们今晚把他安置在一个比较偏远一点儿、既安全又容易被发现的地方。"

"凭什么? 我不干! 春哥,你们要是害怕日本鬼子报复的话,就把他交给我处理吧。"

"九妮,这不是害怕,相反,正是因为我们不害怕日本侵略军才会这么做。八路军不仅讲正义而且还讲道义。这恰好是日本鬼子害怕我们的地方。你懂吗?"

"不懂。"

"现在不懂没关系,以后你会懂的。日本人民中也有许多人是反战的,桃树坪八路军医院里就有许多日本医生和护士,他们是国际主义战士,每天救治许多八路军伤员,用他们自己的实际行动进行反战。"

"我干爹给我们讲过一个故事,《东郭先生与狼》,你听过吗?"

王巧春没有回答九妮的问题,因为他心里也矛盾,也不大痛快,但他是一个兵,在这个问题上必须服从首长和党小组的意见。他决定把那个日本伤员背到远处小路边一个石窟里。

当王巧春解开捆绑在俘虏身上的绳子时,日本兵如同惊弓之鸟,眼中流露出恐惧的眼神,但看到王巧春拿出绷带替他包扎腿上伤口时,他的身体停止抖动,眼里流出几滴羞愧的泪水。王巧春把首长写的信塞进他的口袋里,郑重地警告他,八路军不杀伤员,不虐待俘虏,但不等于不杀侵略者,如果下次战场相见,绝不再留情!

"敬佩! 敬佩! 我保证今后一定竭力宣传和平,反对战争。"

"你叫什么名字?"

"唐一郎。"

"唐一郎,你怎么会说一口流利的中国话?"在离开石窟前,王巧春突然好奇地问道。

"我来自满洲国,不,对不起,应该叫东北,关东军中大部分日本兵都会说中国话。我生在中国,长在中国,在奉天读的小学和中学。虽然我的父母都是日本人,但汉语是我的第一语言。"

“你既然生长在中国，就不应该像禽兽一般残害中国人。”

“是！是！”

九妮愤恨地说：“那好，唐一郎，你回去告诉那些残害八路军伤员和普通老百姓的日本刽子手们，中国人的血不会白流，这笔血债终究要偿还的。”

“是！是！我今后一定要多做反战工作。”

离开之前，王巧春突然想知道，这家伙是怎么钻进“通天洞”的。至今为止，敌人似乎还没发现“通天洞”呢，这个问题一定要问清楚。

据唐一郎交代说，他是跟着一个日本兵钻进洞里的，他们一前一后向上攀登，但是他突然被那个日本兵用石头砸下去。那个日本兵为什么要害他呢？唐一郎说，他在山洞里曾反复问那个爬在前面的日本兵：“喂，兄弟，你为什么一个人到这儿来？”而那个日本兵始终没回答他。唐一郎猜测那个人是个逃兵，估计已经逃进深山里了。

山里传来几声野狼的长嚎：“呜——”为了防止唐一郎遭到狼群的袭击，王巧春和九妮用石头和石板把洞口堵得严严实实。

“哼，东郭先生！”九妮虽然心里对这种做法不理解，但行动上没有抵制。

“好了，九妮你该回去了。”

九妮临走时说：“春哥，如果以后有什么事情需要找我帮忙，就顺着南面这条小路一直走到牛角峰。只要你站在牛角峰上喊我一声，我就能听见。对了，你还没告诉我英姐现在怎么样？”

“下次再说吧，再见！”王巧春望着九妮的身影消失在夜色里，转身朝“老虎洞”方向跑去。

## ◆◆◆ 五十二 ◆◆◆

这是王巧春看护长留守的第一个夜晚，漫长又煎熬。一切来得太突然，也太意外了，让他无法接受。可是战争就是这么残酷，几小时前还在一起有说有笑的战友，此刻却长眠在地下。他一边清点山洞里的物品，一边默默落泪。因为部队转移得太匆忙，山洞里几乎没留下什么药品和粮食，甚至连食盐都没有，只有仅够吃三五天的红薯、玉米饼和几袋炒米。

山洞的角落里有一口铁锅和一把铁壶，但没有火，这些东西都用不上。他一连询问两遍"哪位伤员有火柴或打火机"，但没有人回答。留守没有火柴，这确实是个不小的失误。他甚至后悔自己不吸烟，如果有吸烟习惯，平时会随身携带一盒火柴。

他打开蔓延副部长留下的宋庆龄基金会配备的急救箱，里面只有几把剪刀、镊子、几个换药弯盘，还有一些止血粉、几包纱布敷料和十几卷纱布、绷带，几乎没有口服药物。他顾不上多想，擦干泪水开始工作，仔细检查每个伤员的病情，为术后伤员更换敷料和绷带，给每个伤员喂食、喂水、帮解大小便。

做好护理工作后已经是凌晨三点钟了，王巧春背着七八个军用水壶来到山洞附近一处泉眼处接水。连续多天没下雨了，泉眼水流细缓，半天接不满一壶水，真是急死人。天亮之前他还有许多事情要做呢！他用两根粗木在小路上搭建一座木桥，这样一来，携带重物上下山就方便多了。好不容易才接满四壶水，他匆忙回来放下水壶，把带血的敷料、绷带和伤员需要换洗的衣裤包裹起来背在肩上，手持步枪顺着悬崖峭壁的小路来到悬崖下的小溪边。

风从峡谷刮来，穿越山洞，吹动树叶，发出沙沙的响声。河水哗啦啦地流淌，伴随着溪流奔涌、浪花碰撞，演奏出优美的森林交响曲，山水相映，景色如画。生长在冀南平原的他，更爱太行山朦胧的夜色。多么寂静的夜晚啊，连星星都钻进云朵里就寝了。

小溪位于一片石滩中间，石滩两边生长着茂密的小树丛，溪水闪烁着银色的月光。芦沟的夜色如此美丽！王巧春坐在一块大石头上，把包裹和步枪放在身旁，望着天空的月亮静静地发呆。按照《国际红十字会宪章》，两军交战，医院和红十字担架队是不允许被轰炸的，可日本侵略者却如此野蛮残酷，轰炸担架队不说，还杀害被俘伤员。想到牺牲的战友们，叶连长、梁医生、周副指导员、李晓双，还有那几个担架队员，他悲愤不已。

白天，日本鬼子搜山时，有些重伤员们咬紧牙关，没发出一声呻吟。夜里，已经有几个伤员开始发烧了，估计是伤口感染。伤员们忍受着巨大的痛苦，而他却无能为力。他蹲在小溪旁，一边清洗敷料，一边小声哭泣。伤心，不是因为他胆怯，更不是由于他懦弱，而是因为他心疼那些无助的伤员，担心自己没有能力呵护好他们。

没有足够的食物，没有药品，连赖以生存的山区根据地都落在敌人的手中。怎么办呢？他心里着急又担心。他虽然当兵几年了，大小战斗也经历过许多，但在如此险恶环境和艰难条件下独自一人执行任务，这还是第一次，心中不免感到孤独和无助……

重伤员中，有经历过长征的红军干部和战士，有战功显赫的指战员，也有入伍不久的战士，他们都是在战斗中负伤的。他擦干泪水，暗自发誓，一定尽自己最大努力护理好他们。

芦沟峡谷里突然传来几声狼嚎，撕裂了宁静的夜空。他在石滩上捡起几块石头放在身边用于防身。别害怕，总会有办法的！他一边清洗敷料，一边默默地自我安慰。当兵前，他曾经在野外流浪乞讨一年多，挖野菜、摘野果、斗恶狗、战恶狼，积累了一些野外生存经验。

太行山的野兽中，狼是有名地凶残。狼群庞大，群居、群殴、群斗，组织性强，饥饿时，吃人连骨头都不留。同样，在动物世界中，狼也是有名地狡猾奸诈，喜欢偷袭、声东击西，山里经常发生狼群伤人的事件。穿越太行山的人，可以没有武松打虎的本事，但一定要懂得怎么打狼。关于太行山的狼，有一件事情王巧春终生难忘。

1941年秋天，日本军队发动秋季“扫荡”，医院被迫转移到芦沟殿。医院在芦沟山坡上搭建了十几间石屋安置重伤员，因为住房有限，医务人员以医疗组为单位与轻伤员一起宿营野外。有一天傍晚，一群狼突然出现在他们医疗组露营的山坡附近，几十头饿狼在寻找合适的猎食对象。发现狼群逼近后，内科医疗组负责人闫玉珍医生马上组织医务人员和伤员紧急撤离山坡，大家统一集中在一个带围墙的院子里。闫医生安排看护长王巧春趴在墙头上放哨，观察狼群的动向。王巧春发现狼群并没有撤退，仍然在向他们刚才宿营的山坡包围，似乎在准备攻击猎物，他立刻把这个情况向组长闫玉珍医生汇报。闫医生马上清点人数，他们医疗组果然少了一人，护士郝绍敏。

不好，郝绍敏还在山坡上！闫医生立即带领王巧春和看护员王茂久手持棍棒返回宿营地。“郝绍敏，郝绍敏！”他们一边呼叫一边寻找，但没有任何回应。“跟我来!”闫医生带着他俩朝狼群潜伏的地方跑去。他们终于在一棵大树下发现正倚在树下昏睡的郝绍敏护士。郝绍敏那年只有 15 岁,患恶性疟疾数月未愈,身体消瘦,虚弱,下午疟疾发作后昏睡过去。

此时狼群已经围在他四周,张开大嘴撕咬他的衣裤……闫医生见状,大喝一声:“住口!”冲进狼群,从地上抱起昏迷不醒的郝绍敏,转身往山下跑去。王巧春和王茂久挥舞大棒驱赶围追闫医生的狼群,掩护闫医生撤离。狼群被他们驱散了,闫医生抱着郝绍敏回到院子里。太惊险了,如果再迟几秒钟,郝绍敏就葬入狼口了。

郝绍敏清醒后,看着自己被撕破的军装,一脸茫然,在得知自己被救经过后,跪在地上泪流满面,感谢救命恩人闫玉珍医生。闫医生大无畏的勇敢精神感动了在场的医护人员,为年轻一批八路军白衣战士树立了光辉的榜样。

闫玉珍医生是桃树坪抗大医院里的女中豪杰,陕西人,1922 年出生,1937 年参加八路军,曾历任卫生员、护士、医生。1940 年抗大医院在武安、辽县一带办学期间,她经常跟随青年纵队上前线打仗。战斗中,她总是冲锋在前面,救治的伤员也最多,同时锻炼出一身过硬的战地救护本领,因此她被破格从护士提拔为医生。

桃树坪医院里的小八路都喜欢听闫大姐讲战地救护。1942 年初,闫玉珍医生与抗大总校一大队政委何德庆结婚,不久就离开了抗大医院,跟随何政委奔赴晋中南抗日前线。

经历过那次事件后,王巧春对打狼充满信心。狼欺软怕硬,在与狼对峙时如果你足够坚强勇猛,后退的一定是狼。正如九妮所说的一样,经过几轮恶斗,狼惧怕他了,只要九妮住在羊圈里,狼就不敢踏入羊圈半步。

然而那天夜里,王巧春却大意了,险些败给狼群……

## 五十三

山里的狼群闻到血的气味后悄悄地包围上来,而那一刻王巧春却一无所知。树叶和溪水的响声掩盖了野狼的脚步声,使他对即将来临的危险竟毫无察觉。一对闪亮的绿光在小溪对面树林中飘移，吸引了他的注意力，那是狼的目光！可他并不害怕：有种你过来！

他把步枪竖在岩石旁，蹲下来捧起溪水连喝几口，然后洗了几把脸。整晚忙着照料伤员，连口水都没顾得上喝，此刻才感觉到口干舌燥。清甜的溪水从干涩的喉咙里流入，带给他一股苦涩的感觉。

他低头望着水中的倒影，仔细看着那个几乎认不出来的自己，黝黑的圆脸膛已经变成一个细条，凹陷的眼窝更显得两个颧骨的突出，只有那对永远睁不大的小眼睛依然显得炯炯有神。想到周副指导员、梁晓辰医生、叶长林连长、李晓双护士，白天那幕凄惨的情景又浮现在眼前，他感到伤心，泪水顺着面颊流淌，止不住抽泣起来。

突然，王巧春察觉到背后有个异样的声响，还没来得及回头，水面倒影中有一个张着血盆大口的狼头出现在他左肩上方，两只尖爪已经深深扎进他的双肩，狡猾的恶狼只等着他回头，便一口咬住他的喉咙。霎时，他心中一阵战栗，惊出一身冷汗。他想到了爷爷的忠告，在这种紧急情况时千万别回头。他忍住剧痛，急忙低头含胸缩脖，双手突然抬起迅速扣住狼的脖子，用力扭开几乎触到他脖子的狼嘴，随后双手向前发力，同时背部和臀部向上用力一顶，把狼从他的肩背上甩出去。狼的身体腾空翻滚，扑通一声掉进小溪里。他迅速从岩石上跳下来抓起步枪，装上刺刀，用力刺向落水狼。落水狼被他刺中，嚎叫几声被急流冲走了。太险了！他捂着火辣辣疼痛的双肩庆幸自己躲过一劫。

正当看护长王巧春收拾好包裹转身准备离开小溪时，他突然发现自己被五六头野狼团团围住。他抡起刺刀向狼群砍去，野狼向后退却。他进攻时，野狼钻进树丛里躲避；他后退时，野狼则钻出树丛步步紧逼。就这样，他与野狼僵持了数十秒钟。他四处观察，想找个有利地形与狼搏斗，右边是片树林，不行！左边有片草丛，也不行。迫不得已，他一边与狼战斗，一边主动转移到石崖下面一块空旷的草地上。背靠着岩石与狼群对峙着，他不再担心腹背受敌了。狼群在十多米外，围成半圆形，龇着尖牙，双眼冒出凶狠的绿光，紧盯着他。看到他不停地挥舞着刺刀，狼群不敢轻易发动攻击，只有一头身材高大的灰狼在试探着逐渐向他靠近。他捡起几块石头砸过去，竟然都被它躲过去了。其他几头狼仿佛受到鼓舞，也大胆地缩小包围圈。怎么办呢？后退吧，无路可行。开枪吧，怕惊动山沟里的敌人。撤回到洞里吧，无法转身攀登身后的悬崖峭壁。唯有坚决地杀开一条血路冲出去。他发现那头身材高大的灰狼是个领头狼，决定从它下手，打击狼群的锐气。

他手持刺刀向它靠近，不断地做出刺杀的动作，可是它好像并不惧怕，也不退却，反而前腿蹬地做好了冲锋的动作。王巧春已经没有退路了，不杀掉这头狼，他无法脱险。他在慢慢地向它靠近，希望来一场近距离的肉搏战。当他与这头狼相距两米远时，它终于被他的挑衅激怒了，前爪用力一蹬，嗷地吼叫一声扑向他的头部。他的身体向左一闪，躲过它的大嘴，挥起刺刀刺中它的腹部，顺势用力一甩，把它扔到石崖下面。受伤的灰狼在地上翻滚一圈哀叫着站起来，一瘸一拐地钻进树林，其他几头狼吓得纷纷后退十几米。

白天不敢开枪打日本兵，是因为他要保护山洞里的重伤员，不能暴露自己，可是没想到连野狼也如此猖狂，竟敢主动攻击他！没死于敌人枪口和刺刀下，却险些丧生于狼口！他被激怒了，恨不得打死几头野狼。他左冲右突，骁勇无比。几个回合下来，野狼被打得落荒而逃。可是等他返回小溪边时却发现，那些带血的敷料和绷带都被野狼叼走了。他的损失还是有点儿惨重，因为他的敷料和绷带不大够用。

这些野狼一定闻到了伤员伤口的血腥气味，所以半夜聚集在天竺山峰周围。他由衷地敬佩廖叔的判断和经验，如果他离开山洞后没有堵严洞口的话，后果真的不堪设想。

趁狼群气势受挫之际，王巧春顺着石崖下面的小路迅速向东撤离，当他登上天竺山时，这几头狼仍不离不舍地跟在他后头。山顶上没有草丛，没有树丛，只有几棵孤树，视野开阔，有利于他与狼群搏斗。他守在山上等待狼群进攻。

狼群虽然迟迟不敢登上山顶，却一直蹲在下面不远处盯着他。他已经退到洞口附近，但仍未摆脱狼群的追击，因此他不敢轻易返回山洞。这些狼会不会跟着他钻进山洞里呢？为预防万一，他再次拆除小路上的木桥。

狼群占领了山头，却迟迟不肯散去。这些野狼打算干什么？

## 五十四

5月27日清晨，一连串的炮弹爆炸声把看护长王巧春从睡梦中惊醒，他赶紧爬起来，扎上腰带，打起绑腿，抓起步枪钻出山洞。关副参谋长叮嘱他：“巧春，别急着出去，先在洞口观察一下。”

“明白。”他收住脚步，站在洞口拿着望远镜四处瞭望，昨天下午被轰炸的山坡再次硝烟滚滚，炮弹的落点集中在进山的小路附近。看来日军吸取了昨天的教训，害怕八路军夜里埋设地雷，不敢轻易进山，而是不惜血本采取先轰炸后登山的策略。

山洞里的水剩下的不多了，重伤员离不开水。还好，日军现在正在炮击断崖岩，至少在炮击停止二十多分钟后步兵才能爬上来，趁此间隙到小路附近泉眼处打水还来得及。

“外面情况如何？”廖叔问道。

“日本鬼子还没上山呢。”王巧春从容地背着六七个空水壶从“老虎洞”里走出来。正当他准备铺上木桥时，对面树林里传来啪、啪、啪三声枪响，他头顶上方的石壁，火星四射。山顶有一个人被击中，从悬崖上坠落下来，嘭的一声落到悬崖下。“糟了，我被发现了！”王巧春心里一惊，急忙蹲在草丛里。

“谁开的枪？”

“哪里开枪？”

“什么声音？”

“有人中枪了！”

山顶上传来一阵骚乱，有人用生硬的中国话惊慌地叫喊着，不时还掺杂着他听不懂的日语。王巧春大吃一惊：“日本兵怎么会一大早出现在天竺山顶峰上呢？难道我们的‘老虎洞’暴露了吗？”

“快追，有人在对面山上树林里放冷枪！”山顶有个日本翻译官大声叫喊着，接着传来日本兵跑步下山的皮靴声。“潘队长，太君问你，悬崖下面有什么情况吗?”

“报告,有个士兵中枪从悬崖上摔下来了,已经死亡。枪手在对面山坡上,已经消失了。”

“枪手是什么人?”

“一个军人,好像穿着日式军装。”

“不可能,你一定是看花眼了。应该是八路军或游击队。立即封锁对面山坡。”

王巧春悄悄地爬回到洞口,放下空水壶,然后举起望远镜向山下瞭望。一个伪军军官带着一队伪军端着步枪小心翼翼地钻进山林里搜索刚才开枪的人。一个瘦高的翻译官与一个矮胖的日本军官从天竺山峰下来,站在断崖岩上,拿着望远镜朝四周观察。两个日本岗哨在附近游动。种种迹象表明,敌人还没发现他和“老虎洞”。

炮击已经停止了。胖军官挥舞军刀指挥几十个日本兵和伪军包围“通天洞”。

“潘队长,发现什么情况?”胖军官能说几句中国话。

“报告石田大队长,打猎的可能。”潘队长和两个伪军抬着一头受伤的狼从林中走出来。这头狼应该是王巧春昨晚打伤的,现在却成了日军的战利品。

那个叫石田的胖军官说:“不可能,一定是八路的狙击手。继续搜查,包围‘通天洞’!”

王巧春恍然大悟,原来日本人怀疑“通天洞”里藏有八路军或游击队,所以一早悄悄进山,埋伏在天竺山顶峰上观察“通天洞”的动静,只等炮击一停,立即冲下来包围“通天洞”,企图把躲藏在“通天洞”里的八路军一网打尽。

太危险了,如果不是山林中有人打出几枪,鸣枪示警,他就暴露了。是谁在救他呢?部队已经撤退了,游击队也钻进深山老林里了,还有谁知道“老虎洞”吗?王巧春感到庆幸,但又有些不安。这个人既然是在暗中保护他,那一定是自己人了。

日本兵封锁了“通天洞”的上口和下口,派几个伪军士兵轮流喊话:“八路军,出来吧,我们包围你们了!”

一队伪军从石崖下经过，朝“通天洞”走去。日本翻译官喊道：“潘队长，吉田少将的儿子唐一郎昨天在攀登‘通天洞’时失踪了，太君命令你亲自带人从‘通天洞’下去搜查，不管是死还是活，必须找到唐一郎。”

“老虎洞”距离石崖下的小路有七八十米，大声讲话还是能听到的。“是，长官！”潘队长带着一个班的伪军朝“通天洞”跑去。

一个身穿呢料军装的高个子日本中佐正在大声地训斥那个胖军官，显然是因为唐一郎的失踪而怪罪他。“嗨！嗨！”矮胖军官不断地立正、鞠躬和认错。两个担架兵和一个穿着白大衣的军医站在一边待命。中佐显得很焦急，在草地上踱来踱去。

真没想到，昨天俘虏的日本兵唐一郎是个日本将军的儿子，王巧春有些后悔，不该轻易放了他。最好他们今天找不着唐一郎！

“报告！”一个伪军慌慌张张地跑过来，“报告奎村中佐，我们在附近一个石窟里找到唐一郎了。”

原来高个子日本军官是奎村中佐，这个双手沾满中国人鲜血的侵略者还活着！

“唐一郎还活着吗？”翻译官急忙问道。

“活着，但失血太多，苏醒后喊过救命，现在又昏迷过去了。”

“快抢救！”翻译官喊道。

翻译官把这个消息告诉奎村中佐后，奎村立即跟随伪军朝石窟的方向跑去。

“还活着！天皇保佑哇，真他妈地太好了！”石田小队长高兴地蹦起来，“快，医生！”医生和担架队一窝蜂地朝断崖岩上面的石窟跑去。

唐一郎被找到是王巧春预料之中的事情，因为那个石窟不太隐蔽，就在上山通道路边。但这么快就被找到，是他没料想到的。可能是因为唐一郎苏醒后大声呼救的缘故吧。

不久，树林里响起急促的哨声，接着，日本兵陆续回到天竺峰南面的露天广场集合，接着不可思议地撤退了。

日本兵真的撤退了吗？下面的露天广场已空无一人。王巧春用望远镜观察着，四周树林里静悄悄的，没有任何异常，但芦沟峡谷里不时有日本兵在走动。日本鬼子太狡猾了，说不定又在耍什么阴谋呢，他绝不能大意，白天还是不出去为好，待在山洞里吧。

敌人今天上山的主要任务是寻找唐一郎，真没想到这小子竟然是日本司令官吉田将军的儿子，早知道这样的话，干脆把他推到山底下摔死得了，也算为牺牲的同志们报仇雪恨。当王巧春把自己的想法讲给廖叔听时，廖叔笑笑说："巧春，后悔了吗？"

王巧春坦诚地说："是的，早知道他是司令官的儿子，就不会放过他，至少把他藏起来当作人质。"

"嘿嘿，"关副参谋长笑着说，"抓住一个司令官的儿子就能让敌人缴械投降了吗？这是不可能的。我方仁至义尽，敌方仍有可能穷凶极恶、恩将仇报。这件事呀，我看也用不着后悔，战争的最终胜利一定属于正义者。"

廖叔说："让司令官的公子体会到八路军的仁义并非坏事。嘿嘿，关键还要看他的人品如何，能不能改邪归正。"

王巧春告诉廖叔，刚才山洞外有个叫奎村的日军中佐带人上山搜寻唐一郎。

廖叔告诫王巧春，如果山洞外那个奎村中佐就是原来老城的奎村司令的话，我们一定要多加小心，因为那个家伙是关东军特高课出身的，诡计多端，阴险得很。

敌人真的撤退了吗？王巧春在洞口用望远镜观察发现，敌人正在山下搭建帐篷。

关副参谋长对王巧春说："看来敌人要在山里安营扎寨了，我们也要做好在山洞里长期坚持的打算。今天白天你不要出去了，留在山洞里休息。"

## ◆◆◆ 五十五 ◆◆◆

王巧春把洞口隐蔽好，穿上白大褂，在洞内护理重伤员。七八个军用水壶靠墙摆放着，他挨个拿起来摇晃两下，都是空的，只有两个铁壶里还有水。夜里因为在小溪边遭到野狼的袭击，回到山洞后他没再下山接水。水是最重要的物资，也是最不应该缺少的物资，这个季节山里不缺水。此刻他内心有些自责，提醒自己，今后山洞里一定要多备些水。

廖叔看出来他的心思，安慰他说："没关系，巧春，把剩下的水留给重伤员。等到天黑就好了。"

王巧春借着洞口的亮光，翻阅周副指导员的笔记本，在了解到二十四个伤员的伤情和一般情况后，敬仰之心油然而生。大多数伤员年龄都比他大，资历比他老，职务也比他高，更重要的是，他们都是英勇奋战经历过九死一生的英雄。他暗下决心，一定要细致地照料好他们每一个人。

王巧春详细清点了剩余的食品，一共只有二十多个玉米饼，没有咸菜、没有油，甚至没有一粒盐。即使每餐每个人分半个玉米饼，也只够吃两餐。还有一袋蔓延副部长和救援队同志们留下的小米，有十五六斤重，可以熬稀饭。可是，山洞里没有火柴或打火机，生不了火怎么熬粥呢？使用过的敷料和绑带也需要煮沸消毒啊！煮沸消毒虽然不彻底，但总还是一种实用的消毒手段。这时，他才意识到火的重要性。

"哪位同志有火柴或者打火机？"这已经是他第二次询问伤员们。仍然没人应答。算了，先不管那么多了，就是有火柴，也不敢生火。

廖叔安慰他说："巧春，别着急，车到山前必有路。说不定几天后部队就打回来了呢。坚持就是胜利！"

"廖叔，刘理正所长临走时也是这么说的，三五天，顶多一个星期敌人就得滚出太行山。"

"巧春，坚持住，我们有信心。"

王巧春端着一碗水，拎着一只水壶和一袋子玉米饼开始分发早餐。几乎所有能坐起来吃饭的伤员都只收下半个玉米饼，但谁也没去触碰那碗水。

王巧春眼含泪水劝说："喝一口吧，同志。"伤员们笑笑对他说："把水留给重伤员吧，他们更需要水。"其实大家都是重伤员。他只好强迫那些发烧的伤员多喝几口水。

早餐后，他按照周副指导员笔记本记录的流程去护理伤员，先是用湿毛巾给截瘫的和发烧的伤员擦洗身体，然后帮助所有伤员解大小便。截瘫的伤员每两小时翻身叩背一次，每天做口腔护理一次。感染伤口要每天换药一次，每周更换绷带一次，每三天擦洗身体一次。纱布和绷带都有，可是没有盐水和消炎药水，只有一瓶红汞药水。伤口怎么换药呢？

截瘫的4个伤员分别是，一个排长、两个班长，还有廖叔，都是胸腰部负伤。当王巧春给他们翻身时，发现他们的臀部和背部的皮肤已经红肿破溃，他在创面上涂了少许红药水。他把李晓双的被子剪成一块一块，用周副指导员的针线缝制成七八个棉垫，专供瘫痪伤员使用，预防凸凹处皮肤压伤。

整个白天，王巧春都在不停地忙碌着。

时间过得飞快，天就要黑了。

给大家分配好晚餐以后，他感觉有些头晕、乏力和出汗，便靠在洞口坐着休息。廖叔关心地问："巧春，你是不是不舒服？"

"不是，可能是有些紧张，休息一会儿就会好。"

"哦，你今天一直在照顾我们，还没吃东西呢吧？"

"嗯。"其实，从昨天中午开始，他就粒米未进了。

"那怎么行呢！还有玉米饼吗？"廖叔问道。

"玉米饼都吃光了。"

"看护长，我包里有半张饼，是昨天中午发的，我没吃留下来的。"关副参谋长把他的挎包递过来。

"不，关副参谋长，你留着吧。一会儿天黑后，我出去采些野菜和野果子吃。我争取多采一些东西，恐怕明天大家都得吃野菜和野果子了。"

"好哇，外面现在都有什么野果？"有人问道。

"有槐树花、野酸枣、野草莓……但是最多的还是未成熟的酸枣。山坡上有一棵野枣树被炮弹炸倒了，我今晚带个布袋子出去，采它一袋子酸枣。"

"酸枣好吃吗？"

"虽然还没熟，但又脆又甜。"

"太好了，望梅止渴呀，我都流口水了。"

"只要饿不死，今后还能打日本鬼子，吃什么都行。"

"巧春，我命令你把我的半张饼拿去吃了，否则天黑后你该没有力气干活儿了。"

"首长，我不能……"

"服从命令！我们大家要依靠你，天黑以后你还要做很多重要工作呢，打水、倒马桶、洗衣服、采野果子……不吃点儿东西你空手都爬不上山，更别说提着水桶了。"

“是，首长！”伤员们想得这么周全，王巧春已感动得热泪盈眶。他承认伤员们说得对，再不吃点儿东西，别说照顾别人，连自己都支撑不住了。他从关副参谋长挎包里掏出那半张饼，几口吞了进去。其实王巧春心里清楚，大家的肚子都饿得瘪瘪的，都在叽里咕噜地叫着。

廖叔关照他说：“巧春，马桶不能随地倒，最好是带把铁锹挖坑掩埋，不能遗留任何痕迹。还有，顺便去关押唐一郎的石窟看看，是否有日本人回信。”

“廖叔，垃圾的处理意见我同意，可是取信的事，我不愿意。难道我们还指望日本侵略者感谢吗？”王巧春提出自己的意见。

“巧春，你说得对，我们不指望日本鬼子感谢。但如果真有回信，拿回来看看也无妨。”

“你们两人的意见都没错。不过如果敌人真的回信，我们倒要小心了，别中了敌人的埋伏。”

“巧春，关副参谋长说得对，你出门后要提高警惕，要提防被特务盯梢。还有，你拿着砍刀到树林里选几根结实的木棍，我会制作拐杖。有了拐杖，我和关副参谋长，还有几个下肢负伤的伤员就能够下地行走，可以帮助你做点儿事情。”廖叔提议道。

“好的，廖叔，这个办法好！我会制作拐杖。”

“老虎洞”的第二个白天就这么过去了，黑夜即将来临。敌人并没有撤离芦沟，沟底冒出缕缕青烟。看来敌人今晚驻扎在山下。为了安全起见，一直等天完全黑下来，王巧春才背着水壶和布袋子急匆匆钻出山洞。当天夜里，他上下跑了七八趟，储备了足够的水，采集了两大袋子野酸枣和一大袋子野菜，还在小溪边清洗了马桶和伤员的敷料、绷带。在砍伐木棍回来的途中，路过安置唐一郎的石窟附近时，他在山坡上观察许久，感觉周围没有什么异常后才钻进石窟里。结果，没发现日本人的回信。

敌人没有回信，这算是好事还是坏事呢？王巧春自己想不明白，问问廖叔，廖叔说这不是好事，但可能会发生什么事情他也说不清楚，只能提高警惕。

# 五十六

第三天上午，敌人主力部队浩浩荡荡穿过芦沟大峡谷向山西境内进军，正式开始对太行山山区大“扫荡”，而“老虎洞”所在的区域变成敌人的后方和大本营。在前两天搜索结束后，驮道两边树枝上已经缠上了代表安全标志的白布条，附近山顶也设立了岗哨，所以后续日军几乎都是大摇大摆地通过天竺山。白天，驮道上陆续有马队驮着军用物资进山，只有小股日伪军驻扎在芦沟峡谷里，定时巡逻，看守驮道，保护这条进山的物资运输线。

白天，山里到处可见敌人岗哨和巡逻队，王巧春待在山洞里护理伤员；夜里，敌人下山后，他钻出山洞四处寻找食物。

5月底，山里成熟的野果子还很少，只有酸枣、野草莓和半生半熟的桑葚果。野菜倒是不少，而且种类繁多，蘑菇、野芹菜、槐树花等。只要人能吃的东西他都采集，每次回来，他都要背几大包野菜和野果子。

炒米和红薯吃光了，只剩下一些玉米。他把玉米粒用石头碾碎与捣碎的野菜混合在一起，作为第二天的早餐。因为没有火，伤员们只能生吃碎玉米粒和野菜充饥。

第四天上午，日本兵进山搜索时发现，树上的槐树花以及地上尚未成熟的果实有被采摘的迹象，而且又在峡谷小溪边找到一些被野狼撕烂的敷料。据此蛛丝马迹，敌人认定山里藏有八路军伤员和留守人员，于是在小溪附近数百米范围内仔细搜查，还动用了数条军犬。

恶狗的吠声回荡在峡谷里，王巧春警惕地手持尖刀守在洞口，做好随时与军犬格斗的准备。万一有恶狗从山上或山下蹿过来怎么办？他必须有所准备，争取第一时间在洞口把闯入的恶狗消灭掉。值得庆幸的是，小路上的石板桥已经被他拆除了，军犬隔着山涧不敢跳跃过来，只能对着悬崖狂吠几声，然后扭头冲山顶跑去。随着犬吠声逐渐变小，王巧春总算松了口气。虽然他并不胆怯，却也惊出一身冷汗。

回头看来，“老虎洞”也确实太隐蔽了，别说洞口，就连通往山上的小路都很难被发现。敌人怎么也想不到八路军伤员藏在百米高的悬崖峭壁上。

日本兵拉网式搜查半天，一无所获，但仍不死心，夜里在山顶加设了几个暗哨，秘密监视山里的动静。然而敌人的一举一动都在王巧春的观察和掌握之中。白天，他听到一个日本翻译官与那个姓潘的伪军队长站在悬崖下的对话。身穿日式军装的翻译官在传达日本军官的话："潘队长，奎村中佐传达吉田将军指示，自今日起，派人守住进山通道，连续数日二十四小时封山，即使找不到山洞，抓不到活的，也要把八路军伤员全部饿死在山里。"

伪军潘队长似乎良心未泯，不满地嚷道："我说李翻译官，日本人也太他妈残忍了，炸医院不说，连伤员都不放过！为何对咱中国人这么狠呢？非要赶尽杀绝吗？"

李翻译官说："嘘，别乱说呀，潘兄。你对我有恩，我不会告发你，但这话要是被不该听到的人听到，你就要倒霉了。"

"嘿嘿，李翻译官，正因为跟你不见外，我才随便放个炮。"潘队长转身走了。从洞口这个角度，王巧春能看到李翻译官的脸，但看不清潘队长的相貌。潘队长讲的是当地话，虽然音调低沉、嘶哑，但有些词语显得亢奋。不管怎么样，这个潘队长虽然是个汉奸，但还算是个有良心的中国人。

"有一个日本逃兵躲在这一带，有人曾在山里见过他。明天宪兵队要进山抓逃兵，你们要配合一下，负责给宪兵带路。太君要求抓活的！"李翻译官跟在潘队长后头喊道。

"逃兵？日本军队里也有逃兵呀？身上带武器了吗？"潘队长回头问道。

"有杆长枪，还带刺刀。上面说，这家伙有功夫，你们要当心点儿哟。"

"哦，昨天早晨在对面山坡上打冷枪的人可能就是他吧？"

"谁知道呢？可能是吧。捉活的，我看有点儿难！老潘，不行的话，就干掉他算了。到时候，太君那边，我替你们解释。"

"好的，知道了。"

王巧春回到山洞里把这个情况向廖叔和关副参谋长做了汇报。关副参谋长听后，笑了："嘿嘿，连日本军队也发生逃兵了！"

廖叔说："日军里逃兵也不少，有些逃兵还自愿加入八路军了呢。我们军分区就曾收留过几个从日军逃出来的日本兵。"

"日本宪兵搜捕那个逃兵，不会是在'通天洞'里用石头砸唐一郎的那个日本兵吧？唐一郎曾怀疑他是逃兵。一个逃兵竟敢对将军的儿子下死手，勇气可嘉。”王巧春说出自己的看法。

关副参谋长提醒说：“如果真是那样的话，那我们可要多加小心了，说明唐一郎是个狼心狗肺的家伙。他承诺今后要多做反战工作，但实际上并非如此。看护长，你以后不要再到关押唐一郎的那个石窟去了，那是个危险的地方。”

“好的，我今后下山时尽量避开石窟附近的那条小路。砸伤唐一郎的那个逃兵，日本鬼子肯定饶不了他。我倒是有点儿替这个人担心。也不知道他现在藏在哪里。我们也帮不上他。”

廖叔嘴里叼着空烟袋锅，不紧不慢地说：“那个逃兵我们就不用操心了，他长着两条没受伤的腿，可以满山跑。我看哪，日本鬼子很难捉住他。倒是我们自己要当心些。”

关副参谋长点点头，表示同意廖叔的看法：“如果明天日本人在这一带抓逃兵，‘老虎洞’也同样面临暴露的危险。但不管怎么样，我们一定要加强隐蔽和防范。”

第四天夜里，因为山里增加了日本岗哨和巡逻队，王巧春的行动受到约束，不敢随意行动。山里没有马车路，最好的路是一条盘山绕岭、人畜共用的驮道。王巧春前几天夜里出去都是走的这条路。可现在，这条路已经被昼夜封锁了，不能通行。由于一时不熟悉其他小路，这天夜里他没敢出去。

野菜、野果虽然很难填饱肚子，但可以充饥。然而一天不出洞采集野菜，伤员第二天就要挨饿。夜里不能外出活动，一些日常护理工作，如打水、洗敷料、洗便盆、清理污物这些事情都做不了，给伤员生活带来很大麻烦和不便。

第五天清晨天刚亮，王巧春拿着望远镜悄悄爬到一棵树上侦察地形，寻找新的活动路线。你还别说，他还真的发现了一条可以绕过敌人封锁线到达隔壁山谷的牧羊小道。他把这条小路画在笔记本上，有了这张草图，夜里出行就有把握了。他的画图本领还是叶长林连长亲手教的呢。当兵头一年，他当过大半年的侦察兵，跟着叶连长学会很多有用的本领。虽然叶连长和梁医生都是他亲手埋葬的，但他仍然不愿意相信叶连长和梁医生就这么走了。“叶连长、梁医生，我想念你们！”他搂着树干，默默流泪，泪水滴答滴答落在笔记本上。

上午，日本宪兵队带着警犬进山搜捕逃兵，顺着“通天洞”爬上断岩崖，再沿着小路朝流钱山方向走去。不知怎么，王巧春心里一直替那个逃兵担心，希望他逃得远远地，摆脱日本宪兵的追捕。这天白天，虽然日本宪兵围追堵截，设下重重埋伏和陷阱，但那个逃兵好似一股烟，消失后就再也没出现。天黑前，宪兵们撤回各路埋伏，空手而归。

半夜，王巧春根据自己在笔记本上记录的路线图，机智巧妙地避开敌人的哨所。漆黑的夜晚，他不敢打开手电筒，深一脚浅一脚地摸索着走在山脊上。他时而走在山顶，时而走在悬崖边缘，一脚踏空，就可能跌入深渊。为了确保安全，他放慢脚步，小心谨慎地迈出每一步。他不惧怕粉身碎骨，但他的每一步都肩负着二十四个伤员的安危，绝不能粗心大意。在这个特殊时期，即使是受伤，也是不可以的。他成功地攀越轿抬山的悬崖峭壁，顺着羊肠小道绕行到隔壁山谷里，采摘了足够的野菜和野果。

后半夜，王巧春背着两大袋野菜从隔壁山谷回来。下山时，不慎，一块大石头从他脚下滑落到山下，寂静的山谷忽然出现轰隆隆的响声，一下惊动了附近的日本岗哨，山谷里响起啪啪啪的枪声。他不小心失手，一袋子野菜失落到悬崖下，好在他人没跌落下去。他迅速藏在一个石缝里，躲过敌人手电筒的照射。狼嚎狗吠撕裂了黑色的天空，他以为敌人很快会牵着军犬冲过来，他抽出腰刀，做好与狼狗拼搏的准备。可是他等了半天，却迟迟不见敌人过来。几分钟后，敌人哨兵关闭了手电筒，四周安静下来。原来是心惊胆战的哨兵三更半夜不敢出来搜索，只是站在山岗上盲目地放了几枪。

王巧春不甘心自己辛苦采摘的野菜就这么丢失了，他小心谨慎地绕过敌人岗哨，顺着悬崖中的石缝爬到谷底，四处寻找失落的那袋野菜。说实在的，野菜并不重要，而布袋子却很珍贵，他一共才有 3 个布袋子，缺一不可。他在山谷里寻找了一个小时，最后终于在一棵树上发现了那袋野菜。他爬上树把布袋子取下来。

他重新翻过轿抬山那道漫长的大岭，在天色放亮之前，背着两大袋野菜返回山洞。

当他跨进山洞时，伤员们情不自禁地为他鼓掌，掌声虽小，但那情景令他十分感动。那一刻，劳累、困乏、疲倦、饥渴一下子全都抛到九霄云外，他从中感受到自己的价值——伤员们需要他，盼望他平安归来。因为怕伤员们替他担心，王巧春没提一路上发生的险情，只说了一句“我回来了”便穿上白大褂，投身于伤员的各种护理工作中去。

## ◆◆◆ 五十七 ◆◆◆

时间似乎放慢了脚步，六昼五夜显得格外漫长。王巧春每天都在默默地念叨着战友们的名字，盼望他们早日出现。

五六天过去了，敌人该撤退了吧？他内心琢磨着，太行山里没有大道，只有崎岖的小径，交通不便，八路军反“扫荡”艰难，敌人在山里“扫荡”也不轻松。说不定哪天，敌人会因后勤供应不畅，饿得从深山里逃出去呢。

当他把这个想法说出来时，廖叔笑了：“那当然好了，嘿嘿，把敌人‘饿’跑了。我还是第一次听说。理论上还真有这个可能，但实际上恐怕不那么简单……”

“实际上是完全不可能的，”关副参谋长接过廖叔的话，说，“敌人不挨打是不会自己跑走的。敌人这次‘扫荡’准备得非常充分，占领山区交通要道，逐块封锁，步步为营，目的是蚕食我太行山根据地。敌人后勤补给不会有问题，相反，根据地被敌人封锁，我们的人要挨饿。最好的反‘扫荡’方法是，我们的主力趁他们后方空虚抄他们的老窝，逼他们撤退。我相信我们的主力部队会这么干的。”

山洞里有关副参谋长和廖叔这样年长的首长在，王巧春心中感觉有依靠，充满必胜的信心。伤员们也是如此，虽然大家都已经做好最坏的打算，但内心都在期盼着反“扫荡”胜利早日到来。

第六天上午，十点钟左右，一队一队的日本兵无精打采地沿着驮道向山下走去，不像进山时那么凶狠猖狂，也没有凯旋时的骄傲。敌人开始撤退了吗？王巧春压抑着内心突如其来的喜悦，躲在树丛里仔细观察着敌人的举动。敌人的“扫荡”真的失败了吗？从敌人那种疲惫懒散的样子来看，好像是在撤退。

奇怪，山里没有枪声，没有号角声，也没有发生过激烈战斗啊，敌人怎么自己撤退了呢？王巧春内心感觉有点儿诧异。或许敌人真的发生后勤保障不足，断粮了？如果敌人真的撤退，断粮的可能性最大，这些豺狼是绝不会靠吃野菜在山里继续“扫荡”的。没想到真会发生这种事！说不定八路军很快就会回来了！想到这里，他心中激动起来，继续观察着。

果不其然，到了中午，小路上出现一些身穿灰色八路军制服的人员，三四个人一组，其中有人边走边喊：“乡亲们、伤员们，我们是八路军收容队，日本鬼子撤退了。”

“二春，我们是收容队的，出来吧！”

断崖岩上站着三四个身穿便装的老百姓，高声喊道：“伤员们，出来吧，日本鬼子‘扫荡’失败了。”

“真的！八路军回来了！”听到有人在喊他的名字，王巧春心里格外高兴，正如刘理正所长预料的那样，敌人每次在山里“扫荡”时间都不长，五六天后就撤退了。王巧春马上回到山洞把消息告诉伤员们。

“太好了，我们的队伍终于回来了。”伤员们也高兴起来。王巧春决定下山迎接战友，关副参谋长提醒他：“看护长，先别急于下山，再观察一下。”

廖叔也告诫他，要警惕敌人在这次“扫荡”中使用的“抉剔”策略，即捉拿掉队的八路军士兵或伤兵。

“你看到的是什么队伍？”关副参谋长问道。

“八路军收容队。”王巧春高兴地回答道。

“看护长，你看到我们主力部队了吗？”关副参谋长追问道。

“没见到主力部队。”

“游击队呢？”

“也没看到。但他们中间有人在喊我的名字。”

“有人喊你名字？”关副参谋长皱起眉头。

“我听得清楚，有人喊‘二春，出来吧’。”

“战友们平时叫你‘二春’吗？”

“有几个战友这么称呼我，”王巧春摇摇头，“但大多数都称呼我‘巧春’或全名。”

“喊你名字的人你认识吗？”

王巧春摇摇头："奇怪，关副参谋长，喊我名字的都是些陌生人。"

"确实奇怪！你先别下山。我们还是警惕些，再观察观察。"

首长的提醒使王巧春警觉起来：对呀，日本鬼子前脚刚走，八路军收容队怎么就出现了呢？这不符合战争逻辑！收容队属于打扫战场的，应该出现在战斗部队之后。再说，如果真是八路军收容队，应该背着急救包，带着担架，绝不会这么空着手盲目地大声吆喝。王巧春马上警觉起来，告诫自己，别着急，冷静些，要再谨慎些，如果日本鬼子真的撤退了，医院的同志应该能找到山洞，主动与他联系。他应该静下心躲在洞口继续观察……

这些人在山里毫无目的地游荡着，几乎是清一色当地口音，服装崭新，有的还吸着香烟，越发不像八路军。八路军战士来自天南地北，口音比较混杂，军装破旧，会有一些补丁。王巧春又观察了一刻钟，终于在这群人中间发现一个熟悉的面孔……王巧春感觉自己从前应该见过这个人，但一时想不起来在哪里见过。他仔细盯着那个人，三十岁左右，圆脸，络腮胡，个头不高，听口音显然是当地人。"二春，出来吧！我们是八路军收容队。"

"他是谁呢？"越是想不起来，他越觉得不放心，自己的战友里似乎没有这个人。

"喂，赵老亮，潘队长叫你过去。"远处有人喊道。

啊？赵老亮？赵老亮不是那个几年前在将军墓冒充八路军被打死的特务吗？他还活着？王巧春再仔细辨认，那个人正是赵老亮！嘿，差一点儿上敌人的当！原来这群人是假冒的八路军收容队！赵老亮这家伙专门搞冒充八路军的鬼把戏！

"赵老亮怎么会知道我的名字呢？"王巧春一时还没想明白。好悬哪！幸好没落入敌人的陷阱。他暗自提醒自己，敌人非常阴险狡猾，今后更要加倍警惕。

廖叔说："这种阴险、毒辣的手法，像是奎村干的。"

"太危险了，差点儿上了敌人的当！"事后，王巧春在伤员面前主动做了自我批评，他的思想太幼稚，既然敌人发动如此浩大的"扫荡"，一定会做出缜密的部署和准备，绝不会轻易因物资保障不足而失败或受挫。关副参谋长叼着空烟袋锅，笑眯眯地说："吃一堑长一智，没关系！看来这次反'扫荡'要比我们原先预料的要艰苦许多。"

关副参谋长的话很中肯，一句话切中要害，使王巧春认识到，这次“扫荡”形势非常艰巨复杂，他要丢掉幻想，做好长期隐蔽和斗争的打算。

山下，敌人假撤军的阴谋没能得逞，变得更加猖狂，又重新在山里聚集，沿着山路修建许多关卡，封山、封林、封路、封村。“老虎洞”所在的区域被划为危险区域，路边树枝上飘着带有标记意义的红布条。敌人在安全区域行走时，枪是背在肩上的，在危险区域行走时，枪是端在手中的。巡逻队牵着警犬每天定时在危险区域巡逻。

然而这一切吓不倒王巧春。掌握了敌人的关卡位置和巡逻规律，王巧春外出活动更加灵活自如。刘伯承师长在抗大讲课时常说的一句话：游击战时，最危险的地方常常是最安全的地方。此刻，王巧春才深刻地理解刘师长这句话的含义。

山洞外的环境越来越恶劣，而山洞内，伤员的病情每天都在恶化，伤口感染、高热、虚脱、昏迷……每天都有人因病情加重发生紧急状况。王巧春每时每刻都面临着各种不同的困难、意外、危险和难以应付的挑战，但他从没有退却，总是想尽一切办法克服困难，化险为夷，战胜挑战。他只有一个信念：坚持、坚持，再苦再累也要坚持，要保证每个伤员的安全，一定要坚守到反“扫荡”胜利的那一天。他坚信敌人终将失败，部队首长很快就会派人接他们下山。

## ◆◆◆ 五十八 ◆◆◆

6 月 2 日，即第 7 天的上午，几个伤员因伤口化脓感染，高烧不退，病情危重，如果不及时处理，病情会继续恶化，威胁生命。身为山洞内唯一的医务人员，王巧春懂得如何处理化脓伤口，可是巧妇难为无米之炊，没有无菌盐水、消毒药品和抗生素，他无从下手。没有退烧药物，他只能用湿手巾为发热伤员物理降温，但效果不好。看着伤员病情一天天恶化，王巧春焦急万分，急得团团转，他哭丧着脸走到廖叔身边：“廖叔，我实在没办法了！”

廖叔安慰他说：“巧春，别着急，我们都理解。万一有伤员牺牲，也不是你的过错！伤员病情太重，你尽力了就行。老关，你看还有什么好办法吗？”

关副参谋长回答：“还是要想想办法！炒玉米已经吃光了，没有粮食、没有药品，与其饿死、病死在山洞里，不如拼一次。我看派巧春出山到村庄里寻找粮食和药品，如何？”

以往，王巧春都是夜里外出，在附近山上挖野菜，相对安全，这次要求他白天下山到山外村镇里寻求帮助，这风险可太大了。事关全体伤员们的安危，不能一个人擅自决定，必须征求伤员们的意见。为此，在关副参谋长主持下，伤员们在山洞里召开了第二次党小组会议。

尽管伤员们都明白，一旦王巧春出事了，洞内所有伤员将陷入绝境，但确实没有更好的办法，看着伤口感染的伤员一天一天病情恶化，大家心如刀绞。总不能坐以待毙吧？消极等待不是出路，只有冒险一搏！经过党小组讨论，伤员们一致同意王巧春下山寻找药物和粮食，如果能联系到组织，那就更好了。

伤员们不安地为他送行，有人叮嘱王巧春要机灵谨慎，有人鼓励他胆大心细，有人祝愿他成功，但大家都有一个共同愿望，即盼望他安全返回。有一个伤员递给他一条雪白的新毛巾：“戴上白头巾才像我们当地老百姓。”

上午王巧春做好护理工作后，廖叔帮助他简单装扮一下：“嗯，像个当地拾柴娃，可以出发了。”

“巧春，机灵点儿！只要能安全返回就算完成任务。”关副参谋长交代说。

“是，首长，一定完成任务！”王巧春给伤员们敬个军礼后离开山洞。

这是王巧春第一次白天离开山洞，走出大山，他小心谨慎避开日军在山里布下的岗哨和巡逻兵，背着一捆干柴沿着驮道朝山下走去。

他刚接近桃树坪村西口，远处一队日本骑兵巡逻队迎面过来，他急忙躲进路边树林里。待巡逻队过去后，他观察几分钟，见村口没有什么动静，便走出树林，朝村庄走去。然而在一条岔路口，他突然被两个伪军暗哨拦截，遭到详细的盘问和搜身。王巧春心中一惊，但马上镇静下来。

“从哪儿来的？”

王巧春灵机一动，回答：“隔壁村清家沟的。”

5月22日那天，王巧春随抗大总校救援队从浆水到桃树坪的路途中，曾在清家沟小学休息半个小时。此刻他口袋里还装着一本清家沟小学老师送给他的语文课本。因为他计划在空闲时学习文化课，所以就随身携带这本书。

“清家沟的人怎么跑到这边来了呢?”

“砍柴。”王巧春有些后悔不该说是清家沟的人，清家沟距离桃树坪只有两里，太近了，容易露出破绽。而且清家沟在桃树坪村东边，自己现在在西边，不好解释。但既然已经这么说了，就不能再改口了。

说来也巧，这时正好有一个身穿日本军服的人骑马路过这里，由于眼熟，王巧春多看了他一眼，认出他是在山里出现过的那个李翻译官。王巧春下意识地低下头，但已经引起李翻译官的警觉。李翻译官跳下马，手持马鞭围着王巧春绕了一圈，说:“你认识我吗?”

王巧春摇摇头。

“可是你的眼神有点儿不对。你是干什么的?”

“砍柴的。”

“不，你不是砍柴的!”李翻译官对随后赶来的伪军官说:“潘队长，我一看就知道他是八路军的探子！给我把他捆起来!”

在日本侵略军占领中国时期，伪军里最骄横跋扈的人就是日本翻译官，因为他们狗仗人势。

王巧春辩解说:“我不是八路，我是清家沟村民，上山砍柴。”可是，他的辩解没有任何用，身上反倒挨了李翻译官几鞭子。

“妈的，死到临头你还敢狡辩!”

此时，王巧春既不能表现出勇敢，也不能做出反抗，只能装作懦弱和胆怯，表现出委屈和冤枉的神态，不停地争辩。

潘队长命令伪军士兵把他捆在路边一棵树干上，然后凑到李翻译官身旁问:“我说老弟，你怎么看出来他是八路的?”

李翻译官翻身下马，得意扬扬地走过去，一把扯下王巧春的白头巾，对潘队长说:“你见过农民头巾有这么干净的吗？这分明就是假的。连皇军都懂得如此识别八路军密探，当然，这都是我传授的经验，嘿嘿！一会儿你们按八路探子把他交给奎村中佐处理，还可以领赏。”李翻译官把王巧春的白头巾甩到地上。

王巧春不停地争辩着，但李翻译官不理不睬，与潘队长站在路口抽香烟。王巧春后悔自己太大意，贸然进村，本应该在附近山坡上多观察一会儿，摸清村里情况后再下山。现在可好，刚进村就被逮住了。如果自己发生意外，山洞里那些重伤员该怎么办？他暗自下决心只要不死，一定设法逃脱虎口。

"潘队长，这个八路密探就交给你看管了。我还有公务要办。"李翻译官抽完一支香烟后骑马走了。王巧春申辩道："长官，我不是八路密探！我是老百姓。"姓潘的队长走过来对王巧春说："喂，别喊了！我问你，你上山砍柴跑到桃树坪村来干什么？"

"砍柴回来路过这里。母亲生病卧床不起，想进村讨点儿草药给母亲治病。"王巧春回答道。

"你叫什么名？"

"乔二春。"

"清家沟村在哪儿？"潘队长突然问道。

王巧春把头扭向村东头，冲着远处山坡上的一个小村庄努努嘴。潘队长点点头。王巧春说得没错，清家沟是在桃树坪村东边。潘队长接着又问："你怎么证明你是清家沟的村民？有良民证吗？"

王巧春拿不出证件，也不知如何证明自己的身份，只好说："有良民证，但出门时忘带了。"

"没随身携带良民证，就是没有。如果你证明不了你自己，那就别怪我潘某无情。不管我们抓的是什么人，只要交到日本人手里都是死路一条，你知道吗？"王巧春觉得潘队长的声音有些熟悉，低沉、嘶哑，让他想起前几天当着李翻译官面大骂日本人的那个伪军官。如果真是他的话，这个人还算有良心，说不定自己还有逃脱的希望。

一个哨兵凑过来奉承说："刚才李翻译官分析得有道理，八路军探子因为平时不戴头巾，临时使用的白头巾都是新的。嘿，这招儿我也学会了。"

"有他娘的什么道理！你是猪脑子啊？"潘队长嘟哝道，"光凭头巾新旧、干净不干净就判断是不是村民，这也太武断了吧！再说，你别看咱邢台农民衣裳破，白头巾可都是新的！老子当初在镇上读书时，头巾从来都是干干净净的。"潘队长显然是对李翻译官的判断不大满意。

哨兵挨了一顿骂，退到一边。

“小子，你要是证明不了你是清家沟的人，那就别怪我无情了。把他押走。”

“等等！”王巧春突然想到自己口袋里那本语文书，不知是否会有用。他记不清书的封面写的啥，似乎有“清家沟小学”几个字。那时期，小学教材大多都是学校自己油印的。于是他大声喊道：“我真是清家沟人，我口袋里还有一本清家沟小学的语文书呢。”

哨兵从他口袋里掏出那本语文课本，封面真印有“清家沟小学教材”几个字。潘队长看了书本一眼，二话没说，解开捆绑王巧春的绳子，把书还给他。“看来你还真是清家沟村人。看在我们都是路罗镇人的情分上，我就放了你，赶紧回家去吧。”潘队长似乎有意把“家”字说重了许多。

哨兵问：“潘队长，一会儿李翻译官来要人我们怎么办？”

“就说他自己解开绳子逃跑了。”

“好吧，算你小子有福气，碰到我们潘队长，心地善良，你捡了条命。快走吧！”哨兵把绳索解开。

伪军中也有善良的人，王巧春一边道谢，一边捡起头巾戴在头上。他刚想背起干柴离开，潘队长又把他叫住：“哎，乔二春，你知道我为什么放你走吗？”

“因为您善良。”虽说这是在恭维他，但说的也是实话。这个伪军官确实是个有良心的人。

潘队长说：“因为我母亲也在家里生病呢……赶紧回家伺候你老母亲去吧。”

王巧春担心话多失言，也担心日本鬼子巡逻队随时会回来，没再与他继续搭话，背起干柴就往西边跑。

“喂，你往哪里跑？清家沟在东边。”这时，西边远处出现一支日军骑兵巡逻队。

好悬哪，要是落入日本鬼子手里，那可是没救了！王巧春转身朝东面跑去。

说真的，王巧春这次化险为夷确实有些蹊跷，若不是因为他身材瘦小，操着一口本地方言，又熟悉周围环境，恐怕很难摆脱嫌疑。如果那本书上没有"清家沟小学"几个字，估计他也不会轻易被释放。真没想到，一本语文书救了他一命！但王巧春事后仔细琢磨，又觉得不一定是书本的缘故，有可能是那个潘队长有意放走他。难道潘队长是自己人吗？这就不好说了。

## ◆◆◆ 五十九 ◆◆◆

侥幸脱身后，王巧春立刻离开桃树坪村，钻进北山坡的小树林，顺着一条羊肠小路返回山里。在山顶上，他看见，远处公路上不时有挂着日本旗的汽车、马车由东向西行驶，往山里运送物资。在偏僻的太行山区，辎重部队运输物资是个十分困难艰巨的任务，因为这一带能跑汽车的公路太少了，汽车走不通的地方要改换马车运输。在山区，马车路也不多，马车不能走的地方又要改成马驮。到了连驮道都没有的深山里，就只能靠人背了。白天，不时有日本兵护送马队，驮着粮食从芦沟大峡谷里经过，看来敌人丝毫没有撤退的迹象。

王巧春爬到山顶，沿着轿抬山山脊朝西北方向走去，西面是天竺山，东面是流钱山，北面是一眼望不到底的层层山峦。临近下午两点，他来到几里地外的栗树坪村附近，这个小村庄早已人去屋空。望着村里被毁的农房、残墙断壁和四周寂静的山林，他感觉孤独无助。

就在他失望地准备离开栗树坪村的时候，他猛然发现村西头山脚下有一栋土屋的烟囱里冒出缕缕青烟。太好了，总算找到了一户人家。他吸取刚才在桃树坪村被捉的教训，躲在山里仔细观察村里的情况，在确定村里没有敌人后才下山。他穿过村子中央空地，绕过一棵千年古树，穿过一条狭窄的巷子，再翻过一座光秃秃的黄土坡，站在这户人家的土墙外。

王巧春悄悄地探出头向院子里望去，一个七十多岁驼背的老者步履蹒跚，弯腰捡起一根一根散落在地上的干柴棍和一片片枯叶，丝毫没有注意到墙外有人出现，转身拄着木棍抱着柴火向屋子里走去。土屋四壁透风，残顶透光漏雨，唯独靠近大门口的一棵粗壮的老槐树随风摇摆，显得苍劲有力、逍遥自在。

王巧春顺着院墙绕到大门口。农舍两扇木门，一扇已经失落了，另一扇门板上刻满了漫长岁月的痕迹，仅靠一个合页悬挂在古老破旧的门柱上，处于风雨飘摇之中。树叶在空荡荡的院子里四处飘零，旋转着拍打着漏风的纸窗。院子角落里的柴火垛仅剩下散落的几根木架子，估计家里的干柴早已用光多时了。

"老爷爷，您好！"他清脆地问候一声，把身后背的一大抱干柴棍放在他的房前，"我给您送木柴来了。"

老人坐在小木凳上，正在往炉灶里添柴火，扭头看他一眼，惊奇地问："你是谁家的小子，竟敢跑回村里？"

"我不是这个村里的，是路过的。"

"哦，进来歇会儿吧，我正在烧水，一会儿水就开了，喝点儿热水。"

他迈进门槛坐在老人身边的一个木凳上："老爷爷，家里就您一个人吗？"

"整个村里就我一个人，你没看出来吗？"老人又往炉灶里添了两根木柴，"日本鬼子是从东边打过来的，村子被炸了，民房被烧了，村里人都躲进山里了。"

"您老为什么不躲起来呢？"

"我这个老骨头怕啥！'打死你还怕浪费我的子弹呢。'这是日本鬼子翻译官对我说的话。'你们抓不到八路军，把我这个快进棺材的人抓起来，不觉得丢脸吗？'这是我回敬日本鬼子的话。"

"日本鬼子每天都到村里来吗？"

"日本鬼子住在南口村，每天不定时进村里巡逻一圈，每次都到我这里看一眼后再走。今天小鬼子已经来过了，刚离开不久。日本鬼子不走，我是不会烧水的，否则他们还以为我是在为他们烧水呢。哼，老子不伺候他们！"锅里的水沸腾了，老人盛了一碗开水递给他，"喝吧，小子。"

望着那碗热开水，他想起山洞里的重伤员们，多少天来，伤员们连一口热水都没喝上。王巧春说了声谢谢，捧着水碗用嘴吹着热气，轻轻饮了一小口。好久没喝到开水了，他把冒着蒸气的水碗放在锅台边凉着。

"喏，小子，小桌上有野酸枣，你吃吧，是我刚从地上捡回来的落地果，挺甜的。我家没有别的东西吃了，粮食都被日本鬼子抢走了，还美其名曰，是怕被八路军抢走。"

王巧春相信老人的话，他家里粒米绝无。山里人的那股憨厚劲儿是世人有目共睹的，为人热情、朴实、真实。家里来了客人，无论生人、熟人，都会热情款待，家里再穷也会拿出最好的食物与客人分享。

凭直觉，他认为老人是个善良、正直的人，因此大胆地问："老爷爷，您懂草药吗？"

老人瞪大眼睛望着他："那要看是干什么用的草药。"老人指着北面窗外的大山，"我们太行山里遍地都是草药。"

"家里人受伤了，伤口感染，想找点儿草药外敷。"

老人捋着白胡须，不紧不慢地说："小子，不用问，我就能猜出来你是干什么的了。没有急事，山里是不会派你冒险出来的。告诉你吧，有两种草药可以治疗毒疮、疖肿和伤口感染，一种是金银花，煎、熬、泡水均可，但季节已过，很难采到花了。另外一种草药是青蒿，现在满山遍野都是，可以熬水喝，也可以用药渣外敷。"

"哦，知道了。"王巧春当卫生员时曾经上山采过青蒿，只是不知金银花长得啥样。既然现在这个季节没有金银花，也就无所谓了。"爷爷，您家里有火柴吗？"

"哪还有火柴呀！"老人皱着眉摇摇头，自言自语地说，"唉，人在山里生活离不开火！没火怎么做饭呢？没火怎么熬草药呢？没有火伤员连开水都喝不上。"

"那您是怎么生火的？"

"洋火柴都被日本军队严格控制了，有钱也买不着。我是用火石来取火的，"老人指着墙角一堆石头说，"这是最古老原始的取火方法。这样吧，我挑两块好一点儿的火石送给你。"老人站起来走到墙角挑选了两块石头，然后坐在木凳上教他如何打火，"小子，两只手握紧火石用力相互摩擦，火星落到干草上会慢慢地引燃干草。你来试试看。"

"用纸可以吗？"

"用纸引火当然更好了。就怕没有纸呀。"

王巧春试了几次，火星四射，可是怎么也点不着枯草。老人接过火石说："我来给你做一遍演示。"老人双手嚓嚓嚓快速地摩擦几下，枯草就冒出了黑烟，他轻轻一吹，枯草里就蹿出火苗。"要这样，"老人得意地笑笑，"让火星向下落。拿去吧，小子，回去慢慢练习吧。”

“谢谢您，老爷爷！”

“快走吧。以后白天不要轻易进村里，万一碰到日本鬼子，你会被抓走的。”

“日本鬼子连老百姓也抓吗？”

“嗯，像你这样半大小子，如果让日本鬼子碰到，肯定会被带走的。”老人仔细打量他，笑笑说，“日本鬼子很狡猾，有些东西很难瞒过他们的眼睛。比如你的额头有一道晒痕，黑白分明，一看就知道这是经常戴军帽留下的痕迹。”

王巧春笑着辩解：“这是扎头巾留下的晒痕呀！”

“小子，别把日本人看得那么愚蠢。”老人认真地说，“经常有些化装成老百姓的八路军战士被抓后这么辩解，但没有用。戴军帽和扎头巾，前额的皮肤颜色是不一样的。”

“哦，您说得有道理，我下次一定小心。”

安全起见，王巧春不能在村里停留太久。他刚跨出大门，老人就在后面招呼他：“喂，等等，我这里有一包几个月前在山里采摘的金银花，你拿去吧。”老人从屋子里取出一个黄纸包交到他的手里。

“谢谢爷爷！”他深深地鞠了一躬。

“不用谢！见到青纵医院的蔓延医生、闫玉珍医生，还有郝绍敏护士代我问个好。”

“您认识他们？”

“认识。他们经常到我家给我看病，还帮我挑水、砍柴和烧水，比亲儿子待我还亲呢。我儿媳生孩子还是他们帮助接生的呢。”

“爷爷，请问您贵姓？”

“你就说栗爷爷向他们问好！”

“哦，我一定代您问好。”看见老人提到蔓部长和闫医生时的那种幸福、快乐的表情，他深深认识到军民鱼水情有多么重要。

他已经走远了，老人还倚在大门旁高声叮嘱他：“记住，小子，引火的草一定要晒得干干的！”

一直到他快要登上仙女山时，栗爷爷还站在院子门口朝他这边望着。

# ◆◆◆ 六十 ◆◆◆

仙女山上有一座少女峰，形姿优美、苍松挺拔、碧草葱葱，远远望去，酷似一个长发披肩的少女正在仰头远望。绕过这座多姿多彩的少女峰，小路边有几棵酸枣树，王巧春摘了几颗塞进嘴里，味道与山下栗爷爷给他吃的酸枣基本相同。继续前行，一大片青草地展现在他的眼前，他扑倒在草地上，捧起一片鲜嫩的青蒿绿叶，用力吸吮着她的露珠和芳香，脸上簌簌地流泪，而心里却在咯咯地欢笑，他仿佛看到了阳光灿烂的明天。

回去？一无所获，他心不甘。顺着山谷继续往北走，前面是他们上干科所在地坡子峪和南口村，那里他虽然熟悉，但是靠近大路，距离浆水镇太近，已有日军驻扎，很危险。沿着山脊往上走是流钱山，山高林密，路程遥远，一路上没有村庄，更没有老百姓。东面是地势险峻的寨套山，陡峭的悬崖足有三四百米高，估计日本兵很难爬上去，那里应该安全。翻过寨套山就是他熟悉的几个村庄，老苍墓、五台和后南峪，那里人口密集，群众基础好，或许还有游击队在附近山里活动。

王巧春犹豫着，应该往北走还是往东走呢？八里丈村和大寨村都已经空荡荡的了，最后，他决定去东边的寨套山。

离开栗树坪村后，他越过两道山梁，翻过半截山，登上寨套山。寨套山悬崖陡峭，云雾缭绕，是距离浆水镇最近的高山，站在山顶远眺，远处前南峪村和浆水镇清晰可见。

一周多前，浆水川还是抗大总校的校部所在地，前南峪村红旗飘舞，歌声嘹亮。然而此刻，浆水川上空，硝烟弥漫，大地遭浩劫，一片凄惨。但是，他坚信，红旗一定还会再次飘扬在浆水川的上空。

有了桃树坪村的历险，这次他没急于下山，而是居高临下仔细地观察山谷里的情况。前南峪村头村尾悬挂着日本旗，而后南峪似乎显得平静，村里不时有人走动。看来后南峪有老百姓居住。

寨套山悬崖脚下有两间茅草屋，远离老苍墓村，房前屋后有几棵开花的老槐树和酸枣树。王巧春在山顶观察许久，发现只有一位老人坐在院子里干活儿，院子周围没有任何异常。于是，他便顺着一条悬崖缝隙攀缘而下。

老人胡须花白，黑黝黝的脸膛儿布满皱纹，六十岁的样子，正坐在院子里编柳条筐，见到有人走来并没吃惊，抬头瞄了一眼，平淡地说："孩子，你真走运啊，日本巡逻队刚走。"

"巡逻队还会回来吗？"他问道。

"天快黑了，估计不会再来了。"

"大伯，我帮您劈柴吧。"他拿起地上的斧头。

"不用了，孩子，这活儿我干得动。你瞧你，饿成这样，哪还有力气干活儿哟。"好心的老人见他骨瘦如柴，从厨房里拿来两个玉米面馍馍递给他。他收下了但舍不得吃，把馍馍揣到怀里，继续劈柴。

当老人知道他要去后南峪村时，告诫他："孩子，村民都进山躲起来了，后南峪村里有日本鬼子，你千万不能去。"

"大伯，您为什么不躲起来呢？"

"我出去躲了几天又回来了。小日本占领浆水镇后打出仁爱共治的旗号，动员乡亲们从山里回来。既然如此，我倒想回来看看日本人打的什么主意。反正我这么大岁数了，也不怕死。昨天日本鬼子找到我，想让我带路进山，我说走不动。想从我这探听八路军撤退的方向，我是一问三不知。日本鬼子发怒了，抽了我几鞭子就走了。我是沾了人老的光了，如果换个年轻人，早被日本鬼子刺刀挑了。"

"大伯，您知道在哪儿能找到八路军和游击队吗？"

"附近的坐化山、东面的白云山、西面的流钱山都有八路军青年纵队和游击队活动，山里经常响起枪声或冒出硝烟，那里总有人与日本鬼子打仗。但八路军和游击队一天转移几个地方，很难找到他们。我们老苍墓这个地方，四周都是高山，日本鬼子兵害怕遭到袭击，夜里不敢留在村里，只有白天到村里转两圈。"接着大伯反问，"哎，孩子，你找八路军干啥？"

"大伯，我是附近的村民，家里人藏在山里，有人受伤，需要药品、粮食、食盐和火柴……"

大伯无奈地摇头，说："药品，谁家也没有。粮食和牲畜都被日本鬼子抢走了。啥都没了，火柴都被日本人没收了。唉，连我们家晒在房顶的野柿饼子都被狼群一夜之间偷吃个精光。”

“没关系，大伯，我再到其他村看看。”

“唉，怎么办呢？去其他村也没用，人都走空了。”大伯沉思片刻，说，“这样吧，孩子，我只能给你两块火石，伤病员需要火呀！”其实大伯早已猜出他是八路军，而且还是负责看护伤员的卫生兵，只是没说破而已。

王巧春告诉大伯他有火石了。大伯想想，说：“我这里还有一包盐，你拿去吧。火石你也带上，多了总比少了强。我的火石很好用，下雨天都能划出火花。”

“谢谢大伯！”盐，太珍贵了，王巧春没有拒绝。听大伯这么说，火石他也收下了，“大伯，您贵姓？等将来革命胜利了，我要回来感谢您。”

“孩子，你不需要知道我姓什么，也不用感谢我。如果你一定要感谢的话，下次我就不帮助你了。”

告别大伯后，他怀揣4块火石、一包金银花和一包大粒盐返回天竺山。

## 六十一

这次下山，王巧春最大的收获是从老乡那里得到了火石和盐，他如获至宝。

用石头取火可是一个熟练的技术活儿啊。靠火星引燃枯草不大容易，需要一点儿诀窍：一是枯草一定要非常干燥；二是要连续摩擦火石，不停地引燃枯草；三是要在恰当时机吹气助燃。用纸片引火效果更好，但王巧春舍不得用自己口袋里的课本。有一次雨后，枯草有些潮湿，怎么也点不着火，不得已，他撕下一页纸引火，事后还是有点儿后悔。后来有经验了，每次熄灭炉火后，他都把剩下的木炭收集起来下次备用。

真是救命的火石啊！有了火，可以给伤员煮野菜汤、做菜团、消毒敷料，但最重要的是可以自制无菌盐水。王巧春用大伯给他的两个玉米馍馍做了一锅野菜玉米糊，给发烧的伤员加强营养。他告诉廖叔和伤员们，这些火石是栗爷爷和老苍墓村大伯送给他的。廖叔感慨地说：“越是在艰难时刻，我们八路军越离不开老百姓的支持啊！”

伤口的处理不是小事，小伤口感染后会变成大伤口。感染的伤口如果不及时处理，坏死组织腐烂，创口会越来越深，一旦侵蚀到骨头引起化脓性骨髓炎，会出现寒战高热等症状。如果发生菌血症和败血症的话，会危及生命。他用消毒的剪刀把坏死的腐肉剪掉，清除脓汁，用盐水冲洗伤口，再把经过煮沸消毒的盐水纱布覆盖在伤口表面。虽然没有抗菌消炎药物，但他每天用盐水清洁消毒伤员伤口一次，几天后，伤口感染明显减轻了，伤员体温降下来了，伤情神奇般地好转。

“小鬼，技术不错呀！”伤员们的夸奖使他产生一种成就感，对胜利更加充满信心。

火，带来生机，也带来危险。山洞里生火，烟雾会暴露洞口的位置，因此，不到必要时，白天他不敢轻易在洞内生火。野外生火烧水煮菜，选择地点不能离山洞太近，他往往是夜里背着铁锅走到远处偏僻的石崖下生火。尽管如此，日本兵还是很快发现山里有人生火，开始追踪在山里生火的人。王巧春不停地变换生火的地点，与敌人玩起捉迷藏。

第九天夜里，王巧春正在野外生火煮沸消毒敷料，石田小队长带着一小队士兵悄悄从山坡上包围上来，敌人距离他已经百米以内了，他仍毫无察觉。突然山沟里响起一声枪响，他听到动静后，来不及熄火，急忙钻进附近树林里躲藏起来。“谁开的枪？”包围王巧春的日伪军极其恼火，因为这一枪不仅打中了一个日本兵，还暴露了他们的行踪。几十只手电筒同时朝开枪的方向照射过去，照亮了半个山谷。这时，日军发现山坡上有一个黑影在奔跑。“他在那儿！快追！”敌人一边追一边射击。

“又是那个逃兵。”

“你怎么知道是逃兵？”

“我感觉有点儿像。”

而黑影身背步枪穿行在树林里，跃过一条山涧，迅速消失在山涧的另一边。敌人追到山涧边缘突然止步，望着几米宽漆黑的山涧，只好转身返回，抬着一具尸体下山了。“他妈的，又让他跑了！”

王巧春感觉那个身影有些熟悉。“难道又是那个神秘人在暗中救我吗？”他感觉有些蹊跷。如果是自己同志为什么不与自己联系呢？看来真有可能是那个日本逃兵。他绕到山涧的另一边寻找那个神秘的黑影，树林里、悬崖上、石缝里。“喂，同志！你还在吗？”他小声呼喊着，但没有人回答。他仔细寻找一圈，没发现任何人影。神秘人已经离开了。

黎明前，等王巧春再次返回生火地点时发现，自己唯一的一口铁锅被敌人砸碎了。这是他唯一的铁锅呀，他十分心痛，气愤地挥起拳头砸在炉架上的石板上……

十天过去了，附近的野菜和野果子几乎被看护长王巧春采个精光，山洞里一时断了口粮，连作为主食的野菜团都难以保证供应。伤员们个个面黄肌瘦，出现营养不良、伤口延迟愈合、浮肿贫血等现象。部队怎么还不反击呢？王巧春开始期盼战友们归来。然而，敌人不仅没有任何撤退的迹象，反而变本加厉，更加猖狂，在山上修建临时据点。连续两天，流钱山上传出零星的枪声，王巧春猜测那里有游击队活动，他决定上山寻求帮助。

王巧春去过流钱山两次，都没找到青年纵队和游击队。有迹象表明，青年纵队和游击队在与搜山的日军打了几仗后撤退了。山顶上还残留着几座游击队员用石头、树干和石板搭建的小屋和炉灶，似乎最近还有人在此住过。他在石屋周围寻找可能隐藏的粮食或生活用品。

粮食没找着，但他在石屋后面找到一口游击队撤退前埋藏的石锅。他开心得够呛，又可以给伤员熬汤做饭了。

可是当他背着石锅回来后，他又发愁了，光有石锅没有粮食有什么用呢？他心里有些气馁。

“小鬼，别着急。别看日本鬼子现在猖狂，在山里修建岗哨和据点，‘拉网’式、‘梳篦’式搜山和封锁，那都是权宜之计，维持不了多久，只要我们能坚持下去，总会等到胜利来临。”廖叔坐在洞口处开导他。

伤员们也安慰他：“廖叔说得对，正义永远不会缺席的！”

“与红军长征时期的艰难困苦相比，我们现在的困难算不了什么。有野菜吃，还怕什么！”为了鼓舞士气，伤员们轮流讲述各自的战斗经历和革命故事。一些红军战士还回忆起长征时艰苦的岁月。

“是的，过草地时后续部队连野菜都吃不上，我们现在不仅有野菜，还有野果。还是太行山好，物产丰富。看护长，加油！”

“伤员们，我们一起加油！”其实，伤员们越是表现出大无畏的革命精神，王巧春心里越不是滋味。

6月7日，也就是第十二个夜晚，留守到了最困难时刻，伤员们一连几天都在饿着肚子。山上周边的野果几乎被采光了，野菜也很少了，而山下，特别是靠近敌人营地的山坡，各种野果子非常丰富。王巧春决定半夜下山去，在敌人的眼皮底下采摘果实。虽然这个行动有些冒险，但他认为，只要当心些，机灵些，就不会有危险。

后半夜，王巧春与往日一样，拎着空袋子走出山洞。他刚下到断岩崖，忽然发现前方小路上似乎有人影晃动，他立即躲进树丛里。此时有人在呼叫他："喂，春哥，我干爹派我给你送土豆来了!"开始，他没弄明白，担心有诈，不敢露面，后来发现来者是个身穿白布衫、头戴白毛巾的小男孩，就放心了。等到黑影走近时，他认出来了，原来是九妮背着一个大麻袋朝他走来。

"春哥，你在哪儿？我是九妮，给你送土豆来了。"

王巧春高兴地从树丛里钻出来，激动得要命，紧紧握住九妮的手："你干爹怎么知道我们需要粮食？"

九妮把那袋土豆交给他，说："春哥，你前些天不是去过我们家吗？我干爹给了你一袋盐和两块火石。"

"啊？那个大伯是你干爹呀？这么说，他就是海英姐的父亲了？"

"是啊，他就是英姐的父亲，我干爹。我干爹估计你们断粮了，现在很艰难，所以让我把家里最后一袋土豆送上山。我不知道你和伤员藏在哪里，便守候在'通天洞'附近等候你。我相信你夜里外出会经过这条路。"

"怪不得第一次见到大伯时感觉他那么亲切!"王巧春让九妮转告他对郭大伯的谢意。

没有挨饿的人永远也理解不了那袋土豆的意义。王巧春用土豆泥做成野菜团，成为最受伤员欢迎的美食。

那天夜里，王巧春在月光下第一次仔细端详了九妮，他身体瘦小，模样蛮清秀，但神情刚毅。九妮从小被郭大伯收养，在村子里以放羊为生，跑遍荒山野岭，熟知每座山峰、悬崖、山谷和河流，是个活地图。

自从他们再次相见后，九妮连续两个夜晚上山陪王巧春采集野枣、野菜和草药。王巧春从九妮那了解到，早年郭家哥儿俩住在寨套山悬崖下，哥哥几年前病故了，郭大伯成了两家之主。老人现在最惦念的是他的女儿郭海英，几年没有音讯了。

王巧春让九妮转告郭大伯，他的女儿郭海英已经脱险了，1938 年投奔延安参加了八路军。据说她和黄清清、余虹都在延安八路军鲁迅艺术文学院，仍然干老本行。九妮听了，高兴地蹦起来："太好了，我英姐也参加八路军了！"

从那之后，王巧春与九妮熟悉起来，他们相约夜里在小溪边见面，九妮帮助他给伤员洗衣裳、洗敷料、生火烧水，有时与他一起在草丛里捉青蛙、下河摸鱼、爬树摘野果……

即便如此，王巧春始终没告诉九妮"老虎洞"的位置，这可是军事秘密，也是纪律，是伤员安全的基本保障。同样，九妮与郭大伯家人藏在牛角山中的一个山洞里，山洞的位置，九妮不说，王巧春也不问。

九妮不愧是山里长大的孩子，爬树、登山、采摘野菜野果，样样比王巧春动作麻利，帮了他很大的忙。九妮唯一的不足是怕水，不敢游泳，每次王巧春在溪水里洗澡或游泳时，九妮都躲得远远地。九妮没上过学，不识字，希望以后有机会跟王巧春学习文化。王巧春曾教过九妮几十个字，但在月光下用树枝在地上写字，教学效果不太好。

有一次，王巧春问九妮："你夜里一个人走山路不害怕吗？"九妮回答："不怕。"九妮告诉他，有一天夜里，他在山里遭遇过狼群的攻击，但依靠自己的勇猛，打败了狼群。九妮自豪地说："山里的群狼很聪明，记性好，被你打败过一次，它们以后轻易不会再来冒犯你。"

王巧春想想，觉得九妮说得有道理，这些天确实没有野狼再攻击他，于是他把自己十几天前在小溪边与狼群恶斗的故事讲了一遍。九妮听得入神，夸奖道："春哥，还是你厉害！"

## ◆◆◆ 六十二 ◆◆◆

夜里是王巧春看护长工作最繁忙的时间，他先是把清洗过的纱布和绷带放到石锅里煮沸消毒半个小时以上，然后把药渣敷在伤员感染的伤口上，再把伤口包扎好。接着，他到小溪边打水，把水壶和水桶全都灌满。为了预防雨季到来，他在树林里砍了几垛干柴，分几次背回到山洞里。

那天夜里，九妮没出现。做好伤员的护理工作后，王巧春背着步枪，拎着两个空袋子朝仙女山爬去。几天前从那经过时，他曾注意到，靠近少女峰附近有一片酸枣树林，枣树枝繁叶茂，果实丰硕。通向仙女山顶的山谷狭长而陡峭，平时那里很少有人活动，比芦沟僻静许多。

正当王巧春顺着山谷向少女峰爬去时，他忽然察觉到身后有动静，回头望去，相距五六十米远，有五六头野狼崽子悄悄地跟随在他身后。自从十几天前那个夜晚他与狼群大战一场之后，山里的野狼变得乖巧不少，见到他全都远远地躲开了，连嚎叫的声音都显得低沉和颤抖。黑夜走在野狼嚎叫的山林里，他不仅不惧怕它们，甚至还会模仿几声狗叫吓唬它们。每当他发现模仿狗叫声会压制住阴森森的狼嚎时，他就开心地哈哈大笑起来。狼虽然不怀好意，但比起日本鬼子，显得亲近多了！

可是，那天夜里的情况确实有点儿反常，这几头狼崽子竟然无声无息地尾随在他身后，紧跟不舍。妈的，它们想干什么？他提高警惕，把步枪紧紧地握在手里。干脆，杀几头狼不就有肉吃了吗？省着还要爬树摘野果子。王巧春转身朝它们冲过去，狡猾的狼群立刻四处逃散。

野狼表现出来的胆怯和懦弱，让他更加自信，他有足够的勇气打败它们。然而，这只是他的自我感觉而已，实际上，狼群天性贪婪、狡猾、坚韧，从不言败，因此他大意了。

王巧春继续向前赶路。不多时，他发现狼群又静悄悄地跟随在他身后。他没有时间继续与它们纠缠，他要抓紧时间摘酸枣，否则天该亮了。

到达酸枣树林后，他爬上一棵高大的枣树，自上而下摘着野枣。第一个布袋子很快就装满了，他从树上溜下来把装满野枣的布袋子放在树底下，然后又爬上树继续采摘。他边摘边吃，很快就填饱了自己的肚子。就在第二个袋子快要装满时，他听到树下传来一阵阵嗤嗤的声音，他打开手电筒向下一照，妈的，一群小狼崽子围在树下正在抢食什么东西。

“狼崽子，你们想干什么?!”他怒吼一声。狼群瞬间四处逃散，他急忙从树上滑下来。“我的天哪！我的布袋子被撕开了一个大口，一袋子野酸枣几乎全被吃光了。”王巧春一屁股坐在地上号叫起来，“妈的，狼崽子，你们欺负我！我要抓住你们，活剥你们的皮！”他把自己这些天的满腹悲哀、苦恼和无奈全都发泄出来。

狼崽子被他的哭声惊呆了，停在百米之外望着他。哭了一阵后，他爬起来，一只手提着步枪，一只手拎着布袋子追过去，狼崽子全都消失在草丛里。只有一头身上带花白点的老狼仿佛知道他不敢开枪似的，在他的前方沿着山梁慢悠悠地跑着，时而还回头望着他，似乎在对他说：“你追呀！怎么不追了呢？”

“看我怎么收拾你！”王巧春毫不犹豫地追了上去。在他距离它只有十几米时，这头花白点老狼忽然转过身停下来，用凶狠的眼神盯着他，噘着鼻子，露出牙齿，做出决斗的姿势。他把手里的那袋子酸枣扔到路边，双手紧握步枪一步一步地逼近它，如果它冲过来，他就一刺刀挑了它。

花白点老狼没有被手电筒的光亮吓跑，先是瞪着凶狠的眼神望着他，接着用贪婪的眼神瞥了布袋子一眼。“好嘛，吃了我一袋子野枣还不够，还在打我另一袋的主意！”他心里冒出一股要杀死这头老狼的强烈欲望。有这把锋利的刺刀在手，就是再多几头狼他也不怕。他毫不畏惧地走过去。就在他距离它五六米远时，它突然扭头就跑，此时王巧春哪肯善罢甘休，在后面紧追不舍。

花白点老狼被王巧春追得蒙头转向，穿出树林后竟然慌不择路直奔少女峰跑去。老狼站在少女峰的山顶左顾右盼，似乎无路可走。“哈哈，少女峰只有一条路，看你还往哪儿跑！只要你敢冲下来，我就一刺刀挑了你。”

王巧春太想杀死这头老狼了！自从有火石以后，他经常幻想着外出打猎，野鸡、野兔、野猪，甚至野狼也可以，炖锅肉汤给伤病员增加些营养。可是他一无所获。因为他都是夜里出门，在漆黑的山沟里，仅靠月光很难发现猎物。此刻，眼前这头自找上门的老狼已经无路可逃了，王巧春决定杀死它。他躲开它的视线，隐藏在山坡上的石林中，悄悄地向山顶靠近。当他端着刺刀冲到山顶时，花白点老狼早已消失得无影无踪。

妈的，白追了！后来他才明白，狼的嗅觉比狗还灵敏，即使它闭着眼睛，也能嗅到你离它有多远。想接近它是不可能的，除非它主动攻击你。

王巧春失望地离开少女峰，原路返回。他要取回刚才扔在路边的那袋野枣，那袋子野枣至少有五六十斤重呢，足够伤员们一天的口粮了。天亮后伤员们还要靠这些野枣填饱肚子呢。

可是当他找到那个布袋子的时候，一下子傻眼了，布袋子被撕破，里面的野枣一个都没剩，全被狼崽子吃掉了。

四周的草丛里传来哗哗的响声，他打开手电筒，看到几个狼崽子们还没离开，挺着大肚皮在草丛里闲逛呢。“妈的，调虎离山计，我上当了！”看来山里的狼都饿疯了，否则不会这么诡计多端。王巧春恼羞成怒，捡起石头向草丛投去。狼崽子瞬间消失了。事后，他曾询问九妮，狼不是吃肉的吗？怎么喜欢偷吃酸枣呢？九妮告诉王巧春，那是因为饿的，他家在房顶晾晒的柿饼经常遭到狼群的偷吃。

那天夜里，确切地说，是第十四天的凌晨，王巧春不甘心空手回去，因此他拎着空袋子再次来到那片枣树林。他找到了另一个空布袋子，用麻绳把两个布袋子的破口扎住，攀上另一棵粗壮的枣树，重新采摘了满满两大袋野枣。

当他拎着两个沉甸甸的布袋子原路返回时，东边天际已经泛起了淡淡的白光。第十四个夜晚就这样过去了。

## ◆◆◆ 六十三 ◆◆◆

好日子过了没两天，又出问题了。第十六天白天，陆续又有伤员出现发烧，高热伴有寒战。开始，王巧春以为还是伤口感染，可是体格检查没发现伤口有感染的迹象，也没有感冒咳嗽、肠炎、腹泻等表现。他感到疑惑，怎么找不到发烧的原因呢？找不出病因，只能应用物理降温方法对症治疗，但降温效果不好。接下来，又有几个伤员出现发烧，而且症状相同。这就更奇怪了，这个病怎么还会传染呢？

正在他冥思苦想时，他的耳边忽然响起嗡嗡的蚊虫声，他猛然醒悟，哦，原来是“打摆子”啊！一定是蚊虫叮咬传染的。几年前，这种传染病就已经在太行山区流行了。一年半前，王巧春本人也曾患过这种病，后来还是用传统中药小柴胡和常山熬水的方法治愈的。

没问题，这病好治！山里到处都有野生小柴胡和常山。采药、切药、配药、熬药，这是他们卫生兵常做的事情，王巧春满怀信心用小柴胡和常山熬汤治疗患上疟疾的伤员。

采药要白天采，好在少女峰一带没有日本巡逻队，他可以放心大胆在野外挖药。那天回到“老虎洞”时，天色已黑，他一路上采集了不少小柴胡、常山和青蒿。回来后，他迫不及待要搭建个炉灶点火烧水、煎熬草药。可是在哪里支炉火呢？如果在洞外点火，不是等于告诉日本鬼子附近有人躲藏吗？

6月的太行山，夜里还是有点儿凉飕飕的。按理说，在山洞里搭建炉灶最好，既安全又可以取暖。伤员经常发冷发热，也需要保暖。可是在山洞里生火怎么排烟呢？

大一点儿的山洞一般都有一个或两个天然的出风口，如果山洞里有空气流通，说明有出风孔。廖叔在这方面很有经验，他举起一根小草，让王巧春拿着手电筒照亮，观察小草是否摆动。嘿，有希望……小草被风吹动了。廖叔嘱咐王巧春到山洞里面查看一遍，看是否有出风口。王巧春打开手电筒照亮山洞，仔细检查山洞里的每一个角落。最后，他在山洞尽头发现，石壁上有一道一尺多宽、一米多高的裂缝，似乎向上通往山顶。王巧春把耳朵贴在石缝处听着，“廖叔、关副参谋长，我听到石缝里有嗡嗡的风声。”他高兴地喊起来。

“看护长，你背我过去瞧瞧。”关副参谋长在洞口那儿喊道。王巧春背着关副参谋长来到山洞尽头。

“嗯，石缝里确实有空气流动的感觉。”关副参谋长拄着拐杖把头伸进漆黑的石缝里，高喊一声，“嗨——”他的声音仿佛撞击到远处的石壁，回荡在一个密室里。这哪里是石缝啊，分明是个空荡荡的山洞或者洞穴，而且不止一个山洞，恐怕是洞连洞。只是缝隙太小，成年人不能通过。

关副参谋长说：“我们在这里先点燃一堆篝火，看看烟是否可以通过石缝排出去。如果烟气排得顺畅，我们再搭建炉灶也不迟。”

在山里，有两样生活用品最不缺，一是水，二是干柴。王巧春到洞外捡回来一堆干草，双手拿着火石摩擦打火。嚓嚓嚓，嚓嚓嚓，在寂静的山洞里，火石摩擦的声音显得格外刺耳，蹦出的火星也十分耀眼，可就是无法点燃地上的干草。“我来试试。”关副参谋长从他手里接过火石，连续摩擦几次也没成功。

“可能是草有点儿潮湿吧?”

“嗯,有可能,前几天刚下过一场大雨。”

“对了,可以用纸来试试。”王巧春从书包里掏出语文书,撕下来一页,然后撕成细细的纸条。嚓嚓嚓,两块火石之间划出一道耀眼的火光,纸条先变焦,再变黑,接着冒出一股黑烟,他轻轻一吹,纸条冒出点点火苗,很快引燃了旁边的干草。干草的火焰越烧越旺,山洞里响起了热烈的掌声。

“看护长,你越来越能干了!”

关副参谋长干脆坐在火堆旁边帮助添加干柴,王巧春一趟一趟地跑到洞外搬运石块。很快用石块搭起了一个炉灶。炉灶的黑烟一大半顺着石缝飘走,另一小半聚积在山洞顶部,慢慢地延伸到洞口。不久,山洞里被浓密的烟雾笼罩,开始有伤员出现刺激性咳嗽。

“大家能忍受得住吗?”

“咳咳,”一个伤员一边咳嗽一边说,“没关系。”

“有点儿烟雾好啊,正好把蚊子都熏跑了。”

这话不假,初夏的蚊子简直太凶了,把每个人身上咬得遍体鳞伤。王巧春把石锅盛满水放在炉灶上。

关副参谋长和王巧春用各自的军帽扇着烟雾,让更多的烟雾钻进石缝里。过了十几分钟,山洞里的烟雾变淡了。这个办法不错,可以做一把大布扇!

“你们砌炉台怎么把我忘了?我可是正宗厨师啊!”廖叔发言了。

“廖叔,怎么排烟呢?”

“你们光搭炉灶没做排烟道吧?巧春,背我过去瞧瞧。”

“对呀!”王巧春忽然想起家里的炉灶结构,他把廖叔背到炉灶旁,在廖叔的指导下,他用剩下来的石块在炉灶与岩石缝隙之间砌了一个烟道。

“不错,这个办法好!”关副参谋长夸奖道。

烟道砌好后,虽然仍有烟雾从炉灶的石缝中冒出来,但绝大部分烟雾还是顺着烟道排到洞外。王巧春到树林里挖了一袋子泥土背回来,用稀泥巴把炉灶和烟道的石缝抹严实。很快,洞里的空气变得清新了。

“好样的,看护长!”大家都竖起大拇指夸奖他。

石锅里的水沸腾了，王巧春把洗干净的小柴胡、常山、青蒿和半包金银花切碎放到锅里。有火了，心里感觉踏实许多，大家的脸上也都露出了满意的笑容。这时，王巧春忽然想到蔓延副部长临走时给伤员留下的小米还剩下一些，太好了，等药熬好后，给发烧的伤员们煮锅小米粥喝，粥里再放些酸枣。

石锅里的水越煮越少，空气中的中药气味越来越浓。王巧春感觉熬得差不多了，便把汤药盛进水桶里凉着，然后一碗一碗地发给每个发烧伤员服用。药全都喂完了，他的心情变得激动起来，期盼着草药发挥出神奇的疗效。他相信服药两天后，伤员就会神奇般地康复。

“看护长，别着急，药不会那么快起效。你出去到我们上面查看一下，看看我们炉灶里的烟从哪里排出去的?”关副参谋长有些不放心。

夜半时分，山林里响起几声长长的、低沉的、沙哑的狼嚎，那是野狼痛苦的哀嚎。管它野狼怎么嚎叫呢，反正他现在不害怕它们了。

王巧春迎着皎洁的月光走出山洞，深深呼吸几口清新的空气，一口气登上天竺山顶峰。站在山顶，他隐约察觉到四周的草丛里有几头野狼在窥视他的一举一动，那个花白点老狼也在其中。王巧春转过身盯着草丛中几只闪烁着凶光的眼睛，握紧手中闪亮的刺刀与它们对峙着。野狼不敢进攻他，在悄悄地退缩，很快消失在草丛的深处。王巧春自认为，作为胜利者，他身上的痕迹、气味和脚步声给狼群留下足够的记忆，令它们心惊胆战。因此他毫无畏惧，充满着勇气，占据了山顶。

王巧春在圆拱形的山顶上由东向西沿着三面悬崖边仔细排查，最后循着一阵阵随风飘荡的烟味来到山顶的西北角。他借着手电筒光柱看到，北面悬崖下约十米处，从一株树丛里冒出一缕淡淡的黑烟。嘿，那里一定有个洞口，仔细观察，从山顶到树丛那里似乎有一条陡立的小路。太隐蔽了，谁会钻在树丛里顺着小路爬行呢？太神秘了，又是一个半悬在悬崖峭壁上的洞口。王巧春有些好奇，想下去看看那是怎样一个洞口，山洞里面什么样。可是因为天黑坡陡，他打消了这个冒险念头。

回到山洞里，王巧春向首长做了汇报，关副参谋长点点头说：“这两个洞是连着的，你发现的那个洞口是我们‘老虎洞’的北洞口。既然两个洞口相距这么近，白天在洞里绝对不能生炉子，否则烟雾会暴露北洞口。”

关副参谋长分析得很有道理。但是，谁也没有想到这件事情要比想象得更复杂、更可怕。

## ◆◆◆ 六十四 ◆◆◆

那天夜里熬完中药后，王巧春照常下山去挖野菜、采野果，一直到凌晨才返回山洞。他按照关副参谋长的指示，白天熄灭炉火，夜里再重新生火。

说来也奇怪，那两天，山里野狼非常活跃，昼夜嚎叫不宁。听着野外此起彼伏的狼嚎声，山洞里的伤员们替看护长捏了一把汗，为他的安全担忧不止。看见他安全地返回，坐在洞口站岗放哨的关副参谋长和廖叔笑得合不拢嘴。

“巧春，快休息吧！”

王巧春把两大袋野菜放在一旁，靠墙壁坐下来。说心里话，他确实感到疲倦和困乏，坐下来后几乎没有气力说话：“我休息一会儿就没事了。”

“嗯。太疲劳了！别累坏了。你睡一会儿吧。”

“首长，我不困……”话音刚落，王巧春的身体一软从墙壁滑下来，瘫倒在石板上，四肢仿佛被卸下来一样，不再受大脑的支配，闭着眼睛睡着了。干渴时雨露最甜，困乏时睡眠最香，没有亲身经历过通宵熬夜劳碌的人是无法体会到那种无梦、无语、倒头就睡的感受。

王巧春在睡梦中意识到，有人帮助他脱下外衣、盖上棉被，他心里顿时涌出一股暖流，而脑子里出现他娘的身影，嘴巴不自主地嘟哝着：“娘！”在家时曾经有过这样的情景，他连续一天一夜为地主家割猪草，累极了，回到家里后又困又乏，倒在炕上就睡着了。母亲帮助他脱掉衣裳、盖上被子，他只喊了一声“娘——”，就进入了甜蜜的梦乡。

不知过了多久，王巧春听到有人在他耳旁悄声说话，他的嘴巴动了几下，想对话和交流，可是冒出来的话，卯不对榫。

“二春，你醒了吗？”有人在低声呼唤他。王巧春的眼前出现老城的城门和街道，他看到郭海英朝他走来。“海英姐！”他兴奋地爬起来，可是手脚像被绳子缠住了，不听使唤。

“别起来，好好休息。”是海英姐的声音吗？怎么听起来有点儿不像呢？

“让他多睡一会儿吧，这个年龄在家还是个孩子呢。”好像是京剧团厨师廖叔的声音。

“也难为他了，这么小的年龄，一个人要管我们二十多个重伤员。”他的耳边响起关副参谋长的声音。王巧春有点儿清醒了，可是眼皮像灌了铅似的抬不起来。

“老廖，你还发烧吗？”王巧春听出来了，这是关副参谋长的声音。

廖叔回答：“寒战轻点儿了，感觉也好一些，但还是有点儿发热。”

“看来巧春的汤药还是有效，这小子还是蛮聪明的。今天再喝两次，应该还会好一些。”

“嗯，巧春将来可以当医生了。”

“老廖，你听，日本鬼子的军犬在我们头顶上狂吠。我们山洞上面有伪军在叫喊，他们好像发现山顶北洞口了。”

“啊！日本鬼子这么早就上山了？”王巧春一下子惊醒了，挣扎着爬起来。

“嘘——小点儿声！日本鬼子就在山上。现在都快到中午了。日本鬼子是今天上午九点钟上山的，指挥部可能就设在我们山洞下面的露天地。”关副参谋长表情显得有些严肃，伸手拉下挡在洞口的棉帘，山洞内立刻黑下来。

“鬼子怎么又搜山了呢？”

“找不着八路军伤员不甘心嘛！鬼子发现这四周野果子、野菜被采摘很多，因此怀疑附近有八路军伤员躲藏。”

“关副参谋长，您刚才说日本鬼子发现天竺山北峰的山洞了，是真的吗？”

“是的，伪军刚才叫喊说，他们的军犬在天竺山北峰发现了一个洞口。我猜测就是我们这个山洞的北洞口。”

“糟了，北洞口与我们山洞是相连的，我们的炊烟就是从北洞口排出去的。”

“嗯，炉火虽然已经熄灭，但军犬能闻到洞口的烟味和浓烈的中药味道，所以日本鬼子发现了北洞口。”关副参谋长分析道。

王巧春着急了:“怎么办呢？两个山洞是相连的,中间有一条岩石缝隙。”

“岩石的缝隙有多宽?”廖叔问道。

“很窄,大约一尺宽,成人恐怕过不来。”王巧春看护长自我安慰道。

“人虽爬不进来,但是军犬能凭着嗅觉从北山洞钻过来。”关副参谋长担忧地说。

“对呀,我怎么把这个给忘了呢！绝不能让日本鬼子的军犬钻到我们的山洞里。关副参谋长,我赶紧去把岩石缝隙堵上。”

“嗯,也只好这么办了。老廖,你继续守在洞口放哨,我和巧春去洞里查看一下。”

“好的,关副参谋长,你们去吧。我继续守在洞口。”廖叔靠坐在洞口的墙边。

王巧春搀扶着关副参谋长离开洞口。关副参谋长左大腿和右小腿因枪伤骨折,虽然已经复位和石膏固定,但由于前几天拄着双拐下地活动过多,双腿出现水肿和疼痛,行走十分困难。

石缝的下半部分已经被炉灶和排烟通道堵死了,上半部呈细长的三角形,底边宽一尺多,上边只有一个拳头的缝隙。手电筒的光线已经开始变暗了,尽管王巧春一直节省着使用,但电池还是快没电了。关副参谋长敲打摇晃着手电筒,灯泡依然像萤火虫一般只发出微微亮光。

关副参谋长吃力地弯腰捡起一块石头递给王巧春,额头上渗出豆粒大的汗珠。

“关副参谋长,您坐着休息指挥吧,我来堵石缝。”

“好吧,把手电筒给我,我帮你照个亮。”

王巧春把手电筒递给关副参谋长。

“首长,我不需要手电也能看得到。”长时间待在黑暗的山洞里,王巧春的眼睛已经适应了,借着墙壁白色岩石发出的荧光就可以模模糊糊地看到眼前的物体。他用砌炉灶剩下来的石头很快把上半部分岩石缝隙堵住了。

山洞内外静悄悄的,王巧春和关副参谋长站在石墙的里侧等待着,心里忐忑不安。石墙那边的情况他们一无所知,接下来会发生什么事情更无法判断。石缝用石块砌好了,但缝隙很大,仍能够透过光线。日本兵几乎每人都配备手电筒,进洞后只要用手电筒一照,就能发现这是一堵人工垒砌的石头墙。怎么办呢?一旦被鬼子发现……

王巧春感到脊背冰凉。不,绝不能让敌人轻易察觉出这是一堵石墙,要用稀泥把石头缝隙糊住。王巧春有些后悔,昨天夜里发现北洞口后应该进洞里侦察一下,如果真的不安全,早点儿把北洞口堵起来就好了。

王巧春拎来一桶水准备和泥糊墙,可这时已经来不及了,石墙那边传来一阵阵的叫喊声:"八路军的伤员们,你们被发现了,想活命的就赶快爬出来吧,皇军优待俘虏。"听声音,喊话的伪军已经钻进北洞口了,但还没下到洞底。

"给你们15分钟,如果再不投降,太君将炸掉这个山洞,把你们全都埋葬在里面。"

随后山洞里安静下来。1分钟、2分钟、3分钟……时间慢慢地过去。

"妈的,还不出来,想死在里头吗?"从旁边山洞的洞口处隐约传来敌人的叫骂声。接着敌人从洞口扔下来两个火把。

王巧春顺石缝望过去,火把照亮了北山洞,洞口在山洞的上方,洞底有一个类似圆拱形的大厅,北山洞与"老虎洞"之间隔着几块巨大的岩石,岩石之间有几条缝隙,其中只有一条石缝与他们的"老虎洞"相通。

火把在北山洞里燃烧了十几分钟后自动熄灭了。北山洞里,一丝淡淡的光线自上而下投射到洞底,估计洞口到洞底部有二十几米深。王巧春已经用泥巴堵上了岩石上方的缝隙,但还有一些小缝隙来不及处理。

"关副参谋长,如果日本鬼子下来搜查,有可能会发现我们这个山洞。怎么办?"王巧春感觉不妙,没想到北洞口这么快就暴露了,他后悔昨晚不该在山洞里生火。

"事到如今,没有什么办法。坚持到最后吧!"

"轰、轰!"北山洞里突然传来一连串剧烈的爆炸声,震得山洞四壁碎石飞溅,洞内尘土飞扬。敌人往山洞里接连投掷两枚手雷。"投降吧,八路军兄弟们,皇军优待俘虏,受伤的帮助你们疗伤,想回家的发路费放你回家。"一个本地口音的伪军扯着嗓子喊着。王巧春听出来了,那是汉奸赵老亮的声音。

“别怕，日本鬼子这是在诈唬。”关副参谋长镇静地说，“敌人是用手雷探路，轰炸几次后才敢从洞口下来搜查。”

接着洞内安静下来。

“日本鬼子要是发现我们该怎么办?”黑暗中，王巧春不安地问道。

关键时刻，看护长感受到关副参谋长的沉着冷静，关副参谋长一字一句低声说:“准备好刺刀，不到万不得已，不能开枪，不能主动暴露自己。军犬进来一个就杀一个，让它们有来无回。”

果然，没过多久，北山洞传来阵阵凶猛的犬吠声，声音越来越近。同时，石墙的另一边也响起异样的声响，仿佛有动物在抓挠着岩石。接着有手电筒的光线穿过石头缝隙照在“老虎洞”的岩石上。王巧春紧张地伏在石缝上盯着隔壁山洞，他的心已经扑通扑通跳到嗓子里了。

两只手电筒在岩石的另一端晃动着，就听赵老亮惊呼:“太君，这里有个石缝，石缝那边好像还有一个山洞。”日军的狼狗似乎也已经发现了什么，拼命地狂吼着，想挣脱主人手中的铁链向这边冲过来，而牵狗的赵老亮一直不敢轻易放手。“麦片，别急，让我看清楚了再放你过去。”赵老亮点燃一个火把。

“石田队长，石缝太窄，人过不去。”赵老亮举着火把大声叫喊。

“饭桶，谁让你吃得那么胖了！把军犬放开!”

“是。”

“糟糕!”七八只手电筒聚集在岩石缝隙的另一端，朝“老虎洞”这边照过来。一条纤细的狼狗在石缝里噌地一跃，蹿到石墙下面，瞪着三角眼对着石缝不停地吼叫着，然后扑在石墙上，抓挠着石头。

“不好，军犬已经发现我了!”王巧春抽出刺刀，准备与军犬搏斗。忽然，他发现这条狗仿佛受到惊吓，边吼叫，边向后退缩。接下来隔壁山洞里发生的事情令人毛骨悚然。突然从岩石下面蹿出五条黑影，同时扑向那条狼狗，瞬间黑影与狼狗搅成一团，狼狗只有招架之功，并无还手之力，被黑影扑倒在地上。

“麦片，撤退!”赵老亮大声呼叫狼狗的名字。

麦片嗷嗷地惨叫几声后，爬起来一瘸一拐地钻出石缝往外跑。一个敌兵回身连开两枪，子弹打在岩石上迸出火花，但没等他再次开枪，五条黑影蹿出石缝向他扑过去。不好，这是狼窝！快撤！赵老亮和几个伪军连滚带爬往外逃。“啊！我被狼咬住了，太君，救命啊！”赵老亮发出一声惨叫，倒在洞底，被几个同伙连扯带拉的，拽上去。

嘿，太好了！王巧春高兴地直想跺脚，忽然感觉有个东西在咬他的裤腿，他用力一踢，踢到一个毛茸茸的东西，借着微弱的手电筒亮光，他看到三个狼崽子拥挤在一起。不一会儿，又有一个狼崽子从炉灶里钻出来，他连忙用篓筐把这四个狼崽子扣住。“这回我们有肉吃了！”他心里想道。

石墙那边很快安静下来了，但是，透过石缝，王巧春看到一排亮晶晶的眼睛正盯着石墙这边，它们似乎在聆听着石墙对面的动静，关注着狼崽子们的一举一动。一头身上带着花白点的老狼前爪搭在墙壁上，似乎在警告：不许伤害我的孩子们，否则我对你们不客气！王巧春从野狼的眼神里看得出它们发出的信号。

真没想到，“老虎洞”连着狼洞，他们的邻居竟然是一群狼。太万幸了，狼竟然没钻进“老虎洞”里偷袭他们。更万幸的是，昨天夜里他没鲁莽地钻进狼洞里，否则，其后果不堪设想。

“奇怪，与狼为邻怎么会相安无事呢？”王巧春自言自语嘟哝道。

关副参谋长幽默地说：“可能是由于狼不敢到老虎家里串门的缘故吧。呵呵！老虎虽然已经不在，但它的威风犹存。”

隔壁的老狼似乎已经失去耐心，烦躁不安地用爪子挠墙，如果不加制止，很快会挠出个窟窿。怎么办？王巧春望着关副参谋长，端起刺刀对准石缝，“等鬼子撤走后，我们干掉这个狼群吧？”

“不！”关副参谋长命令他，“看护长，把刺刀放下，把狼崽子还回去。”

“为啥？你瞧这些狼崽子多肥呀！”

“你若伤害狼崽子，母狼会找你复仇的。远亲不如近邻嘛，有狼群做邻居替我们把守北面的洞口，我们的‘老虎洞’就安全了。”

哦，有道理！王巧春服从首长的意见，放下刺刀，把狼崽子一个一个地塞进炉膛里。狼崽子顺着烟道爬过去后，隔壁的花白点老狼马上安静下来。母崽在欢喜交融片刻之后，一同消失在岩洞的深处。

“轰、轰！”又有两颗手雷在北山洞里爆炸了。

“看护长，放心吧，敌人不敢再下来了，我们到洞口看看外面的情况如何。”

“嗯。”王巧春搀扶着关副参谋长回到洞口。

老廖看见他们过来,低声说:“瞧,外面伪军和日军争吵起来了!伪军抱怨石田小队长逼他们钻进狼穴里。”山顶传来一阵阵高音调的日语,不时还夹杂着汉语。一个伪军班长和一条叫麦片的军犬被咬死了,还有一个日本兵和四个伪军被群狼咬伤了下肢和手,瘫坐在地上呻吟着。受伤的日本士兵躺在天竺山峰上面不停地哀叫着。廖叔能听懂一些对话,他告诉王巧春他们,被咬死的那个伪军班长,姓赵,叫赵什么亮。王巧春告诉廖叔和关副参谋长,多年前,在将军墓那个地方曾与这家伙打过交道,他从前是浆水镇一个反动道会的头目,现在是个铁杆汉奸,叫赵老亮。

“饭桶!石田君,狼穴还看不出来吗?”山上有人喊起来。

“报告奎村中佐,狼穴里八路军伤员的有。”

“你相信他的鬼话吗,李翻译官?”奎村大队长问李翻译官。

“嘿嘿,”李翻译官讪笑道,“八路军伤员有可能慌不择路逃进狼穴里,但恐怕早已变成白骨了。”

恼羞成怒的石田小队长叫嚷着要用化学毒气弹血洗狼窝,但被奎村大队长制止:“胡闹!狼穴里怎会有八路军伤员呢!毒气弹是留给八路军伤员的,岂可随便浪费呢!撤退!”

李翻译官高声呼喊着:“传奎村大队长命令,撤退!”

日伪军抬着伤员撤离山顶。

山野恢复了宁静,树林里传出叽叽喳喳的鸟叫。当王巧春从洞口伸出头向外瞭望时,一股暖风拂面而来,他伸手撤下挡在洞口的棉帘,把阳光和清风请进洞里。

## ◆◆◆ 六十五 ◆◆◆

中药汤治疗疟疾已经三天了,没取得明显疗效,大部分伤员每天下午仍然定时发作,病情未见缓解。然而王巧春看护长没有泄气,因为他知道确实有一部分疟疾患者服用小柴胡和常山汤治疗无效，但增加药物浓度会有效。于是他加大药量继续治疗伤病员。

然而三天后，还是没效，患者仍然寒战高热。王巧春感到失望。他用艾草和烟熏的办法驱走山洞里的蚊子，切断继续传播途径，但对已经发病的伤员无济于事。对此，他感到挫败和茫然。

夜里，他独自坐在小溪边遥望星空，想念着战友，如果梁医生在就好了，他一定有办法。他想起蔓延副部长临走前对他和梁医生说的话，如果还有其他困难，要自己想办法解决。是啊，是要想办法，怎么办呢?

他记得一年前郝绍敏护士患恶性疟疾时也是如此，服用小柴胡和常山汤治疗无效，病情越来越重，后来服用了宋庆龄基金会赠送的奎宁，一种抗疟疾药物治疗后，病情很快痊愈了。

要是有一瓶奎宁该多好啊！王巧春的急救箱里曾配备有1瓶奎宁，但早已用光了。

第十八天时，少数伤员出现皮肤黄染、恶心、呕吐、食欲不振等症状，病情加重了。其中一个伤员反复出现惊厥和抽搐。这种症状发生表明患者随时有猝死的危险。王巧春心中焦急万分，但又束手无策。廖叔又发烧了，而且病得不轻，曾出现谵妄和意识模糊。关副参谋长也有些忧虑，担心老廖年龄大，撑不住会发生意外，着急问道：“看护长，还有什么办法吗?”

王巧春几乎要急哭了：“首长，我真的想不出什么办法了。继续增大药物剂量，安全性无法保证。”

廖叔安慰他说：“二春，别有压力，有什么药方尽管先在我身上试验，我年龄最大，抵抗力差，如果我用了安全有效，其他伤员就不会有问题。”

“廖叔、伤员们，你们一定要坚持住。”

“别担心，小鬼，我们能坚持住。”患病的伤员们意志没有消沉，强装笑脸反过来安慰王巧春。

疟疾发病呈间歇性的，不发病时几乎与正常人没有太大差别，发作时寒战、高烧，甚至心慌、呼吸困难，更甚者脱水、血压下降、休克、昏迷。每当危机来临时，伤病员们就歌唱《游击队之歌》和《我们在太行山上》这两首歌曲，提高士气、鼓舞斗志。

“不要紧，万一不幸，为抗日而死，我无怨无悔!”这是伤病员们说得最多的话。

伤员们知道食品短缺，相互谦让，咬紧牙关坚持着，宁肯挨饿也不多吃一口野菜团。多么可爱的伤员啊！王巧春几次被伤员的坚定意志感动得流出热泪。

伤员们受了重伤，又患了疟疾，每天寒战、发烧，却吃不上一顿饱饭，王巧春心里十分难过。他忽然想到，医院在撤退前曾把一批不便携带的医疗物资藏在山里一个秘密的地方，那里能不能有药物呢？如果能找到那个仓库，或许可以找到抗疟疾药品。可是仓库在哪里呢？虽然他大致了解在哪个地区，但不知道具体地点。

不能再等了，王巧春发誓一定要找到那个物资仓库！九妮长年在山里放羊，地形熟悉，白天可以在山里活动，他委托九妮帮助他寻找仓库的位置。九妮在桃树坪村附近北山里寻找两天没有结果，后来还是从桃树坪村一个老羊倌那儿了解到仓库的大致方位。

第二十天的夜晚，皓月当空，繁星璀璨。王巧春在九妮的引导下，在桃树坪村北山沟里找到医院的仓库。那是一个比“老虎洞”还大的山洞，里面有X光机、手术床、无影灯及一些大型医疗设备。红彤彤的火把照亮岩洞，虽然那里没有粮食和食物，但王巧春在一个宋庆龄基金会药箱里找到了一瓶进口的奎宁片。药物找到了，伤员有救了！他如获至宝，揣着药瓶飞奔而归。

服用奎宁治疗三天后，伤员的高热消退了，病情逐渐稳定下来。伤员们消瘦的脸庞第一次露出了灿烂的笑容。

二十三天过去了，部队仍然没有任何消息，王巧春开始做好长期坚守的打算，用过的敷料煮沸消毒后备用，盐剩下不多了，他只好有计划地使用。

6月中下旬，山里情况似乎有所好转，野果子多了起来，有野杏、野桃、野酸枣，虽然还没成熟，苦涩酸甜，但可以充饥。王巧春在山洞里储备了三天的野菜和几筐野果子。有了这些存“粮”，他心里踏实了不少。

虽然敌人白天依旧在山中横行，但人数逐渐变少，夜里不敢轻易留在山里，不时还会有一些零散的日本伤兵被送下山。这可是个好迹象啊，说明山里发生过战斗。王巧春似乎感觉到，曙光即将来临，敌人“扫荡”快要失败了。

也许距离胜利的日子越来越近了，但由于长期饥饿、疾病、伤痛折磨，伤员们的健康状况在恶化。由于长期缺少睡眠和营养不良，王巧春本人也出现头晕、乏力、气短、体力下降等情况，有一次差点儿晕倒在山洞里。在伤员们的强烈要求下，第二十三天夜里他没外出，在山洞里美美地睡了一觉。

绝不能倒在黎明前！凭借坚韧不拔的毅力，第二十四天夜里，王巧春继续外出寻找食物。附近几个村庄空荡荡的，仍然空无一人，连栗爷爷也不知去向。为了挖更多的野菜，王巧春活动范围越来越广，路越走越远。

那天夜里，王巧春在寨套山上一处游击队遗弃的宿营地找到一筐连狼都不愿吃的青柿干，又干又硬。这种柿饼能吃吗？他尝了一口，虽然有些苦涩，但也略带些甜味，应该可以充饥。这筐青柿饼放在一个显眼的地方，好像是哪个好心人专门为他准备的礼物。他如获至宝，背着那筐青柿饼翻山越岭回到天竺山。

那天后半夜，王巧春在小溪边洗衣裳时见到九妮，他双手捧着一个小泥罐跑过来："春哥，你猜我手里拿的是什么？"

"泥罐子。"王巧春故意开个玩笑。

"泥罐子里装的是什么？"

"盐。"

"错！再猜一次。提示你，春天山里的老槐树开花了……"

"蜜蜂开始产蜜了。"王巧春从九妮的脸上已经发现答案了。

"对！"

泥罐子里装着九妮白天采集的野蜂蜜，有两斤多重。山里野蜂很多，但采集野蜂蜜很难，因为捅了蜂窝，九妮的头被野蜂蜇得变了形，眼睛肿成一条缝，看着让人心疼。

"谢谢你，九妮！"蜂蜜可是好东西，冲水喝既可以增加营养又能提高抵抗力，更重要的是，直接涂抹在伤口上还有消毒和消炎的作用。王巧春尝了一口野蜂蜜，心里无比激动，伤员们有救了！他激动地拥抱着九妮。九妮告诉王巧春，为了寻找蜂窝，他连续几次追随着蜜蜂在山里跑了几里地，最后终于在一个石崖上发现了蜂窝。王巧春要为九妮脸上消毒包扎，九妮有些不好意思，委婉地谢绝。"没关系，春哥，过几天红肿自己就会消退下去。"

"九妮，浆水镇有什么消息吗？"王巧春问道。

“浆水镇的日本驻军没有撤退的迹象，后南峪村仍有日本鬼子驻扎。但寨套山上曾经几次出现一个神秘的狙击手，来无踪去无影，从不伤害老百姓，专门射杀后南峪一带的日本兵，把敌人搞得提心吊胆，白天不敢从山坡上的小路通行。日伪军几次上山‘清剿’，连人影都见不到。我们村有人在半截山上远远地见过那个狙击手，瘦高个儿，背着一支三八式步枪，身穿日本兵军装。应该不是日本兵，是个冒充者吧？”

“不会是那个日本逃兵吧？”

“哪个逃兵？”九妮问道。

“你还记得吗，我们俘虏的那个唐一郎说过，他在‘通天洞’里被一个日本兵用石头砸下去的？他怀疑那个日本兵是逃兵。后来，日本宪兵曾在山里追捕那个逃兵。”

“哦，有可能是他。”

“这个人可能还救过我呢……”王巧春把神秘人两次开枪示警的事情告诉九妮，“既然他敢把日本将军儿子砸下去，说明他有正义感，不是懦夫。日本也有正义人士。”

“嗯，这么看来，这个逃兵是个好人！”

“或许还是个大好人！有机会我们在山里寻找他，也帮助他。”

## 六十六

蜜蜂每天繁忙地外出采蜜，而王巧春也同样每天繁忙地外出寻找食物。为了维持二十四个伤员生存的最低伙食标准，他一刻也不敢松懈。值得高兴的是，山里的野果子多起来了，伤员的状态也逐渐好转。

蜂蜜水、青柿饼、丰富的野果子，有了好吃的东西，伤员们体力恢复了，精神焕然一新。活下去，伤愈后还要打日本鬼子呢！伤员们凭借这个信念，顽强地坚持着，大口咀嚼着又苦又涩又甜的青柿饼。

然而吃了一天青柿饼后，第二天伤员们出现皮肤青紫和严重的腹胀、便秘等症状，痛苦不堪。疟疾还没痊愈却又增添新病，难道是吃青柿饼中毒了吗？胸腹部有伤的人，因胀肚引起伤口剧烈疼痛，严重的还发生伤口撕裂。山洞里的呻吟又多了起来。王巧春看护长自己也出现相同的症状。莫非是青柿饼中毒？青柿饼还能吃吗？他感觉自责和茫然。

“大家别吃青柿子了，小心中毒。”

“不会吧？青柿子有那么危险吗？”

无可奈何，他再次下山向郭大伯请教。

老人听了他讲述的情况后，笑着告诉他，这些青柿饼可以吃，但生吃青柿饼会胀肚，甚至会中毒，但煮熟后再喂伤员就没事了。“你不是有火吗？我这里还有半袋子青柿饼，你拿去给伤员煮熟后吃吧。”

就这么简单？他几乎不敢相信，但郭大伯说这是常识，山里人都懂。此外，郭大伯还告诉他一个好消息，浆水镇的日本军队已经开始撤退了。郭大伯听游击队交通员说，日本鬼子的老巢老城、内丘，以及顺德府周边的黄台、沙河、塔链一带，几个主要据点被八路军和游击队包围了。老城的奎村大队在回城救援途中在将军墓那里遭到八路军11旅、385旅、386旅和抗大青年纵队围歼，奎村中佐被击毙。为了解救老巢，出来“扫荡”的日军准备从太行山区撤退。

太好了，终于见到胜利曙光了！离开老苍墓村后，王巧春背着半袋子青柿饼爬到山岗上，高兴地欢呼：胜利了！

回到山洞后，王巧春把好消息告诉伤员们，大家都很高兴。“胜利了！”伤员们也情不自禁欢呼起来。

王巧春按照老人的方法去做，果然有效。喝蜂蜜水、吃煮熟的青柿饼后，伤员们再也没发生腹胀、便秘，而且充饥、通便效果不错。伤员们的脸上再次绽放出灿烂的笑容。

6月下旬，在第二十七个夜晚，山里亮起无数个火把，当王巧春背着一大包野菜从山谷爬上来时，被眼前的情景惊呆了，火把映红了半边天空，满山遍野都是欢庆的人群。敌人被彻底赶出太行山了，浆水革命根据地又回到八路军和抗日民众的手里。当王巧春看到上干科救援队战友们出现在山下时，他的脸上挂满泪水，站在洞口挥舞着红旗高呼：“我们胜利了！”他哽咽得发不出声音……

上干科救援队的战友们十分惊喜：奇迹！看护长孤身一人在如此艰难、

恶劣的环境下连续奋战二十七天，成功保护了二十四个重伤员，一个没少，全都活下来了，真是个了不起的奇迹！蔓延副部长拍拍王巧春的肩膀，哽咽着竖起大拇指，一时找不出夸奖他的语言。刘理正所长握着他的手，激动地说："巧春，真想不到，你一个人坚守了二十七天，太不容易了！"一向活泼的女护士刘湧，高兴地跳起来。

是啊，二十七天，谁也没想到这次"扫荡"大家会分离这么久！可是王巧春认为，胜利并非归功于他自己，如果没有栗爷爷、郭大伯和九妮的帮助，如果没有廖叔、关副参谋长以及伤员们同心协力克服困难，如果没有那个神秘人物在暗中保护，如果没有主力部队反攻，赶走了"扫荡"的日军，他恐怕很难坚持到最后胜利。

在这次反"扫荡"中，医院的处境也十分艰险，地上有追兵、空中有飞机、缺粮少药，敌人从桃树坪一直追到山西牛筋山附近，医院多次落入敌人的包围圈，最后不得不化整为零编成若干小组分散撤离。在敌人层层围堵下，许多医护人员和伤员在深山里走散了，有人牺牲、有人失踪、有人饿死，每个人都经历了千难万险。郝绍敏所在医疗小组遭遇到敌人堵截，躲在一个山洞里以野菜、野果为食，坚持了两周，待敌人撤退后，他们才离开山洞朝牛筋山方向转移。半路上，他们在山路上遇到孙同洲指导员和护士长带领的十几名医护人员，大家会合后继续向医院约定地点前进。历经一个月的转移，孙同洲指导员和郝绍敏等医护人员比重伤员还晚三天返回桃树坪村。

始于 1942 年 5 月的反"扫荡"虽然漫长而艰难，但胜利终究到来了。反"扫荡"胜利的第二天早晨，上干科救援队和医院担架队把二十四个重伤员背下山，安全地转送回桃树坪村……抗大医院的各项医疗工作迅速恢复正常。

反"扫荡"虽然胜利了，可芦沟的天色依然阴沉沉的，云雾缭绕在芦沟大峡谷里，天空飘着霏霏细雨。王巧春依依不舍地离开"老虎洞"，顺着"通天洞"下山来到红土坡，临走前他要与周副指导员、叶长林连长、梁晓辰医生、晓双姐以及所有牺牲的战友们告别。

6 月，天竺山遍地鲜花盛开。王巧春采了三束鲜花捧在怀里，来到断崖岩脚下的土坑里，他把第一束花献给叶连长、李晓双护士和两个担架队的战士，告诉他们反"扫荡"胜利的喜讯。回想当年跟随叶连长火烧军马场的情景，王巧春泪流满面，悲痛万分，哽咽着说："叶连长，老城第二次解放了，奎村司令被击毙了。你英勇无畏的精神激励我们继续战斗下去！晓双姐、担架队的战友们，你们安息吧。晓双姐，愿你在天上与周副指导员再次相聚！"

他爬上红土坡，在那棵黑枣树下给周副指导员献上鲜花，他告诉周副指导员反"扫荡"胜利的喜讯，告诉他二十四个重伤员全都安全地回到了医院，请他放心。周副指导员的坟墓比从前高大一些，增添了许多新土。

淅淅沥沥的细雨打湿了王巧春的头发，雨水流淌在额头上，泪水模糊了他的双眼，他已经分不清楚脸颊上流的是雨水还是泪水。告别周副指导员后，他踏上红土坡，准备把第三束鲜花献给他最亲密的战友梁晓辰医生。梁医生的坟墓在红土坡中央，坟头竖立着一块厚厚的木板，木板上面用炭灰写着"利剑"两个字，坟前摆放着一排还带着泥土芳香的鲜花。听诊器和军帽仍旧摆放在坟头。王巧春把他带来的鲜花摆在木碑前，然后深深地鞠躬默哀。谁为梁医生立的木碑呢？为什么要在木碑上刻写着"利剑"两个字呢？王巧春抬起头四处遥望。透过稀薄的山雾，远处一个熟悉的背影映入他的眼帘。

"喂，等一等，你是谁？"

那人身穿灰色八路军军装，肩上背着一支步枪已经走到红土坡的尽头了，听到王巧春的喊声，缓缓地转过身微笑着朝他招手。他惊呆了，不敢相信自己的眼睛。他用力揉揉眼睛，希望看得更清楚一些。"叶连长？叶连长，是你吗？"王巧春感觉自己在做梦，不敢相信远处那个人是他的老领导叶长林。

"巧春，我是叶长林！"

真的是叶连长！王巧春激动地朝老连长跑去，叶长林也朝他跑来，他们紧紧地拥抱在一起。"叶连长，你没死？你怎么活下来的呢？"

叶长林抚摸着王巧春的头发，说："我当然没死。还没打败日本鬼子呢，我怎么能死呢！"

"这些天来，我一直以为你牺牲了，心里十分难过。叶连长，你是怎么活下来的？"叶连长的出现让王巧春感到惊奇和高兴。

"我从来不怕死，但也不能轻易地死去，我还要继续打日本鬼子，多杀鬼子替战友们报仇。这就是支撑我活下去的力量。"

“为什么没有奇迹让梁医生也活过来呢？如果梁医生还活着，我们三人再次相聚该多好啊！”

“是啊，战争是残酷无情的，每一个参加战斗的人都有战伤战死的可能。这些天来，每当回想起梁医生牺牲时的情景，我就悲愤交加，怒火满膛，恨不得杀光出现在我枪口下的每一个日本鬼子。”

“到底发生了什么事？叶连长，你是如何起死回生的呢？”

王巧春随叶长林朝芦沟走去，边走边听叶长林副营长讲述这些天来发生的事情。

## ◆◆◆ 六十七 ◆◆◆

叶长林还记得刚苏醒后见到王巧春的情景，那阵子，他头部剧烈疼痛，浑身无力，然而幸运的是，虽然两次头部负伤，但四肢还能自如活动。石窟里另外三个伤员虽然还活着，但都处于昏迷状态。王巧春走后不久，他听到外面响起密集的枪声，知道日军就要上山了。他不知自己哪来的一股力量，顽强地站起来，扶着岩石走到洞口，通过树枝缝隙向外观察，他亲眼看见周副指导员与敌人同归于尽的场面，心情十分悲愤。

周副指导员牺牲后，敌人沿着山坡四周的树林搜查。他预感到敌人很快会发现他藏身的山洞，他必须离开这里。他转身呼唤另外三个昏迷的伤员，但他们没有任何反应。他决定离开山洞，躲进山里，可就在这时，已经有日本兵出现在山洞的下方，他出不去了。

一个瘦高的日本兵提着步枪抬头向上望着，看来他已经发觉上面有个山洞。准确地说，应该是个石窟，仅洞口酷似山洞而已。叶长林把三个昏迷的伤员搬到山洞靠里面一些，这是他唯一能做的保护他们的事情。他自己躲在一块岩石的后面，做好最后格斗准备。那个日本兵也够莽撞的了，拆除堵在洞口的石块和树枝后，用手电筒朝洞内晃动几下就端着步枪走进来。明亮的刺刀已经出现在叶长林的眼前，但他沉住气，屏住呼吸，没有急于动手。他要迅速解决这个日本兵，绝不能让这家伙开枪！在日本兵小心翼翼跨出最后一步并出现在他眼前的一瞬间，他操起一块石头狠狠地砸在那个日本兵的脸上，日本兵扑通一声倒在地上。叶长林迅速骑在日本兵的身上，挥刀割断他的喉咙。

叶长林以最快的速度扒下日本兵的军装，把自己灰色的八路军军装套在日本兵身上。他穿上日本兵黄色服装，戴上日本兵军帽，系上腰带和子弹袋，背着步枪，扛着日本兵的尸体走出山洞。

正在附近搜索的其他日本兵没有注意他，他的脸上和衣服上被日本兵的血液染红一片。一个日本卫生兵朝他走来，问道："お前はどうですか?"叶长林从日本卫生兵的表情猜到，对方可能在询问他"你没事吧"或者"你需要帮助吗"，叶长林做出气喘吁吁的样子，又摆摆手做出无所谓的手势，接着指了指正在滴血的尸体。那个卫生兵明白他的意思，转身走开了。叶长林把日本兵尸体抛进悬崖下的大坑里，然后装着继续搜查的样子，避开身边的日本兵。一个日本军官站在红土坡上指挥一排伪军搜查四周的树林，叶长林跟着伪军钻进树林里，借机逃走。

叶长林走出树林后，在悬崖脚下发现了一个洞口，他钻进去一看，山洞通向山顶，上方有光线投射下来。这个山洞应该就是王巧春说的那个"通天洞"，他把步枪背在身后，开始向上攀登。这时，有一个日本兵也钻进山洞，跟在他身后往上爬。那个日本兵没有发现他是假冒的，不停地跟他说着日语。他听不懂，只能默不作声。日本兵在他下面十几米远，打开手电筒为他照路，对他毫无戒心。

在爬了大半个路程后，叶长林感觉自己有些气喘，想歇息片刻，而那个日本兵因为大口喘着粗气，也不再说话了。"怎么才能甩掉这个家伙呢？等他爬上来靠近时，我一脚把他踹下去？万一没踹下去，他开枪了怎么办？枪声会惊动山坡上的敌人。"叶长林心里想道。

有办法了！叶长林借着上方洞口的光线，看见自己身旁有个缓步台，缓步台上有几块大石头。好主意！他一步跨上缓步台抱起一块石头用力砸下去。"啊!"日本兵惨叫一声跌落下去。他不放心，又连续扔下两块石头，然后才离开缓步台，继续向上爬。钻出"通天洞"后，他顺着小路一直向东走，登上流钱山。

死里逃生，叶长林并不高兴，眼看着其他伤员落入虎口，生死不明，他心中既忧虑又伤心。他没有选择马上离开，他要留下来，等日军撤退后，下山去搜寻那三个伤员。

叶长林在游击队搭建的一座石屋里昏睡一夜。凌晨醒来，他感觉自己体力恢复不少，头不痛了，头皮伤口也不再流血了，看来他昨天只是发生了一次较严重的脑震荡。昨天在他筋疲力尽的时候，正是靠着“活下去，还要打败日本鬼子”这个坚定信念，他才坚持下来。

既然活过来了，叶长林决定下山营救石窟里的伤员，然后再去寻找部队。

清晨，太阳还没升起，但东边已经泛起灰白色晨曦，叶长林身穿日本军服，背着步枪匆匆下山。一路上，他吃了几把野菜和一些随手采摘的野果子，喝了一些泉水，体力似乎恢复一些。他计划先到悬崖下找到那个替死鬼，把他的军装从替死鬼身上扒下来，然后再到石窟里看望那三个伤员，如果他们还活着，他马上到天竺山找王巧春，一起把伤员弄上山。

流钱山与天竺山相隔两座山，山山相连，隔山相望。当叶长林爬上距离天竺山最近的一座山顶时，他远远看到一群日本兵已经登上天竺山顶峰。敌人为什么一大早就埋伏在山顶呢？他警觉起来。他并不知道王巧春和伤员们藏在哪里，但他确信他们的山洞一定在天竺山山峰附近。因此，叶长林选择一个最接近天竺山山峰的位置隐蔽下来，仔细观察敌人的一举一动。

果然，叶长林发现王巧春的身影出现在天竺山悬崖的半山腰。叶长林站在高处，对面石崖上的情况看得一清二楚，他发现王巧春的上方和下方都是敌人，随时有暴露的危险。他急中生智，瞄准山顶的敌人开枪。第一枪击中了一个日本兵，剩下几枪打在王巧春头顶上方的岩石上。枪声给了王巧春警示，也惊动了敌人。“谁开枪?”敌人慌乱起来，四处寻找开枪的人。看到王巧春躲藏起来后，叶长林迅速躲进树林里，原路撤回到流钱山上。

经历过这次事件后，叶长林决定暂时不离开流钱山，他要留下来在暗中保护王巧春看护长和伤员们。白天不便行动，他要等到天黑后再下山寻找伤员。为了便于伪装和隐蔽，叶长林继续穿着那套日本兵军装。后来的几天，他轻而易举摆脱了日本宪兵队在流钱山的搜捕。一个人躲避一群人容易，一群人寻找一个人难，在苍茫的林海里，在陡峭的流钱山上，即使敌人从他附近经过，也发现不了他藏身的地方。他来如影，去如风，来去自如。这也正是他没有主动与王巧春联系的原因。

夜里在野外活动是件危险的事情，可是王巧春又不得不外出。每次王巧春在野外生火时，都是老连长叶长林最紧张的时刻。每到这时，他就悄悄潜伏在附近替王巧春做警戒。果然那天夜里，王巧春在野外生火时被一小队日本兵偷偷包围，叶长林及时发现敌人的行踪，危急时刻鸣枪示警，救了王巧春一命。后来王巧春在流钱山上找到的那口石锅，其实也是老连长有意为他准备的，叶长林知道王巧春需要石锅煮饭、煮水、消毒。

叶长林一直没与王巧春相见，主要是不想给王巧春和伤员们增添麻烦，他独自一人活动自如，不会牵连伤员，其次他认为，暗中保护看护长和伤员们更为重要。有一天，叶长林从野地里捡来一袋子野柿饼，他有意放在王巧春能发现的地方，希望帮助伤员们。当然，叶长林也不知道这种青柿饼生吃会身体难受。

其实，后来他自己也因为生吃青柿饼大病一场，险些送命。一个人在深山老林里生病，生活无法自理，其危险可想而知，但叶长林还是靠着坚韧的意志，顽强地活下来了。最近几天他刚刚恢复一些体力，可以登山活动了，他打算去天竺山寻找王巧春。可到了芦沟大峡谷才发现，反"扫荡"已经结束了。

老连长叶长林死而复生，真是一段传奇。

听了老连长的讲述，王巧春恍然大悟："叶连长，原来那个'逃兵'是你呀！"

"什么意思？逃兵是怎么回事？"叶长林不明白王巧春的意思。

王巧春解释道："那个被你干掉后调包的日本兵，他的尸体被我埋了，而你在'通天洞'里砸下去的那个日本兵没死，后来被我们俘虏了，他以为你是逃兵。结果，一连几天，日本宪兵在山里追捕逃兵，到处在搜查你。"

"我可不是逃兵！那个日本鬼子尸体早被我挖出来抛到野外，估计已经喂狼了。喏，你没看见我现在穿的是我自己的军装吗？"叶长林还是没弄明白王巧春说的逃兵是咋回事。

"叶连长，有件事想征求你的意见。"

"什么事？"

"我想把李晓双与周副指导员合葬在一起，不知是否妥当。"

"巧春,这有什么不妥的? 据说医院领导已经批准他们的结婚申请,只是没来得及通知他们。不过前些天,我已经代表你和同志们把李晓双与周大庆合葬了。"

王巧春与老连长在芦沟山口分手,叶长林翻山越岭去黎城寻找部队去了,而王巧春看护长返回到桃树坪与救援队会合。

在当天欢庆反"扫荡"胜利的晚会上,王巧春坐在篝火旁,听着欢快的锣鼓声,不知不觉沉浸在酣甜的梦乡……刘理正所长后来讲,那天夜里,王巧春在熟睡中脸上挂满了幸福的微笑。

## ◆◆◆ 六十八 ◆◆◆

1942 年秋天,日本军队又多次对浆水根据地进行"扫荡",虽然"扫荡"的规模不大,但对根据地和抗大总校的教学工作干扰和破坏不小。因此,奉党中央指示,抗大总校撤回陕北办学。

1943 年 1 月有一天,王巧春运送伤员去桃树坪村路过老苍墓村遇见九妮,他正在山坡上放羊。这是 5 月"扫荡"后他第一次与九妮重逢,也是他俩第一次白天见面。阳光下,九妮显得清秀稚嫩,还略带一点儿女孩子的腼腆。王巧春见到九妮很高兴,拉着他的手走了一程又一程。王巧春动员他参加八路军,九妮说他不能离开家,郭大伯收养了他,他要报恩。

"春哥,你以后还会回来吗?"九妮一直这么称呼王巧春,可能他压根儿没记住王巧春的名字,同样,王巧春也不知道九妮的大名。但王巧春感觉,"九妮"和"春哥"这两个名字很恰当表达了他们之间的那段友谊。

"九妮,你啥时开始叫我'春哥'的?"他问道。

"我想想,应该是我们第一次相见的那个夜晚,我们一起爬'通天洞'的时候。怎么,有什么事吗,春哥?"

"没什么,我突然想起一件与我的名字'二春'有关的事情。"

"我从来都叫你'春哥',没叫过'二春'。"

"嗯,我知道你一直都叫我春哥,但当你叫我'春哥'的时候,可能暴露我的别名‘春’。”

“是的，这完全有可能，但我记得，你我在一起时从来没有过第三者在场，对吧？”

王巧春沉思片刻，回答：“是的，除了那个日本俘虏。”

“哦，那个叫唐一郎的日本鬼子不是被你们放走了吗？”

“放走唐一郎后曾发生过一件奇怪的事情：不久，敌人化装成八路军收容队来到我的驻地附近，还有人喊我的名字：‘春’。”

“哦，那一定是唐一郎告密的！”

“是的，我也怀疑，但唐一郎后来还是因为失血过多死了。我是一个月后从报纸上看到这个消息的。”

“太好了，这就是报应，死有余辜！”

王巧春告诉九妮，抗大要转移了，去很远的地方，也许去前线，也许回延安。听到延安两个字，九妮眼睛闪着亮光：“春哥，你能见到英姐吗？”

“如果有机会去延安，我一定去‘鲁艺’看她。廖叔和关副参谋长去年被送到延安八路军总医院住院治疗了。据说海英姐、黄清清和余虹都到医院看望过廖叔。廖叔说她们现在都很好，仍然干的老本行，经常演出。”

“春哥，见到英姐一定代我问好！”

王巧春对九妮说：“等打败日本鬼子后，我一定回来看望你和郭大伯。”九妮开心地点点头：“春哥，我等着你！”

“春哥……”九妮好像有话要说，但又克制住了，摆摆手，“算了，等下次见面再说吧。”

1943年2月，王巧春随抗大总校上干科离开浆水镇去了陕北绥德，在那里，他参加了延安整风运动和大生产运动，还参加了医师、司药培训班。他一直忘不了梁晓辰医生，时时以他为榜样，努力学习，钻研技术。不久，他实现了自己的梦想，成为一名八路军外科医生。遗憾的是，他在延安没见到海英姐，因为她1942年随部队去前线了，后来失去了音讯。

2020年11月9日初稿

2021年7月21日定稿

# 后　记

中华人民共和国成立后，关于抗日战争的各类文学作品层出不穷，但鲜见以白衣战士题材为主的战争作品，各类博物馆、文史馆、图书馆收集的医务工作者抗战史料也有限。不可否认，在艰苦的抗战时期，广大的八路军白衣战士默默地战斗在前线、后方或敌后，在极其艰苦危险的条件下救治伤员、治病救人，为抗日战争胜利做出巨大贡献。许多白衣战士甚至为革命献出生命，成为无名英雄。为了铭记历史，弘扬正能量和主旋律，为了悼念那些为革命牺牲的无名烈士，也为了纪念前辈们创下的丰功伟绩，作为白衣战士的后代，我们有责任通过文学创作还原历史、教育后代，让那些伟大的白衣战士的抗日战争功绩代代相颂。

长篇抗日战争小说《27 天——烽火记忆》里的主角王巧春，是一个文学化塑造的英雄人物，是同时期许多白衣战士原型的集合体，凝聚了一代抗日前辈的时代特征和英雄本色，同时也代表了许多八路军白衣战士的共同特点。这些普普通通的八路军士兵和医务工作者，用血肉凝结在一起，铸成铜墙铁壁，形成一股强大的力量，在敌后抗战中，坚韧不拔、不畏牺牲，英勇抗击日本帝国主义侵略者，谱写了可歌可泣的历史篇章。他们的生命属于平凡中的传奇，传奇中的平凡；他们的人生因平凡而伟大，因伟大而历久弥新。人们可以从这样人物的身上看到父辈们的身影，看到中国人民不屈不挠、英勇奋战的英雄气概。

王巧春原型之一王桥春，1938 年 1 月参加八路军，曾先后在作战部队和抗日军政大学任勤务员、侦察员、卫生员、卫生班长、护士、看护长。王桥春于 1943 年初随抗大总校离开河北邢台浆水川返回到陕北绥德县，参加了延安整风和大生产运动；1945 年 9 月随抗大总校到东北，随后调转到通化东北航空学校卫生队任司药和外科医生；1947 年参加四平战役、四保临江战役，任前线手术队外科医生，救治伤员无数。王桥春1951年毕业于中国医科大学39期，随后参加抗美援朝，多次赴朝运送伤员。同年，在老上级、抗大卫生部蔓焰副部长的推荐下，由当时的辽东军区卫生部蒋耀德部长任命为辽东军区抗美援朝海城军人医院院长，后调任西丰军人医院任院长。20世纪五六十年代，王桥春成为著名的妇产科专家，曾先后担任安东市妇产科医院院长、辽宁省妇婴医院院长、中国医科大学附属三院院长。

作为抗大白衣战士的后代，我有幸经常接触一些抗大的老前辈，他们大多数是从抗大走出来的白衣战士，往往从另一个战场或从不同角度讲述战争、回顾历史、谈论往事。聆听他们讲述的亲身经历和抗战故事，激发了我的创作热情。为了保证写作质量和创作的真实性，同时使故事更加生动多彩，我多次到浆水川实地走访调研，收集题材、了解背景、熟悉民情，甚至考察地形地貌。四年来，写作时间大部分耗费在采访、调研、查阅、收集资料、历史考证等方面。我陆续在《杭州日报》《河北日报》和《邢台日报》发表数篇与此书相关的纪实文章。2017年曾在《丹东日报》连载中篇小说《八路军的兵——X档案》，深受读者喜爱。

因为《27天——烽火记忆》具有强烈的纪实性，因此第一手资料的挖掘和历史考证十分重要。在写作过程中，我经常与中国人民抗日军政大学陈列馆的赵文超、李瑞芳等同志交流，获得一些有价值的历史资料。但由于年代久远，卫生战线上遗留下来的有关资料偏少，有些故事需要靠创作来补充。尽管如此，我在写作中尽量深入挖掘第一手资料，做到多方调研、反复考证，坚持在纪实的基础上进行创作加工的原则。

2016年2月10日，在家住邢台市的王同梅女士陪同下，我和夫人董奕、小女儿王璐娅从邢台市出发，直奔中国抗日军政大学旧址所在地，邢台县浆水镇。抗大老战士王桥春生前曾说过，他在将军墓村那里与小日本打过一仗，王同梅是他的亲侄女，曾亲耳聆听过这个故事，因此，我们旅行的第一站是位于宋家川的将军墓村。

神秘的将军墓、神秘的川河两岸，历史上曾发生过许多故事。将军墓是个二千五百多年前的古墓，位于川河北岸，坟高十米，坟墓周围古树苍劲、地势开阔。公元前659年，春秋时期，邢国迁都到夷仪城（即今日浆水镇），本以为可以避免与狄人的战争，却没料想当时称雄一方的郑国，为了扩充地盘，悍然出兵进攻邢国。郑国将军蔡冲率军长驱直入，逼近邢国“夷东三关”。在此紧要关头，邢国军队坚守关隘，利用居高临下的地利优势，出奇制胜。在黑龙关战斗中，郑军统帅蔡冲身受重伤，战败被俘。相传蔡冲被俘后，趁混乱之机，挣脱枷锁逃走，但慌乱之中迷失方向，一路向西竟逃向邢国。由于伤势过重，死在距离浆水不远的川河北岸。当地百姓把他就地安葬，称他的墓为将军墓。

许多抗大老战士在提到将军墓时都说，抗战期间此地经常发生战斗，因为这里既是进出太行山的交通要道，又是镇守浆水镇的北大门。

我们的第二站是位于浆水河边的抗日军政大学陈列馆，那天正巧节假日闭馆，当天值班人员赵文超破例为我们开馆并讲解。我们沿着雄伟壮观的石阶，走入神圣的八路军抗大殿堂，参观了抗大陈列馆。展馆里展出了许多珍贵的历史文物和资料，对我的创作十分有益。走出抗日军政大学陈列馆的瞬间，站在高高的平台上，遥望着远处云雾山中的巍巍太行，我深刻地感悟到，这里的地形地貌作为太行山革命根据地有多么重要，这里的山山水水蕴藏着多么深刻的历史意义。

旅行的第三站是后南峪。穿过前南峪村没多久就到了后南峪。几经周折，我们终于在后南峪村见到了多年前在沈阳相识的郭海英女士。她和王同梅都曾亲耳聆听老前辈王桥春讲述抗大总校在浆水反“扫荡”的故事，特别是“27 天”那部分感人的故事。遗憾的是，郭海英几年前在邢台市出了一场车祸，智力和语言受到严重损害，虽然她还记得曾经去过沈阳这件事，但很多细节都已经忘记了。本想通过郭海英联系“郭大伯”的后代，现在只好我们自己去寻访了。

在后南峪南面的老苍墓村，我们遇见一位八十多岁姓郭的老奶奶，她至今还记得当年战争的情景。老苍墓村位于高高的山坡上，四周都是高山峻岭，是进出东太行山的第一村。她指着家门口的一条小径说，当年八路军就是从这条小径撤退到山里的；后来，日本军队也是顺着这条小径追赶八路军进山“扫荡”的。5 月“扫荡”那年她很小，尚不记事，她听老一辈人讲，日本兵抓住躲藏在石窟里的八路军伤员，残忍地把他们从寨套山悬崖上扔下来，活活摔死。

她指着寨套山悬崖说，寨套山看似陡峭，其实山顶十分平坦，森林密布，山峰林立，小路纵横交错。她年轻时经常上山采集野果子。

郭奶奶还告诉我们，当年寨套山下住着郭姓的两户人家，是哥儿俩，家族中有一个儿子早年参加八路军。这个情况与抗大前辈们讲述的完全一致。后来我们才知道，这位郭奶奶其实是“郭大伯”家族中的第三代，当年才八九岁，有些事情也是后来听大人讲述的。

我们根据郭奶奶提供的线索，在村里找到了“郭大伯”的后代郭桃三。他告诉我们，当年老苍墓村有五六户人家，但寨套山下只有两户，是他爷爷哥儿俩。爷爷名叫郭天香，有四个儿子，其中老三名叫郭成海，1938 年参加八路军，曾在 129 师给邓小平政委当过警卫员；老四叫郭成山，是郭桃三的父亲。

经了解，郭天香老人早在 1940 年就病故了，不是我们要寻找的“郭大伯”。而郭天香的弟弟郭天堂，1942 年时住在寨套山悬崖脚下，有一个儿子、一个养子，养子正是九妮。郭天堂才是我们要寻找的“郭大伯”，但他早在 1960 年就去世了。郭桃三是郭天堂的侄孙。

九妮的下落不难寻找，当年漫山遍野都能见到这个放羊娃的身影。九妮自童年被郭天堂收养后，一直在郭家放羊，长大后自食其力，独立生活，几年前才去世。也有人猜测，他是女儿身，所以一直未婚独居。

老城京剧团演员郭海英并不是郭大伯的女儿，这里可能存在误解，她的家乡虽然在浆水，但不在老苍墓村或后南峪村。郭大伯的孙媳妇对我说，实际情况是，老苍墓村有个十五六岁漂亮的女孩子，也姓郭，喜欢唱戏和跳舞，有一天被日本鬼子堵在屋子里糟蹋了，日本鬼子把她卷在一床棉被里扔到马车上掠走了。郭大伯和村里乡亲曾到附近县城寻找过，但没有踪影。

我们沿着村里新修建的一条三轮车水泥路，步行到寨套山的石崖脚下。陡立的悬崖有三百多米高，石峰林立，高大雄伟，直耸云天。岩石上虽然长满了松柏，但没有登山石阶，也没有小路。望着寨套山笔直光滑的山崖，我们想象不出来父辈们当年是怎么攀登这座大山的。

路边的那棵老槐树已经开满了成串的花朵，一群蜜蜂围绕着老槐树飞舞歌唱。在山坡上，一个十五六岁的小男孩追逐着蜜蜂，寻找野蜜蜂的老巢。当年为了寻找蜂窝，九妮追踪蜜蜂在山里奔跑几里地的情景浮现在我的眼前……蜂蜜的药物功效我了解得不多，但却由此产生好奇和遐想。野生蜂蜜真的可以消毒吗？后来我还是在一本历史书中找到了答案。在1403年什鲁斯伯里战役中，英国国王亨利四世的儿子被叛匪的钢箭射中面门，危在旦夕。宫廷里的御医们拔箭未成，反而让箭头断在颅内，众御医一时慌乱起来，束手无策。后来，亨利四世特赦外科医生约翰·布莱德摩尔出狱为其子诊治。布莱德摩尔医生先往伤口里灌注了野生蜂蜜，然后用细嘴钳子把箭头缓缓取出。在这个病案里，他写道：蜂蜜可以起到消炎和润滑作用。

郭桃三的儿子郭延宾，即郭天堂的第四代侄孙告诉我们，寨套山南面连接着老牛童山，山峰特征鲜明，呈牛角形状，当地人称它“牛角峰”。靠近牛角峰处，在两山悬崖交界处有一道石缝直通山顶，听老一辈人讲，当年八路军就是顺着那道石缝攀登寨套山的。牛角峰下几十米处有一个非常隐蔽的山洞，也叫“老虎洞”，日军“扫荡”时，村里人全都躲在那个山洞里。九妮当时也住在那个山洞里。寨套山悬崖虽然陡峭，但山顶平坦开阔，绿林幽幽，景色独秀，一条石板小径直通天竺山方向。

郭延宾说，以他的体力和登山经验，半个多小时就能攀登到寨套山山顶。如果我们想登山，他可以带路。可惜，天色已经见暗，我们没有时间登山，更没有勇气去攀登眼前这堵如同天墙一般的石崖。

村民们拿出保存了一年的野酸枣、野柿子、野梨和野苹果招待我们，无论如何也要装一袋子送给我们。说实话，当地的苹果和柿饼真的很好吃。遗憾的是，我们因为要赶路，没时间品尝当地山里野果的味道。

山里有狼吗？我们带着疑问与郭桃三父子谈到这个话题。六十多岁的郭桃三说，他小时候山里还能见到狼，记得有一天，他家房顶上晾晒的柿饼子，一夜之间被狼群偷吃精光。现在山里肯定还有狼，但已经很难见到狼群的影子了。

我们就这样带着喜悦和遗憾离开了老苍墓村。

居住在沈阳市的郝绍敏老前辈，是目前唯一健在的桃树坪抗大医院的老战士，他1940年底到1943年初在桃树坪抗大医院外科所当护士，今年已经九十六周岁，曾经亲笔写过一本回忆录，记述了许多关于抗大医院的第一手资料。他九十一岁那年，行走自如，思维清晰，记忆力完整，除了听力严重减退外，没有其他疾病。当听说我们要去浆水镇时，他建议我们去桃树坪村抗大医院旧址瞧瞧，代他到芦沟峡谷里看望那些牺牲的战友。据郝绍敏老人说，抗大医院里有许多日本共产党派来的日本医生和护士，他们也参加了八路军，工作很认真、很敬业。郝绍敏前辈一直有个愿望，想见见当年从狼口中把他夺回来的恩人闫玉珍医生。后来，我通过李京雨找到了闫玉珍老人的二儿子，但是遗憾的是，老人已经不在人世了。李京雨是李聚奎上将的小儿子，为我写作提供了一些珍贵的历史资料。早在1938年初，129师青年纵队就活跃在冀南地区了，李聚奎上将当时任青纵司令员，其属下青纵三团长期驻扎在浆水镇、路罗镇一带。

桃树坪村的村民为什么一直把抗大总校医院称为“青纵医院”呢？有两种可能：一是抗大的学员大队对外一直称青年纵队，所以当地人就把抗大总校医院称为“青纵医院”；二是桃树坪村之前确实存在过“青纵医院”，属于延续性称呼，当然也可能并非医院，或许是青纵三团的卫生所。不管属于哪一种可能，有一点是肯定的，1940年前此地曾驻扎过八路军医疗机构，所以后来抗大医院才选择桃树坪村这个地方。

我们的第四站是桃树坪村。时隔两个月，于2016年4月，我们访问了路罗镇桃树坪村，这里是当年抗大医院所在地。桃树坪村老村长赵张清带着我和王立夫先生、田春雷先生来到当年抗大医院的秘密院区——芦沟。我们沿着当年八路军走过的小径爬上芦沟的山坡。

芦沟的风景简直太美了，山色不逊江南，风光秀丽如画，如同天堂、仙境一般。茂密的山林，环抱相拥；潺潺的溪水，惜惜相依；奇峰如瑰云中穿立，峻岭延绵迭起；悬崖陡峭，松柏坚挺；石柱擎天，直耸云霄。前段时期，每年都有美术学院的学生在此实习，写生、绘画。

七十多年过去了，这里的山林依然如故，山沟寂静如初，没有民房、没有炊烟、没有电线；溪水依然清澈，石缝中涌出的山泉清爽甘甜。芦沟里，石头垒砌的病房依然挺立在山坡上，被炸毁的石屋遗址断壁残存；平坦的石板依然横七竖八静卧在沟底，可伤员洒下的鲜血早已不见踪迹。芦沟内当年运送伤员的小径依然是进山的唯一通道，骄傲地引领我们踏着前辈的足迹走进山谷；小径两边苍老的果树依然开花结果，让后人分享着幸福的果实。曾经阻击过敌人的一块方形巨石静静地守候在小径旁，焦急地等待着勇士们的胜利归来。芦沟殿至今仍是当地人祭拜八路军英魂的地方。据老村长说，前些年还有日本医生、护士的后代到芦沟里参观山坡上的抗大医院旧址，祭奠在此牺牲的伤员。

芦沟，即使许多在此浴血奋战过的勇士还记得这个地方，却叫不出她的名字；芦沟，如同一处寂寞的世外桃源，野花飘落，野果坠地，土地肥沃；芦沟，是一处没有碑坟的烈士陵园，英烈在此安息，英灵在此永存。

遗憾的是，我们没有进山寻找那个保护了二十四个重伤员的“老虎洞”，据说它在深山里，又在悬崖中间，十分隐蔽，很难被发现，恐怕我们知道在哪儿也爬不上去。天竺山只是先辈们的一个说法，而这里的山，每座石崖都如同天竺山，笔直陡峭、高耸蓝天。七十多年过去了，当年从芦沟通向深山的驮道、小径、羊肠小道都已经消失在野树杂草之中；当年的遗迹几乎都已消失殆尽，连当地人都没有寻找到“老虎洞”的踪影。在茫茫的云雾中，在苍翠的密林深处，在潺潺溪流旁边，在一排排悬崖石壁之间，它与英烈的灵魂结合在一起，从人们的视线中消失了……

站在八路军医院旧址的断墙前，赵张清感慨地说：“抗战胜利七十多年了，我们尽最大努力把这些残墙碎瓦保存下来。我们想竖立一座纪念碑……”听了老村长的话，我的心在颤抖。祖国已经强大了，我们如何去告慰那些为保卫祖国而长眠在山中的烈士呢？

如今，高铁的隧道和桥梁已经从芦沟穿过，山坡上的抗大医院旧址已经变成一种记忆。今日的芦沟，当快速飞驰的高铁在此呼啸而过时，谁曾会想到，在那个昔日风景秀美的大峡谷里，埋藏了众多八路军的无名烈士和牺牲的重伤病员呢？这里还有许多没有被挖掘出来的英雄人物和悲壮、感人的故事。在遗憾的同时，我们也欣慰地意识到，一列列飞速行驶的高速列车唤醒了沉睡多年的高山，带来了祖国各地社会主义建设丰硕成果，让先烈的亡灵得到慰藉。

听说老支书乔钦才现在正在整理桃树坪八路军医院的历史资料，收集有关文物，他说村里打算建立一个纪念馆，为先辈们竖立一座纪念碑。桃树坪的八路军医院，应该清晰地记载在中国抗日战争的历史上，让后人世代铭记。

本作品为“杭州市文联文艺精品扶植工程项目”，在创作过程得到杭州市文联、市作协领导和同行的大力支持。最后也感谢留日研究生刘吟霄先生对本文中日语部分进行校对和修正。

作者安东宁夫

2021年12月22日于杭州